Charlotte Printz
Die rätselhafte Klientin
Die Detektivinnen von Nachtigall & Co.

Charlotte Printz

Die Detektivinnen von Nachtigall & Co.

Die rätselhafte Klientin

Roman

dtv

MIX
Papier aus verantwortungsvollen Quellen
FSC® C019821
www.fsc.org

Originalausgabe 2023

Umschlaggestaltung: DAS ILLUSTRAT, München
Umschlagmotive: Marie Carr/Arcangel Images;
SZ Photo/Kurt Schraudenbach/Bridgeman Images; shutterstock.com
Satz: C.H.Beck.Media.Solution, Nördlingen
Gesetzt aus der Stempel Garamond
Druck und Bindung: Druckerei C.H.Beck, Nördlingen
Printed in Germany · ISBN 978-3-423-21866-5

Für meinen Sohn Janosch

In der Brutwärme der Familie ersticken
nicht nur Genies, auch der Mensch geht drauf.
Kurt Tucholsky

Kapitel 1

Du bist wo? Am Brandenburger Tor?« Carla schaffte es kaum, in den Redeschwall am anderen Ende einzuhaken. »Bei den Dreharbeiten, schon wieder? Du hast was? Ein Luftgewehr? Das darf doch nicht wahr sein!« Sie unterdrückte den Wunsch, den Hörer einfach auf die Gabel zu werfen, und blickte von ihrem Terminkalender auf die Uhr an der Wand gegenüber vom Schreibtisch. Konnte sie Lulu aus der Bredouille retten und rechtzeitig zu der Verabredung mit ihrer neuen Klientin zurück in der Agentur sein? Eher nicht!

»Bitte!«

Ihre Tante klang ungewohnt ängstlich und zerknirscht.

»Du musst sie davon überzeugen, die wollen mich sonst mit aufs Revier nehmen!«

Lulu war auch eine gute Schauspielerin.

»Ich flehe dich an!«, sie flüsterte nur noch. Im Hintergrund waren tatsächlich harsche Männerstimmen zu hören und dann sogar eine Polizeisirene.

»Ich komme so schnell ich kann!«, versprach Carla. Von all den abenteuerlichen Geschichten, die Tante Lulu ihr seit Vaters Tod ständig auftischte, war das mit Abstand die unglaublichste.

S-Bahn oder Taxi? Noch unschlüssig griff Carla nach den sommerlichen Spitzenhandschuhen. Das letzte Geschenk ihres Vaters. Es würde schon alles gutgehen – sie musste lachen, denn genau das war auch sein Credo gewesen. Sie vermisste ihn, nicht nur wegen all der Geschenke, die er ständig für jeden aus dem Hut gezaubert hatte. Ihre Mutter hatte ihn deshalb mit einem zynischen Unterton »den Herrn Rosinenbomber von Charlottenburg« genannt. Doch seit dem tödlichen Unfall gab es für niemanden mehr Rosinen, sie mussten sparen. Dann also S-Bahn.

Carla kontrollierte, ob sie genug Münzen in ihrer Handtasche hatte, schloss die Eingangstür zur Agentur Nachtigall ab, rannte nach oben in den zweiten Stock und rief »Bin gleich zurück!« zu ihrer Mutter in die Wohnung hinein und stürmte die Treppen hinunter.

Während sie durch die schwüle Sommerluft die Grolmanstraße vor zur S-Bahn am Savignyplatz eilte, beglückwünschte sie sich, dass sie heute nicht nur ihre »vernünftigen« Schuhe, sondern auch das neue Bouclé-Kostüm im Chanel-Stil angezogen hatte. Es war sicher von Vorteil, älter und seriöser auszusehen, falls ihre verrückte Tante sich wirklich mit der Polizei angelegt hatte.

Völlig außer Atem erreichte Carla den Bahnsteig und wie zur Belohnung für ihren Einsatz fuhren tatsächlich gerade drei ratternde Waggons ein und verbreiteten ihren leicht öligen Teergeruch.

Geschafft!

Im Inneren des Wagens schlug ihr eine betäubende Mischung aus Schweiß, Rauch und Kölnisch Wasser wie eine unsichtbare Wand entgegen. Sie versuchte, flach zu atmen. Prompt fing alles vor ihren Augen an zu flimmern und ihr wurde schwindelig. Sie beeilte sich, eine Haltestange zu finden, bevor die Bahn losfuhr.

Dieser elende Schwindel hatte vor einem Jahr angefangen, gleich nach dem Unfall, den ihr Vater, anders als sie, nicht überlebt hatte. Carla hasste dieses formlose Verschwimmen, das sich anfühlte, als würde sie die Kontrolle über alles verlieren. Die Ärzte behaupteten, es gäbe keinen Grund zur Sorge, sie könne vielmehr froh sein, dass sie ein schweres Schädel-Hirn-Trauma so gut überstanden hätte. Aber *gut* fühlte sich das gerade kein bisschen an.

Sie hielt sich an einer Stange fest, bis der Schwindel etwas nachließ, dann quetschte sie sich an einigen Männern vorbei, die nicht einmal von ihren Tageszeitungen aufsahen, als sie leise Entschuldigung murmelnd Platz nahm.

Erleichtert schloss sie für einen Moment die Augen und berührte den Würfel ihrer Glückskette, um sich zu sammeln. Keine gute Idee, so wurde es nur schlimmer. Besser ein Ziel anvisieren. Sie öffnete die Augen und sah aus dem Fenster, aber da bewegte sich zu viel.

Ihr Blick landete auf der Zeitung gegenüber, wo er von einem großen Foto von Kennedy geradezu magisch angezogen wurde. Und ihr Puls, der sich eben erst beruhigt hatte, begann wieder schneller zu hämmern, nicht wegen Kennedy selbst, sondern vielmehr, weil er sie an Richard erinnerte. Er und Kennedy hätten Brüder sein können, beide hatten diese etwas schlaksige Größe, das volle Haar mit der Tolle und dazu dieses ganz einzigartige, irgendwie elektrisierende Leuchten. Jeder noch so flüchtige Blick von Richard hatte ihr Inneres in flüssige Butter verwandelt, golden, warm und schwer hatte sie davon geträumt, sich an ihn zu schmiegen und seine Nähe zu atmen. Und schon nach vier Semestern hatte sie den Mut gefunden, auf ihn zuzugehen. War nach einem seiner Blicke zu ihm gegangen … doch dann hatte sie nur dagestanden und es nicht gewagt, das Wort an ihn zu richten. Carla betrachtete ihre Spitzenhandschuhe, sie hätte einen davon fallen lassen, dann hätte er ihn aufgehoben und dann …. Wie es sich wohl angefühlt hätte, seine elegante Tolle zu verwuscheln? Ihre Fingerspitzen fingen an zu kribbeln. Seidig waren seine Haare, da war sie sicher, mit einem starken Duft von Brillantine, Moos und frisch geschlagenem Holz.

Sie seufzte. Ihr Studium war Geschichte. Nach Vaters Tod hatten Mutter und sie ohne einen Pfennig dagestanden, weshalb sie die Agentur Nachtigall weiterführen musste, um Geld für sich und vor allem für ihre versehrte Mutter zu verdienen.

Um sich von all dem abzulenken, las sie den Text unter dem Foto von Kennedy in der *Berliner Morgenpost*. Es ging um eine Pressekonferenz, die er am 10. August, also vorgestern, zum Berlinproblem abgehalten hatte.

Kennedy wurde wörtlich zitiert: »*Es hat eine gewaltige Bewegung von Ost nach West stattgefunden, die – das weiß ich natürlich – für die Kommunisten eine besorgniserregende Angelegenheit ist …*« Also das wusste ja nun jeder in Berlin. Carla kniff die Augen etwas zusammen, um auch noch die nächsten Sätze entziffern zu können: »*… weil dieses gewaltige Anschwellen des Stromes der Flüchtlinge, die das kommunistische System verlassen, um nach dem Westen und in die Freiheit zu gelangen, selbstverständlich ein eindeutiges Zeugnis für die Werte des Lebens in Freiheit und der offenen Gesellschaft gegenüber denen in einer geschlossenen Gesellschaft unter dem kommunistischen System ist.*«

Warum redete Kennedy so um den heißen Brei, wieso sagte er nicht einfach, dass die Alliierten alles tun würden, um die Freiheit im Westen zu schützen?

Vater hatte Kennedy für einen eitlen Schwätzer gehalten. »Ein Politiker, der wegen seiner Haartolle keinen Hut trägt, hat keinen Respekt vor niemandem«, war seine Meinung, die er vor allem nach ein, zwei Gläschen Berliner Luft gern jedem mitteilte. Wahrscheinlich – und der Gedanke entlockte Carla ein trauriges Lächeln –, hatte er sich im Grab umgedreht, als der hutlose Kennedy im Januar als Präsident der Vereinigten Staaten vereidigt worden war.

Die S-Bahn hielt quietschend an. Durch die aufgehende Tür drang nur etwas stickige Sommerluft herein, aber immerhin wurde ein Platz gegenüber frei. Noch immer drei Stationen, bevor sie an der Friedrichstraße umsteigen musste. Du liebe Güte, das wird alles doch sehr knapp, überlegte Carla, nach einem Blick auf ihre Armbanduhr. Was hatte Lulu sich nur dabei gedacht, mit einem Luftgewehr an der Grenze zum Ostsektor rumzuspazieren?

Gegenüber setzte sich eine kleine dralle Frau mit einem pompös überladenen Blumenhut. Sie zog eine Rolle saurer Drops aus ihrer Handtasche und steckte sich einen in den Mund. Carla konnte den Blick kaum von ihr wenden, denn die Frau und vor allem der Hut erinnerte sie an ihre Tante. Ein seltsamer Tag, ständig erinnerte jemand sie an jemanden anderen. Ob das mit dem Schwindel zusammenhing?

Als die Frau bemerkte, dass Carla sie anstarrte, bot sie ihr mit einem Zwinkern von den Bonbons an. Genau das hätte Lulu auch getan, allerdings hätte sie das mit einer dramatischen Zugabe garniert, etwa: »Die habe ich immer dabei, um frischen Atem für meine Kussszenen im Film zu haben. Wussten Sie schon, dass Walter Giller der beste Küsser überhaupt ist?«

Carla schüttelte den Kopf. »Vielen Dank trotzdem«, sagte sie und lächelte besonders freundlich. Es war nicht sehr nett, jemanden so anzustarren und dann Nein zu einem Bonbon zu sagen! Daran war einzig und allein der Film ›Emil und die Detektive‹ schuld. Monatelang hatte sie danach Albträume gehabt und seither nie wieder etwas von Fremden angenommen.

»Na denn nich!«, die Frau zuckte gelassen mit den Schultern, verstaute die Drops und nahm eine ›Constanze‹ aus ihrer großen Einkaufstasche. Dann zog sie einen ihrer Handschuhe aus, leckte genüsslich Zeige- und Mittelfinger an und blätterte durch die Zeitschrift, als wäre sie daheim im Wohnzimmer.

Fasziniert beobachtete Carla, wie hingebungsvoll die Frau einen reich bebilderten Artikel über Farah Diba und den Schah von Persien verschlang.

Genau das hätte ihre Mutter auch zuerst gelesen, sie liebte königliche Schönheiten.

Oh Gott! Ihre Wangen wurden heiß. Sie hatte vergessen, Mutters Lieblingsmagazin zu besorgen. Dieses Versäumnis hatte Mutter natürlich mit keiner Silbe erwähnt und das würde sie auch unter keinen Umständen tun. Sie war stolz darauf, dass sie niemals klagte. Nie. Sie litt lieber stumm.

Als Carla eine gefühlte Ewigkeit später am Brandenburger Tor ankam, hörte sie schon das Kreischen der Autogrammjägerinnen – »Horst, Horst, Horst!« –, lange bevor Carla sie sehen konnte. Gut, dachte sie, dann kann es nicht mehr weit zum Set sein! Schnell lief sie zu den Absperrungen, die den Drehort vor Schaulustigen schützten.

Scharen von jungen Frauen warteten dort mit ihren Autogrammbüchern auf die Stars, die in ›Eins, Zwei, Drei‹ mitspielten. Carla verstand sehr gut, warum Lulu so gern eine Rolle in der Billy-Wilder-Komödie gehabt hätte: Die Hauptdarsteller waren James Cagney, Liselotte Pulver und natürlich der, nach dem sich hier die meisten verzehrten: Horst Buchholz.

Es hatte Lulu das Herz gebrochen, als man sich nach zwei erfolgreichen Castingterminen dann doch für ihre österreichische Kollegin Rose Renée Roth entschieden hatte, die damit zu Lulus Erzfeindin geworden war. Seit gedreht wurde, lungerte ihre Tante in der Nähe vom Drehort herum und versuchte, es allen Widrigkeiten zum Trotz doch noch in die Komödie zu schaffen.

Was hatte sie nur mit dem Luftgewehr vorgehabt? Die Erzrivalin ermorden? Ging das überhaupt mit einem Luftgewehr? Eher nicht. Aber was dann? Einem Grenzer die Kappe runterschießen, um in die Schlagzeilen zu kommen – ja, das passte schon eher zu ihr.

Immerhin verlief ganz dicht am Filmset der gut bewachte Übergang zur Sowjetzone, wo heute deutlich mehr Grenzer patrouillierten als sonst. Vermutlich, und der Gedanke entlockte Carla ein breites Lächeln, hatte Ulbricht Angst, dass noch mehr Volksgenossen zur Flucht in den Westen gelockt werden könnten. Schließlich ging es bei den Dreharbeiten auch um die verführerischste Droge, die der amerikanische Kapitalismus zu bieten hatte: Coca-Cola.

Je näher Carla dem Set kam, desto öfter fielen ihr auf der Straße merkwürdig verschrumpelte Luftballonhäufchen auf, die sie unwillkürlich an einen komplizierten, aber sehr gut bezahlten Fall erinnerten, bei dem sie gebrauchte Kondome als Beweismittel hatten sicherstellen müssen. Vater und sie konnten den Fall zwar erfolgreich abschließen, aber allein bei dem Gedanken daran, wie sie an die Kondome gekommen war, stellten sich ihr alle Haare auf. Sie schüttelte die Bilder daran ab und konzentrierte sich darauf, nach Lulu Ausschau zu halten. Darin war sie außergewöhnlich gut, ihr entging kein Detail sowohl auf den Straßen als auch in Innenräumen. Sie konnte auch Stunden später alles aus dem Gedächtnis detailgetreu aufzeichnen. Und nicht nur das, manchmal malte sie etwas, das sie gar nicht gesehen haben konnte, was aber tatsächlich zu diesem Ort gehörte, oder dort geschehen war. Während Carla das ziemlich beunruhigend fand, hatte ihr Vater das ganz pragmatisch mit dem kollektiven Unterbewusstsein erklärt. Das wäre weder magisch noch seltsam, sondern eine sehr nützliche Fähigkeit, und er ermutigte sie, diese Begabung noch weiter zu vertiefen, vor allem, nachdem Carla damit einige Male die Ermittlungen entscheidend vorangebracht hatte.

Weit und breit war weder Lulu noch Polizei zu entdecken.

Unter den jungen Autogrammjägerinnen in Caprihosen und Petticoats wäre Lulu mit ihren exaltierten Hüten sofort aufgefallen.

Alle fünfzig Meter stand ein uniformierter Wachmann. An dem Tor, wo die Autogrammjägerinnen auf die Stars warteten, hielten sogar drei Uniformierte die Stellung.

Hinter der Absperrung aus Bauzäunen konnte man nicht viel sehen, außer dem Brandenburger Tor natürlich. Etwas versetzt zum Durchgang waren Gleise verlegt worden, auf denen ein Kamerawagen langsam von zwei jungen Kerlen hin und her geschoben wurde, weiter rechts brüllte jemand »Stoooppp!« in ein gewaltiges Megafon, woraufhin ein paar Statisten und der Kamerawagen zum Stillstand kamen.

Nirgends eine Spur von Lulu. Als sie sich umdrehte, um noch mal in die andere Richtung zu schauen, stieg ihr ein geradezu himmlischer Kaffeeduft in die Nase. Ein Kaffee würde ihr jetzt guttun. Aber nirgends war zu sehen, wo der Duft herkam und auch Lulu war nirgends zu entdecken. War sie irgendwie hinter die Absperrung gelangt? Am Telefon hatte sie gesagt, die Polizei würde sie festhalten. Polizisten waren aber nirgendwo zu entdecken – nur das private Wachpersonal und am Brandenburger Tor die Grenzer am Übergang zum sowjetischen Zonensektor. Grau und eingefroren wie Thüringer Zinnfiguren standen sie da.

»Horst, da ist er, der Horst!«, schrie eine Autogrammjägerin, zeigte auf einen Punkt hinter der Absperrung, rannte ein Stück weiter und versuchte, den Bauzaun zu verschieben. Die anderen folgten ihr kreischend.

Carla schirmte ihre Augen mit der flachen Hand ab und sah ihnen nach.

Tatsächlich lief Horst Buchholz gerade auf eine von zwei Buden zu, die ihr bisher noch gar nicht aufgefallen waren. Am Tresen der einen Bude stand Liselotte Pulver und nahm von einer Frau im weißen Kittel eine Tasse entgegen. Neben dem Kaffeebüdchen befand sich ein größerer Imbisswagen, von dem jetzt auch noch ein verlockender Duft von gegrillten Würstchen und Pommes zu ihr herüberwehte. Carlas Magen fing an, sehnsüchtig zu knurren. Ihre Käsestulle lag im Büro, und nachher war sicher keine Zeit mehr, sie zu essen. Ein Fehler, denn hungrig war sie nicht besonders gut darin, logisch zu denken.

Wo also steckte sie?

Ihre Tante hatte behauptet, die Polizei würde sie mitnehmen, wenn Carla nicht käme und diese abstruse Geschichte, die Lulu zu ihrer Entlastung aufgetischt hatte, bestätigen würde. Aber weit und breit war keine Polizei zu entdecken. Oder hatte sie doch einen der Grenzer gemeint? Das würde viel mehr Sinn ergeben, denn so nah am Ostsektor mit einem Luftgewehr herumzuspazieren war sicher ein Fehler. Was, wenn Lulu schon längst nach Hohenschönhausen abtransportiert worden war, weil sie zu frech gewesen war?

Du meine Güte, wie diese Würstchen dufteten!

Unwillkürlich sah sie zu den Buden hinüber, wo Liselotte Pulver gerade von einem Mann abgeholt wurde. Die Pulver nickte und lachte ihr unverkennbar herzhaftes Lachen, bei dem Carla sich daran erinnerte, wie sie letzten Juni stundenlang für Karten zur Filmpremiere von ›Ein Glas Wasser‹ im Zoo Palast angestanden hatte. Ein Geschenk für ihren Vater, er bewunderte Gustav Gründgens, sie liebte Lilo Pulver. Aber dann war der Unfall geschehen, und als sie Monate später die Karten in ihrem Schreibtisch wiederentdeckt hatte, war sie in Tränen ausgebrochen. Sie würden nie wieder etwas zusammen unternehmen. Stattdessen hatte sie sich um Mutter zu kümmern, und jetzt musste sie seine verrückte Schwester möglichst schnell finden und danach sofort zurückfahren. Sie konnte es nicht riskieren, dass die neue Klientin vor verschlossener

Tür stand. Es gab schließlich jede Menge Privatdetekteien in Berlin.

Carla trat zu einem der Wachmänner an der Absperrung zum Filmgelände, in der Gewissheit, dass ihr seriöses Kostüm sie deutlich von den Autogrammjägerinnen abhob.

»Entschuldigen Sie, aber haben Sie hier irgendwo Polizei gesehen?«, fragte sie ihn. Er schüttelte den Kopf und verwies sie an einen Kollegen, der näher zum Brandenburger Tor stand. Sie lief zu ihm und fragte nach.

»Wat willste denn von denen?« Diesem Wachmann war offensichtlich langweilig und er genoss die Abwechslung. Grinsend warf er sich in seine beachtliche Brust, die in der dunkelblauen Uniform gut zur Geltung kam. »Bin ick dir nich jut genuch?«

»Nee, Ihnen kann keener!« Carla musste nicht mal lügen, denn der Mann war sehr attraktiv und in seinen Augen glitzerte der Schalk. »Aber die haben was, das Sie nicht haben!«

»Unmöglich!« Er musterte sie genauer, und hob anerkennend seine Augenbrauen.

»Doch, die haben meine Oma mitgehen lassen«, behauptete sie. Die meisten Menschen liebten ihre Oma, mit den Tanten hatte man es nicht so.

»So ne kleene uffjestumpte, mordsuffjetakelt mitn Hut un Jewehr?«

Verblüfft nickte Carla.

»Ne leider nicht.« Der Wachmann lachte freundlich.

Er wollte sie anscheinend auf den Arm nehmen.

»Ich kriege mächtigen Ärger, wenn ich die Oma nicht bald zurückbringe …« Carla wünschte, sie könnte sich ein paar Tränen abringen, aber die einzige Schauspielerin in der Familie war Lulu. Vielleicht würde ein Trinkgeld auch mehr bewirken.

»Na, denn will ick mal nich so sein. Allet juut.« Er zeigte

auf die Imbissstände. »Die sind mit der …«, er zögerte, »*Oma* nach da drüben abjezischt und lassen sich's jut gehn.«

Carla folgte seinem Blick, konnte aber nur Horst Buchholz erkennen, der gerade mit einer Flasche Bier James Cagney zuprostete.

Fragend sah sie den Wachmann an.

»Hinter der Bude sind die billijen Plätze für det Personal«, erklärte er.

»Und wie komm ich dahin?«

»Hamse vielleicht ne Zigarette?«

Na klar. Erste Lektion im Detektivgewerbe: immer Zigaretten am Mann. Carla klappte ihre Handtasche auf und zog ein Päckchen Lucky Strike raus.

»Gehört Ihnen!«

»Kiek an!« Er steckte das Päckchen ein, winkte seinem Kollegen und rief ihm zu: »Bin kurz Pause machen.« Dann schob er eine der Barrieren zur Seite und ließ Carla mit einer höflichen Geste den Vortritt. Sie war froh darüber, denn so prallten die mordlustigen Blicke der Autogrammjägerinnen an seinem Rücken ab, und niemand würde es wagen nachzufragen, was sie da zu suchen hatte.

Je näher sie dem Set kamen, desto verführerischer fand Carla den Duft nach Kaffee und Pommes. Überall wuselten Menschen zwischen Pappkulissen, Tischen voller Werkzeug und Garderobenwagen herum.

Links koppelte ein Arbeiter gerade einen Beiwagen an ein schwarzes schlammverkrustetes Motorrad. Der Wachmann seufzte. »Den hätt ich auch gern.«

»Ein dreckiges Motorrad?«

»Ne, dit hab ich schon, den Beiwagen hätt ich gern, um mit schönen Fräuleins oder ihren Omas durch Berlin zu gondeln.« Er warf ihr einen bewundernden Blick zu. Ob er mit jeder so viel Süßholz raspelte?

Einige Meter weiter füllten zwei Frauen mit kleinen Handpumpen Luft in Ballons. Als die Ballons größer wurden und Carla erkennen konnte, was auf den Ballons aufgedruckt war, fing sie an zu lachen: Auf den einen stand *Russki go home*, auf den anderen *Ami go home*.

»Das wär wirklich das Beste, wenn sich die alle aus Berlin rausverdünnisiern täten!«, kommentierte der Wachmann ebenfalls mit einem Grinsen. Sie liefen hinter einem Hochhausaufbau aus Sperrholz vorbei und erreichten die Rückseite der Imbissbude.

Und da war sie!

Fassungslos starrte Carla auf das Bild, dass sich ihr bot.

Tante Lulu saß kichernd mit zwei uniformierten Polizisten an einem langen Biertisch. Offensichtlich hatte einer der Ordnungshüter gerade einen wahnsinnig komischen Witz erzählt, denn die zwei konnten sich gar nicht mehr einkriegen vor Lachen. Einer der beiden schlug mit der Hand auf den Tisch, dabei hüpften die wie abgeleckt glänzenden Currywurstschälchen hoch und das Gewehr, das neben Lulu am Tisch lehnte, wackelte hin und her.

Carla wusste nicht, ob sie lachen oder weinen sollte. Ihre Tante hatte sich mal wieder selbst gerettet! Und dieses brutzelnde Fett, das aus der Bude lecker duftete, gab ihr vollends den Rest. Bis auf einen Kaffee mit etwas Kondensmilch am Morgen hatte sie noch nichts im Magen.

Es war spät.

Zu spät. Sie brauchte gar nicht auf ihre Uhr zu schauen, um zu wissen, dass sie jetzt ganz sicher ein Taxi nehmen musste, wenn sie pünktlich zurück sein wollte. Und selbst dann würde sie es nur schaffen, wenn jede Ampel auf Grün stand.

Bevor Carla etwas zu Lulu sagen konnte, trat der Wachmann näher und schnappte sich das Luftgewehr, was die beiden Polizisten sofort in Habacht-Stellung brachte, und Lulu riss die Augen auf, als sie dadurch endlich auch Carla bemerkte.

»Langsam!«, befahl der Tischeklopfer von vorhin.

»Ist nur ne Diana 25 …«, der Wachmann legte die Waffe an und richtete sie nach oben Richtung Himmel, »kenn ick, harmloses Spielzeug.«

»Kommt darauf an …«, sagte der andere Polizist, stand auf und nahm Haltung an, »… wo dich so ein Diabolo erwischt.«

Mitten ins Herz wäre gut, dachte Carla und funkelte ihre Tante so empört an, dass die immerhin ihre Hände beschwichtigend hob.

»Kindchen!«, sagte sie. »Schön, dass du *auch endlich* da bist.«

Carla atmete tief durch und zählte von 777 rückwärts, um nicht die Beherrschung zu verlieren. Die Sieben war ihre Glückszahl und Glück konnte sie wirklich brauchen.

»Stell dir vor«, sagte Lulu nun etwas beflissener, »ich konnte in meiner *sehr* langen Wartezeit mit diesen reizenden Ordnungshütern schon alles klären. Setz dich, Kindchen, die Trudi wird dir gleich eine ordentliche Portion Pommes machen.«

Was redete sie denn da und woher kannte sie schon wieder diese Trudi? Tante Lulu ging immer davon aus, dass jeder wusste, von wem sie redete. Der Atze, die Lilo, der Billy und jetzt auch noch die Trudi.

»Dafür habe ich leider keine Zeit«, sagte Carla und versuchte das Knurren in ihrem Magen zu ignorieren. »Wie ich dir am Telefon gesagt habe, *muss* ich zu einem Termin!«

»Kindchen, also das würde deinem Vater nicht gefallen, du bist ja nur noch Haut und Knochen! Und die Trudi …«

»Dit ist also die *arme, arme* Oma?«, sagte der Wachmann mit einem Kopfschütteln.

»Wie ich sehe, hast du hier ja alles im Griff!« Carla drehte sich um und eilte zurück Richtung Absperrung. Schluss, aus, Ende.

»Warte doch!«, rief ihr Lulu hinterher. »Ich kann das erklären!«

Ich will's aber nicht hören, dachte Carla und legte noch einen Zahn zu.

Jäh prallte sie gegen ein weiches Hindernis. Wie aus dem Nichts war ein Mann vor ihr aufgetaucht und sie in ihn hineingelaufen. Seine helle Schirmmütze flog im hohen Bogen auf die Erde.

»Pass doch auf!«, fuhr sie ihn an.

Dann erst sah sie ihm ins Gesicht. Oh nein, das durfte einfach nicht wahr sein! Das war Billy Wilder! Lulu hatte ihr gefühlt Hunderte von Bildern von ihm und seinen Filmen gezeigt. Seine Brille hing nur noch an einem Ohr, ganz allein durch ihre Schuld.

»I am so sorry«, sagte sie und wünschte sich vier Meter unter das Brandenburger Tor. Sie bückte sich nach der Schirmmütze, hob sie auf, während sie verzweifelt nach besseren englischen Entschuldigungen suchte. Doch ihr Kopf war total blank. Sie reichte ihm die Mütze. »Really so, so sorry!«

»Es heißt ja Eile mit Weile«, sagte Billy Wilder mit einer etwas schnarrenden Stimme, nahm die Mütze, klopfte sie ein paarmal an seinem Oberschenkel ab und setzte sie umstandslos wieder auf.

Natürlich, er hatte ja auch in Berlin und Wien gelebt. »Sie haben recht. Und ich hätte besser aufpassen müssen«, murmelte Carla.

»Dem von mir sehr verehrten Lubitsch zufolge macht sich selbst der würdevollste Mensch mindestens zweimal am Tag lächerlich.« Mit einem Lächeln rückte der Hollywood-Regisseur nun auch seine Brille einige Male hin und her, bis er mit dem Sitz zufrieden war und ihr zunickte. »Das war heute erst die Nummer eins.«

»Ich bedaure das wirklich sehr!«

Billy Wilder zwinkerte ihr mit einem amüsierten Funkeln zu. »Nehmen Sie's leicht, Sie wissen ja, nobody is perfect!« Dann lief er Richtung Kaffeebüdchen davon.

Eine große Hand legte sich schwer auf ihre Schulter.

Carla war auf alles gefasst. Man würde sie verhaften, rauswerfen, verklagen. Abergläubisch griff sie an den Glückswürfel an ihrer Halskette und berührte ihn.

»Ich bring Sie hinten raus, da gibt es 'n Taxistand.«

Erleichtert erkannte sie den Wachmann, der ihr offensichtlich gefolgt war. »Sieht ja so aus, als hätten Sie es mächtich eilig.«

»Danke, sehr freundlich!«, sagte sie, während sich in ihrem Kopf alles drehte.

Er reichte ihr das Gewehr. »Hab ick ma konfisziert, nur für alle Fälle.«

Carla starrte das Gewehr an, dann den Wachmann und sah über dessen Schulter, wie Billy Wilder sich gerade einen Kaffee geben ließ.

War das alles gerade wirklich passiert? Sie musste jetzt also auch noch hungrig und verschwitzt quer durch die Stadt hetzen, mit einem Gewehr als Accessoire zu ihrem ach so seriösen mauvefarbenen Chanelkostüm-Imitat und würde, selbst wenn sie sich den Weg freischoss, zu spät zu ihrer neuen Kundin kommen!

Ihr wurde schwindelig. *Genau, schieß dir doch einfach den Weg frei*, wiederholte sie innerlich und diese absurde Vorstellung brachte sie dann zum Lachen, das nur haarscharf an einem Schluchzen vorbeiging.

Der Wachmann schien zu spüren, dass sie auf der Kippe stand, denn er lächelte sie voller Wärme an und das beruhigte sie ein bisschen.

»Bin übrigens der Bruno«, er überreichte ihr, auf einmal ganz schüchtern, einen zusammengefalteten Zettel. »Die Nummer, von wo ick zur Untermiete wohne, nur falls Sie mal Lust aufn Käffchen hätten ...«

»Fürs Erste wäre ein Taxi wunderbar!«, sagte Carla, nahm den Zettel und stopfte ihn in ihre Tasche.

»Ein Taxi ist nicht nötig!«, mischte sich Tante Lulu außer Atem ein. In ihrem Schlepptau hatte sie immer noch die beiden Polizisten.

Auch das noch! Wie hatte sie das so schnell geschafft? Ihre stämmige Tante hasste jeglichen Sport, bis auf das Tanzen. Zum Glück hatte sie den Zusammenstoß mit Wilder nicht mitbekommen, daraus würde sie sonst gleich eine lebenslange Freundschaft mit dem Regisseur stricken.

Lulu überreichte Carla eine Portion Pommes frites mit einer so dramatischen Geste, als wäre das der goldene Oskar für den besten Film des Jahres und nicht nur eine fetttriefende Tüte aus Zeitungspapier. »Für dich!«, sagte sie.

»Ich hab alle Hände voll«, Carla wedelte mit dem Gewehr und ihrer Handtasche, »siehst du doch und ich hab keine Zeit!«

»Dieses Problem habe ich schon gelöst, diese reizenden Herren fahren uns nach Charlottenburg. Ich habe ihnen erklärt, wie wichtig es ist, dass du pünktlich zu deinem Termin mit dem Presseberater des Oberbürgermeisters kommst.«

Alle drei Männer sahen Carla voller Hochachtung an. Sie versuchte Haltung zu bewahren und räusperte sich. Was zum Teufel hatte Lulu denen sonst noch erzählt?

»Vielen Dank«, sagte sie schließlich und wich dem erstaunten Blick von Bruno aus. »Das ist wirklich sehr, ähh, bürgernah und der Oberbürgermeister wird das sehr zu schätzen wissen!« Wozu das auch klarstellen? Für einen Termin mit ihrer Klientin gäbe es sicher keine Polizeieskorte.

Kurz darauf saß Carla neben Lulu auf der Rückbank in dem schwarzen VW-Käfer der Berliner Polizei und verschlang die Pommes, während sie unter Sirenengeheul in die Grolmanstraße nach Charlottenburg gefahren wurden.

»Verrätst du mir endlich, was du mit dem Gewehr am Set vorhattest?«, flüsterte Carla mit Blick auf die beiden Polizisten. »Und was sollte der Anruf – offensichtlich wollte dich gar niemand verhaften?«

Tante Lulu reichte ihr ein besticktes Taschentuch. »Du versaust dir das Kostüm, obwohl, wär auch nicht schade drum, diese grauenhafte Farbe beleidigt sogar Blinde. Nicht mal als Hundedecke für meine Fritzi ging das bei mir durch.«

Carla sparte sich einen Kommentar und zog die letzten drei Pommes aus der Zeitungstüte. Durch das Fett war die Schrift nun besonders gut zu lesen. Und jetzt wusste sie auch, wie Lulu auf die Sache mit dem Berater gekommen war: *Adenauer warnt in Lübeck vor Panikmachern wie Willy Brandt*, las Carla, *denn es sei für den Frieden schlecht, wenn der regierende Bürgermeister von Berlin behaupte, dass die Menschen sich fürchten, weil die Maschen des Eisernen Vorhangs zuzementiert werden könnten.*

Carla zerknüllte die leere Tüte, lehnte den Kopf nach hinten und schloss die Augen.

Die weiche Hand ihrer Tante legte sich auf ihre und drückte sie liebevoll. »Kindchen, ist ja noch mal gut gegangen. Morgen tue ich Buße und erzähl dir alles, bei einem Mittagessen im Café Kranzler, natürlich auf meine Kosten.«

Und Carla schaffte es mal wieder nicht, Nein zu sagen.

Kapitel 2

Nur noch fünf Minuten!

Nachdem Carla sich in der Toilette flugs präsentabel gemacht hatte, riss sie alle Fenster weit auf und bereitete einen frischen Aktenordner für ihre neue Klientin vor. Sie beschriftete ihn nicht mit deren Namen, sondern mit der Aktennummer 120861/A. Das war das System der Agentur Nachtigall: Datum und wievielter Kunde des Tages. Ihr Vater hatte ihr eingeschärft, wie wichtig es war, die Unterlagen der Klienten nach Nummern aufzubewahren. Auf gar keinen Fall durfte man »Klarnamen« verwenden. Nur so waren die Geheimnisse der Kunden auch wirklich sicher.

Vor drei Jahren hatte ein wütender Ehemann versucht, die Fotos von sich und seinem Geliebten aus der Agentur zu stehlen. Er hatte die Akte nicht finden können, das war gut. Weniger gut war, dass er in seiner Wut die Inneneinrichtung der Agentur verwüstet hatte. Ihre Mutter war entsetzt – was, wenn der Mann nach oben in die Wohnung gekommen wäre? Wie hätte jemand wie sie sich wehren können? Um sie zu beruhigen, hatte Vater versprochen, dass er neue und bessere Schlösser einbauen würde. Leider war das nie passiert, worüber sich ihre Mutter nicht beklagt hatte, denn schließlich »hatte der Herr Rosinenbomber von Charlottenburg Wichtigeres zu tun«.

Hastig schüttelte Carla die bunten Blumenkissen in dem

bequemen Rattanstuhl auf, den sie gegenüber vom Schreibtisch hingestellt hatte. Zu mehr Veränderungen hatte sie sich nach dem Tod ihres Vaters nicht durchringen können, es wäre ihr wie Leichenschändung vorgekommen. Außerdem liebte sie seinen schwarzen Drehstuhl, sie wusste, wie lange er dafür gespart hatte und wie stolz er auf dieses Monster aus gestepptem Leder gewesen war. Doch auf lange Sicht musste sie ihn austauschen, er war viel zu groß für sie, und sie befürchtete, es könnte aussehen, als würde sie den Chef nur spielen.

Vielleicht gefiele den Klientinnen ein Gummibaum am Fenster oder stimmungsvolle Gemälde an der Wand, die sie anschauen konnten, wenn es peinlich wurde. Einen Sonnenaufgang am Wannsee, einen Kupferstich vom Charlottenburger Schloss oder … Tante Lulu als Hexe. Sie musste lachen, aber dann fiel ihr Blick auf die dunkle Anrichte, auf der die beiden großen bauchigen Flaschen standen, und sie wurde wieder ernst. Die von ihrem Vater war halbvoll mit etwas angestaubten Pfennigstücken, ihre fast voll. Den Klienten hatte ihr Vater erzählt, sie würden die Pfennige für Carlas Brautschuhe sammeln. Diese Behauptung war natürlich auch als Wink mit dem Zaunpfahl von ihm gemeint gewesen, weil er sie gern unter der Haube gesehen hätte. Aber sie hatte reichlich Anschauungsmaterial zum Thema Ehe gehabt, deshalb hatte sie sich taub gestellt.

In Wahrheit zeigten die Pfennige den Stand eines Wettstreites zwischen ihnen.

Die Idee war ihrem Vater gekommen, nachdem er als Erster in der Grolmanstraße einen Telefonanschluss hatte. Denn nun riefen viele Klienten vorher an, um Termine zu vereinbaren. Er wollte, dass sie beide das nutzten, um ihre Sherlock Holmes-Fähigkeiten zu schärfen und installierte einen kleinen Lautsprecher am Telefon, damit Carla mithören konnte. Sie versuchten zu erraten, ob und was die Stimme über den jeweiligen Menschen verriet. Konnte man Rückschlüsse auf sein Äußeres, die Ausbildung, den Beruf oder Hobbys ziehen?

Wer von ihnen beiden einen Treffer landete, bekam einen Pfennig in seine Flasche. Anfangs hatte er sie immer besiegt, aber kurz vor dem Unfall war ihre Flasche zum ersten Mal deutlich voller gewesen als seine, und das, obwohl sie wegen ihres Jurastudiums viel weniger Zeit in der Agentur verbracht hatte.

Ingrid Niemöller, die Klientin von heute, hatte kurzatmig geklungen, womöglich war sie etwas drall oder unsportlich, Asthmatikerin, oder einfach nur aufgeregt? Zu Letzterem würde es auch passen, dass sie so schnell gesprochen hatte, als ob sie Angst hätte, dass sie es sich doch noch anders überlegen könnte. Allerdings hatte sie sich in dem Gespräch weder verhaspelt noch in Äh-äh-Pausen geflüchtet. Offensichtlich wusste sie nicht nur, was sie wollte, sondern war es gewohnt auch mit fremden Menschen zu sprechen. Carla hatte kein einziges Lieblingsfüllwort entdecken können, die waren sonst sehr verräterisch, kein *eigentlich*, kein *sozusagen*, *wirklich* oder *quasi* und kein einziges *könnte, wäre, würde*. Nur ein: ich will. Ich suche. Womöglich arbeitete Frau Niemöller im Einzelhandel, oder sie war Chefsekretärin?

Noch drei Minuten.

Genug Frischluft! Carla beeilte sich dermaßen, die Fenster wieder zu schließen, dass ihr beinahe die winkende Katrin vom Haus gegenüber entgangen wäre. Sie winkte ihr freundlich zurück, signalisierte mit der geschlossenen Faust dann aber das A aus dem Fingeralphabet. So wusste Katrin, dass Carla jetzt arbeiten musste. Ein Y, kleiner Finger und Daumen weit abgespreizt, Zeige-, Mittel- und Ringfinger gekrümmt, würde Katrin ein »Yes, komm rüber« anzeigen. Die beiden Buchstaben konnte man auch gut noch von gegenüber erkennen und Katrin liebte diese Codes. Sie hatte voller Begeisterung das ganze Fingeralphabet gelernt. Seit Carla vor einem halben Jahr Katrins geliebte Schildkröt-Puppe aus den Klauen von Fritzi, Tante Lulus schwarzem Riesenpudel, gerettet hatte, wollte Katrin dringend auch ein Fräulein Sherlock Holmes werden. Vom Puppenspielen hatte sie sich verabschiedet, weil das nicht zu ihrer neuen Karriere passte, und Carla bezweifelte nicht, dass sie es schaffen würde. Katrin war nicht nur klug, sondern hatte mit zehn Jahren auch schon mehr Chuzpe als Carla heute. Ein Naturtalent.

Carla wandte sich vom Fenster ab und brühte in der kleinen Teeküche noch schnell einen Kaffee auf. Frischer Kaffeeduft entspannte alle, und ganz besonders die weiblichen Klienten. Viele waren froh, wenn sie sich an einer Tasse festhalten konnten. Komischerweise war es Frauen oft viel peinlicher über ihr Problem mit einer Detektivagentur zu *sprechen*, als das Problem zu *haben*. Männer hingegen fanden ihr Problem peinlich und konnten nicht schnell genug darüber sprechen, um es hinter sich zu bringen.

Das Telefon klingelte. Hoffentlich hatte es sich Frau Niemöller nicht anders überlegt, das kam gerade bei Scheidungsangelegenheiten oft vor. Ein mitgebrachter Blumenstrauß und schon war die Welt wieder in Ordnung. Dann hätte Carla sich ganz umsonst so abgehetzt. Sie griff nach dem Hörer und war erleichtert, Alma Hochbrücks Stimme zu vernehmen und nicht die der neuen Klientin.

Sie beide kannten sich von der gemeinsamen Arbeit im Vorstand des Waisenhauses Berliner Küken. Allerdings klang Alma verschnupft und sie flüsterte, als hätte sie Angst, jemand könnte sie hören. Hatte sie geweint? Alma fragte, ob sie auch morgen, also am Sonntag zu Nachtigall & Co. kommen könnte, das wäre der einzige Tag, an dem das bei ihr ginge und es sei geradezu lebenswichtig und sie wollte wissen, ob

Carla ihr als Klientin 100 Prozent Verschwiegenheit zusichern könne. Carla versprach, alles zu tun, und natürlich wäre Diskretion in ihrer Agentur unabdingbar. Sie mochte Alma sehr und es tat ihr leid, dass sie sie unterbrechen musste, aber gleich würde Frau Niemöller da sein.

»Natürlich«, sagte Carla voller Mitgefühl. »Kommen Sie, wann immer es passt, ich freue mich, wenn ich Ihnen behilflich sein kann.« Nach dem Auflegen notierte sie den Termin für morgen um 17 Uhr im Kalender. Obwohl Alma so unglücklich geklungen hatte, war sie erleichtert, denn auch wenn es dank der letzten Klientin noch ein paar Geldreserven gab, würden sie nur ein paar Wochen reichen und bis jetzt war dieser August finanziell ein Trauerspiel.

Warum Alma wohl kommen wollte? Die Hochbrücks wirkten wie das perfekte, glückliche Paar. Beide so schön und klug und er lachte viel und oft. Hatte der Professor eine Geliebte? Oder ging er ins Bordell und hatte sich Krankheiten eingefangen? Das passierte viel öfter, als sie das je für möglich gehalten hätte.

Das Klingeln riss sie aus ihren Gedanken. Punkt 16 Uhr! Wunderbar, ein Pluspunkt für Frau Niemöller. Sie liebte pünktliche Klientinnen.

Carla reichte ihr die Hand zur Begrüßung und musste zu der schlanken Frau aufschauen. Keinen Pfennig dafür also. Selbstsicher wie ein Mannequin bewegte sich Frau Niemöller in ihrem schwarz-weißen an Chanel erinnernden Kostüm durch Claras Büro. Und sie war eindeutig daran gewöhnt, dass man ihr zuhörte. Ihre Klientin nahm geradezu Besitz von dem Rattanstuhl, schob die Kissen mit einem spöttisch anmutenden Lächeln zurecht, strich ihren Rock glatt und setzte sich. Suchend sah sie sich auf Carlas Schreibtisch um.

Aschenbecher, erkannte Carla und holte das Monster aus orangebraunem Muranoglas aus der mittleren Schublade. Der

Anblick war ihr verhasst, weil er sie immer an den schrecklichen Tag erinnerte, an dem das mit Mutter passiert war, aber das hatte sie ihrem Vater nie sagen können. *Nächste Woche werde ich ihn durch einen modernen Druckaschenbecher aus Edelstahl ersetzen*, schwor sie sich.

Als ihre Klientin sich vorbeugte und ihre Zigaretten aus ihrer Handtasche zog, schwebte der Duft von Shalimar durch den Raum, eine Mischung aus Vanille, Zitrusfrüchten und Rosen, die Carla sehr gern mochte. Der Duft verlieh dem klassischen Kostüm eine unerwartete Note und lenkte den Blick auf die femininеren Aspekte ihrer Kleidung. Nun bemerkte Carla auch die doppelreihige Perlenkette, den seidenen Glanz der Schluppenbluse. War das Kostüm womöglich wirklich von Chanel?

»Kleider sind wie Fenster zu dem Menschen dahinter«, war das Credo ihres Vaters. Manche dieser Fenster waren eine Einladung und offen, andere benutzten ihre Kleider, um sich abzuriegeln. Frau Niemöllers Kleidung saß zwar wie maßgeschneidert, aber dieser schwarz-weiß melierte Bouclé-Stoff passte trotzdem nicht wirklich zu ihr. Carla unterdrückte ein Lächeln, denn ihr kam gerade der Verdacht, dass auch Frau Niemöller versuchte, seriöser und älter auszusehen, als sie womöglich war. Ihre Haut war glatt und eben, höchstens Mitte bis Ende zwanzig, schätzte Carla. Ihre Frisuren jedenfalls waren fast identisch, sie beide hatten ihre dunklen Haare zu einem strengen, tief im Nacken liegenden perfekten Chignon frisiert. Was hatte diese Frau wohl hergeführt? Für eine Scheidungsangelegenheit oder eine betrogene Ehefrau wirkte sie nicht verzweifelt oder enttäuscht genug. Außerdem konnte Carla keinen Ehering entdecken, sondern nur einen Plastikring aus weißen und rosafarbenen Blüten am Ringfinger. Genauso einen, wie sich ihn Katrin von gegenüber neulich auf einem Kindergeburtstag gebastelt hatte. Dieser Ring passte so gar nicht zum Rest. War Frau Niemöller Unternehmerin? Anwältin? Ging es vielleicht um Betriebsspionage?

Carla bot ihr einen Kaffee an und fragte dann, was sie für sie tun könne. Frau Niemöller wiegelte mit einer ungeduldigen Handbewegung ab, zündete ihre Zigarette mit einem goldenen Feuerzeug an und hielt dann inne. Marlboro, nicht gerade Damenzigaretten, registrierte Carla.

»Arbeiten Sie ganz allein?«, fragte Frau Niemöller statt zu antworten und inhalierte dann tief.

»Ich habe ausgezeichnete Mitarbeiter, die ich bei Bedarf hinzuziehen kann. Aber falls Sie Diskretion wünschen, kümmere ich mich persönlich um alles. Um was geht es denn?«

Frau Niemöller nickte. »Ich suche einen Mann«, sagte sie ernst.

»Ah, ja.« Carla überlegte verwundert, wohin das führen würde. Ihre Neugier wuchs.

»Vorher wüsste ich gern, was mich das kosten wird.«

»Dazu kann ich noch nicht viel sagen, ich weiß ja noch nichts Genaues. Unser Tagessatz ... «, Carla zögerte einen Moment, es fiel ihr immer noch schwer, über Geld zu reden, andererseits: Shalimar war teuer, das Kostüm vielleicht Chanel.

»Unser Tagessatz«, wiederholte sie, »beträgt 40 Mark, dazu kommen Spesen. Die Mindestgage, für die wir tätig werden, sind drei Tagessätze, die im Voraus bezahlt werden muss.«

Frau Niemöller nickte. »In Ordnung.« Sie holte tief Luft und zerdrückte die nur halbgerauchte Zigarette. *Ich hätte mehr verlangen sollen*, durchzuckte es Carla angesichts einer solchen Verschwendung.

»Es war auf dem Deutsch-Amerikanischen Volksfest ...«

Oh nein. Carla versuchte sich ihre Enttäuschung nicht anmerken zu lassen. Bloß nicht schon wieder so eine Geschichte! Schwanger von einem GI? Sie hatten so viele angehende oder vermisste Väter suchen müssen, und die Army war dabei nicht gerade hilfreich, trotz all der Kontakte, die ihr Vater aufgebaut hatte.

Das Deutsch-Amerikanische Volksfest? Carla stutzte und rechnete kurz nach. Es hatte in diesem Jahr zum ersten Mal stattgefunden. Das wusste sie nur so genau, weil Tante Lulu es sich in den Kopf gesetzt hatte, dort ihren Geburtstag zu feiern, und der war am 29. Juli. Keine Frau konnte am 12. August schon sicher wissen, ob sie schwanger war. Was war es denn dann? Eine Vergewaltigung? Um das anzuzeigen, war es zu spät. Diebstahl?

»Also – es klingt ein bisschen …« Frau Niemöller griff sich an den Hals, tastete nach ihrer Kette und ließ dann Perle um Perle durch ihre Finger gleiten, als wäre sie ein Rosenkranz. »Ich glaube, ich möchte jetzt doch einen Kaffee.«

»Gern!« Carla wurde unruhig. Normalerweise wusste sie schneller, um was es hier eigentlich ging. Sie stand auf, schenkte Kaffee in die Zwiebelmustertasse und reichte sie ihrer Klientin. »Milch, Zucker?«

»Auf keinen Fall!« Sie rührte dann trotzdem mit dem Löffel konzentriert in ihrer Tasse, legte ihn klirrend ab und nahm einen Schluck.

»Glauben Sie an Liebe auf den ersten Blick?«, fragte sie dann.

Carla hätte sich beinahe verschluckt, unwillkürlich dachte sie an Richard. Oh ja, natürlich! Aber am Ende war es dann doch nur eine backfischhafte Schwärmerei, die irgendwann wieder vorüberging wie ein Schnupfen.

»Wie meinen Sie das genau?« Vielleicht würde es Ingrid helfen, wenn sie von Richard erzählte, dessen Anblick sie ja auch zuerst wie ein Blitz getroffen hatte. Jeden Tag hatte sie ihm an der Uni entgegengefiebert und nun dachte sie mittlerweile wirklich nur noch selten an ihn.

»Ich meine es genauso wie ich es gesagt habe, Liebe auf den ersten Blick!« Frau Niemöller fing an zu lächeln und dieses Lächeln zauberte einen rosaroten Hauch auf ihre Wangen und ließ plötzlich ihren Teint schimmern, als wäre er mit Perlmuttpuder bestäubt. Ihre Klientin wirkte nun wie losgelöst, fast schwebend und keinen Tag älter als zwanzig.

»Bitte nennen Sie mich doch Niki, da ist mir wohler.«

»Niki?« Das war nicht gerade eine Abkürzung für Ingrid.

»Diesen Namen hätte ich mir ausgesucht, wenn das möglich wäre. Finden Sie es nicht auch sehr ungerecht, dass wir unser ganzes Leben einen Namen tragen müssen, den man uns aufgebürdet hat?«

Carla nickte. Niemand hatte sich die Mühe gemacht, einen Namen für sie zu suchen, in ihrem Ausweis stand Karla, nach Karl von Karl-Otto. Niemand hatte über einen Mädchennamen nachgedacht. Niemand hatte ein Mädchen gewollt. Niemand hatte *sie* gewollt.

»Es gibt da so eine verrückte Aktionskünstlerin, Niki de Saint Phalle, die schießt mit Farbbeuteln auf Gipsfiguren.«

»Interessant!«, murmelte Carla, dann wurde ihr klar, dass Niki Niemöller sehr weite Bögen schlug – vom Deutsch-Amerikanischen Volksfest zu einer Aktionskünstlerin. Sie sollten zurück zum eigentlichen Thema kommen. »Ja, Niki, also was …?«

»Ich habe mich dort für die Wahl zur Volksfest-Queen aufstellen lassen, und sogar«, sie richtete sich gerader auf und lächelte breiter, »den dritten Platz gemacht.«

»Wunderbar!«, Carla hoffte, Frau Niemöller würde ihr nicht anmerken, dass sie diese Art von Wettbewerb eher für Zuchtbullen oder Rassekatzen passend fand. »Und?«

»Man kann nur teilnehmen, wenn man Namen und Adresse angibt, ich musste aber inkognito bleiben. Deshalb habe ich auf dem Fest nicht nur eine blonde Marilyn-Perücke à la

›Manche mögen's heiß‹ getragen, sondern auch einen anderen Namen und eine falsche Adresse angegeben.«

»Ja?« Carla musterte Ingrid noch eingehender. Hatte sie womöglich ein Dr.-Jekyll-und-Mrs-Hyde-Problem?

Frau Niemöller rutschte nervös auf ihrem Stuhl herum. »So ein Benehmen ist mit meinem Beruf nicht vereinbar.«

»Falsche Angaben?«

Ingrid schüttelte vehement den Kopf. »Nein, Spaß zu haben. Mein Verhalten muss jederzeit tadellos und über jeden moralischen Zweifel erhaben sein, das steht sogar in meinem Vertrag. Wenn die das rauskriegen, werde ich gefeuert. Und Jack, so heißt der Mann, den ich belogen habe, muss mich für ein Monster halten.«

»Jack – und sein Nachname?«

»Er hat ihn mir gesagt, aber ich habe ihn nicht verstanden und es war so unwichtig in diesem Moment!«

Immer wieder hatte Carla erlebt, dass GIs einen falschen Vornamen genannt und den Nachnamen absichtlich vernuschelt hatten. Es gefiel ihr, dass es hier wenigstens so etwas wie eine Pattsituation geben würde.

»Hat er gesagt, wo er herkommt?«

Ingrid lächelte. »Ja, das habe ich mir gemerkt, denn ich hatte zuerst Atlas verstanden. Ich muss wohl verwirrt gewirkt haben, deshalb hat er noch mal wiederholt, er wäre Jack aus Atlanta in Georgia.«

»Warum diese Maskerade? Warum diese Lügen? Arbeiten Sie für die Kirche?«

Ingrid gestattete sich ein maliziöses Lächeln. »Im Gegenteil, wenn die von meiner Arbeit wüssten, würde ich sofort exkommuniziert.«

»Klingt geheimnisvoll.«

»Ich bin Pharma-Vertreterin für weibliche Krankheiten.«

»Weibliche Krankheiten erfordern eine so hohe Moral?«

»Ich verkaufe Anovlar!« Ingrid warf sich in Pose, als würde sie mit Gold handeln.

Anovlar, was sollte das denn sein? Verzweifelt suchte Carla nach irgendwelchen Informationen zu diesem Namen, aber da war nichts.

»Das ist ein Medikament, eine Tablette, die verhindert, dass man schwanger werden kann. Eine wunderbare Sache, finden Sie nicht?« Die Frage war wohl eher rhetorisch, denn Ingrid redete gleich weiter. »Doch zugleich ist das auch sehr heikel. Viele Ärzte glauben, wenn sie so was verschreiben, dann unterstützen sie damit die angeborene Zügellosigkeit der Frau. Sie wollen, dass Verhütung Männersache bleibt, Sie wissen schon, Coitus interruptus ...« Ingrid machte eine entsprechende Bewegung mit ihren Händen.

Carla schoss das Blut in die Wangen und weil sie wusste, dass die kreisrunden Flecken aussahen, als hätte man sie geohrfeigt, war es ihr gleich doppelt peinlich. Auch wenn Ingrid unmöglich wissen konnte, dass sie von Männern bisher nur geträumt hatte. Und daran war auch nichts Schlimmes, nur Lulu wollte darin eine Katastrophe vom Ausmaß der Titanic sehen.

»... und Kondome«, redete Ingrid gelassen weiter. »Frauen sollen keine Kontrolle über ihre Körper haben, denn das ist der Anfang von Sodom und Gomorra, diese Pille führt quasi dazu, dass Frauen zu enthemmten Sexhexen werden. Wenn ich also Umsatz machen will – und genau das erwarten meine Arbeitgeber von mir –, dann muss mein Ruf makellos sein und ich sollte in der Arztpraxis so seriös wirken wie eine Nonne mit Kopfschmerzen. Damit vollkommen klar ist, dass das Mittel nur für verheiratete Frauen gedacht ist, die aus gesundheitlichen Gründen kein Kind mehr bekommen sollen. Natürlich ist das eine Lüge, aber darüber reden wir nicht. Verstehen Sie mein Dilemma?«

»Nicht so ganz!«, sagte Carla. Wahrscheinlich wäre sie nicht auf der Welt, wenn ihre Mutter so ein Medikament gehabt hätte, denn dann hätte sie ihren Vater nicht heiraten müssen. Wenn er nicht bei den Nachtigalls eingeheiratet hätte, welchen Beruf hätte er wohl dann gewählt? Journalist hatte er eigentlich werden wollen, oder Koch oder Sänger. Oder alles zusammen, Karl-Otto Koslowsky, der singende Journalistenkoch.

»Hören Sie mir zu?«, fragte Ingrid Niemöller und zog ihre rechte Augenbraue hoch.

»Natürlich. Ich verstehe«, log Carla. Wenn sie so einen offensichtlich gut bezahlten Job hätte, würde sie nicht bei solchen Misswahlen antreten. Man konnte eben nicht alles auf einmal haben. »Es war Ihnen also unmöglich – Jack? – Ihren echten Namen zu nennen und wir sollen ihn für Sie finden?«

»Ja. Ich war schon dort, wo das Fest stattgefunden hat, aber man wollte mich weder auf das Gelände lassen, noch war jemand bereit, mir eine Auskunft zu geben.«

Genau, denn die Army witterte bei jungen Frauen, die nach einem GI fragten, immer eine Schwangerschaft und Komplikationen. Eigentlich entbehrte das in diesem Fall nicht an Ironie. Carla unterdrückte ein Lächeln und fragte: »Gibt es ein Foto von dem Abend, von Ihnen beiden?«

Ingrid trank aus, lehnte sich zum ersten Mal, seit sie angekommen war, entspannt zurück, schloss die Augen und ließ wieder andächtig die Perlen durch ihre Finger gleiten.

»Leider habe ich kein Foto.«

»Können Sie ihn vielleicht beschreiben?«

Ihre Augen fingen an zu glänzen. »Ein großer Mann, also größer als ich, mit breiten Schultern und dunkelblonden Haaren, natürlich kurz geschoren. Dichte helle Augenbrauen über graublauen Augen und einen etwas zu großen Mund, die Oberlippe fast größer als die Unterlippe und natürlich herrlich gesunde amerikanische Zähne, so weiß.« Sie seufzte begeistert.

»Besondere Merkmale?«

»Er hatte eine kleine Brandwunde innen am Handgelenk.«

»Wie alt schätzen Sie ihn?«

»Er war etwas älter als ich, vielleicht Anfang dreißig.«

Jack aus Atlanta um die dreißig mit graublauen Augen – das reichte hinten und vorne nicht. »Wissen Sie sonst noch etwas über Jack, vielleicht etwas, das Ihnen zunächst gar nicht so wichtig erschien?«

»Er sagte, er hieße Jack … aber seine Kollegen haben ihn Bobbs gerufen, aber nicht alle, einige begrüßten ihn auch mit Jack-ov.«

»Sie meinen wie Jack-ob, mit B?«

Ingrid schüttelte den Kopf. »Nein, es war ganz sicher ein F, Jackof.«

Könnte das vielleicht auf eine Version von Jakob hindeuten oder womöglich ein Spiel mit seinen russischen Wurzeln? Jack-ov? Sie hatten einmal einen Fall gehabt, in dem Keith, ein britischer Captain, von seiner Kompanie nur Dussolini genannt worden war. Der war natürlich schnell gefunden gewesen.

»Aber andere haben Bobbs zu ihm gesagt. Alle schienen sich zu freuen, ihn zu sehen, das hat mir gefallen.«

»Bob wie Robert?« Ungewöhnlich, gleich zwei Spitznamen.

»Nein, das klang anders, wirklich wie Bobbs. Aber egal, wie seine Kameraden ihn angeredet haben, es klang immer sehr respektvoll.«

»Welchen Rang hatte er?«

»Das weiß ich nicht, aber ich glaube, sie waren nicht voller Hochachtung wegen seines Rangs, es wirkte trotzdem irgendwie nahbar.«

Nahbar, interessantes Wort. Das hatte Carla schon lange

nicht mehr gehört. »Darf ich fragen, warum Sie glauben, dass es ihm genauso geht wie Ihnen?«

Ingrid lächelte. »Bis zu diesem Tag hätte ich alle für verrückt gehalten, die mir mit so einer Geschichte kommen. Nie hätte ich gedacht, dass es so etwas gibt. Man schaut durch einen Raum voller Menschen, und landet in den Augen dieser einen Person, und das ist wie ein glückliches Ertrinken in der Zukunft. Das Herz wird plötzlich ganz heiß, alles hier drin dehnt sich, explodiert!« Sie zeigte auf ihren Brustkorb. »Alles ist anders, die Organe wissen nicht mehr, was sie tun sollen, der Puls fängt an zu stolpern, man zittert, kann sich kaum noch aufrecht halten, schwitzt und friert gleichzeitig. Dann kommt der andere näher und man kann seine Aura förmlich riechen, die Zeit bleibt stehen, alles wird stumm, es gibt nichts anderes mehr …« Sie nickte eigentlich eher zu sich selbst hin als zu Carla, zog eine weitere Zigarette aus ihrer Handtasche und zündete sie sich an.

»Das sind ja körperliche Reaktionen«, rutschte es Carla heraus, weil sie an Richard dachte und den Wunsch spürte, Ingrid zu warnen. »Solche Sensationen erschöpfen sich irgendwann, man kann nicht auf sie bauen, oder sicher sein, dass das wirklich eine Zukunft hat.« Im Verbauen ihrer Zukunft war sie jedenfalls immer schon eine ganz traurige Expertin.

Ingrid musterte Carla prüfend. »Ich verstehe Sie sehr gut, denn genau das hätte ich auch zu jedem gesagt, bevor mir das passiert ist.« Sie deutete auf den weiß-rosa Plastikring. »Den hat Jack dann für mich organisiert, an einem Stand für Kinderspielzeug. Unser Verlobungsring: Wir seien füreinander bestimmt, es wäre göttliche Vorsehung, das waren seine Worte.«

Weit aus dem Fenster gelehnt, dachte Carla, aber das hatte sie leider schon oft erlebt, manche Soldaten erzählten den deutschen Fräuleins immer noch alles, was sie hören wollten, und unterschlugen ihre Familie in den Staaten.

»Was haben Sie denn noch gemacht? Hatte er Vorlieben? Weil Sie Freunde erwähnt haben, hatte jemand von denen auffallende körperliche Besonderheiten, oder hat Jack Namen verwendet, die Sie sich gemerkt haben?«

»Nein, ich war vollkommen von Jack absorbiert, als ob wir durch eine Art Glücksblase von allen anderen getrennt wären. Ich erinnere mich, dass wir am Schießstand waren. Aber er wollte nicht schießen, das fand er nicht fair, weil er das beruflich macht. Er hatte überhaupt so etwas Geradliniges, es schien ihm wichtig zu sein, immer das Richtige zu tun. Obwohl er mich mit seinen Blicken geradezu verschlungen hat, blieb er respektvoll auf Abstand und behandelte mich so ehrerbietig, als wäre ich die Queen.«

Nahbar und ehrerbietig, eine seltsame Beschreibung, das erinnerte Carla an einen Priester. Aber das hätte Ingrid natürlich bemerkt.

»Er war reizend und hat mir dann geholfen, das Gewehr anzulegen, und ich habe tatsächlich einen Berliner Bären für ihn geschossen.«

»Ein großes Plüschtier?« Der wäre auf Fotos gut sichtbar.

»Nein, nur einen Schlüsselanhänger. Danach waren wir noch …« Ingrid ließ ihre Augen durch den Raum wandern, dann erinnerte sie sich. »Ja, er wollte unbedingt noch Pommes essen, ich natürlich nicht!« Ihre Hände glitten über ihre schmale Taille. »Meine Figur ist mein Kapital, die meisten Gynäkologen sind schließlich Männer.« Sie nickte Carla zu. »Er bestand aber darauf, weil das die besten in ganz Berlin wären. Er hat mich quasi gefüttert und wir haben uns jede einzelne geteilt.« Sie seufzte. »Bitte finden Sie ihn! Ich muss ihm wenigstens erklären, warum ich ihn angelogen habe!«

»Wir finden ihn! Aber ich kann keine Prognosen abgeben, wie lange das dauert.«

»Gut. Danke.« Ingrid zog einen Geldbeutel aus ihrer Handtasche und warf 120 Mark auf den Tisch. »Können Sie heute noch anfangen?«

Überrascht starrte Carla auf das Geld. So umstandslos hatte noch nie jemand bezahlt. Dieses Medikament schien ein gutes Geschäft zu sein. Sie hätte 50 Mark verlangen sollen. »Spesenauslagen werden dann extra abgerechnet.«

Ingrid nickte, während sie die nächste halbgerauchte Zigarette in dem Monsteraschenbecher zerquetschte.

Gleich am Montag kommt das Ding weg, entschied Carla. Bobbs, Jack-ov oder Jack, sie würde das knacken, die Agentur Nachtigall hatte bisher noch jeden Fall geklärt. Nicht immer waren die Kunden über das Resultat erfreut, daher die Vorauszahlung. Sie holte die abschließbare graue Kassette aus der zweiten Schreibtischschublade und quittierte den Betrag. Ingrid nahm den Beleg, stopfte ihn in ihre Handtasche und stand auf.

»Bestimmt ist es für Sie nur ein kleiner Auftrag, aber für mich ist es lebenswichtig, Jack wiederzusehen.«

»Sie können sich auf uns verlassen.« Carla erhob sich, begleitete ihre Klientin zur Tür und verabschiedete sie.

»Am besten erreichen Sie mich telefonisch morgens bei mir zu Hause zwischen acht und neun, danach bin ich unterwegs. Finden Sie ihn, so schnell es geht!«, sagte sie und flog die Treppen geradezu nach unten.

Das ging allen so. Nachdem sie die Entscheidung getroffen hatten, eine Agentur zu beauftragen, wollten sie die Ergebnisse am liebsten sofort. Doch die Ergebnisse fielen nicht immer so aus, wie ihre Klienten sich das erhofft hatten.

Kapitel 3

»Du bist schon wieder zu spät!« Wally richtete sich mit einem leisen Ächzen auf und reichte ihrem glatzköpfigen Kollegen die sexy Paillettencorsage, die jeder hinter der Bar vom Eden tragen musste. »Alles ist kaltgestellt, Eis aufgefüllt, zwei neue Fässer Bier angeschlossen. Ich hab's satt, dass du mich mindestens dreimal die Woche in dieser Drecksbude alles allein vorbereiten lässt!« Sie bemühte sich, streng zu klingen, aber je länger sie Edgar ansah, desto schwerer fiel es ihr. Seine sonst so beherrschten grauen Augen funkelten geradezu silbern vor Begeisterung. Es musste einen anderen Grund für seine Verspätung geben als sonst.

»Was ist es diesmal? Lass mich raten, der Schah von Persien hat sich inkognito bei euch eingemietet und das Kempinski musste zwei Suiten für ihn zusammenlegen? Trotzdem könnte hier mal gewischt werden!« Sie zeigte auf die Bar aus dunklem Holz, auf deren Tresen sich die Ränder von Hunderten von Drinks hell in das Holz eingeätzt hatten. Von Weitem erinnerte der Anblick Wally immer noch an Seifenblasen. An ihrem ersten Tag als »Nelly vom Eden« hatte der Chef sie angewiesen, diese Ränder wegzuschrubben und erst als Edgar, Irina und Jutta sich ausschütten wollten vor Lachen, war ihr klar geworden, dass das unmöglich war.

»Nelly, du errätst niemals, wer heute Abend herkommen wird.« Edgar zog eine brandneue rote Lockenperücke à la

Milva la rossa aus der knisternden Folienverpackung, schüttelte sie auf und hielt sie sich wie einen langen roten Weihnachtsbart unter sein Kinn und intonierte »Morgen Kinder, wird's was geben ...«

»Blödmann!« Wally unterdrückte ein Lachen, sie wollte ihm noch nicht verzeihen.

»Ich hab das ganze Filmteam hergeschickt, ich habe denen gesagt, sie verpassen das echte Berlin, wenn sie nicht im Eden waren und natürlich hab ich ihnen einen Platz direkt an der Bar versprochen. Das ist meine Chance! Dein *Lucky Angel* wird endlich ganz groß rauskommen!«

»Na klar! Hollywood ruft!« Wally verdrehte die Augen. Wenn es um seinen Auftritt als Angel ging, war Edgar geradezu bereit, an Wunder zu glauben. Dabei benahm er sich sonst so steif und korrekt wie ein Finanzbeamter aus Wanne-Eickel. Nur als Lucky Angel im Eden glaubte er alles und träumte von einer Karriere als Sängerin. Reichlich schizophren! Andererseits, war das nicht bei jedem so? In ihrer Brust wohnten schließlich auch zwei widerstreitende Seelen. Sie unterdrückte ein Seufzen, schließlich mochte sie den korrekten Edgar genauso gern wie den naiven Angel.

»Selbst wenn Gregory Peck heute Abend zusammen mit Audrey Hepburn hier aufkreuzt, wer mixt die Drinks, während du auftrittst?« Sie zeigte mit beiden Daumen auf sich und stöhnte dramatisch. »Noch dazu ist Samstag! Weiß denn der Chef davon?« Der sabberte geradezu nach Berühmtheiten, wahrscheinlich hatte er ihn überhaupt nur eingestellt, damit er die Prominenten vom Kempinski hierherschickte. Edgars Stimme konnte jedenfalls nicht der Grund gewesen sein.

»Nu sei doch nicht so – ich weiß genau, wie sehr du meine Auftritte liebst und vor allem natürlich – meine Beine. Schöner als die von Marlene, hast du selbst gesagt.« Er tänzelte um sie herum und endete in einer galanten Verbeugung. »Ich beschwöre dich, mir zu helfen. Aus sicherer Quelle weiß ich, dass der Chef sich heute Abend mit irgendeinem preisgekrönten Architekten und dem Chef vom Bauamt trifft. Wegen einer Lokalität für das New Eden.« Er richtete sich auf und sah plötzlich wieder aus wie der argwöhnische Edgar, der Chefconcierge, dem nicht das kleinste bisschen entging. »In der Stadt ist irgendwas im Busch, keine Ahnung was. Nelly, fühlst du nicht auch so eine nervöse Spannung?«

»Hast du deine Tage, oder was?«, spottete Wally und fing an, Zitronen in hauchdünne Scheibchen zu schneiden. »Det Einzige, was mich nervös macht, ist der Gedanke an die Kundschaft, die in fünf Minuten auf der Matte steht.«

»Glaub mir, es is was im Busch! Billy Wilder hat erzählt, dass heute jemand am Brandenburger Tor mit einem Luftgewehr auf die Ballons geschossen hat, die sie in einer Motorradszene steigen lassen.«

»Lausbubenstreiche.«

»Glaube ich nicht, auf den Ballons steht *Ami go home* und *Russki go home*.« Er grinste. »Außerdem war das ne Frau.«

»Vielleicht ne Spinnerin, die immer noch in Hitler verliebt ist.«

»Nee, nee, irgendwas ist los, ganz Berlin ist hochnervös, glaub's mir.«

»Genau, ihr vom Kempinski toppt jeden Geheimdienst.«

»Das Kempinski weiß nichts, aber sein Chefconcierge weiß alles.« Edgar nickte ernst.

»Was würde passieren, wenn deine Kollegen dich bei deiner Chefin verpetzen?«

Er tippte sich an die Stirn »Dumme Frage, da passiert gar nichts, mein Chef weiß Bescheid.« Mit einem neckischen Grinsen zog er die Perücke über seine Glatze, hielt inne und schürzte die Lippen zu einem übertriebenen Kussmund. »Nur seine Frau wäre entsetzt, weil ihr Mann mich natürlich sofort für sie verlassen würde, wenn er mich so sehen könnte.«

»Angeber!« Wally warf ihm ein nasses Geschirrtuch an den Kopf. »Also, wer kommt denn nun so Wichtiges?«

»Vorsicht, die Perücke war teuer!« Er bückte sich nach dem Geschirrtuch und glättete es. »Billy Wilder und seine ganze ›Eins, Zwei, Drei‹-Truppe.«

»Von denen waren schon viele da. Denk nur an den verrückten Abend neulich mit dem Horst! Was soll dir das schon bringen?«

»Det waren doch bloß die Schauspieler, ich brauch die Strippenzieher. Und wer könnte besser für mich sein als der Produzent von ›Manche mögen's heiß‹! Tony Curtis und Jack Lemmon als Musikerinnen, jede Wette der Wilder steht auf so was.«

»Der Film ist schon lange fertig. Außerdem ist der Wilder verheiratet!«

»Na und, sag ich da, und noch mal na und! Vielleicht inspirier ich den zu einem neuen Meisterwerk! Was ist denn los mit dir? Du bist sonst nicht so miesepetrig. Krach mit James? Freu dich doch. Vielleicht entdeckt der Wilder dich auch?«

»Wüsste nicht als was, Schauspielerei liegt mir nicht so.« Und das konnte sie sogar sagen, ohne mit der Wimper zu zucken. Nicht übel.

»Ach was, wer braucht schon Talent, du meine schöne Nelly, siehst jedenfalls besser aus als Marilyn Monroe …«

»Blödsinn, mach dich lieber fertig! Draußen ist schon mords was los.«

Edgar legte eine Hand an den Kopf, als würde er salutieren, schob dann die Locken der Perücke über seine Schulter und verschwand in dem winzigen Personalraum hinter der Bar.

Wally lief zum Eingang. Er hatte, ohne es zu merken, voll

ins Schwarze getroffen. James würde heute nicht kommen, vielleicht auch nie mehr. Der eifersüchtige Idiot hatte sich nicht entblödet, hinter ihr her zu spionieren. Nur weil sie nicht jeden freien Abend mit ihm verbringen wollte, glaubte er, dass sie noch andere Liebhaber hätte. Dabei war er es, der sich ins Hemd machte, wenn sie sich mal an seiner Vermieterin vorbei in seine Wohnung schmuggelte. James war es, der immerzu für die BBC auf Achse war und nur im Eden auftauchte, wenn sie gerade in seinen Zeitplan passte. Aber dann den Eifersüchtigen spielen. Sie stöhnte leise, trotzdem, er fehlte ihr. Oder besser gesagt seine Küsse. Er war ein guter Küsser, fast so, als wüsste er, was Wally sich wünschte, noch bevor es ihr selbst klar war.

Seufzend spähte sie durch das Guckloch der Eingangstür und hielt Ausschau nach James. Klar, sie hatte ihm den Laufpass gegeben, aber sie hätte nie gedacht, dass ein angeblich echter Schotte so schnell aufgeben würde. Dafür entdeckte sie Wampen-Andie und Glatzen-Holger und dahinter jede Menge Studenten, die auch nicht gerade zu ihren liebsten Kunden zählten. Viele gaben kaum Trinkgeld, aber wenigstens hatten sie bessere Manieren als Glatzen-Holger. Sein Kumpel Wampen-Andie benahm sich nicht ganz so dreist. Immer wieder versuchten die zwei bei Angel zu landen, wollten wissen, ob sie untenrum auch rothaarig war. Wenn sie auch nur geahnt hätten, dass Angel keine Frau war, hätten sie Edgar draußen aufgelauert. Denn gleich nach den Witzen über Hängetitten kamen ihre Witze über Schwuchteln, die Feinde jeder echten Männerkameradschaft. Und von der Männerkameradschaft kamen sie dann auf die Ungerechtigkeit von Ausgleichszahlungen an Opfer des Zweiten Weltkriegs: »Und wer zahlt uns auch nur einen Pfennig für all das Elend, das wir an der Front erleben mussten?«

Manchmal war diese Arbeit hier sehr unerfreulich. Sie ruckelte ihre Paillettencorsage zurecht, nahm die Schultern zurück und öffnete die Tür.

Seit drei Stunden war jeder Platz, nein jeder Millimeter der völlig verräucherten, nach Schweiß muffelnden Bar besetzt. Gemeinsam grölte man ›Hello Mary Lu‹ von Ricky Nelson, einige tanzten zwischen den Barhockern und Tischen, wieder andere klopften mit ihren Gläsern den Takt auf die Tische.

Schweißtropfen kullerten Wally in die Augen, und manchmal auch in den Cocktail, den sie gerade mixte und sie war froh um jede Bestellung, die nicht erst noch zubereitet werden musste. Sie brauchte Angel hier. Der war schon wieder im Personalzimmer, um sein Make-up zu reparieren, aber wozu? Der Wilder würde eh nicht mehr kommen.

Jutta drängte sich an Wally und versuchte offensichtlich ihr etwas zu sagen, aber das ging im jetzt noch lauteren Gegröle von ›Hit the road, Jack!‹ völlig unter.

Jutta sah flehentlich zum Personalraum. Wally wischte sich die Hände ab und folgte ihr.

Angel stand dort vor dem fleckigen Spiegel und puderte sich ab. Hier drin war die Musik zwar wesentlich gedämpfter, aber immer noch wummerten die Bässe durch Wallys Körper.

»Angel, raus mit dir!«, befahl Wally. »Arbeite mal was für dein Geld!«

»Was ist denn los?«, fragte Angel mit Blick auf Jutta.

»Es muss einer an der Bar sein, und du lässt mich seit Stunden immer wieder hängen, also raus!« Wally nickte zur Tür. Angel verdrehte die Augen, aber Wally starrte ihn so unerbittlich an, dass er schließlich widerstrebend den Raum verließ.

»Irgendwie sind heute alle verrückt«, stöhnte Jutta und hielt sich die Brüste. »Jedes Mal, wenn ich an Glatzen-Holgi vorbeimuss, quetscht er sie, als wären die sein Eigentum. Ich hab ihm gesagt, er soll seine Griffel bei sich behalten, aber der hört einfach nicht auf. Wenn der Chef da wäre, würde der sich das niemals trauen!«

Wally nickte. Rolf Eden hätte ihn zur Schnecke gemacht und hochkant rauskatapultiert. »Seine Mädchen« waren tabu. Eden hielt sich für einen Ehrenmann und war stolz darauf, dass seine sehr jungen Gespielinnen sich freiwillig von ihm flachlegen ließen.

Als Wally Nein zu ihm gesagt hatte – er probierte es immer bei großbusigen Blondinen –, hatte er ziemlich geschluckt.

»Kiek an!«, hatte er gesagt und sie gemustert, als wäre sie nicht ganz bei Trost, und ihr die Lage noch mal erklärt. »Ich bin's, der Rolf vom Eden!«

»Und ich bin Waltraud von Tilling – angenehm«, hatte sie gesagt und ihm in die Augen geschaut. Eine Sekunde lang hatte er sie verblüfft angestarrt, dann war er in lautes Gelächter ausgebrochen. Sie hatte erwartet, dass er sie unter einem Vorwand rauswerfen und durch eine Willigere ersetzen würde, aber das war nicht passiert.

»Wir können den nicht rausschmeißen«, sagte sie, »sonst mobilisiert Wampen-Andie all seine Kumpels und es gibt Randale. Zieh dir einfach eine von meinen Barcorsagen an.«

»Mach ich, aber sicher schnappt der sich dann die Irina, auch wenn er *die Zigeunerschlampen* ja sonst eigentlich verachtet. Der Typ ist heute völlig aus dem Ruder.«

»Dann muss Irina eben auch was anziehen!«

»Da ist noch was«, Jutta schluckte, »Glatzen-Holger hat gesagt, er würde draußen auf mich warten.«

»Kann dich nicht ein Freund abholen?«

»Um fünf Uhr morgens?«

Die Tür wurde aufgerissen, »Hey Mädels, kommt wieder raus, wir brauchen euch!«, brüllte Angel und knallte die Tür wieder zu.

Wally hastete zu dem verbeulten Blechschrank, den man

nicht mehr absperren konnte und der innen übersät war mit eingekratzten Botschaften wie: *Fick dich*, *Maria ick liebe dir*, *Peters Schwanz isn Lümmel ohne Tüte*, und holte eine ihrer Corsagen für Jutta raus. »Sollte eigentlich in die Reinigung, fühlt sich aber allemal besser an, als die Griffel von Glatzen-Holgi.«

Die Tür wurde schon wieder aufgerissen. »Macht hinne!«, rief nun auch Irina, »die rasten aus, wenn sie nicht endlich Nachschub kriegen. Und wir müssen Glatzen-Holgi loswerden, der ist heute nicht ganz bei Trost!«

»Siehst du, wie ich sage!« Jutta hatte den seitlichen Reißverschluss hochgezogen und hielt die Korsage von sich weg. »Verdammt, ist mir viel zu weit!«

»Gott, dann stopf dir halt unten was rein. Und wegen Holger – um den kümmer ich mich schon.«

Draußen hämmerten die Gäste im Stakkato auf die Tische.

Wally nahm das gammlige Handtuch vom Waschbecken und reichte es Jutta. »Nimm das!«

Dann lief sie zu ihrem Sommertrenchcoat, der an der Hakenleiste in der Ecke neben dem Besen hing, weil er da ihrer Meinung nach sicherer war als in dem schlosslosen Blechschrank. Sie drehte Jutta den Rücken zu, holte ein Röhrchen aus der Brustinnentasche und ging damit wieder zu ihr zurück.

»Hab ick von nem Kumpel.« Wally grinste. »Ade Holger.«

»Drogen?«, fragte Jutta. »Det …«

»Nee, dit is ganz was Neues. 'N paar Tröpfchen und der ist hin.« Prima, gratulierte sich Wally, zwei Fliegen mit einer Klappe, so konnte sie das unauffällig ausprobieren und Jutta damit helfen. Auch wenn sie keine Ahnung hatte, wie das Zeug genau wirken würde, irgendwas würde schon passieren. Angeblich reichte schon ein winziges bisschen, um einen Mann mittleren Gewichts außer Gefecht zu setzen.

Sie trat zu Jutta, schob das Handtuch in deren Korsage noch ein bisschen zurecht und nickte ihr zu. »Wir kriegen das hin!« Dann öffnete sie die Tür und sofort wurden sie verschlungen vom Lärm, dem Rauch und der Hitze. Wallys Herz beeilte sich im gleichen Rhythmus zu hämmern wie die Bässe der Musik.

Ein fast normaler Samstagabend im Eden, dachte Wally, ohne auch nur zu ahnen, wie sehr sie mit dieser Einschätzung danebenlag.

Kapitel 4

Am nächsten Morgen sah Carla schon von Weitem ihre ganz in schwarz gekleidete Tante draußen auf ihrem Lieblingseckplatz im Café Kranzler sitzen und an etwas Grünem herumknabbern. Merkwürdig … warum war sie an diesem Sonntag die Einzige, die im Kranzler saß? Es war zwar nicht sehr warm, aber das schreckte die Berliner sonst auch nicht ab. Und warum war Lulu vor ihr da und in Schwarz? Selbst ihr Hut war schwarz.

Carla lief unwillkürlich schneller. Das war ganz und gar nicht normal.

Lulu war immer unpünktlich, weil ihr dies einen Auftritt verschaffte und sie es liebte, sich für die Verspätung eine haarsträubende Erklärung auszudenken. Schwarz wiederum trug sie nur zu Beerdigungen, weil sie der Meinung war, dass die Farbe ihrem Teint nicht schmeichelte. Und dieser unglaubliche Hut wurde nur zu ganz außergewöhnlichen Gelegenheiten getragen, weil er von der legendären Madame Berthe stammte, die nach dem Krieg über dem Astorkino Ecke Kurfürsten-/Fasanenstraße die teuersten Hüte von Berlin hergestellt hatte.

War das grüne Ding in Lulus Hand eine Selleriestange? Ungläubig kniff Carla die Augen zusammen, um besser zu sehen. Dann müsste das Rote in dem Cocktailglas neben ihr eine halb leere Bloody Mary sein. Vulgäre Bloody Mary? Eher würde Carla nackt am Kudamm sitzen als Lulu vor einer Bloody Mary.

Undenkbar! Carla fing an zu rennen und als sie am Tisch ankam, sah sie, dass ihre Tante Tränen in den Augen hatte.

»Was ist denn los?«, fragte sie betroffen. Lulus Tränen hinterließen Rinnen im Make-up, Gott, das war echt!

»Kindchen, wo kommst du denn her? Hörst du denn kein Radio?«

Carla wurde rot. »Ich war in meinem Kurs für die elegante Dame, wie jeden Sonntagvormittag«, log sie. »Da ist Radio verboten.«

Ihre Tante erhob sich ächzend, umarmte sie und drückte sie fest an ihre ausladende Brust.

»Kindchen, sie haben es getan! Wirklich getan!«, schluchzte sie.

»Was getan?«, fragte Carla, glaubte einen Moment lang, sie würde von ›Eins, Zwei, Drei‹ reden. Aber warum war niemand sonst hier? Nein, es musste sehr viel schlimmer sein.

»Sie bauen eine Mauer!«, sagte Lulu und diese Worte fühlten sich an wie ein Boxhieb mitten in ihren Bauch. Carla wurde schwindelig. Ulbricht hatte sie alle belogen! Gestern am Brandenburger Tor die vielen Grenzer! Wie naiv zu glauben, die wären allein wegen der Dreharbeiten da gewesen! *»Niemand hat die Absicht, eine Mauer zu errichten«*, hatte Ulbricht im Juni behauptet, und in Wahrheit schon Tonnen von Zement anrühren lassen.

»Mitten durch unser Berlin!« Tante Lulu begann heftig zu weinen, und das erschütterte Carla noch mehr. Nicht mal bei der Beerdigung ihres Vaters hatte sie derart geschluchzt.

»Aber das geht doch gar nicht«, versuchte Carla sie zu trösten und strich ihr sanft über den Rücken. »Das ist absolut unmöglich! Denk nur mal an die U- und S-Bahnen! Es gibt so viele Menschen, die im Osten leben und im Westen arbeiten gehen.«

Was redete sie da nur für einen Blödsinn? Offensichtlich

interessierte niemanden, was die Berliner wollten, überlegte Carla, sie wurden hier immer noch bestraft, während in Westdeutschland schon alle zurück in ein richtiges Leben durften. Nur sie wurden von den Großmächten hin und her geschoben wie Schachfiguren. Aber wieso dann eine Mauer, die setzte ja beide Seiten mit einem Zug schachmatt, oder? Nein, dämmerte es ihr, es war besser, keiner musste seinen König opfern, niemand verlor sein Gesicht, weil es gar kein Schachmatt war, sondern ein Patt. Remis für alle.

»Die Amerikaner werden einen solchen Affront bestimmt nicht durchgehen lassen«, sagte Carla trotzdem, »die werden die Mauer gleich wieder einreißen!«

Ihre Tante schob sie mit ausgestreckten Armen von sich. »Im Leben nicht! Die riskieren hier keinen neuen Krieg! Wir sind ganz auf uns allein gestellt!« Sie schnäuzte sich so heftig, dass sich ihr schwarzer Strohhut löste und zu Boden fiel.

»Und das müsste gerade dir klar sein! Sollte ein Schnüffler nicht mehr Durchblick haben als andere?« Sie sah demonstrativ zum Hut und setzte sich wieder.

Carla bückte sich, um ihn aufzuheben. Der Hut verwandelte sich vor ihren Augen in einen kreisenden Strudel, alles schwankte hin und her, wie auf einem Schiff. Sie klammerte sich am Tisch fest und konzentrierte sich auf ihre Füße, um wieder hochzukommen. Hoffentlich hatte ihre Tante nichts davon bemerkt, denn sonst würde die wieder Termine bei irgendwelchen Scharlatanen und Geistheilern für sie vereinbaren. Carla legte den Hut auf den Tisch, Lulu steckte ihn achtlos wieder fest.

»Was stehste so rum, Kindchen, bissken blass biste, setz dich hin. Gibt ja nicht viel, was wir tun können.« Sie trank den halben Cocktail mit einem Zug aus und sah sich suchend nach einem Kellner um.

»Ich glaube nicht, dass ich je wieder was essen kann, auf den

Schock, aber ich muss unbedingt was trinken!« Lulu tupfte ihre Tränen ab. »Da bin ich heute früh also wieder hin zu den Dreharbeiten – und was war da? Nüscht als Stacheldraht. Kein Billy Wilder, kein Buchholz, kein niemand. Das war das Schlimmste. Wo drehen die denn jetzt?«

Carla biss sich auf die Lippen. Nicht überraschend, dass Lulu selbst angesichts dieses Schocks nur an die Dreharbeiten dachte, aber sie war auch nicht viel besser. Noch keine Sekunde hatte sie sich gefragt, wie sich ihre Mutter damit fühlte. Wahrscheinlich klebte sie gerade ganz allein am Radio und verstand die Welt nicht mehr – und das nach allem, was sie schon durchgemacht hatte!

»Ich sollte mich um Mutter kümmern!«, sagte sie.

»Unsinn, die Ida kommt schon klar!«, behauptete Lulu, die ihre Mutter noch nie gemocht hatte. »Ich bin viel elender!« Und tatsächlich sah sie plötzlich ungemein leidend aus. Die Falten von Nase zu Mund vertieften sich, die Lippen verloren jeden Schwung und trotz ihres Übergewichts wirkte sie plötzlich so hager, als hätte die Furcht sie innerlich ausgehöhlt. Carla hätte nicht sagen können, ob das wirklich tiefe Gefühle waren oder einfach nur Talent.

»Die Ida hat so ein Glück, ich hab keinen solchen Goldschatz wie dich zu Hause.« Lulu versenkte einen tieftraurigen Blick in Carlas Augen. »Ich hab nur meine Fritzi! Trink wenigstens noch was mit mir, du willst mich doch wohl nicht hier alleine lassen!« Sie blickte sich suchend um. »Das Personal hamse wohl gleich mit eingemauert?«

»Ich kann mir schon denken, wo die sind.« Carla erhob sich, versuchte den lästigen Schwindel irgendwie wegzuatmen und lief nach drinnen. Eine ganze Traube von Kellnern und Serviermädchen stand mit angestrengt vorgereckten Köpfen vor dem Lautsprecher des großen Radios neben der Bar und lauschte.

Da konnte sie doch jetzt keine Bestellung aufgeben! Sie gesellte sich zu den Kellnern und dachte mit Schaudern an all die Menschen, die Verwandte in Ostberlin hatten.

Der Sprecher von RIAS Berlin klang so, als ob er auch noch nicht so ganz glauben könnte, was er da vorlesen sollte:

»Heute in den frühen Morgenstunden haben in Berlin Grenzpolizisten und Angehörige der Betriebskampftruppen damit begonnen, zwischen dem östlichen Sektor der Stadt und den Westsektoren Stacheldraht und Sperrzäune zu errichten. 69 der 81 Übergangsstellen sind bereits geschlossen worden. Bewohner der DDR und Ostberlins dürfen sie nur noch mit besonderer Genehmigung passieren. Der S-Bahn-Verkehr ist seit heute Nacht eingestellt.«

Ängstliches Raunen verbreitete sich im Raum, alle flüsterten durcheinander. »Ditt jeht doch nüscht, wie solln dit klappen, der Ulbricht is doch meschugge, und wo issn der Kennedy? Wieso Kennedy? Was sagtn Adenauer? Adenauer, spinnst oder wat? Dem sin wir so wat von schnuppe, dreh mal weiter, vielleicht kommt irgendwo der Willy ...«

Sie drehten weiter auf der Suche nach einem anderen Sender und tatsächlich war dann beim Sender Freies Berlin durch einiges Knistern, zwar nicht Willy Brandt, aber die Stimme von Adenauer zu hören.

Eine Hand legte sich auf Carlas Schulter. »Und, gibt es was Neues?«, fragte Lulu in die Runde und stellte sich schwer atmend neben ihre Nichte.

Ein älterer Kellner bemerkte ihre Tante und holte dienstfertig einen gepolsterten Stuhl mit Armlehnen. »Für Sie«, sagte er und verbeugte sich knapp. Lulu setzte sich, erfreut über diese Aufmerksamkeit. »Ich danke Ihnen!«

»Nu ma Ruhe!«, rief eines der Serviermädchen zu ihnen hin. »Lauter jeht's nich!«

Carla hätte sich auch gern gesetzt. Immer wenn sie den

Kopf bewegte, schwappte es in ihrem Schädel hin und her. Sie fühlte sich wie mit fünf allein im Luftschutzbunker. Als das Kohlenkellermonster in der Dunkelheit auf ihrer Brust gesessen und sie ausgelacht hatte. Sie schluckte ein paarmal. Das hier ist etwas ganz anderes, versuchte sie sich zu beruhigen, es ist heller Tag, niemand wurde verschüttet, es stürzen keine Mauern ein, es wird nur eine Mauer gebaut.

Lulu griff nach ihrer Hand und drückte sie.

Carla versuchte sich auf Adenauer zu konzentrieren.

»Ich bin mir bewusst, dass durch die Willkür des Pankower Regimes eine ernste Situation heraufbeschworen worden ist«, erklärte er. *»Im Verein mit unseren Alliierten werden die erforderlichen Gegenmaßnahmen getroffen.«*

»Na, das glaubste ja wohl selber nich!«, murmelte Lulu und rutschte unruhig auf ihrem Stuhl hin und her.

»Die Bundesregierung bittet alle Deutschen, auf diese Maßnahmen zu vertrauen. Es ist das Gebot der Stunde, in Festigkeit, aber auch in Ruhe der Herausforderung des Ostens zu begegnen und nichts zu unternehmen, was die Lage erschweren, aber nicht verbessern kann.«

»Genau«, rief Lulu nun empört, »nix für die Berliner machen, darin ist er ja der Größte, der Herr Bundeskanzler!« Ein paar der Kellner nickten zustimmend, andere riefen »Pssst!«

»Mit den Deutschen in der Sowjetzone und in Ostberlin fühlen wir uns nach wie vor aufs Engste verbunden, sie bleiben unsere Brüder und Schwestern.«

»Was für eine Idiotie …«, Tante Lulu wackelte missbilligend mit dem Kopf, »also ich kann mir das nicht länger anhören.« Sie stand auf. Dann sah sie sich nach einem Kellner um. Als sie den entdeckte, der ihr gerade den Stuhl gebracht hatte, reichte sie ihm einen Zehner. »Das ist für die Bloody Mary, der Rest ist für Sie!«, sagte sie generös und nickte Carla zu.

Gemeinsam verließen sie das Café Kranzler.

»So hab ich mir das nicht vorgestellt, unser Essen.« Sie holte ein Taschentuch aus ihrer Handtasche und wischte die Tränenspuren von ihrem Gesicht. »Aber wir haben schon anderes überstanden, wär ja gelacht.«

»Ich möchte jetzt zu Mutter, aber ich bring dich gern noch zum Auto, wo hast du denn geparkt?«, fragte Carla.

»Bin mitn Taxi.« Lulu wich ihrem Blick aus. »Det Auto hab ich heute der Trudi geliehen zum Dank wegen der Sache gestern mit den Gesetzeshütern.«

»Ja, ja«, Carla unterbrach ihre Tante und drückte ihr ein Küsschen links und rechts auf die Wange. Sie war zu müde für Geschichten, denn das, was heute Früh in Berlin passiert war, war verrückter als alles, was Lulu hätte erzählen können. Und der Gedanke, dass Mutter ganz allein zu Hause war, gefiel ihr immer weniger.

»Ich ruf dich morgen an«, versprach Carla mit schlechtem Gewissen, denn Lulu wirkte tatsächlich mitgenommen. Das Einfachste wäre, sie käme mit zu ihnen nach Hause, aber da Lulu und Ida sich noch nie grün gewesen waren, war das keine gute Idee. Solange ihr Vater gelebt hatte, hatten sich beide Mühe gegeben, aber seit er tot war, ließen sie ihrer Abneigung gegeneinander freien Lauf.

»Pass auf dich auf!«, sagte Carla und lief Richtung Savignyplatz los. Lulu war immerhin mobil und hatte jede Menge Freunde und Bekannte – ihre Mutter hatte nichts von alldem.

Das Laufen würde den Schwindel vertreiben, hoffte Carla, während sie Ausschau nach Zeitungen hielt. Sie wollte alles lesen, was es gab. Wie sollte das funktionieren? Westberlin abgeschnitten vom Umland, wie eine Art Insel? Da brauchte man jede Menge Unterstützung. Unwillkürlich dachte sie an die Luftbrücke und alles, was damals geschehen war und wie das mit Mutter passiert war. Die lebte seit Jahren wie auf einer Insel, und auch sie hatte sich das nicht ausgesucht. Seit Vater tot war, hatte sie das Haus nur ein einziges Mal verlassen – zu seiner Beerdigung. Sie weigerte sich, ihre Beinprothese zu benutzen. In der Wohnung kam sie mit ihrem schmalen Rollstuhl überall hin, aber natürlich nicht die Treppen hinunter. Einen Lift gab es nicht, obwohl ihr Vater bei der Hausverwaltung immer wieder Eingaben für einen Paternoster gemacht hatte. Groß genug war das Treppenhaus allemal. Aber die Antwort der Eigentümer war sehr eindeutig gewesen: Es stünde der Familie Koslowsky mitsamt der Agentur Nachtigall jederzeit frei auszuziehen. Wohnraum war in Berlin immer noch knapp. Also hatte Vater ihre Mutter rauf- und runtergetragen. Er war stark wie ein Bär gewesen, aber Carla war viel kleiner und nicht so kräftig. Und selbst wenn sie es könnte, würde Mutter von ihr keine Hilfe annehmen.

Vielleicht war wenigstens die Pallutzke bei ihr. Die beiden Witwen pflegten eine merkwürdig freundliche Feindschaft. Bei jedem Treffen lästerten sie erst mal genüsslich über die anderen Hausbewohner. Doch dann versenkte die erste irgendeinen kleinen Seitenhieb wie »Na gestern wieder mal 'n Gläsken zu viel erwischt?« oder »N bissken zujelegt?« und dann wurde die harmlose Unterhaltung immer bösartiger, bis eine der beiden zu weit ging und es zu einer Sendepause kam, von der niemand wusste, wie lange sie diesmal dauern würde.

Hatte die Pallutzke nicht Familie in Lichtenberg? Oh Gott, Familie im Osten! Die Helga! Das war die Einzige, über deren Besuche ihre Mutter sich je gefreut hatte. Ihre Freundin Helga wohnte in Weißensee.

Carla lief schneller, der Schwindel hatte aufgehört. Der Kiosk am Savignyplatz war umlagert von Menschen. Alle wollten die Sonderausgabe der ›Berliner Morgenpost‹ haben. *Brandt fordert energische Schritte der Westmächte!* Auch Carla griff nach einer und hatte schon die Münzen hingelegt, als sie sich an die ›Constanze‹ erinnerte, vielleicht würde ihre

Mutter das ein bisschen ablenken. Sie fragte nach dem Magazin und erntete ein ungläubiges Kopfschütteln. »Dit hält hier allet uff!«, pampte der Besitzer sie an, suchte im Regal und warf das Magazin vor sie hin. Das Geld nahm er dann verächtlich wie Almosen.

Im Weitergehen warf sie einen Blick auf die Titelseite der ›Constanze‹: der Schah von Persien und seine wunderschöne Frau. Absurd! Würde dieser Anblick Mutter von dem Elend in Berlin ablenken? Gab es denn überhaupt irgendwas, das ihre Mutter trösten würde?

Vielleicht ... sie hatte noch eine Flasche Berliner Luft im Büro. Von der letzten Kundin, die nicht nur pünktlich ihre sehr hohe Rechnung bezahlt hatte, sondern so dankbar gewesen war, dass sie Carla auch noch mit Pfefferminzlikör und Pralinen überschüttet hatte. Und während Carla den Likör nicht mochte, war die Begeisterung für Pfefferminzlikör wahrscheinlich die einzige Leidenschaft, die ihre Eltern in den letzten Jahren noch verbunden hatte.

Kurz darauf stieg Carla die Treppen zur Wohnung hoch. Wenigstens hier schien alles wohltuend unberührt von dem Chaos draußen. Es roch nach frischem Bohnerwachs und durchdringend nach Möbelpolitur. Die hellgelb gekachelten Wände schimmerten vergilbt, nirgends auch nur die kleinste Spinnwebe. Die Messingknöpfe an den Holztüren glänzten frisch geputzt und kein vertrocknetes Blättchen verunstaltete die purpurvioletten Usambaraveilchen an den Flurfenstern.

Als sie die Agentur im ersten Stock betrat, um den Likör zu holen, fiel ihr der Anruf von Alma Hochbrück wieder ein. Alma hatte ja gestern gefragt, ob sie auch sonntags einen Termin bei ihr bekommen könnte, aber gestern fühlte sich gerade an wie aus einem anderen Leben. Und von nun an würde sie jede Erinnerung automatisch so einsortieren: vor dem Mauerbau, nach dem Mauerbau.

Würde Alma auftauchen, trotz allem, was heute passiert war? Am Telefon hatte es jedenfalls sehr dringend gewirkt.

Carla nahm den Likör aus dem Aktenschrank, sperrte ab, ging dann mit allem noch einen Stock höher und schloss die Tür zur Wohnung auf. Abgestandene Luft schlug ihr entgegen, dazu ein Hauch von Elnett-Haarspray und feuchter Wolle. Sie unterdrückte den Drang, die Fenster aufzureißen, das würde ihre Mutter nur reizen. »Soll ich mich waschen gehen?«, würde sie fragen und ins Bad rollen.

»Ich bin wieder da!«, rief Carla in der Hoffnung, dass die Pallutzke ein schrilles »Hallo« durch den Flur jagen würde.

Es blieb still. Ihre Mutter war also allein.

Carla hängte den leichten Sommermantel an der Garderobe auf einen Bügel. Danach lief sie in das umgebaute Bad und wusch ihre Hände. Das hatte ihre Mutter schon vor dem Krieg von jedem verlangt, der die Wohnung betrat, sogar von ihrem Vater. Selbst Lulu hatte sich bei ihren seltenen Besuchen zähneknirschend der »Sauberkeitsfimmel-Ida« gefügt.

Die abgegriffene, schon brüchige Lavendelseife schäumte kaum und hinterließ graue Schatten im Waschbecken. Als Carla den Kopf hob und ihrem Blick im fleckigen Spiegel über der Konsole begegnete, war sie überrascht, wie normal sie wirkte, so als wäre in Berlin nicht gerade die Welt untergegangen.

Keine Strähne hatte sich aus dem tiefen Ballerinaknoten gelöst, Mascara und Lidstrich unter ihren hellbraunen Augen waren nicht verwischt und ihr Revlon-Lippenstift leuchtete immer noch in Plum Happiness. Sie nickte sich zu, so konnte sie Mutter gegenübertreten. Ganz sicher würde die sich nun noch mehr an dem festhalten, was ihr wichtig war: Sauberkeit, Ordnung, Haltung, Pflicht.

Carla trocknete ihre Hände ab, verließ das Bad und ging mit den Zeitungen und dem Likör über die knarrenden Holzdielen hinüber ins Wohnzimmer, wo sie alles neben dem Eingang auf dem Klavier abstellte.

Ihre Mutter saß in ihrem blauen Lieblingssessel in sich zusammengesunken vor dem großen Radio und lauschte mit geschlossenen Augen einer Ansprache von Willy Brandt. Tränen rollten über ihre Wangen. Auf dem Beistelltischchen neben ihr lag eine fast leere Packung Ritter Schokolade Pralinen.

An Nachschub denken, notierte sich Carla innerlich.

»Mutter«, sagte sie leise.

»Sscht!«, zischte ihre Mutter, ohne auch nur die Augen zu öffnen.

Carla schob den leeren Rollstuhl etwas zur Seite, zog den zweiten Polstersessel näher zum Radio und setzte sich in der Hoffnung, dass ihre Anwesenheit den Schmerz ihrer Mutter irgendwie erleichtern würde.

Willy Brandt klang ungewöhnlich wütend. Sonst war sie dem kratzigen Timbre seiner rauchigen Stimme geradezu verfallen, aber heute war jedes Wort eine Qual.

»Eine Clique, die sich Regierung nennt, muss versuchen, ihre eigene Bevölkerung einzusperren. Die Betonpfeiler, der Stacheldraht, die Todesstreifen, die Wachtürme und die Maschinenpistolen, das sind die Kennzeichen eines Konzentrationslagers.« Ihre Mutter zuckte leicht zusammen.

Carla wusste warum. Die Erwähnung der Lager quälte sie nicht, weil sie dort jemanden verloren hatte, sondern weil sie Hitler verehrt und nicht an die Existenz von Konzentrationslagern geglaubt hatte. Und nachdem sie die Wahrheit dann begriffen hatte, war sie schockiert über ihre Naivität und schämte sich seither fürchterlich. Es war Carla ein Rätsel, wie ihre Mutter die eigene Familiengeschichte so sehr hatte ausblenden können. Die Nachtigalls waren vor zweihundert Jahren nach Preußen gekommen, weil sie Juden waren und sich hier ein besseres Leben erhofft hatten, aber erst nachdem sie

Lutheraner geworden waren, hatte sich alles zum Besseren verändert.

Brandt wurde lauter und seine inbrünstige Stimme zwang Carla, sich wieder der Gegenwart zu stellen. *»Es wird keinen Bestand haben. Wir werden in Zukunft noch sehr viel mehr Menschen als früher nach Berlin bringen, aus allen Teilen der Welt, damit sie die kalte, die nackte, die brutale Wirklichkeit eines Systems sehen können, das den Menschen das Paradies auf Erden versprochen hat.«*

Frenetischer Applaus beendete seine Rede. Carla hätte am liebsten auch geklatscht, beherrschte sich aber. Ihre Mutter streckte die Hand mit den zartrosa lackierten Nägeln aus und stellte das Radio ab.

Nun war nur noch das behäbige Tick-Tack der großen alten Standuhr aus dunkler Eiche zu hören, was die sich ausbreitende Stille nur umso unerbittlicher machte.

Während Carla überlegte, was sie Trostreiches sagen könnte, betrachtete sie ihre Mutter, die in ihrem Sonntagsstaat noch puppenhafter wirkte als sonst. Das weiße Haar war zu einer steifen Hochfrisur toupiert, das Gesicht schminkte sie nie, doch die Augenbrauen zupfte sie zu einem sehr dünnen hohen Bogen, der ihrer Miene einen ständig vorwurfsvoll fragenden Ausdruck verlieh, selbst dann, wenn sie kein Wort sagte, so wie jetzt. Ihr dunkelblaues Blumenkleid mit weißem Bubikragen saß immer faltenfrei und wurde mit einem breiten Gürtel eng in der Taille gehalten. Der weite Rock war sorgfältig über das fehlende Bein drapiert. Und Carla versuchte auch niemals tiefer zu schauen, denn nur dann sah man, dass die schöne Puppe kaputt war. Und das war ganz allein ihre Schuld.

Endlich zog ihre Mutter ein Taschentuch aus dem Ärmel ihres Kleides, tupfte die nassen Wangen damit ab, richtete sich auf, nahm die Schultern zurück, sah zu Carla und brach die Stille.

»Das Essen steht in der Küche schon bereit«, sagte sie und hob die Augenbrauen noch etwas höher.

»Wir haben doch besprochen, dass ich das heute übernehme«, sagte Carla mit einem unterdrückten Seufzen. Ihre Mutter aß am liebsten jeden Tag um sechs Uhr Abendbrot und hasste jegliche Änderung, aber das würde sie natürlich nie sagen, weil sie ja niemandem zur Last fallen wollte.

Wegen des Termins mit Alma Hochbrück hatten sie geplant, heute schon um vier Uhr zu essen. Aber musste dann schon vor drei Uhr alles fertig sein? Mutter fand einfach immer einen Weg, sie ins Unrecht zu setzen, ganz egal, wie sehr Carla sich auch anstrengte.

»Ich habe dir Zeitungen mitgebracht und Berliner Luft«, Carla zeigte auf das Klavier.

»Das wäre nicht nötig gewesen.«

Sie holte die Zeitungen, räumte die leere Schokoladenschachtel zur Seite und legte die ›Constanze‹ auf das Tischchen neben Mutters Sessel. Dann ging sie zu dem Büfettschrank, der passend zur Standuhr auch aus schwarzer Eiche geschnitzt war, öffnete eine der oberen Glastüren und nahm zwei hellgrüne Likörgläschen heraus.

Sie goss zwei Gläser ein und reichte eines davon ihrer Mutter.

»Später vielleicht.« Sie schüttelte leicht den Kopf. »Ich muss erst etwas essen.«

Carla verkniff sich den Hinweis auf die Pralinen und nahm einen großen Schluck. Der süße Pfefferminzgeschmack brannte scharf in ihrer Kehle. Unvermittelt stiegen ihr Tränen in die Augen.

»Was hätte Vati wohl dazu gesagt?«, fragte sie und berührte unwillkürlich die Glückskette, die er ihr geschenkt hatte, als sie ins Gymnasium gekommen war. Ein kleiner silberner Würfel mit Punkten aus Rauchquarz – hellbraun wie ihre Augen.

»Dass alle verrückt geworden sind!«

Carla musste lachen. Ihre Mutter schüttelte missbilligend den Kopf.

»Die Pallutzke war da. Angeblich hat ein Bote was für die Agentur abgegeben. Hab's in die Küche auf deinen Teller gelegt. War der nur recht, die hat bloß einen Vorwand gebraucht, um mit wem zu reden.«

»Du meinst, sie hat das selbst geschrieben?«

»Ach, das verstehst du nicht. Der ist jedes Mittel recht, hier rumzuschnüffeln.«

Carla trank den Likör aus und ging in die Küche, um nachzuschauen, was es war. Der Tisch war wirklich schon mit der Damastdecke und dem guten Sonntagsgeschirr, weiß mit Goldrand, gedeckt. In den breiten silbernen Ringen mit den eingravierten Initialen ihrer Mutter steckten die sonntäglich frischen Stoffservietten. Der Umschlag war auf Carlas Teller drapiert wie eine skurrile Vorspeise. Fehlte nur noch ein bisschen krause Petersilie, dachte Carla und öffnete ihn.

Er war von Alma Hochbrück, die ihr versicherte, dass sie in jedem Fall käme, selbst wenn heute noch Panzer durch die Stadt patrouillieren würden. Ihr Anliegen sei geradezu lebenswichtig und könne nicht aufgeschoben werden.

Lebenswichtig. Gut, dachte Carla nun noch neugieriger und erleichtert, weil dieser Brief deutlich machte, dass es also auch weiterhin Klientinnen geben würde. Es war nicht alles vorbei.

»Und? Was gibt es so Dringliches?«, fragte ihre Mutter, die unbemerkt herangerollt war.

»Ich muss gleich zur Arbeit.«

»Dann ist es ja gut, dass wir jetzt essen können.« Triumphierend rollte sie ihren Rollstuhl ans andere Kopfende, gegenüber von Carla. Früher hatte Vater dort gesessen.

»Das Hühnerfrikassee und den Reis musst du noch aufwärmen, der Rote-Beete-Salat ist schon fertig im Kühlschrank.«

Sonntagabends gab es etwas Warmes, unter der Woche nur Schnittchen. Diese Tradition stammte aus der Zeit, als ihre Mutter noch auf zwei Beinen durchs Leben gegangen war und sich sonntags in der Kirche engagiert hatte, und es den Sonntagsbraten deshalb immer erst abends gegeben hatte.

Nachdem Carla alle Vorbereitungen erledigt hatte, sagte ihre Mutter ein Tischgebet, dann saßen sie wieder schweigend einander gegenüber. Sie konnte ihr weder erzählen, dass sie Tante Lulu getroffen hatte, noch dass sie bei Achims Freund in der Pathologie gewesen war. Das eine würde sie ärgern, das andere war ihr Geheimnis und außerdem kein »Tischthema«.

Sie würgte den Rote-Beete-Salat herunter. Mutter war eine sehr gute Köchin, aber leider war es ihr egal, was andere mochten. Man sollte dankbar sein und essen, was auf den Tisch kam, und was das war, entschied allein sie. *Eigentlich könnte ich mich weigern, die Sachen einzukaufen, die ich nicht mag*, dachte Carla, während sie versuchte, mit einem Schluck Wasser den erdigen Geschmack der roten Beete herunterzuspülen. Doch den Speiseplan zu bestimmen, gehörte zu den wenigen Freuden, die Mutter noch hatte, und wie könnte ausgerechnet sie so grausam sein, ihr auch noch das zu nehmen?

Beim Hühnerfrikassee langte Carla dann tüchtig zu, überrascht, wie hungrig sie war. Sie griff sogar beherzt zum Salz, obwohl sie wusste, dass das keine gute Idee war. Das galt als Kritik. Drei, zwei, eins zählte sie innerlich mit und es ging bei zwei schon los.

»Salz macht Frauen hässlich. Wassereinlagerungen.«

Carla nickte und salzte heftiger.

»Ich meine es nur gut. Etwas mehr Zurückhaltung beim Essen würde dir auch nicht schaden. Dickleibigkeit liegt in der Familie deines Vaters«, ihre Mutter berührte wie zufällig ihren breiten Taillengürtel. »Wenn du nicht aufpasst, wirst du wie Lulu als Kanonenkugel enden.«

»Hmm«, sagte Carla unbestimmt, sie wollte keinen Streit.

»Kein Mann will so eine dicke Schwarte zu Hause.«

Schweigend hielt Carla ihrer Mutter die Reisschüssel hin, als sie geziert ablehnte, nahm Carla sich selbst noch eine Portion. Sie wusste, wenn sie auf diese Sticheleien einging, würde das in einer Katastrophe enden. Es war besser, das stumm zu ertragen.

»Das rechte Maß scheint leider auch kein Thema in deinem Kurs für die elegante Dame zu sein?«

»Hmm.«

»Und wie man faszinierende Gespräche führt, lernt ihr da wohl auch nicht.«

Wie gern wäre Carla nun doch damit rausgeplatzt, wo sie den heutigen Sonntagvormittag verbracht hatte. Aber das durfte sie nicht sagen, weil Achim sie immer unter der Hand zu seinem Freund reingeschmuggelte. Einen Moment lang stellte sie sich die Reaktion ihrer Mutter vor. »Stell dir vor, ich habe gelernt, wie man eine Leiche aufschneidet. Es riecht entsetzlich, aber alle waschen sich die Hände …«

»Heute haben wir gelernt, wie man gerade die Treppe rauf und runter geht, ohne zu stolpern.«

»Mir ist noch keine Veränderung an deinem bedauerlich schlampigen Gang aufgefallen.«

»Das dauert eben.« Carla schluckte alles, was ihr auf der Zunge lag, herunter, tupfte sich stattdessen damenhaft die Lippen, rollte ihre Serviette ordentlich zusammen und stand auf.

»Danke, Mutter. Es war köstlich, aber nun ruft die Pflicht. Wir haben Rechnungen zu bezahlen …«

Sie nahm ihre Handtasche, verließ die Wohnung und rannte runter in den ersten Stock. Am liebsten wäre sie noch weiter gerannt, ganz weit weg aus ihrem Leben.

Kapitel 5

In der Agentur angekommen, riss Carla sämtliche Fenster auf und lief hin und her, um sich abzuregen. Sie sollte sich besser an all das gewöhnen, denn einfach weggehen kam nicht in Frage, das hatte sie Vater versprochen: Nie ihre Mutter im Stich lassen. Und sie würde lieber sterben, als dieses Versprechen zu brechen!

Aber eine Zigarette wäre vielleicht gar nicht so übel. Carla griff nach der geschnitzten Elfenbeindose, in der sie Zigaretten für Klienten bereithielt. Frauen, die rauchten, waren Flittchen, wie ihre Mutter nicht müde wurde zu verkünden. Genau. Wenn Ulbricht eine Mauer mitten durch Berlin bauen konnte, dann hatte jeder allen Grund sich zu betrinken und zu rauchen. Betrinken kam allerdings erst nach dem Treffen mit der Klientin in Frage, wenn überhaupt. Entschlossen klappte Carla den Deckel mit dem Elefantenkopf auf und nahm eine Lucky Strike heraus. Wo waren bloß die Streichhölzer?

Während sie ihren Schreibtisch durchsuchte, fiel ihr ein, dass sie die fehlenden Lucky Strikes, die sie dem Wachmann gegeben hatte, wieder ersetzen musste. Sie zog die untere Schublade von ihrem Schreibtisch auf. Nur noch fünf Päckchen, notierte sie innerlich und versenkte schwungvoll eine Schachtel in ihrer Handtasche. Dabei knisterte es leicht.

Stirnrunzelnd fragte sie sich, ob sie vergessen hatte, eine leere Temposchachtel zu entsorgen?

Als sie nachsah, entdeckte sie den Zettel, den ihr der freundliche Wachmann zugesteckt hatte. Gestern schien Lichtjahre entfernt.

Ihre Stirn entspannte sich wieder und sie merkte, wie sich ihre Stimmung aufhellte. Bruno hatte ihr geholfen, einfach so. Funkelnde Augen hatte er gehabt, dunkle oder doch blaue? Groß, und eine ziemlich breite Brust.

Carla nahm den Zettel heraus, steckte die Zigarette zurück in die Dose und glättete das Papier mit beiden Händen. Sie lächelte, als ihr dabei wieder einfiel, wie Bruno nach dem Gewehr gegriffen und die Polizisten zum Aufspringen gebracht hatte. Apropos Gewehr – sie wusste noch immer nicht, was Lulu damit eigentlich im Sinn gehabt hatte. Aber das würde sie noch herausfinden

Würd Sie gern wiedersehen, stand da, gefolgt von einer Nummer, unterschrieben mit *Bruno Eisenberg.*

Sollte sie ihn anrufen? Er hatte mit ihr geflirtet. Aber wozu? Sie hatte leider keine Zeit für amouröse Abenteuer.

Sie nahm den Zettel und warf ihn in den Müll.

Böiger Wind knallte die Doppelfenster gegeneinander, sie schrak zusammen und sah jetzt erst, dass wie aus dem Nichts Wolken aufgezogen waren. Als sie die Fenster schloss, klatschten schon Tropfen auf das staubige Pflaster der Grolmanstraße. Gegenüber rannte Katrin mit wehenden Zöpfen und in ihrem roten Sonntagskleid ins Haus.

Es war mittlerweile kurz vor fünf. Carla lief zurück an den Schreibtisch, griff sich einen neuen Aktenorder, legte ihn neben ihrem Notizblock bereit und ging in die Teeküche. Von den Sitzungen der Berliner Küken wusste sie, dass Alma Tee bevorzugte. Während das Wasser kochte, fragte sie sich, was eine so attraktive Frau wie Alma für Schwierigkeiten haben mochte. Natürlich schützte Schönheit nicht vor Problemen, aber vieles war einfacher, wenn man attraktiv war. Das wusste jeder, der die Schule überlebt hatte. Heimlich hatte sie Alma den Namen Nessa gegeben. So würde sie eine keltische Feenkönigin nennen und genau so sah Alma mit diesen rotgoldenen Korkenzieherlocken und ihrem blassen Gesicht auch aus. Ihre veilchenblauen Augen wirkten ein bisschen traurig, so als ob sie schon tausend Jahre Leid durchlebt hätten, was Carla merkwürdig tröstlich fand. Es wunderte sie nicht, dass die Kinder vom Waisenhaus total vernarrt in Alma waren. Und Männer starrten sie stets voller Verlangen an, obwohl sie nichts von einem Vamp hatte. Im Gegenteil, ihre Figur hatte etwas kindlich Androgynes, was paradoxerweise in engen schwarzen Etuikleidern umwerfend weiblich wirkte.

Almas Mann Alexander war gerade mit einem Innovations-Preis für einen Gebäudeentwurf ausgezeichnet worden. Er lehrte an der Technischen Universität Berlin als Professor für Architektur. Meistens redete er, aber neulich hatte Alma ganz ungewohnt das Wort ergriffen. Sie hatte vorgeschlagen, den Kindern im Heim mit einer Art Kunsttherapie zu helfen. Von so etwas hatte Carla bis dahin noch nie gehört und sie hatte unbedingt mehr darüber wissen wollen. Doch als Alma dann in die Details von der Licht-, Finsternis- und Farb-Methode gehen wollte, hatte der Professor es sehr eilig gehabt zu gehen, als wäre ihm seine Frau peinlich.

Wahrscheinlich steckte nicht wirklich etwas Geheimnisvolles hinter Almas Problem, sondern nur eine gewöhnliche Scheidungsangelegenheit. Warum sonst hätte Alma so geflüstert? Carla nahm den Beutel aus der Kanne, stülpte einen Teewärmer darüber, stellte Tassen und eine Auswahl Bahlsen-Kekse dazu, schnappte sich das einzige, in Schokolade getauchte Waffelröllchen und trug das Tablett nach nebenan zum Besprechungstisch.

Wenn Alma künstlerisch engagiert war, würde sie Blumen und Bilder wahrscheinlich vermissen. War sie nicht auch eine geborene von Stellmark? Dann war Geld hoffentlich auch kein Problem.

Schon zehn nach fünf. Carla nahm sich noch einen Keks und dann noch einen mit Streuzucker.

Kribbelig griff Carla nach dem Notizblock, den sie neben den frischen Aktenordner gelegt hatte, und fing an, vor sich hinzukritzeln. Das beruhigte ihre Ungeduld. Sie malte einen Ziegelstein auf dem anderen. Sie musste lachen, natürlich eine Mauer, was auch sonst? Sie malte weiter, dann wurde ihr klar, dass sie die Absperrung rund ums Brandenburger Tor zeichnete. Sie erinnerte sich genau an die seltsamen Häufchen auf dem Boden, die sie gestern an den Kondomfall erinnert hatten. Aber als sie die jetzt zeichnen wollte, skribbelte der Bleistift in ihrer Hand runde Bälle, sie ließ es geschehen, Vater hätte das auch so gewollt. Es wurden dann doch keine Bälle, sondern Luftballons daraus, die gleichen, die sie mit Bruno auf dem Drehgelände gesehen hatte, *Russki go home*, *Ami go home*. Wie von selbst manifestierte sich eine Frau auf dem Papier. Sie hatte was von Virginia Peng, der Gangsterbraut in den Comics um Nick Knatterton … und sie hatte ein Gewehr. Plötzlich fielen Carla wieder die Luftballonleichen ein und ihr wurde klar, wofür Lulu das Gewehr benutzt hatte. Kein Wunder, dass die Polizei aufgetaucht war. Hatte ihre Tante jemanden zu Tode erschrecken wollen, in der Hoffnung, dass eine Rolle für sie frei wurde? Nur in Lulus verrückter Welt ergab das einen Sinn!

Sie legte den Stift ab, zerknüllte das Bild, warf es in den Papierkorb und nahm einen Schluck Tee, der trotz des Teewärmers längst kalt geworden war.

Viertel vor sechs. Lebenswichtig, das hatte Alma ausdrücklich geschrieben.

Draußen ging ein kurzer Schauer nieder, als wären die Götter auch nicht begeistert von Ulbrichts Ungeheuerlichkeit.

Carlas Blick fiel auf den Mülleimer, in dem sie Brunos Zettel begraben hatte.

Vielleicht doch ein Fehler! Sie bückte sich, holte das Papier wieder heraus, strich es glatt und legte es in eine Mappe mit der Aufschrift *Diverses*, vielleicht brauchte sie ja mal einen Wachmann für eine Klientin.

Sechs Uhr – *ihre* Klientin würde heute wohl nicht mehr kommen. Carla beschloss, nicht länger zu warten, schaltete das Radio an, drehte es laut auf und räumte zusammen. Deshalb hätte sie beinahe das Klingeln überhört. Sie eilte zur Tür und öffnete.

»Fräulein Koslowsky, danke, dass Sie gewartet haben«, Alma warf ihr einen zerknirschten Blick zu. »Es tut mir so leid!«

»Das macht nichts, Sie hatten ja Bescheid gegeben und heute ist nun mal alles anders in Berlin!«

Ihre Klientin reichte ihr langsam und vorsichtig die Hand.

Carla bat sie herein und führte sie zu dem Besprechungstisch.

Alma nahm das nasse Kopftuch ab. Carla bemühte sich, nicht zu sehr hinzustarren, aber sie hatte sie noch nie mit feucht glänzendem offenem Haar gesehen. Nicht von dieser Welt, Nessa, die Feenkönigin, eindeutig!

Alma setzte sich so vorsichtig in ihrem Mantel hin, als würde ihr jede Bewegung Schmerzen bereiten. Muskelkater? Dann zog sie den Mantel noch enger um sich, als wäre ihr kalt.

»Tee?«, fragte Carla

»Nur Wasser bitte, danke.«

Carla brachte ein Glas und eine Karaffe und nahm neben ihr Platz.

»Sie wundern sich bestimmt …, es ist mir auch so …« Alma redete so leise, dass Carla sie kaum verstehen konnte.

»Lassen Sie sich Zeit, kommen Sie erst mal hier an.«

Alma trank das Wasser in einem Zug aus, goss nach, und spülte es genauso schnell wieder die Kehle runter.

Ausweichtaktik, das kannte Carla.

»Alles, was wir hier besprechen, bleibt unter uns. Da können Sie ganz sicher sein.«

»Entschuldigen Sie, ich bin eine Stunde zu spät und sollte besser zum Punkt kommen. Alexander darf nichts davon erfahren, wegen der Kinder.«

»Natürlich.«

»Sie kennen ihn ja auch, vielleicht können Sie sich vorstellen, wie es ist, eine Ehe mit ihm zu führen.«

Er war dominant, erfolgreich und sehr von sich eingenommen. Das wirkte auf viele Frauen attraktiv, womöglich hatte er Affären. Carla nickte.

»Ich möchte die Scheidung«, Alma klang nun laut und klar und sehr entschieden. »Und das Sorgerecht für Mathilda und Gregor.«

»Wie alt sind Ihre Kinder genau?«, fragte Carla, die Mathilda im Sommer bei einem Ausflug des Waisenhauses kennengelernt hatte, aber ihr Alter nicht einschätzen konnte.

»Mathilda wird neun Jahre und Gregor ist zwölf, ist das denn wichtig?«

»Ich frage nur wegen des Unterhalts. Aber dazu müsste er schuldig von Ihnen geschieden werden«, erklärte Carla und bemühte sich um exakte, juristisch einwandfreie Formulierungen. »Denn falls Sie am Scheitern der Ehe schuldig sind, oder die Ehe wegen Zerrüttung zur Debatte steht, kann er verlangen, dass die Ehe weiter bestehen bleibt.« *Gott, das war zu sachlich, ich klinge wie ein gefühlloser Automat*, schalt sich Carla. »Hat er eine Geliebte?«

»Nein, aber er *ist* trotzdem schuld am Scheitern unserer Ehe. Er …« Alma stöhnte und gab sich einen Ruck. »Er misshandelt mich.«

Deshalb bewegte sie sich so seltsam.

»Das ist leider kein Scheidungsgrund, ein Mann, der seine Frau schlägt, gilt bei den Richtern eher als ›temperamentvoll‹. Und es wird den Ehefrauen geraten, ihre Gatten dann nicht so zu reizen.«

Sie nickte Alma zu, in dem sinnlosen Versuch, diese Tatsachen dadurch weniger schlimm zu machen. Ob es angebracht wäre, ihre Hand zu nehmen? Doch Alma wollte keinen Trost, das konnte Carla spüren, sie brauchte kein Mitleid, sondern konkrete Hilfe.

»Er zwingt mich auch zu …« Alma errötete.

»Vor den Augen der Kinder?« Nicht sehr sensibel, die Frage, aber sie barg eine Möglichkeit.

Alma riss ihre traurigen Veilchenaugen entsetzt auf. »Nein, natürlich nicht, einen Rest Anstand hat er noch.«

Schade, dachte Carla, ja, das war zynisch, aber so war die rechtliche Situation nun mal. »Rein juristisch darf er Sie in Ihrer Ehe zwar zum Beischlaf zwingen, aber nicht vor den Augen der Kinder, das wären dann unstatthafte sexuelle Handlungen vor schutzbefohlenen Minderjährigen.«

»Sie hören sich an wie ein Anwalt!« Empört richtete Alma sich auf, ächzte schmerzverzerrt und krümmte sich wieder zusammen.

»Tut mir leid. Hat er vielleicht eine Affäre mit seiner Sekretärin oder was noch besser wäre, mit einer seiner schutzbefohlenen Studentinnen?«

»Nein.«

»Liebt er Männer?«

Alma schüttelte den Kopf.

»Gibt es Anzeichen einer Geisteskrankheit? Dann könnte Ihre Ehe in jedem Fall geschieden werden.«

»Ist man denn psychisch gesund, wenn man seine Frau schlägt?«

»Vermutlich nicht, aber das reicht nicht aus. Wenn er alkoholkrank, drogen- oder spielsüchtig wäre, hätten Sie bessere Karten.« Carla hielt inne. »Wenn Sie schon so entschlossen sind, dann brauchen Sie meine Dienste eigentlich nicht, dann rate ich Ihnen, gleich zu einem Anwalt zu gehen. Denn das Zuschlagen wird in aller Regel eher schlimmer als besser.«

»Sie sind wirklich lustig.« Alma lachte ironisch. »Alexander ist nicht nur Logenmeister bei den Freimaurern, er ist auch mit der ganzen Hautevolee von Berlin durch tausenderlei Immobilienprojekte verklüngelt. Egal, zu welchem Anwalt ich gehe, keiner wird mir helfen, sondern Alexander in dem Moment informieren, in dem ich aus der Tür raus bin.«

»Ich könnte Ihnen eine Anwältin aus Westdeutschland empfehlen, die auf Eherecht spezialisiert ist.«

»Das ist nicht die Art von Hilfe, die ich von Ihnen erwartet habe.«

»Ich wüsste nicht, an welcher Stelle ich hier für Sie tätig werden könnte. Ja natürlich, wenn Sie einen Verdacht gegen ihn hätten …«

»Ich habe gehofft, Sie könnten Fotos von den Misshandlungen machen und dann …«

»Solche Fotos darf nur Ihr Arzt, quasi als Sachverständiger, machen und es muss ein weiterer Zeuge anwesend sein. Misshandlungen sind genau wie eine Vergewaltigung sehr schwer zu beweisen. Und als sicherer Scheidungsgrund kommt das sowieso erst infrage, wenn Sie aufzeigen können, dass Ihr Leben unmittelbar bedroht ist.«

»Er muss mich also eigentlich erst umbringen, oder? Erst dann wird klar, wie gefährlich er ist? Und was ist mit meinen Kindern? Die müssen unbedingt vor ihm geschützt werden.« Almas Stimme drohte zu kippen. »Das alles bringt sie völlig durcheinander!«

»Es tut mir wirklich leid! Ich würde Ihnen so gern etwas anderes sagen …«

Alma wurde aschfahl. »Und ich habe gehofft, weil wir uns von den Berliner Küken kennen, würden Sie mich unterstützen. Alle Männer, mit denen Alexander zu tun hat, würden ihm helfen – natürlich nur, um dann später bei ihm einen Gefallen einzufordern, aber so was machen wir Frauen ja nicht. Jede kämpft für sich allein!« Sie sprang auf, so dynamisch, dass der Tisch klirrte und ihre Haare die Luft peitschten.

Carla zuckte irritiert zurück. Alma stöhnte und sackte wieder in sich zusammen.

»Es muss doch irgendetwas geben, das ich tun kann?«

Ja, dachte Carla, verdammt noch mal, es musste etwas geben. »Ich werde eine befreundete Ärztin anrufen, vielleicht können wir mit Hinweis auf die Lebensgefahr etwas tun. Wie sind Sie denn finanziell aufgestellt?«

Alma fuhr sich mit den Fingern ungeduldig durch ihre roten Haare und rieb ihre Hände dann an ihrem Rock trocken. »Na, was denken Sie? Gleich nach unserer Hochzeit ist mein Vermögen auf sein Konto gewandert. Ich habe kein eigenes Bankkonto, weil er es mir verweigert hat, danach hatte er einen seiner hässlichen Wutanfälle. Er will über alles die absolute Kontrolle haben. Deshalb spare ich jeden Pfennig, den ich vom Haushaltsgeld abzwacken kann, und verstecke ihn in einer alten Zigarettendose.« Sie zwinkerte Carla zynisch zu. »Zwischen den Periodengürteln und Binden, da würde er niemals suchen. Aber momentan sind es nur 117 Mark und 20 Pfennige, das reicht sicher nicht weit.«

Carla versuchte, sich das alles vorzustellen, und fand ihr Leben sehr viel weniger unerträglich als vorhin gerade noch. Sie hatte ein eigenes Konto bei der Bank, einen Beruf und keinen Mann, der ihr das Leben zur Hölle machte.

»Ich habe einige sehr wertvolle Schmuckstücke von meiner

Großmutter geerbt.« Alma zeigte auf die Perlenkette an ihrem Hals. »Die könnte ich verkaufen, ihn verlassen, und mit Mathilda und Gregor irgendwo untertauchen. Vielleicht könnten Sie mir dabei helfen?«, fragte sie. »Ich kann unmöglich selbst in eine Pfandleihe gehen.«

Carla schüttelte den Kopf. »Leider ist das überhaupt keine gute Idee, Sie würden die Kinder dem Vater entziehen ...«

»Genau das wäre das Beste für alle!«, unterbrach sie Carla.

»Nein, das wäre eine Katastrophe, das ist eine Straftat, durch die Sie die Kinder für immer verlieren würden. Das kann ich nicht unterstützen, wir müssen einen legalen Weg finden. Ich werde mit der Ärztin und mit der Anwältin sprechen und ihnen nahelegen, wie wichtig es für Sie ist, dass wir zu einer schnellen Lösung kommen.«

Alma starrte Carla direkt in die Augen. Tiefste Enttäuschung in Veilchenblau, die sich mitten in Carlas Herz bohrte.

»Ich hatte mir wirklich mehr von Nachtigall & Co. erhofft!«

»Das bedaure ich sehr, doch ich verspreche, all das so schnell wie möglich zu erledigen! Wie können wir in Kontakt bleiben?«

»Ich melde mich in drei Tagen bei Ihnen, bitte rufen Sie auf keinen Fall zu Hause an und kommen Sie auch nicht vorbei. Falls Alexander trotz meiner Vorsichtsmaßnahmen etwas bemerkt haben sollte und nachfragt, sagen Sie ihm bitte, dass wir über die Kunsttherapie für die Berliner Küken gesprochen haben, ja?«

Carla nickte. »Ich erinnere mich, Licht und Finsternis ...«

Nach einem Blick auf ihre Armbanduhr stand Alma auf, ihre Augen schwammen in Tränen, als sie aufsah und leise fragte: »Glauben Sie an das Böse?«

Carla konnte Almas Schmerz fühlen, aber sie wusste nicht, was sie sagen sollte. Weil ihr nichts einfiel, versuchte sie es mit einem Einstein-Zitat, das ihr Vater gern benutzt hatte: »Die Welt wird nicht bedroht von den Menschen, die böse sind, sondern von denen, die das Böse zulassen«, sagte sie. Kaum hatte sie das letzte Wort ausgesprochen, hätte sie sich am liebsten die Zunge abgebissen.

Alma griff nach ihrer Handtasche. »Ist das ernsthaft Ihre Meinung? Unfassbar, angesichts dessen, was heute allen Berlinern passiert ist! Wir haben das also zugelassen, ja?«

»Es tut mir leid, das war nicht angemessen ...«, stammelte sie.

»Nicht angemessen? Das war das Dümmste, was ich seit Langem gehört habe. Die Menschen, die die Grenzen verletzen, sind diejenigen, die böse sind. Es ist nicht die Schuld der Opfer, weil sie nicht ›Halt‹ gerufen haben!«

»So war das gar nicht gemeint!«

»Mir egal, wie Sie's *gemeint* haben. Nur, damit Ihnen das klar ist, ich *lasse* gar nichts zu!« Alma griff nach ihrer Handtasche. »Niemals! Ich werde mich jedenfalls von dem Bösen in meinem Leben befreien, koste es, was es wolle!« Sie lief zur Tür, warf sie aber nicht ins Schloss, sondern zog sie mit einem leisen Klick zu, bei dem sich Carla alle Haare aufstellten. Diese Feenkönigin hatte sich geradezu übermenschlich gut unter Kontrolle.

Irgendetwas an Almas Geschichte fühlte sich nicht stimmig an, Carla konnte es nur nicht an etwas Konkretem festmachen. Doch warum hätte Alma sie anlügen sollen?

Kapitel 6

»Tut mir auch leid!«, rief Wally der rothaarigen Frau hinterher, die gerade aus dem Haus gestürmt war, rücksichtslos mitten in sie rein. Dann war sie auch noch ohne das geringste Bedauern gleich weitergelaufen. Wally hatte nicht schnell genug ausweichen können, schlitterte in ihren Pumps über das feuchte Kopfsteinpflaster und verlor das Gleichgewicht. Sie konnte sich gerade noch abfangen, aber der schwere Lederkoffer rutschte aus ihrer Hand und fiel zu Boden.

»Nur Bekloppte überall in dieser ganzen verdammten Stadt!« Ja, die Frau hatte geweint, aber das war kein Grund, sich so zu benehmen! Schließlich war heute ganz Berlin zum Heulen.

Wally bückte sich nach dem Koffer und hob ihn leise ächzend wieder auf. Er war zum Bersten voll, denn da war ihr gesamtes Leben drin, also das bisschen, was ihr noch gehörte. Wenigstens war dieses bisschen Leben nicht auch noch in die einzige Pfütze weit und breit, direkt vorm Haus gefallen. Sie war eben ein echter Glückspilz. Ihre Lippen verzogen sich zu einem ironischen Lächeln. Dann erinnerte sie sich an die anderen Bewohner der Tucholskystraße, die jetzt hinter der Mauer eingesperrt waren. Sie war *wirklich* ein Glückspilz, genau wie ihre Mutter unentwegt behauptet hatte: *»Meine Wally ist mit einer Glückshaube geboren und fällt immer auf die Füße.«* Mamuschkas Grab war in Pankow, durch den Friedhof ging die Grenze nun mittenlang, würde sie es also jemals wieder besuchen dürfen? In jedem Fall würde Muschka es gutheißen, dass sie sich hierher geflüchtet hatte, obwohl Rosa Luxemburg ihr großes Idol gewesen war.

Wally war vor zwei Jahren schon mal hier in der Grolmanstraße gewesen. Damals war sie neugierig gewesen, wie ihr Vater lebte, wenn er nicht bei ihnen war. Und nachdem ihre Eltern dann beide tot waren, hatte sie ihre Halbschwester kennenlernen wollen und hatte wieder hier gestanden und sich wieder nicht gerührt. Auch wenn das ja immerhin so was wie eine Familie gewesen wäre. Aber sie war auch dieses Mal feige gewesen und ohne auch nur zu klingeln wieder zurück in die Tucholskystraße gefahren.

Doch nun standen die Dinge vollkommen anders: Seit heute hatte sie gar kein Zuhause mehr. Ohne Juttas Hilfe wäre sie jetzt im total überfüllten Aufnahmelager in Marienfelde. Nie im Leben hätte sie es allein bis hierhergeschafft und James hatte sie auf keinen Fall fragen wollen. Auch wenn es ihm gefallen hätte, wenn sie angekrochen gekommen wäre. Nee, dit fehlte noch!

In der Agentur Nachtigall & Co. brannte Licht. Klar, das kleine Karlchen war ne Arbeitsbiene, das hatte Vati ihnen immer erzählt. So klug und so ordentlich.

Wally gab sich einen Ruck, betrat das unverschlossene Treppenhaus und drückte den Lichtschalter. Schlagartig wurde es so hell, dass sie die Augen zukneifen musste. In der Mitte der glänzenden Holzstufen lag ein roter sauberer Teppich, der an jeder Stufe mit kleinen Messingstangen befestigt war. Staunend blickte sie sich um. Wenn det hier schon derart geleckt war, wie sah es dann wohl erst in den Wohnungen aus? In ihrem Haus in der Tucholskystraße war alles grau vom Kohlenstaub, und die mickrigen Funzeln im Treppenhaus waren ständig kaputt. Bestimmt waren einige ihrer Nachbarn froh, sie los zu sein. Im Westen arbeiten und im Osten wohnen, um Geld zu sparen, det war denen schon lange ein Dorn im Auge. Nur mit der Frieda ganz oben im fünften Stock war das anders gewesen. Sie schluckte, wer würde sich nun um ihre Freundin kümmern? Sie war krank und konnte das Haus nicht mehr verlassen. Die Hausgemeinschaft hatte immer schon auf sie herabgesehen, aber das hatte die Frieda nie auch nur einen Deut geschert.

Keuchend schleppte Wally den Koffer die Stufen hoch. Am ersten Treppenabsatz blieb sie stehen, um wieder zu Atem zu kommen.

»Ick wer verrückt!«, sie pfiff bewundernd. »Usambaraveilchen im Hausflur!« Sie grinste bei dem Gedanken, sich einfach eins mitzunehmen, für Frieda. Aber die war ja jetzt auf der anderen Seite. Nur so ne blöde Idee. Ideen am laufenden Band. *»Meine Wally, wundervoll, aber nur krauses Zeug im Kopf«*, hatte ihre Mutter oft gestöhnt. Was würde sie wohl zu dieser speziellen Idee sagen?

Wally fand's gar nicht so abwegig, war doch herrlich, einfach so eine Schwester geschenkt zu kriegen, frei Haus und schon aus den Windeln raus. Sie hatte das viele Alleinsein als Kind gehasst. Davon war ihr immer ganz rammdösig im Hirn geworden. Was hätte sie mit einer Schwester für Spaß gehabt! Sie hätten lustigere Streiche ausgeheckt als die kleinen Strolche und eine Geheimsprache mit ulkigen Regeln erfunden. Später hätten sie zusammen in einem Bett gelegen und nachts über Jungs gelästert. Sie hätten sich gegenseitig die Haare gemacht und über ihre Träume geredet. Wovon jemand wie ihre Halbschwester wohl träumte?

Wally schüttelte den Kopf, na gut der Zug mit der Geheimsprache und den Streichen war längst abgefahren, sie waren beide zweiundzwanzig, aber da blieb ja noch ein bisschen was an Leben übrig.

Und was, wenn eine Schwester das Letzte war, was Carla wollte?

Wally schluckte ein paarmal. Zurück in ihr altes Leben ging nicht. Sie *musste* es hier schaffen. In Westberlin waren Irina und Jutta ihre einzigen Freunde und die beiden teilten sich ein Zimmer zur Untermiete und kratzten jeden Pfennig zusammen, um irgendwann in Westdeutschland ein neues Leben anzufangen. Edgar wiederum sparte für seine Schwester Adele. Und selbst wenn James und sie nicht verkracht wären, hätte seine Vermieterin sie niemals aufgenommen, wegen diesem lächerlichen Kuppelparagrafen.

Schlüsselklirren riss sie aus ihren Gedanken. Eine Treppe höher wurde eine Tür abgesperrt. Dort war die Agentur. Sie lief ein paar Stufen hoch und schielte um die Ecke nach oben.

War dieses winzige schwarzhaarige Ding wirklich ihre Halbschwester? Auf den Fotos hatte sie ähnlich wie Audrey Hepburn ausgesehen, aber von hier wirkte sie noch viel kleiner und zarter.

»Hallo-o-o!«, rief sie zu ihr hin.

»Ja?«

»Kann ich Sie sprechen?«

»Wollen Sie zu Nachtigall & Co.?«, lächelnd kam Carla näher.

»Ja!«

Carla musterte sie genauer, doch als sie den Koffer entdeckte, wich sie einen Schritt zurück.

»Es ist Sonntag und schon spät!«, sagte sie nun abweisender.

»Aber es ist dringend, und Sie sind die Einzige, die mir helfen kann!«

»Wir haben keine Zimmer zu vermieten!«

»Schon klar. Ist ein vertrackter Fall. Der Achim schickt

mich«, behauptete Wally, in der Hoffnung, dass sie den alten Freund ihres Vaters auch kannte.

Carlas Gesicht hellte sich auf. Sie hat schon viel von Vati, dachte Wally, aber diese Aufmachung, sexy wie ne Gouvernante auf Amöbenruhr.

»Achim? Ja, warum haben Sie das denn nicht gleich gesagt? Ich habe ihn heute Morgen getroffen, da hatten wir noch nichts mitgekriegt ...« Sie seufzte und sperrte die Tür wieder auf. »Geht das mit dem Koffer, oder soll ich helfen?«

»Danke, ich schaff das.« Wally folgte ihr in das Büro, von dem sie so viel gehört hatte, neugierig, wie es in echt aussah. Erinnerte sie an ein Wartezimmer, da war ja das Treppenhaus noch kuscheliger, fand Wally. Und was sollten die zwei komischen Glasflaschen mit Pfennigen drin. Kriegte man Trinkgeld als Detektiv?

»Möchten Sie was trinken?«, fragte Carla.

Unbedingt, ein großer Schnaps wäre wahrscheinlich für sie beide gut. Nicht diese süße Pfefferminzplörre, die Vati immer gesüffelt hatte.

»Kann ich rauchen?«, fragte sie stattdessen.

»Natürlich. Setzen wir uns, ja?« Carla reichte ihr die Dose mit dem geschnitzten Elefanten drauf. Genau die gleiche hatten sie zu Hause auch gehabt. Bis Wally sie nach Mutters Tod versetzen musste. Vater hatte offensichtlich gern zwei Fliegen mit einer Klappe geschlagen!

Wally zündete sich die Zigarette an und sog den Rauch tief ein. Sie wusste nicht so recht weiter, als müsste sie über einen gefrorenen See gehen, ohne zu wissen, ob der richtig fest war. Vorantasten.

Carla sah müde und dadurch zerbrechlich aus, war sicher auch nicht einfach mit so einer Mutter. Aber sie hatte wenigstens eine Wohnung. Ein Zuhause. *Nu, los doch*, ermunterte sie sich, *bring's hinter dich!*

Carla schob ihr einen Aschenbecher zu, strich diesen Gouvernanten-Rock glatt und setzte sich. Dabei hielt sie sich aufrecht, als wäre sie die Queen und lächelte dezent.

Wally lief eine Gänsehaut über den Rücken, Carlas Lachen wie dit vom Vati, natürlich nur ne Zwergenversion davon.

»Also was führt Sie zu uns?«

Die Frage klang aus dem Mund dieser Queen irgendwie herablassend, Carla wirkte so rein. Ne propere Problemlöserin für die schmutzigen Probleme der Klienten.

Schmuddelig, genauso fühlte sich Wally plötzlich. Aber das alles war nicht ihre Schuld, sie beide hatten sich das nicht ausgesucht. Weder diese Familiensituation noch den Bau der Mauer!

»Ich weiß nicht, wie ich anfangen soll.«

»Das geht vielen so.«

»Aber bei mir ist das anders!« Wally drückte die Zigarette aus und nickte Carla zu. »Was ich Ihnen sagen muss, wird Ihnen nicht gefallen!«

»Das lassen Sie mal meine Sorge sein.« Carla zupfte ungeduldig an der Schluppe ihrer dunkelblauen Perlon-Bluse herum. »Nur zu!«

»Gut, dann sag ich's freiraus.« Wally holte tief Luft, weil ihr schon schwante, dass Carla das umhauen würde. »Wir sind Schwestern, dein Vater ist auch mein Vater. Und meine Mutter war jahrelang seine Geliebte. Ich bin hier, weil ich nicht zurück kann in meine Wohnung, wegen der verdammten Mauer und ich wusste nicht, wohin sonst.«

Carlas Gesicht wurde starr, dann hielt sie sich die Hand vor den Mund und gab ein Geräusch von sich, als würde ihr gerade das Essen hochkommen. Sie sprang auf, lief vor den Fenstern auf und ab, schwankend, als wären Schiffsplanken unter ihren Füßen. Schließlich blieb sie vor Wally stehen und rammte ihren Blick in sie hinein, wie ein tödliches Schwert.

Offensichtlich war das für sie sehr viel schlimmer als gedacht.

»Sofort raus hier!«, stammelte sie.

»Beruhige dich, ich habe Beweise!«, beteuerte Wally.

»Schamlose Lügnerin!« Carla war blass wie eine Schneewehe und zitterte, aber sie schnappte sich Wallys Koffer, schaffte es kaum, diesen zu heben, zerrte ihn trotzdem zur Tür und kickte ihn die Stufen hinunter, wo er laut polternd bis zum nächsten Absatz fiel. »Raus!«, ihre Stimme nur mehr ein heiseres Flüstern.

Wally versuchte, ruhig zu bleiben. Abwarten schien ihr das Beste. Carla tat ihr leid, aber sie würde schon noch einsehen, dass sie die Wahrheit sagte.

»Raus!«, sagte Carla lauter und zeigte zur offenen Tür.

»Sonst was?«, fragte Wally ganz ruhig. Immerhin war sie größer und viel kräftiger als Carla.

»Ist alles in Ordnung da oben, Fräulein Koslowsky?«, rief eine unangenehm schrille Stimme von unten zu ihnen hoch.

Carla erstarrte, eilte dann ins Treppenhaus und beugte sich übers Geländer nach unten.

»Alles bestens, Frau Pallutzke!«, säuselte sie Richtung Erdgeschoss.

So klang also die Hausmeisterin, die Vater so oft für sie nachgeäfft hatte. Wally ging Carla nach und entdeckte, dass der Koffer aufgeplatzt war und sich ihre Kleidungsstücke über den Stufen verteilt hatten.

Angewidert pfefferte ihre Halbschwester Blusen, Röcke, die Paillettencorsage und Hüfthalter zurück in den Koffer. Wally überlegte einen Moment ihr zu helfen, aber womöglich war es nur ein Trick, um sie aus der Agentur zu befördern. Es war sicherer, im Türrahmen stehen zu bleiben.

Carla klappte den Koffer wieder zu und machte sich auf den Weg nach oben.

»Du hast was übersehen«, Wally unterdrückte ein Kichern und deutete auf die Usambaraveilchen, auf denen sich zwei ihrer roten Spitzenhöschen tummelten wie Puppenmützchen.

Carla schob den Koffer mit einem Fußtritt in die Agentur, danach erst holte sie die Höschen und warf sie Wally an den Kopf. Wally griff danach und legte sie ordentlich zusammen.

»Ich glaube dir kein Wort!« Carla schnaubte. »Ich wollte nur die Pallutzke nicht auch noch an der Backe haben. Wenn du mich noch weiter belästigst, hole ich die Polizei.«

Spürte sie denn so gar nicht, dass Wally in dieser Sache die Wahrheit sagte? Oder *wollte* sie es einfach nicht wahrhaben?

Wally schob den Ärmel ihres Kostümjäckchens zurück und zeigte auf die Männer-Armbanduhr, die sie am rechten Handgelenk trug. Sie band sie ab, drehte sie um, sodass man die Gravur lesen konnte, und legte sie vor Carla hin. Carlas Augenbrauen zuckten, aber sie rührte die Uhr nicht an.

»Eine Rolex Auster in Rotgold aus den zwanziger Jahren. Dein Opa, also Vatis Schwiegervater, hat sie ihm geschenkt, als er endlich zum Partner, zum ›Co.‹ bei Nachtigall & Co. geworden ist. *Für Karl-Otto Koslowsky.*«

»Die wurde mit ihm begraben, die Uhr!« Carla taumelte, als hätte man sie geschlagen und musste sich am Tisch festhalten.

»Tut mir leid, aber das hat er anders mit Achim und seinem Anwalt geregelt. Damit ich wenigstens irgendwas von ihm abkriege.«

Carla schüttelte den Kopf erst nur leicht, dann immer stärker, als würde ihr das die nötige Kraft geben. »Die hat wohl jemand vom Bestattungspersonal gestohlen und verkauft.« Sie hörte mit dem Kopfschütteln auf und ihr Ton wurde eisig. »Weil sie so selten und ausgesprochen wertvoll ist. Und du bist nur eine abgefeimte Betrügerin!«

Sie griff nach der Uhr und starrte sie an.

Wally ließ es geschehen, es erschütterte sie, wie getroffen

ihre Schwester zu sein schien. Aber eigentlich nicht so verwunderlich, immerhin hatte sie von Anfang an gewusst, dass es Carla gab, Carla andersherum aber nicht. Klar, dit war jetzt 'n Schock. In dieser Hinsicht war Vati ganz schön feige gewesen!

Carla wiegte die Uhr in ihren Händen hin und her, als wäre sie ein Kind. Dann strich sie sich damit über ihre Wange und versuchte, aufsteigende Tränen wegzublinzeln. Wally sah sie trotzdem. Es tat ihr leid, aber nur ein bisschen. All die Jahre hatte Carla wenigstens einen Vater gehabt, während sie dauernd wechselnde »Onkels« hatte ertragen müssen.

»Die Uhr gehört meiner Familie.« Carla steckte sich die Rolex kurzerhand in ihr Mieder. »Und jetzt verschwinde!«

Wally stieg die Galle hoch. Es reichte! Was glaubte diese Carla denn, was sie von all dem hätte? Eine Betrügerin würde sich doch eine Familie aussuchen, in der es richtig was zu holen gab!

»Ich habe jede Menge Fotos. Meine Mutter war Künstlerin und Fotografin.«

»Das beweist gar nichts.« Carla war kaum noch zu verstehen.

»Und Briefe!«

»Gefälscht!« Tränen kullerten über Carlas Wangen, aber ihr Gesicht blieb wie versteinert.

»Warum sollte ich das alles tun?«

»Weiß ich doch nicht, vielleicht bist du verrückt?«

Wally holte aus ihrer Tasche eine kleine Aktenmappe, schob Fotos zu Carla hin und zog ihr Lieblingsbild heraus. Das war nicht nett, aber das hatte Carla herausgefordert. Das Bild war bei einem Ausflug entstanden, den sie an einem flirrend heißen Sommertag an die Müritz gemacht hatten. Alle drei saßen sie in ihren Badesachen auf einer Picknickdecke, ihre glücklich lachenden Gesichter verschmiert mit Schokolade.

»Es reicht.« Carla fegte das Bild mit der Hand vom Tisch. Wally bückte sich, um es aufzuheben. Unter dem Tisch sah sie, wie sehr Carlas Beine zitterten.

Carla musste sich ein paarmal räuspern, um einen Ton rauszubringen. »Was genau willst du?«

»Fürs Erste ein Nachtlager.«

»Das geht nicht! Und wenn du hundertmal meine Schwester sein solltest, ich will dich hier nicht haben.« Sie wischte sich mit dem Blusenärmel die Tränen, ab, verschmierte dabei Kajal und Mascara und sah aus, als wäre jemand gestorben.

»Hast du vergessen, was heute passiert ist?«

»Natürlich nicht.«

»Dann hilf mir.« Wally verkniff sich den Kommentar, dass Vati das so gewollt hätte, obwohl es stimmte. »Bitte!«

Carla schüttelte vehement den Kopf.

»Dann lässt du mir keine Wahl. Dabei würde ich nur sehr ungern deiner Mutter diese Bilder zeigen, ihr Leben ist ja so schon hart genug.«

»Das wagst du nicht!«

»Ich tue alles, was nötig ist! Ach, weißt du was, ich steck das am besten auch gleich noch der Pallutzke!«

Carla wurde wieder bleich und musste sich offensichtlich am Tisch festhalten, um reden zu können.

»Du schläfst hier im Büro, hinten in der Abstellkammer.«

»Wunderbar, ich liebe Arrestzellen«, murmelte Wally.

»Meiner Mutter sagen wir, du wärst eine entfernte Großcousine von Vater aus Lichterfelde und hättest dich hierher geflüchtet, als Übergangslösung. Wenn du ihr oder der Pallutzke auch nur ein Wort verrätst, bist du hier raus. Ich hole die Luftmatratze und Bettzeug von oben.« Carla stand auf und ging zur Tür. »Du nimmst die Abstellkammer.«

»Willst du so zu deiner Mutter hochgehen …?« Wally machte eine kreisende Bewegung vor ihrem Gesicht.

»Was?« Carla sah sie irritiert an, dann nickte sie und verschwand in der Toilette. Als sie nach zwei Minuten wieder rauskam, hatte sie alles Make-up abgewaschen. Nun war sie nur noch blass mit tiefen Ringen unter den Augen.

»Ich sage Mutter, der Regen hätte mich erwischt.«

»Weißt du was, ich schmink mich auch ab, komme mit dir hoch, und wir sagen, du hast mich abgeholt. Außerdem hab ich Hunger und Durst.«

»Hunger?« Carla verdrehte die Augen »Klar, manche verspüren Appetit, wenn sie Leben zerstören.«

»Ich habe das alles so nicht gewollt.« Das war natürlich nicht die ganze Wahrheit.

»Nee, du hast nur ordentlich Hunger.« Carla musterte sie von oben bis unten und ihr Blick blieb abschätzig an Wallys üppigem Vorbau hängen. »So billig wie du aussiehst, kommt wenigstens niemand auf die Idee, dass wir Schwestern sind, nicht mal die Pallutzke.«

»Nur weil Audrey Hepburn und Marilyn Monroe keine Schwestern sind, heißt das nicht, dass wir keine sein können!«, versuchte Wally die Stimmung etwas aufzuheitern. Carla sollte endlich aufhören mit ihren Beleidigungen. Allet jut!

»Schwestern? Niemals, du hast das Wenige in meinem Leben zerstört, das mir überhaupt etwas bedeutet hat. Sogar meine Erinnerungen hast du mir weggenommen.«

»Unsinn, du hast eine Wohnung, ein Büro und sogar noch eine Mutter!«

Carla erstarrte. »All das ist nun nichts mehr wert. Gar nichts!«

Plötzlich kam wieder Leben in Carla, sie eilte zu den Fenstern und versuchte sie aufzureißen, aber eins davon hatte sich verklemmt.

Was wollte sie denn da? Wallys Herz fing an zu rasen. Um

Gottes willen, sie würde doch nicht … war ihre Schwester so labil? Von so was hatte der Vati keine Silbe erwähnt. Es hatte immer nur geheißen, das Karlchen sei eine kluge Schafferin.

»Tu das nicht«, flehte sie, während Carla weiter am Fenster rüttelte. »Ist schon gut, ich sage niemandem was, morgen bin ich weg und komme nie mehr wieder!«

Zu spät, das verklemmte Fenster war offen, Wally stürzte sich auf Carla.

»Carla, nicht! Das ist keine Lösung!«

»Oh doch!« Carla trat um sich und boxte sie erstaunlich fest mitten auf die Brust. Wally schnappte nach Luft und ließ unwillkürlich locker. Carla nutzte ihre Chance und als Wally wieder klare Sicht hatte, sah sie gerade noch, wie ihre Halbschwester versuchte, die beiden Flaschen mit dem Trinkgeld in die Hände zu nehmen. Allerdings gelang es ihr nur, eine davon hochzuheben. Mit der lief sie zum Fenster, streckte ihre Arme raus und ließ sie fallen.

Wally konnte das Klirren des Glases und das Klimpern all der Kupferstücke auf dem Kopfsteinpflaster deutlich hören. Carla war doch verrückt, völlig verrückt!

»Fühlst du dich jetzt besser?«, fragte Wally.

»Nein«, murmelte Carla. »Kein bisschen.«

Kapitel 7

Erst kurz vor der Dämmerung war Carla endlich eingeschlafen und als ihr Wecker klingelte, fühlte sie sich schwerfällig, wie in dickflüssiges Pech getaucht. Übelkeit waberte durch ihren Körper, als hätte sie einen Liter Berliner Luft getrunken und dazu noch verdorbene Muscheln gegessen. Mühsam hatte sie sich aus dem Bett gequält und versucht, jeden Gedanken an ihren Vater zu verbannen. Hatte sich auf das konzentriert, was getan werden musste: duschen, anziehen. Dann schleppte sie sich immer noch taub vor Müdigkeit in die Küche.

Von Weitem schon hörte sie die Stimmen – von der abscheulich munteren Wally und die von ihrer Mutter. Sie klang ganz anders als sonst, zwitscherte geradezu, fast wie eine Nachtigall. Haha. Sie hätte diese Betrügerin gestern sofort wegschicken sollen.

Überrascht blieb sie im Türrahmen stehen. Aha, das gute Geschirr, das mit dem Goldrand! Als die beiden sie im Türrahmen bemerkten, verstummten sie, als hätten sie schon Geheimnisse vor ihr und starrten sie an, als wäre Carla hier der Eindringling.

»Guten Morgen«, rang sich Carla ab.

»Du siehst müde aus«, sagte Wally, die auf Carlas Platz saß.

Ihre Mutter nickte dazu und lächelte irgendwie triumphierend in sich hinein. Carla betrachtete sie aufmerksamer und bemerkte dann, dass ihre Mutter das Haar anders frisiert hatte, es wirkte lockerer, nicht so betoniert wie sonst.

»Neue Frisur? Aus der ›Constanze‹?«, fragte sie und ignorierte Wally.

»Kaffee?«, fragte Wally daraufhin, erhob sich und schob ihren fülligen Körper durch die kleine Küche, als wäre das ihre Bühne. Sie hatte sich Carlas geblümte Lieblingsschürze umgebunden, allerdings reichte bei ihr der Bändel hinten in der Taille nicht mehr zu einer Schleife, wie Carla mit Genugtuung bemerkte.

Wally wartete Carlas Antwort nicht ab und schenkte Kaffee in die dritte Tasse am Tisch ein. Zum ersten Mal seit Vaters Tod setzte Carla sich auf seinen Platz. Was für ein elender Lügner.

»Meine Frisur ist nicht aus der ›Constanze‹«, sagte ihre Mutter betont munter. »Cousine Wally hat sich erbarmt.«

Erbarmt. Carla stürzte einen Schluck Kaffee hinunter, um ihre Beherrschung zurückzugewinnen. Sie hatte ihrer Mutter schon hundert Mal angeboten, ihr mit den Haaren zu helfen, aber sie fand, Carla hätte nicht das richtige Händchen für Frisuren, wie man ja an deren Haar deutlich sehen könnte.

»Steht dir sehr gut so.« Obwohl das stimmte, hatte Carla das Gefühl an ihren Worten zu ersticken.

»Wally war Friseuse, bevor sie als Sängerin entdeckt wurde.«

Ja klar, unglaublich, wie gut Wally das Lügen von der Hand ging. Friseuse? Sängerin? Davon war gestern Abend nicht die Rede gewesen. Und wie hatte sie ihre Mutter, die Kosenamen hasste, so schnell dazu gebracht, sie Wally zu nennen? All diese sogenannten Beweise konnte sie von sonst wo herhaben. Und jetzt im vollen Tageslicht kam es Carla noch viel unglaublicher vor, dass ihr Vater sie dermaßen betrogen haben sollte. Wally schien echt blond zu sein und war so viel größer und kurviger als sie selbst. Und sie hatte blaue Augen, während ihre eigenen braun waren, was ja kein Wunder war, weil ihre Eltern auch beide braune Augen hatten.

Carla griff nach einer Schrippe – aha, dann war Wally also auch schon vorne beim Bäcker gewesen? Sie hatte offensichtlich prima auf der Luftmatratze im Büro geschlafen. Obwohl sie gestern angeblich ihr Zuhause verloren und noch dazu Carlas Leben zerstört hatte, sah ihre angebliche Halbschwester nicht wie das Opfer einer ungerechten Weltpolitik aus, sondern wie das blühende Leben.

»Sie sagt, mein Haar sei sehr empfindlich«, ihre Mutter nickte befriedigt, als wäre es höchste Zeit, dass das endlich jemand erkannt hatte.

Oh ja, dachte Carla, *empfindlich, ganz genau wie deine Seele*. Sie presste die Lippen zusammen, damit ihr nur ja kein unüberlegtes Wort entschlüpfen konnte, ignorierte Wallys Zwinkern und säbelte ihre Schrippe durch. Dann strich sie Butter und Zwetschgenmus auf die untere Hälfte, die mochte sie am liebsten. Doch dann konnte sie nicht reinbeißen, das braune Zeug war ihr plötzlich widerlich.

»Tut mir leid, ich muss gleich runter ins Büro, diverse Aufträge warten auf mich«, sagte sie und schob den Teller von sich.

»Dann kannst du Wallys Hilfe sicher gut gebrauchen!«

»Cousine Wally wird viel lieber dir Gesellschaft leisten wollen, bestimmt hat sie noch mehr Ideen für dein sensibles Haar. Davon wird sie mehr Ahnung haben als vom Detektivgeschäft.« Carla rang sich ein Lächeln ab und sah Wally dann direkt ins Gesicht. Wally nickte ihr mit einem anerkennenden kleinen Grinsen zu.

»Es wäre mir eine Ehre!«, sagte sie. »Ich kann mir nichts Schöneres vorstellen, als mit Tantchen Ida *ausgiebig zu plaudern*.«

War da ein drohender Unterton, sollte das bedeuten, Waltraud würde auspacken? Aber damit würde sie sich hier selbst rauskatapultieren, das konnte in der momentanen Lage nicht in ihrem Sinn sein.

»Cousine Wally redet Unsinn!« Ihre Mutter glühte vor Freude und richtete sich in ihrem Rollstuhl zu neuer Größe auf. »Es kann nicht sehr inspirierend sein, mit einer alten Frau wie mir zu reden, die noch dazu ihre vier Wände nie verlassen kann.«

Ich muss hier raus, dachte Carla, *sonst ersticke ich noch*. Sie nahm ihre Tasse und stand auf. »Bin spät dran«, murmelte sie und eilte aus der Wohnung.

Eine Treppe tiefer saß Katrin in einem karierten Kleid mit Spitzenkragen und mit einem Turnbeutel im Schoß vor dem Eingang zur Agentur. Sie kaute an einem ihrer dicken geflochtenen Zöpfe herum, und je stärker sie kaute, desto mehr trieb sie etwas um. Und gerade schien die Kleine sehr aufgeregt. Dankbar für die Ablenkung von ihrem eigenen Elend ging Carla vor Katrin in die Hocke, um zu erfahren, warum sie hier auf sie wartete.

»Was ist denn los?«, fragte Carla und nippte an ihrem Kaffee, bevor er ganz kalt wurde. »Warum bist du denn nicht in der Schule?«

»Na wejen der Umstände wollte die Mama nich, dass ick gehe.«

»Welche Umstände denn?«

Katrin betrachtete Carla, als ob sie verrückt wäre und tippte sich an die Stirn. »Die Mauer? Die Krise?«

Natürlich, klar, die ganze Stadt war im Ausnahmezustand, nicht nur die Familie Koslowsky! Aber das machte das Aufkreuzen von Wally auch nicht besser.

»Und deshalb fällt heute die Schule aus?«

»Nee, aber die Mama macht sich halt ’n Kopp.«

»Leider kannst du heute nicht bei mir bleiben, denn ich habe viel zu tun! Magst du vielleicht einen Keks?«

»Nee, heute hab ich mal was für dich!«

Voller Stolz stand Katrin auf und streckte ihre Hand mit dem Beutel aus, Carla bemerkte, dass ihr magerer Arm zitterte, also musste etwas Schweres drin sein.

Gerührt nahm sie ihr mit der freien Hand den Beutel ab, der so schwer war, dass ihre Hand unvermittelt absackte und der Kaffee in ihrer anderen Hand überschwappte. Grundgütiger war das schwer!

»Gestern nach dem kurzen Jepladder war ick am Abend noch ’n bissken draußen.« Katrin suchte Carlas Blick. »Na ja und denn hat es überall um mich rum so jeklimpert, wie wenn ick ne Goldmarie wär. Oder als wenn der da oben«, Katrin sah an die Flurdecke, »Berlin irgendwie trösten wollte, wejen der ganzen Bredulje …«

Carla brach der Schweiß aus. In ihrem Zorn hatte sie keine Sekunde daran gedacht, dass jemandem die Flasche oder das Geld auf den Kopf fallen könnte. Sie wusste nicht, was sie sagen sollte.

»Aber«, Katrin schleuderte ihre dunkelblonden Zöpfe über die Schultern und warf sich in ihre schmächtige Brust, »Sherlock Holmes gloobt nüscht an Wunder, also hab ick mein Hirn einjeschaltet und kapiert, dass det keen Wunder nich war«, sie räusperte sich, »sondern dit die Pfennige aus deiner Glasflasche gewesen sein müssen.«

Wenn Katrin versuchte ins Hochdeutsche zu wechseln, wollte sie Carla beeindrucken.

»Also hab’ ich alle eingesammelt, die ich finden konnte. Und nu musst du mir als Assistentin einstellen!«

Carla reichte Katrin den Beutel zurück. »Das war sehr lieb von dir«, sagte sie heiser. »Bitte behalte das Geld!«

Katrin stampfte mit dem Fuß auf. »Ich dachte, du freust dir! Du hast gesagt, diese Pfennige bedeuten dir was, wegen deim Vati.«

Carla schluckte ein paarmal. Sie wollte Katrin nicht anlügen, aber sie konnte ihr auf keinen Fall die Wahrheit verraten.

Das Telefon im Büro fing an zu klingeln. Ein Blick auf ihre Armbanduhr zeigte kurz nach acht, könnte etwas Dringendes sein. Der Anblick der Uhr erinnerte sie schon wieder an Wally und ihren Vater und an Achim. Den würde sie nachher gleich anrufen und fragen, ob er davon gewusst hatte, die ganze Zeit.

Katrin stand immer noch vor ihr und sah aus, als wäre auch gerade ihre Welt eingestürzt.

»Tut mir leid, ich habe mich falsch ausgedrückt, du hast richtig gute Arbeit geleistet. Ich bin dir sehr dankbar! Betrachte das Geld als ersten Lohn für deine Arbeit als meine neue Assistentin. Komm her!«

»Wirklich?« Katrin musterte Carla zweifelnd.

Dieses Kind hatte all diese Pfennige vom dreckigen Berliner Pflaster aufgelesen. Carla stellte die Kaffeetasse auf einer Treppenstufe ab und breitete ihre Arme weit aus.

Ungläubig zögerte Katrin einen Moment, dann schmiegte sie sich eng an Carla. Der Duft von Fa-Seife vermischte sich mit dem Geruch von ungewaschenen Haaren und feuchter Wolle und schnürte Carla die Kehle zu. Sie konnte sich nicht erinnern, dass irgendjemand in den letzten Jahren etwas so Rührendes für sie getan hatte. Auf gar keinen Fall durfte sie ruppig zu der Kleinen sein, die hatte es auch nicht leicht.

»Wie hast du es denn geschafft, das Geld bis heute Morgen vor deinen Brüdern zu verbergen?« Sie ließ Katrin wieder los und musterte deren schmales Gesicht.

Die Kleine lächelte finster. »Hab 'n Geheimversteck, was die Abscheulichen nich kennen.«

»Sehr gut! Als meine Assistentin brauchst du einen Ort, an

dem du wichtige Unterlagen vor ihnen verstecken kannst!«, sagte Carla.

Katrin strahlte, im gleichen Moment begann im Büro das Telefon wieder zu läuten. Wahrscheinlich nur Tante Lulu, die konnte hartnäckig sein wie Herpes, oder vielleicht doch eine neue Kundin.

»Eine Bedingung gibt es aber, und dann muss ich wirklich an die Arbeit«, Carla gab sich Mühe, sehr streng zu klingen, während sie hoffte, es noch ins Büro zu schaffen, bevor das Klingeln aufhörte.

»Allet!«

»Meine Assistentin kaut nicht an ihren Zöpfen!«

Katrin stand stramm und legte ihre Hand an die Stirn, als wäre Carla ihr Colonel. »Aye, Aye, Maam.«

»Abtreten!«, sagte Carla und sperrte die Bürotür auf, bückte sich nach ihrer Tasse und hob sie auf. »Wir sehen uns später!«

Katrins Schultern sackten in sich zusammen, Carla befürchtete eine Diskussion, aber da fing das Telefon wieder an zu klingeln, die Kleine gab auf, winkte ihr mit dem schweren Sack einmal zu, drehte sich um und rannte kommentarlos die Treppe runter.

Carla hastete zum Schreibtisch, stolperte über die Luftmatratze, die nicht in der Abstellkammer, sondern mitten im Raum lag! Die Tasse fiel ihr aus der Hand und zerschellte am Boden, sie selbst kam ins Schwanken, fing sich aber wieder und rannte zum Telefon. Zu spät. Schon wieder!

»Verda...!« Sie lief zurück, hob die Scherben auf und wischte die Kaffeepfütze vom Boden. Dann nahm sie die Decke von der Luftmatratze, faltete sie zusammen und legte sie auf das kleine Sofa am Eingang neben der Garderobe. Obwohl das ganze Büro nach dem verschütteten Kaffee roch, stieg von der Decke Wallys Duft in ihre Nase, moschusartig, irgendwie unanständig, fand Carla, was ihren Zorn noch mehr anheizte. Sie musste diese Frau loswerden, und zwar schnell.

Sie ließ die Luft aus der Matratze, genauso sollte sie es mit Wally machen, ihr die Luft nehmen, bevor sie sich weiter ausbreitete und Carlas Leben mit ihrer Anwesenheit verpestete.

Nachdem sie alles wieder in der Abstellkammer neben Wallys Koffer verstaut hatte, schaltete sie ihre Schreibtischlampe ein und setzte Wasser für Kaffee auf. Sie öffnete ein Fenster, aber von draußen kam auch nur schwüle Luft herein.

Wallys Koffer. Den sie gestern die Treppe runtergeworfen hatte. Was da wohl außer den obszönen Höschen noch drin war?

Das ging sie nichts an.

Von wegen! Alles, was Wally betraf, ging sie was an, immerhin war die hier aufgekreuzt und hatte dafür gesorgt, dass sie ihr Büro mit völlig anderen Augen sehen musste. Nie zuvor war ihr aufgefallen, dass es der reinste Altar für ihren Vater war. Das alles musste weg, allem voran der schreckliche Lederstuhl. Den würde sie, zusammen mit dem Monsteraschenbecher, als Erstes entsorgen, nichts sollte mehr an seinen so ungeheuerlichen Verrat erinnern.

Sie lief in den Abstellraum und öffnete Wallys Koffer. Dieser Geruch schlug ihr wieder entgegen. Neugierig durchsuchte sie Wallys Sachen: Unterwäsche, durchaus auch anständige Teile von Triumph, Nylons, davon sechs noch verpackt, ein Kulturbeutel mit dem üblichen Kram, erstaunlich viele Lippenstifte, eine Perücke. Sie schüttelte die Haare ein bisschen auf. Eine graue Kurzhaarperücke, ob die ihrer Mutter gehört hatte? War das ein sentimentales Andenken an sie? Beim besten Willen konnte Carla sich nicht vorstellen, dass Wally die tragen würde. In jedem Fall hatte es etwas zu bedeuten. In dem Koffer musste das Wichtigste aus dem Leben ihrer Halbschwester sein! Sie suchte weiter: drei Röcke, ein Petticoat, eine Caprihose mit rosa Vichykaros, Blusen und Pullover, keine Fotos, kein Tagebuch, nichts, außer einem Etui mit Füller und Stiften. Aber natürlich hatte sie viel in ihrer Wohnung zurücklassen müssen. Carla fragte sich, was sie mitnehmen würde.

Das Telefon klingelte wieder. Hastig klappte sie den Koffer zu, rannte hin, und schnappte sich gleich Stift und Block dazu. Sie setzte sich, bereit, alles aufzunehmen. »Nachtigall & Co.«, sagte sie.

Prompt wurde aufgelegt.

Dieser Tag wurde ja immer besser. Das Wasser fiel ihr wieder ein, natürlich verkocht, während sie im Koffer gewühlt hatte. Seufzend stellte sie frisches auf, lief in den Abstellraum, ordnete den Koffer und stellte ihn neben die zusammengefaltete Luftmatratze.

Während sie darauf wartete, dass der Kessel kochte, versuchte sie, ihre unnützen Gedanken von Wally auf die Arbeit zu lenken, die sie heute in Angriff nehmen musste: Achim anrufen, ihn nach Wally fragen, dann musste sie ihre Armykontakte mobilisieren. Die hatte sie seit Vaters Tod etwas schleifen lassen, das rächte sich jetzt. Wäre sie mit Dave und James vom Hauptquartier auch ohne Grund Mittagessen gegangen, könnte sie jetzt leichter einen Gefallen einfordern. Nur mit Sally war sie einmal im Kino gewesen, weil ›Vom Winde verweht‹, Sallys absoluter Lieblingsfilm, gelaufen war. Aber Sally war nur für die Nachtclubs der Army zuständig, besser war es mit Dave anzufangen, der Zugang zu allen Personalunterlagen hatte. Wo würde sie diesen Jack finden, der von seinen Kameraden auch Jack-oo oder -ov oder Bobbs genannt wurde?

Gegen ihren Willen bewunderte sie Ingrid, wie konnte man so sicher sein, dass jemand die eigenen Gefühle wirklich erwiderte? Wie unfair, dass Amor nach reiner Willkür seine Pfeile abschoss und nur selten in beiden gleichzeitig ein Feuer entzündete. Eigentlich war es doch meistens so, dass der eine liebte und der andere litt. Früher hatte sie gedacht, ihr Vater hätte Ida mal geliebt, immerhin hatte er auch ungewöhnliche Koseworte für sie, »Plötzen-Ida« hatte er sie genannt, wenn sie mit roten Augen vom Schwimmen nach Hause gekommen war. Vor allem wegen seines liebevollen Umgangs mit Mutter hatte sie als Kind geglaubt, ihr Vater müsste Gott sein. Niemand sonst konnte eine so unbarmherzige Frau wirklich lieben. Tja, nun war er doch kein Gott.

Das Wasser kochte und Carla brühte den Kaffee auf. Der aufsteigende Duft erinnerte sie an die vier Stück Zucker, die Vater in seinen Kaffee gerührt hatte, nachdem er aus der Kriegsgefangenschaft wieder zurück war. *»Es gibt nur das, kurze süße Momente.«* Von denen hatte er ja wohl jede Menge gehabt. Wally und sie waren *offensichtlich* fast gleich alt. Wie war das mit Wallys Mutter passiert? Wie lange hatte das gedauert? Bestimmt war das Feuer bald verlöscht, die Liebe war nur eine Schimäre, nichts, worauf man bauen konnte. Auf die Familie allerdings auch nicht, wie Carla gerade herausgefunden hatte. Vielleicht sollte besser jeder eine Mauer um sich ziehen, um sich vor diesem Wahnsinn von Leben in Sicherheit zu bringen.

Sie setzte sich ans Telefon und suchte die Nummer von Achims Kanzlei heraus.

Es klingelte schon wieder, nun allerdings an der Tür.

Alma stand vor ihr, aber sie war kaum zu erkennen. Ihr linker Arm war eingegipst und unter dem rechten Auge hatte ein Bluterguss das Gesicht blau und grünlich verfärbt. Sie zitterte am ganzen Körper, obwohl sie sich in zwei dicke Strickjacken gehüllt hatte.

»Um Gottes willen!«, entfuhr es Carla, dann half sie Alma zu dem Rattansessel am Schreibtisch und holte noch ein paar Kissen, um es ihr bequem zu machen.

»Tut mir leid, ich wusste nicht, was ich tun sollte.«

»Haben Sie gerade angerufen?«

Alma nickte, hielt aber sofort inne, die Bewegung schien ihr sehr weh zu tun.

Carla holte Tassen, Kaffee und Kekse, bot ihr auch einen Schnaps an, aber Alma lehnte den Alkohol ab.

Einmal mehr bedauerte sie, dass sie keine Anwältin war, dann könnte sie Alma umfassend beraten, einen guten Plan aushecken. Eine Juristin hatte so viel mehr Möglichkeiten als eine Detektivin.

»Danke«, flüsterte Alma, griff nach der Tasse und legte ihre Hände darum, als bräuchte sie dringend ein bisschen Wärme in ihrem Leben. »Ich weiß, Sie haben mir gestern gesagt, dass Sie nichts tun können, aber ich musste es noch einmal versuchen. Ich habe zu niemand anderem Vertrauen, alle lieben meinen Mann.«

Hektisches Klopfen an der Tür ließ Alma zusammenzucken.

»Erwarten Sie jemanden? Niemand sollte mich hier sehen.«

»Carla, ich bins, Wally, bitte lass mich rein .... Oder soll ich den Schlüssel von der Pallutzke holen?«

War das eine Drohung?

Wally hämmerte stärker, und Alma sackte bei jedem Schlag mehr in sich zu zusammen, gleichzeitig sah sie sich hektisch um, als würde sie ein Versteck suchen.

»Entschuldigen Sie mich bitte einen Moment!« Carla sprang auf und lief zur Tür, riss sie auf und schob Wally in den kleinen Flur.

»Was soll denn das? Ich arbeite hier! Schleim' du dich oben weiter bei Mutter ein. Mach ihr das Haar oder geh' spazieren, aber lass mich in Frieden.«

»Ich könnte dir helfen.«

»In meiner Agentur geht es um sensible Fälle und nicht bloß um sensibles Haar!«

»Zu zweit hat man immer mehr Ideen als allein!« Wusste Wally, dass sie damit Vater zitierte?

»Ich habe genug Ideen für zwei«, zischte Carla.

»Wie du willst«, Wally zuckte mit den Schultern. »Dann bring mir bitte meinen Mantel, den habe ich an der Garderobe vergessen.«

Carla drehte sich ohne ein weiteres Wort um und lief zur Garderobe.

Offensichtlich hatte Wally genau darauf gewartet, denn sie stürmte geradewegs ins Büro, stutzte bei Almas Anblick und ging dann sofort neben ihr in die Hocke.

»Es ist furchtbar, was Sie durchmachen müssen!«

Alma sah ängstlich zu Carla.

»Wer ist denn das?«

Eine Hochstaplerin, hätte Carla am liebsten zu Wally hin gezischt, aber damit wäre niemandem gedient. »Es ist alles in Ordnung, das ist Waltraud von Tilling, eine entfernte Cousine, die ab und zu für die Agentur arbeitet.« Als Putzfrau hätte sie gern hinzugefügt, aber sie verkniff es sich.

Alma wirkte erleichtert.

Wally erhob sich, ging in die Teeküche, als wäre es ihre, holte sich auch eine Tasse und schob einen Stuhl neben den von Alma.

»Waltraud ist natürlich genauso verschwiegen wie ich«, sagte Carla und warf Wally einen vernichtenden Blick zu. »Alma, ich denke, Sie sollten jetzt dringend die Anwältin aus dem Westen kontaktieren, die auf schwierige Scheidungen spezialisiert ist. Ich schreibe Ihnen die Telefonnummer von Dr. Elisabeth Adler auf, sie kann Ihnen besser helfen als ich.«

»Ich hatte gehofft, dass Sie … Sie kennen mich doch und wissen …?«

»Alma, wie ich Ihnen gestern schon gesagt habe, können

wir nichts für Sie tun – wenn Alexander keinerlei außerehelichen Aktivitäten nachgeht.«

»Da bin ich anderer Ansicht, entschuldige, Cousinchen …«

Cousin-*chen*? Ein Hitzeschwall breitete sich in Carlas Magen aus. *Wie gern würde ich ihr den Hals umdrehen*, dachte sie, versuchte aber, sich nichts anmerken zu lassen.

»Wir könnten sehr wohl einiges für Alma tun.«

Alma richtete sich etwas auf und sah hoffnungsvoll zwischen Carla und Wally hin und her. »Ja?«

»Meine Cousine ist nicht ganz im Bilde …«, sagte Carla und betete, dass Wally den Mund halten würde.

»Das stimmt nicht ganz«, sagte Wally. »Ich bin auf dem neuesten Stand. Sie sind Alma Hochbrück, Ihr Mann ist der preisgekrönte Architekt und Professor Alexander Hochbrück, Ihr Mann verdrischt …, äh ich wollte sagen, er schlägt Sie ganz offensichtlich. Sie brauchen einen Scheidungsgrund und den können wir liefern.«

»Wirklich?« Ungläubige Erleichterung wanderte rosig über Almas Gesicht wie ein Sommersonnenaufgang.

Es war unredlich, Alma solche Hoffnungen zu machen. Und woher wusste Wally das alles überhaupt? War Carla etwa gestern nach Wallys Überfall so durcheinander gewesen, dass sie in ihrem Kummer die Unterlagen nicht ordentlich weggesperrt hatte?

»Ja, wirklich!« Wally grinste geradezu unanständig. »Machen Sie sich keine Sorgen, so was ist meine Spezialität.«

»Und wie …?«

»Das lassen Sie mal unsere Sorge sein, je weniger Sie wissen, desto besser.«

»Danke!« Alma seufzte tief. »Damit würden Sie Leben retten!«

Wally nickte. »Das glaube ich gern«, sie deutete auf Almas blaues Auge. »Das sollte sich besser jemand anschauen.«

»Geht schon.« Alma griff sich unwillkürlich ins Gesicht und schauderte. »Aber wie bleiben wir in Kontakt? Auf gar keinen Fall dürfen Sie zu mir nach Hause kommen, wenn die Nachbarn Sie sehen, oder meine Kinder, wird Alexander das erfahren und ich muss es dann ausbaden. Wenn es unbedingt sein muss, dann sollte Carla anrufen und behaupten, es wäre wegen dem Waisenhaus, ja?« *Alma stand auf.* »Er denkt, ich bin einkaufen und er darf auf gar keinen Fall Verdacht schöpfen. Gehen Sie zu dem Galadiner für das Waisenhaus, Carla?«

Carla nickte ihr zu.

»Dann sprechen Sie ihn bitte nicht darauf an!« Alma zuckte schmerzhaft zusammen. Sie blickte von Wally zu Carla.

»Kann ich mich auf Sie beide verlassen?«

»Natürlich«, Wallys Stimme klang so warm und fest und zuversichtlich. *Ich würde ihr alles glauben*, erkannte Carla verblüfft.

»Es wird nicht lange dauern. Ich, also wir …«, Wally sah demonstrativ zu Carla, »… sind bekannt für prompte Ergebnisse!«

Carla stand auf und führte Alma zur Tür, um diese Scharade so schnell wie möglich zu beenden. Als sie zurückkam, trat ihr Wally entgegen.

»Sag nichts!«, Wally warf sich in ihre üppige Brust wie eine nordische Kriegerin. »Ich denke wirklich, ich kann ihren Mann verführen!«

»Was für eine Selbstüberschätzung! Hochbrück hat weder eine Geliebte noch andere Laster, an denen man andocken könnte!«

»Blödsinn, jeder hat ein Laster und sogar, wenn er schwul wäre, würde ich den dazu bringen, dass er mich küsst. Es muss nur jemand im richtigen Moment ein Bild machen und alles ist geritzt. Wenn du's nicht machst, frage ich einen Freund.«

»Reichlich naiv von dir! Für eine Scheidung braucht es heute deutlich mehr als nur ein Kuss-Foto.«

»Dann beschwöre ich eben, dass dieser Widerling mit mir sein Eheversprechen gebrochen hat.«

»Du würdest einen Meineid schwören?« Carla musste sich setzen. Wally war ganz offensichtlich gar nichts heilig. »Einen Meineid für eine Klientin? Und wie kommst du eigentlich darauf, dass du hier einfach so mitarbeiten kannst?«

»Vielleicht weil Vati das so gewollt hätte?« Wally räumte das Geschirr auf ein Tablett und machte sich dabei über die Kekse her. »Sehr lecker, vor allem die mit Schokolade.« Sie klang etwas verwaschen, weil ihr Mund so voll war. »Solchen Mistkerlen muss man das Handwerk legen, findest du nicht?«

»Ja schon, aber mit legalen Mitteln!«

»Kommt man denen denn legal bei? Ist es legal, seine Ehefrau zu vergewaltigen? Sie zu schlagen?« Sie nahm den letzten Keks und trug das Tablett in die Teeküche.

»Wenn du die Gesetze ändern willst, musst du Jura studieren!«, rief ihr Carla hinterher.

»Ich will keine Gesetze ändern, ich will Gerechtigkeit!« Wally kam zurück und ließ sich auf den Rattanstuhl fallen, ihr rechter Mundwinkel war ein bisschen mit Schokolade verschmiert und verlieh ihr etwas Verletzliches. So sollte sie nicht aussehen, Carla wollte sie hassenswert finden.

»Und wer entscheidet, was gerecht ist?«, fragte sie deshalb schärfer als angemessen.

»Na, der gesunde Menschenverstand, was denn sonst?«

Carla verdrehte die Augen. »Der gesunde Menschenverstand hat Hitler an die Macht gewählt, der gesunde Menschenverstand hat gewusst, dass die Juden an allem schuld sind, der gesunde Menschenverstand hat nicht nur Bücher verbrannt! Hör mir auf mit dem gesunden Menschenverstand!«

»Fertig mit deinem lächerlichen kleinen Vortrag?« Wallys Lippen verzogen sich zu einer skeptischen Grimasse. »Wenn jeder Einzelne ein bisschen mehr Mut gehabt hätte, seinem eigenen Menschenverstand zu folgen, dann wären nicht alle wie die Lemminge dem Führer sklavisch ergeben gefolgt.«

»Hätte, wäre, was wenn – alles nur Vermutungen. Ich verbiete dir jedenfalls, dich in Almas Fall einzumischen und irgendetwas Illegales zu tun. Die Agentur muss über jeden Verdacht erhaben sein. Wenn mir die Genehmigung entzogen wird, stehen Mutter und ich auf der Straße. Wir dürfen nichts Kriminelles tun, Illegales rächt sich immer.« *Und wie*, dachte Carla, schließlich war ihr Vater deshalb tot.

Aber ihre Worte schienen nicht zu Wally durchzudringen, denn die lächelte auf einmal geradezu mitleidig.

»Es muss schön sein, wenn man so sicher weiß, was richtig und was falsch ist«, sagte sie. »Ich verspreche, dass ich nichts tun werde, was dir schaden könnte. Und jetzt tue ich in jedem Fall was Richtiges, denn deine Mutter hat mich gebeten, einiges für sie einzukaufen.« Sie nahm ihren leichten Sommertrenchcoat von der Garderobe, fing an, eine aufreizende kleine Melodie zu pfeifen und verließ das Büro.

Natürlich. Weil ihre arme Mutter sonst niemanden hatte, der sich um sie kümmerte.

Apropos kümmern! Sie setzte sich an den Schreibtisch und rief endlich in Achims Kanzlei an, in der Hoffnung, dass er ihr sagen würde, dass Wally nur eine elende Schwindlerin war, die sich den Mauerbau zunutze gemacht hatte. Aber Achim war leider auf einer Juristen-Tagung zum Thema »Erben in Europa« in Wien und dort nur schwer erreichbar. In Notfällen könne man ihm aber eine Nachricht im Hotel hinterlassen. Du meine Güte! Carla bedankte sich, aber das wollte sie wirklich lieber persönlich mit ihm klären. Ihr war mit einem Mal wieder ganz schwummrig, kein Wunder, bei der Hitze. Natürlich war es nicht nur die Hitze. Sie stand auf, ging langsam zum Fenster, öffnete es und hielt ihr Gesicht nach draußen, als könnte sie damit ihren Kopf wieder klarkriegen. Aber die grauschwüle Sommerluft fühlte sich immer noch genauso klebrig an, wie diese mit falschen Versprechungen geschwängerte Atmosphäre in ihrem Büro.

Kapitel 8

Hier arbeitete det Schwein also! Wally stieg von Carlas Rad und lehnte es an eine der Linden, die den Krieg deutlich besser überstanden hatten als die Gebäude der Technischen Hochschule. Ein schneller Blick auf die Armbanduhr ihres Vaters verriet ihr, dass sie es gerade noch rechtzeitig geschafft hatte. Trotz der wütenden Demonstranten vor dem Rathaus, die halb Westberlin heute lahmgelegt hatten. Wally hatte sie weitläufig umfahren müssen und trotzdem noch diese lauten und sinnlosen Sprechchöre gehört: *»Berlin erwartet mehr als Worte, Berlin erwartet Aktion!«* Der Anblick von aufgebrachten Massen weckte in ihr immer den Impuls, weit wegzurennen. Was für eine Aktion meinten die Demonstranten? Sie hatten wohl alle nichts aus der Vergangenheit gelernt. Es reichte nicht, sich hinzustellen und Parolen zu grölen. Jeder musste einen Beitrag leisten. Gut, dass sie sich Carlas Rad »ausgeliehen« hatte, denn in der U-Bahn hätte sie von all dem nichts mitbekommen. Und jemand wie sie sollte immer gut informiert sein.

Außerdem gefiel ihr der Gedanke, wie ihre Halbschwester sich beim Anblick des leeren Fahrradständers aufregen würde. Das lächerliche Schloss am Hinterrad war geradezu beleidigend einfach zu knacken gewesen. Nur schade, dass sie Carlas Reaktion nicht miterleben würde. Man konnte eben nicht alles haben. Seufzend lief sie auf das Hochschulgebäude zu.

Plötzlich gingen überall die Türen auf, Studenten quollen in Grüppchen heraus, formierten sich neu und eilten davon, viele Richtung Mensa. Wally reihte sich in den Mensa-Strom ein. Es kam ihr nicht so vor, als wären die Studenten durch den Bau der Mauer beunruhigt, kein Gemurmel oder Geraune über das Thema, kein Kopfschütteln. Man lernte und ging entspannt zum Essen, ganz wie brave Staatsbürger. Nur nicht so ordentlich angezogen. Hier studierten sie in lässiger Klamotte, gut, dass sie ebenfalls daran gedacht hatte. Auch wenn die Caprihose mit dem Vichymuster und der Pullover bei ihr deutlich enger saßen als bei den anderen Studentinnen, passte das vom Stil her perfekt. Ohnehin waren kaum weibliche Studenten zu entdecken. Tatsächlich studierten im Osten sehr viel mehr Frauen. Unwillkürlich erinnerte sie sich an Erika und ihre wilden Kommilitoninnen. Die hatten im ersten Stock in der Tucholskystraße gewohnt und waren den anderen Hausbewohnern genauso ein Dorn im Auge gewesen wie die Frieda im fünften Stock und natürlich sie selbst. Am achten März hatte Erika dieses Jahr groß gefeiert, weil die Humboldt-Uni ein Programm zur Förderung von Frauen in der Wissenschaft verabschiedet hatte, als erste Uni in Deutschland überhaupt. Wally hatte sich mehr für die Männer auf der Party interessiert als für Manifeste. Heinrich, ein Bär von Mann, hatte es ihr so angetan, dass sie ihn angeflirtet hatte. Er ging darauf ein und schließlich waren sie voller Leidenschaft in der Abstellkammer gelandet, wo Erika sie erwischte und anfing zu weinen. Wally war völlig konsterniert, denn erstens hätte sie nie gedacht, dass die etwas sektiererische Erika überhaupt weinen konnte und zweitens hatte sie noch nie von ihrem Freund erzählt. Tatsächlich war es ihr zu peinlich gewesen, weil Heinrich im Westen an der FU Medizin studierte. Wally betrachtete die Studenten und seufzte, die hatten es gut. Denn für Heinrich war mit dem Studium jetzt natürlich Schluss, denn die Weststudenten wurden verdonnert, in den LPGs, den Landwirtschaftlichen Produktionsgenossenschaften, Traktor zu fahren. Sie mussten beweisen, dass sie nicht zum Klassenfeind gehörten. Ob er und Erika noch Kontakt hatten? Damals war Wally vor Erikas Tränen hoch zu Frieda geflüchtet, die sie mithilfe von einigen Gläschen *Blauem Würger* getröstet hatte.

Unwillkürlich hörte Wally plötzlich Friedas tiefe warme Stimme und wie sie vor jedem Schluck erst »Hopp hopp, rinn in Kopp« gemurmelt und danach ihr genüsslich rauchig-rasselndes Lachen von sich gegeben hatte. »Kindchen«, hatte sie gesagt, »Erika sollte nicht heulen – Männer denken nun mal mit den Augen und einen Stock tiefer. Alle. Ganz besonders die Studierten, die allerdings wissen es bloß nicht. Es ist dumm, ihnen das vorzuwerfen. Unsere Körper sind eben noch aus der Steinzeit und es ist dämlich, das zu leugnen. Wir Frauen sollten das einfach nur klug benutzen.«

Erika, die später hochkam, fand Friedas Gerede naiv. Männer seien keine hormongesteuerten Neandertaler, sondern die Machthaber. Sie hielten alle Fäden in der Hand, stützten sich gegenseitig, hielten die Frauen klein, unterdrückten sie und zwar in jeder Gesellschaftsform. Jemanden durch Hinternwackeln zu manipulieren, wäre keine Gleichberechtigung, sondern Prostitution.

Wally straffte die Schultern und betrat die Mensa. Sie hatte eine Aufgabe zu erledigen. Vergangenes war vorbei, was zählte war das Jetzt! Und hier würde sie von den Studenten wahrscheinlich etwas über Almas Ehemann, den Professor, erfahren. Wo viele Menschen zusammensaßen, wurde immer auch getratscht.

Sie schnappte sich eines der hellgrauen Plastiktabletts und stellte sich an, um sich eine Kelle Kartoffelbrei mit Soße geben zu lassen. *Riecht gar nicht so übel*, dachte Wally und merkte, wie ihr das Wasser im Mund zusammenlief. Dabei hatte sie, wie schon die letzten beiden Tage, mit Carlas Mutter ausgiebig gefrühstückt, um mehr über die Nachtigalls zu erfahren. *Nee, pass mal lieber uff*, ermahnte sie sich, *Kurven ja, aber Fettrollen gingen gar nicht*. Auch wenn Erika recht hatte, funktionierten Friedas Direktiven doch. Und mit Kurven waren Männer nun mal leichter zu Dingen zu verführen, die sie gar nicht vorgehabt hatten. Man musste die Waffen pflegen, die man zur Verfügung hatte.

Bei der Kassiererin verfingen ihre Kurven leider gar nicht, denn diese musterte sie abschätzig und verlangte ihren Ausweis. Als Wally behauptete, sie hätte ihn vergessen, wurde die Frau geradezu pampig. Gerade als Wally aufgeben wollte, tippte ein Student, der hinter ihr in der Schlange stand, auf ihre Schulter, und reichte ihr mit einem Nicken seinen Ausweis. Sie gab ihn der Kassiererin, die ihn zu ihrem Erstaunen ohne weiteres Murren akzeptierte.

Wally bedankte sich und lehnte die Einladung des Studenten ab, denn auf seinem Ausweis hatte Maschinenbau gestanden, sie suchte aber nach Architekturstudenten. Doch der Student wollte sie nicht in Ruhe lassen und benahm sich so, als hätte er mit seinem Ausweis Wally auch gleich mitgekauft.

»Nein«, sagte sie nun etwas lauter und schärfer. Leute drehten sich zu ihnen um, aber das störte den Studenten kein bisschen.

Ein kleiner Mann trat zu ihnen.

»Diese Dame hier gehört zu mir«, sagte er und machte eine wegwedelnde Handbewegung zu dem Studenten hin.

Sie musste auf ihn runterschauen, deshalb bemerkte sie zuerst sein üppiges, etwas zu langes kastanienrotes Haar. Als er den Kopf zu ihr hob und sie anlächelte, hätte sie sich beinahe verschluckt. Gott, sah der gut aus! Der wäre glatt als der ältere Bruder von James Dean durchgegangen – und es war klar, dass er das auch ganz genau wusste.

»Wir kennen uns!«, sagte James-Dean-Junior, doch als er den Mund aufmachte, ruinierten seine Zähne sein gutes Aussehen. Sie betrachtete ihn genauer und tatsächlich kam er ihr vage bekannt vor, aber woher?

»Ernsthaft? Mit dem Spruch hättste schon vor hundert Jahren nicht mal nen Blumentopf gewonnen!« Wally kramte in ihren Erinnerungen, so ein Gesicht hätte sie sich doch gemerkt, oder?

»Aber ich kenne dich, du bist die Nelly!«

Vom Eden also, klar, dieses Duzen würde er sich nur einer Bardame gegenüber erlauben.

»Genau«, sagte sie deshalb mit einem patzigen Unterton, »und tagsüber studier' ick hier, wenn's recht ist. Sonst noch Fragen?«

»Entschuldige, tut mir leid, so war das nicht gemeint. Willst du dich zu uns setzen?« Er zeigte auf einen Tisch. Seine Kommilitonen am Tisch kamen ihr auch reichlich alt vor.

»Gern«, sagte Wally und unterdrückte ein Seufzen. Irgendwo musste sie schließlich anfangen.

James-Dean der II. ging voran, blieb auf einmal stehen und sah über seine Schulter zu ihr hin. »Entschuldige, hab mich noch nicht vorgestellt: Ich bin der Klaus!«, sagte er. »Architektur«, fügte er noch hinzu.

Volltreffer! Sie unterdrückte ein Lächeln. Na denn konnte det ja losgehen!

»Architektur wär genau mein Ding«, sagte Wally. »Aber meine Noten waren zu schlecht, jetzt studiere ich …«, verdammt, was gab es hier denn noch? »… Germanistik.«

»Haben die denn keine Mensa in der Silberlaube?«

»Ja, schon, aber eure ist besser!« Silberlaube? *Keine Ahnung*, dachte Wally und überspielte das mit einem Lachen. »Ich bin lieber hier, hoffe immer noch auf die Architektur, Bauhaus und so.« Gott, sie hätte sich umfassender vorbereiten sollen.

»Klar, hier sind ja auch die Besten!« Sie waren an dem Tisch angekommen. Die anderen Studenten musterten sie interessiert, einige zwinkerten Klaus übertrieben zu und zeigten ihre emporgereckten Daumen, als sei Wally eine Trophäe, die Klaus nach einem harten Kampf erlegt hatte.

»Na klar, unser Klaus schon wieder«, sagte einer mit dicker schwarzer Hornbrille.

»Gabelt aber auch immer nur die Hübschesten auf!«, sagte ein anderer, der Einzige, der älter als Klaus zu sein schien und geradezu grau und kränklich wirkte.

»Ich muss mich für diese Horde entschuldigen«, sagte Klaus kopfschüttelnd, aber Wally war sicher, insgeheim gefiel ihm das. »Ich bin hier an der Uni Assistent, betreue diese Affen hier, und das«, er zeigte auf Wally, »ist die Nelly. Stellt euch vor, sie würde gern Architektur studieren!«

»Logisch, bei den Kurven!«, sagte die Hornbrille und zwinkerte ihr zu. »Nen Guten!«, er nickte zu ihr hin und rammte sein Messer in eine Bulette.

Wally setzte sich und nahm einen Löffel Kartoffelbrei. Unwillkürlich verzog sie das Gesicht. Er roch gut, aber schmeckte wie eine Mischung aus Tapetenkleister und Tempotaschentüchern mit ner Prise Salz.

»Wenn det hier besser ist als in der Silberlaube, na da fress ick'n Besen«, flüsterte Klaus ihr zu.

Wally schluckte runter, tupfte sich den Mund mit der Serviette und lächelte ihn an. Am liebsten hätte sie Hochbrück jetzt schon ins Gespräch gebracht. Geduld, ermahnte sie sich. Geduld!

»Also Klaus, spielen wir weiter – du bist dran«, sagte die Hornbrille mit vollem Mund.

Was für ein Spiel konnte das wohl sein?

»Also Klaus, wenn Willy Brandt ein Gebäude in Berlin wäre, was wäre er dann?«, fragte die Hornbrille auch schon.

Wirklich, so was spielten die hier? Hatten die nichts anderes zu tun? Aber sie sollte mitmachen. *Sieh zu und lerne*, befahl sie sich.

»Die Kongresshalle!«, kam es von Klaus wie aus der Pistole geschossen.

»Wieso das denn?«, fragte der Kränkliche.

»Na, das frei hängende Dach, dieser Schwung …!« Klaus illustrierte das mit einer Handbewegung, die beinahe die Hornbrille des anderen erwischt hätte. Der zuckte zurück und verdrehte die Augen.

»Ja genau«, mischte sich Wally nun ein. »Dieses Dach ist doch genau wie das rollende R von Brandt!«

Alle hörten auf zu essen und starrten sie überrascht an. Gut gemacht.

»Nicht übel«, sagte Klaus, »willst du mitspielen?«

»Gern!«, sagte Wally.

»Ja, gut …«, begann Klaus, doch die Hornbrille übertönte ihn mit einem fiesen Grinsen: »Na denn – welches Gebäude ist Adenauer?«

»Adenauer? Hmm …«, wiederholte sie, um Zeit zu schinden, aber alle Bauwerke, die ihr einfielen, waren viel zu schön für diesen sturen alten Katholiken, dem Berlin so was von am Arsch vorbeiging. Sie versuchte sich zu erinnern, was sie von ihrer Mutter über Architektur gelernt hatte.

»Das Ullsteinhaus!«, rief sie endlich und gratulierte sich.

Alle starrten sie an und warteten auf eine Erklärung.

»Hat was Neugotisches und 'n bisschen was von Kathedrale. Ein Koloss mit einem Skelett aus Stahlbeton!«

Der Bebrillte pfiff durch die Zähne. »Nicht übel!«

»Macht ihr das auch mit euren Professoren?«, fragte Wally, die hoffte, endlich Hochbrück ins Spiel bringen zu können.

»Nee, die haben ja alle wirklich was gebaut, Eiermann, Scharoun …«

»Ich hab gehört, Professor Hochbrück wär der beste?«, fragte Wally.

Feixend schauten alle zu Klaus.

»Frag ihn, der ist ja sein Liebling!«, sagte die Hornbrille mit einem Unterton, den Wally nicht so ganz einordnen konnte. War das nun Neid oder Verachtung?

In jedem Fall war es gut. Endlich menschelte es hier mal.

»Ich bin sein Assistent, nicht sein Liebling. Er schätzt meine Arbeit, meine Ideen.«

»Aber offensichtlich«, mischte sich der Kränkliche mit einer wichtigtuerischen Handbewegung ein, bei der er reichlich Soße über sein Hemd sprenkelte, was ihm aber egal zu sein schien, »ist der Herr Professor der Liebling von einigen Wichtigtuern – oder wie erklärt ihr euch dieses Gemauschel mit dem Projekt in der Fasanenstraße?«

»Von wegen Gemauschel, ihr maßt euch da was an! Ohne alle Fakten zu kennen!«, Klaus verdrehte die Augen.

Ob er und Almas Mann ein Verhältnis hatten? Eher nicht, überlegte Wally, dann gäbe es hier noch andere Untertöne.

»Hochbrücks Entwurf war einfach nur realistischer. Der ist eben ein ganz Gewiefter!«, sagte Klaus voller Bewunderung. »Immerhin ist er nicht so ein Opportunist wie die Kressmann-Zschach.«

Alle stöhnten unisono. Wally hatte keine Ahnung, wovon die Rede war und sah Klaus fragend an.

»Na, die Zschach ist Architektin und hat ihren zweiten Mann, Bürgermeister Kressmann, also den Chef von Kressmannsdorf …«

»Kressmannsdorf?«

»Na Kreuzberg! Den hat die überhaupt nur geheiratet, damit sie als Erste alles über die Bauvorhaben der Stadt erfährt!«, sagte Klaus, in einem Ton, als hätte sie sich als Analphabetin entpuppt, der man das Prinzip von Buchstaben erklären muss.

»Trotzdem, Leute, ohne Verbindungen nutzen einem die besten Ideen als Architekt rein gar nichts!«

»Hör doch auf! Hochbrück, der eitle Sack …«, sagte die Hornbrille.

Klaus legte seine Hand auf seinen Unterarm und unterbrach ihn. »Das geht zu weit, pass auf, was du sagst!«, zischte er.

»Der hat in seinem ganzen Leben noch keine echte Idee gehabt!« Ungerührt von Klaus' Mahnung wischte die Hornbrille mit einem Stück Brot den leer gegessenen Teller sauber und legte dann sein Besteck darauf. »Wenn ich nur daran denke, wie der uns in dieses schicke verglaste Dachatelier in seine Supervilla nach Dahlem eingeladen hat. Mit extra Außentreppe! Wie nett von ihm. Damit wir angeblich beim Denken kreativer sein können. In Wahrheit nutzt der seine Studenten nur schamlos aus!«

»Du solltest lieber froh sein, in seinem Team mitarbeiten zu dürfen!« Klaus tippte sich an die Stirn. »Wann hast du denn schon jemals einen Geistesblitz gehabt, den ausgearbeitet und rechtzeitig zum Termin eingereicht?«

Die Hornbrille ignorierte ihn und redete weiter mit Wally, als hätte Klaus nichts gesagt. »Mir ist schleierhaft, wieso der für seine mittelmäßigen Entwürfe dauernd Preise abräumt. Und er ist schon wieder mit irgendwas in der engeren Auswahl zu dem LaGuardia Wettbewerb.«

Klaus grinste in sich rein, aber Wally verstand nicht, warum. Sie hätte erwartet, dass er richtig laut würde, aber dazu kam es nicht. Das Gespräch lief nicht so ganz in die Richtung, die Wally sich wünschte. Sie musste endlich ein bisschen tiefer bohren.

»Von einer Bekannten hab ich gehört, dass der Hochbrück Studentinnen bevorzugt behandelt. Als sein Assistent kannst du mir sicher verraten, ob das stimmt?«

Pikiert starrten alle Wally an, als hätte sie etwas Hochnotpeinliches gesagt, dann fingen sie an zu lachen.

»Der war gut!«, keuchte Klaus und zeigte viel zu viel von seinen Zähnen. »Alexander ist katholisch und so was von verheiratet, mach dir da mal keine Hoffnungen!«

»Und unser Klaus muss et ja wissen!«, japste der in dem befleckten Hemd.

Die glaubten, sie wollte sich auf die Tour einen Studienplatz angeln. Egal, auch kein Beinbruch, das würde die Nelly vom Eden auch nicht wirklich jucken. Sie lächelte kess und zuckte mit den Schultern so, dass ordentlich Bewegung in ihre tief dekolletierte Carmenbluse kam.

»Du könntest es mal beim Müller in der Statik probieren, es heißt, der steht auf Blondinen«, sagte die Hornbrille.

»Statik interessiert mich nicht …«, fing Wally an, kam aber nicht weit, denn der Kränkliche wollte sich ausschütten vor Lachen. Er malte einen Riesenbusen in die Luft und stöhnte: »Und da hat se keen Interesse an Statik!«

Woraufhin alle anderen in sein Lachen mit einstimmten.

Mehr war hier offensichtlich nicht zu holen.

»Danke für eure Gesellschaft. Ich muss denn ma los.« Wally stand auf und ging mit aufreizendem Hüftschwenken zu dem Wagen mit dem schmutzigen Geschirr. Alle starrten ihr hinterher, das spürte sie deutlich. Wally bückte sich mit einem letzten Po-Schwung, drehte sich abrupt um – und ja, in der Tat, sie hatte keinen von ihnen verloren. Gut, das immerhin funktionierte also bestens. Aber viel Interessantes rausgekriegt hatte sie nun nicht gerade. Sie winkte den Studenten noch einmal zu und lief nach draußen zu Carlas Rad.

Der Hochbrück hatte also einen sehr loyalen Assistenten, machte nicht mit Studentinnen rum, und schwul war er wahrscheinlich auch nicht, sondern womöglich ein überzeugter Christ, treu bis in den Tod. Wally schüttelte sich. Was für eine gruselige Idee. Ewige Liebe und Treue det war ja schlimmer als ne chronische Krankheit – bei der gab es wenigstens hin und wieder mal ne Überraschung.

Sie sah sich nach Carlas Rad um.

Der Professor war also wirklich eine harte Nuss. Na gut, im Notfall würde sie ihm dann eben was reinkippen in seinen Drink. Bei Glatzen-Holger hatte das geklappt. Sie wollte dieses Foto für Alma und ihre Kinder! Na ja – sie biss sich auf die Lippen – und um Carla auf die Palme zu bringen.

Nirgends eine Spur von dem verflixten Rad!

Immerhin war Hochbrück ein Mensch, und die konnte man fast immer an ihrer Eitelkeit packen. Das hatte sie nicht von Frieda, sondern von Tucholsky gelernt. Mutters Lieblingsautor. *»Sehr gern hören Menschen: Versprechungen, Schmeicheleien, Anerkennungen und Komplimente. Bei Schmeicheleien empfiehlt es sich, immer drei Nummern gröber zu verfahren als man es gerade noch für möglich hält.«*

Dazu musste sie jedoch näher an den Mann herankommen. Dieser Galaabend fürs Waisenhaus im Kempinski – den sollte sie nutzen.

Aber wo zum Kuckuck war das Fahrrad? Weit und breit war es nicht zu sehen. Carla auf die Schippe zu nehmen, war eine Sache, aber ohne ihr Rad zurückzukommen, wäre dämlich.

Eins nach dem anderen!

Dann eben zu Fuß ins Kempinski und sehen, ob Edgar heute Dienst hatte.

Nachdem sie die goldene Drehtür zum Kempinski durchschritten hatte, entdeckte sie ihn schon von Weitem. Gott, sah der hier seriös aus – so kahlköpfig und ganz ohne Lippenstift. Aber er war blass und wirkte irgendwie verstört.

Er hockte neben der Rezeption in dem erhöhten Pult des Chefconcierges wie eine Spinne in ihrem Netz und hatte alles wachsam im Blick. Ganz sicher genügte ein Zucken seiner Augenbrauen, um die uniformierten Pagen in Panik zu versetzen.

Als Wally näher kam, runzelte er abwehrend die Stirn und erstarrte.

»Edgar …«, fing sie an.

»Spinnst du, Nelly? Nicht hier!«, zischte er und sah sich verstohlen nach allen Seiten um.

»Ich brauche dringend deine Hilfe!«, flüsterte Wally.

Schweißperlen glitzerten auf seiner Stirn. »In einer halben Stunde habe ich Pause, wir treffen uns draußen an der Currywurstbude von Gerda am Bahnhof Zoo. Bitte geh jetzt! Wenn du nächstes Mal im einzigen Fünf-Sterne-Hotel von Westberlin aufkreuzt, zieh dir was Anständiges an.« Kopfschüttelnd musterte er sie von oben bis unten. »Ich muss dich sofort rausbegleiten, sonst kriege ich Ärger. Wir dulden hier kein horizontales Gewerbe.« Er kam aus seiner Kanzel, fasste sie am Ellenbogen und steuerte sie zu der großen goldgerahmten Drehtür.

»Blödsinn!« Ihre Caprihosen waren vielleicht eng, aber nicht unschicklich. Kein Grund, sich dermaßen ins Hemd zu machen. Sie schluckte ihren Unmut herunter und lächelte, als hätte er ihr gerade ein Kompliment gemacht. Immerhin brauchte sie seine Unterstützung.

»Bis nachher.« Er nickte ihr zu und schob sie so unsanft in die Drehtür, dass sie trotz der flachen Ballerinas ins Stolpern geriet. Was für ein Angel war das denn? Na, den würde sie im Eden nächstes Mal auch auflaufen lassen, wenn der was von ihr wollte.

Eine halbe Stunde später standen sie schließlich an Gerdas Currywurstbude. Geduldig wartete Wally, ohne einen Piep zu sagen, bis Edgar eine Currywurst und Pommes rot-weiß verschlungen hatte. Er entschuldigte sich mit noch vollem Mund.

»Das mit vorhin tut mir leid. Aber der neue Direktor hat gerade seiner, wie du weißt, sehr heiklen Gattin unsere neu renovierten Räume gezeigt. Sie hasst Frauen in Hosen und hält alle Frauen ohne Ehering für Nutten.« Er seufzte. »Ich war zu grob zu dir, tut mir wirklich leid, ich bin nicht mehr ich selbst, ich sorge mich so wegen Adele.«

»Warum das denn?« Er hatte doch vor einem halben Jahr mit Wallys Unterstützung endlich eine gute Nervenheilanstalt für seine Schwester Adele gefunden. Natürlich – die Mauer! Die Anstalt lag nördlich von Berlin, in Brandenburg. Erst jetzt wurde Wally klar, was das für ihn bedeuten musste.

»Wie kann ich sie denn jetzt noch besuchen? Was soll ich machen? Wie kriege ich sie hier rüber? Was wird mit ihr passieren?«

Edgar arbeitete auch deshalb im Eden, weil er das Geld für Adele brauchte. Und er hatte sie im Osten untergebracht, weil sie dort aufgewachsen war und es ihrer verwirrten Psyche guttat, sich zu Hause zu fühlen. Für seine Schwester war er wirklich so etwas wie ein Glücksengel. Ein Lucky Angel, der bisher jede Minute seiner Freizeit mit ihr verbracht hatte.

»Das tut mir so leid!«, sagte Wally. »Kann ich dir irgendwie helfen?«

»Ich stehe noch unter Schock, tut mir leid. Also, was wolltest du denn so Dringendes?«

Auch wenn er wegen Adele ihr Mitgefühl hatte, wusste Wally, dass sie schneller ans Ziel kommen würde, wenn sie mit seiner Schwachstelle spielte.

Sie baute also ihre Geschichte entsprechend um. Es dauerte nicht lange und Edgar wurde trotz seiner eigenen Probleme weich. Schrecklich, wie dieser widerliche Hochbrück ihre Schwester misshandelt hatte, unfassbar, wie depressiv die arme Carla geworden war, so sehr, dass sie nicht mal mehr das Bett verlassen konnte. Natürlich würde Edgar dabei helfen, diesen Mann aufzurütteln. Gern würde er für Nelly ein Zimmer besorgen und mit der Hausdame des Hotels reden, damit sie morgen Abend bei dem Galadiner zugunsten des Waisenhauses arbeiten konnte: als Serviererin am Tisch von Professor Hochbrück.

Geradezu beflügelt eilte er dann zurück zum Kempinski. Was für ein Glück, dass die meisten Menschen es so sehr liebten, Gutes zu tun.

Kapitel 9

»Auf gar keinen Fall!« Carla betrachtete Lulus Pudel und schüttelte sich. »Fritzi wird nicht hierbleiben, nur über meine Leiche!« Schlimm genug, dass Wally ihr nun schon seit vier Tagen auf die Nerven ging. Sie brauchte nicht auch noch einen unmotiviert kläffenden Hund mit jeder Menge Macken, der das Büro mit diesem Fellgeruch vermiefen würde.

Tante Lulu verfiel in ihren ›Käthchen von Heilbronn‹-Modus – ganz die verfolgte Unschuld. Sie sank in sich zusammen und tupfte sich tatsächlich eine nicht vorhandene Träne ab. »Dass mir auf Erden nicht zu helfen ist«, flüsterte sie und beugte sich etwas außer Atem zu Fritzi hinab. »Herzlos und kalt, dabei würde ein bisschen Liebe auch das arme Kind hier wärmen …«

Carla verdrehte die Augen. »Liebe bedeutet für mich was anderes, als diese Sabber-Schnauze zu küssen und mich mit einem Flohteppich ins Bett zu legen.«

»Als eiserne Jungfrau hast du absolut keine Ahnung, wovon du redest, Kindchen!« Lulu richtete sich leicht stöhnend wieder auf. »Du weißt einfach nicht, was Leidenschaft wirklich bedeutet! Ich *muss* unbedingt nach München. Dort gehen die Dreharbeiten auf dem Gelände der Bavaria weiter und Fritzi würde da leider nur stören!«

Carla erinnerte sich an ihren Zusammenstoß mit Billy Wilder am Brandenburger Tor. Es kam ihr vor, als wäre das schon

Jahre her und nicht erst fünf Tage. All der Wahnsinn, der sich seitdem breitgemacht hatte: der Bau der Mauer, die Reaktionen der Alliierten, das Auftauchen von Wally.

»Ich weiß aus sicherer Quelle, dass Billy jetzt eine Rolle für mich hat.« Lulu überreichte ihr die mit goldenen Nieten besetzte Hundeleine wie den heiligen Gral.

Dieses derart billige Schmierentheater machte es Carla schwer, ernst zu bleiben.

»Unbedingt – aber du solltest nicht fahren, sondern fliegen!«, sagte sie. »Du musst dich beeilen, denn nur du kannst diesen Film noch retten.«

Verblüffung lief in Wellen über Lulus Gesicht. Carla legte mit übertrieben besorgtem Gesichtsausdruck noch weiter nach: »Lulu, die Hauptrolle wartet auf dich! Hast du das nicht gehört? Ich weiß es aus einer noch viel verlässlicheren Quelle, bestätigt von meinem Top-Informanten: Liselotte Pulver fällt aus!«

»Oh!« Lulu wirkte skeptisch und erfreut zugleich.

»Hmm, ja sehr, sehr tragisch. Nach einem ausgedehnten Weißwurstfrühstück ist Lilo Pulver heute früh auf dem Viktualienmarkt in München geplatzt.«

Lulu schnappte empört nach Luft, dann zuckten ihre Mundwinkel und sie begann herzhaft zu lachen. Ihr ganzer Kugelkörper geriet dabei immer stärker ins Wackeln, schließlich boxte sie Carla völlig außer Atem in die Seite. »Du sollst deine Tante ehren! Es gehört sich nicht …«

Lautes Hämmern an die Tür ließ sie beide zusammenzucken.

»Kundschaft?«, fragte ihre Tante und tupfte sich die Lachtränen weg.

Carla schüttelte den Kopf, Klienten benutzten die Klingel und Frau Pallutzke kreischte beim Klopfen schon lauthals »Hallooo-ooo!«. Das konnte nur Wally sein.

»Kindchen, wat is? Du siehst aus, als stünde draußen der Tod!« Lulu musterte ihre Nichte nachdenklich. »Natürlich ein Mann!«, überlegte sie.

Carla öffnete die Tür, ohne zu antworten.

»Na endlich!« Schwer bepackt, aber mit einem aufreizend gut gelaunten Lächeln betrat Wally die Detektei.

»Ja, gerne, komm doch rein!«, sagte Carla hinter ihr her.

Wally lud ihre Taschen auf dem kleinen Sofa am Empfang ab, drehte sich zu Carla und Lulu um und zog ihre Handschuhe aus.

»War gar nicht so einfach, diese komischen Pralinen zu finden, die Ida so gern mag«, sagte sie.

Tante Lulu starrte von Wally zu Carla und zog fragend die Augenbrauen hoch.

»Tante Lulu«, Carla holte tief Luft und deutete auf Wally. »Darf ich dir meine Halbschwester Waltraud von Tilling vorstellen?« Dann zeigte sie auf ihre Tante. »Das ist Lulu Kollo. Ist ihr Künstlername, denn sie ist Vaters Schwester, also auch *deine* Tante und heißt natürlich wie *unser* …« – sie kämpfte gegen den plötzlichen Kloß in ihrer Kehle, der das ›unser‹ sehr lang dehnte – »… Vater, also Marie-Luise Koslowsky.« Zwischendrin hatte Tante Lulu auch mal ›von Bergendorf‹ geheißen, aber das war lange her.

»*Wer* ist das?« Lulu reckte den Hals, als würde sie durch ein unsichtbares Lorgnon schauen, um Wally besser mustern zu können. »WER?«, fragte sie nun im Tragödinnenton, *Medea* mindestens.

Wally zog ihre Handschuhe aus, trat zu Tante Lulu und reichte ihr die Hand. »Ich freue mich, dich kennenzulernen, Vater hat so viel von dir erzählt.«

Ohne ein einziges Wort sank Lulu in den schwarzen Lederchefsessel hinter dem Schreibtisch. So sprachlos hatte Carla sie noch nie erlebt, sogar Fritzi schien das merkwürdig zu finden, denn der Riesenpudel rieb leise jaulend seinen Kopf an Lulus Knie.

»Ich hole dir ein Glas Wasser!« Carla lief in die Teeküche. Es tröstete sie, dass ihre Tante wohl auch nichts von Vaters Liebesleben im Osten gewusst hatte. Nicht mal ihr hatte er davon erzählt, seltsam. Sie war gespannt, wie seine Schwester das aufnehmen würde. Als sie mit dem Wasserglas zurückkam, schlug ihr die Stille entgegen wie ein kalter nasser Lappen.

»So ein netter Hund!«, versuchte Wally das Eis zu brechen und ging neben Fritzi in die Knie, doch als Wally näher kam, fing der Pudel sofort an, leise, aber drohend zu knurren.

»Eine Tochter vom Karl-Otto?« Alarmiert sah Lulu zu Carla und ignorierte Wally vollkommen. »Aus welchem Loch ist die denn gekrochen? Du lässt so eine Schwindlerin hier bei dir ein- und ausgehen?«

»Sie hat Beweise«, rechtfertigte sich Carla.

»Papperlapapp! Beweise sind billig. Nach dem Krieg hatten alle Beweise für ihre weiße Weste, jeder war nur in der Partei, um seine jüdischen Freunde zu retten.«

Carla wusste, was Lulu während des Krieges getan hatte, und konnte deren Empörung nachvollziehen.

»Ich verstehe dich«, mischte sich Wally ein. »Ich wollte nie jemanden von Vaters Familie belästigen, aber ich habe mir das nicht ausgesucht, der Mauerbau hat mich dazu gezwungen. Ich wollte auf keinen Fall im Osten bleiben. Habe ja auch vorher schon im Westen gearbeitet.«

Lulu sprang auf und stemmte ihre Hände in die Hüften, Fritzi hüpfte gerade noch rechtzeitig zur Seite. »Dit is mir alles schnuppe. Was für Beweise sollen das denn sein?«

Wally nahm Vaters Rolex vom Arm und reichte sie zusammen mit dem Foto Lulu.

»Pfhhh!« Nach einem hastigen Blick fegte Lulu das Foto weg, sodass es auf den Boden fiel. »Ja, das is mein Bruder, da auf der Decke am See. Aber ob du die Kleene auf dem Bild bist oder nicht, dit weiß doch nur der liebe Gott.«

Carla bückte sich instinktiv und hob das Foto auf. Ihr Blick blieb an der schönen Sommerszenerie hängen. Irgendetwas machte sie stutzig, aber was?

Sie kniff die Augen zusammen und betrachtete das Mädchen auf der Decke neben ihrem Vater genauer. Wunderschöne blonde Löckchen ... Unwillkürlich zuckte die Frage durch ihren Kopf, ob ihre Mutter sie vielleicht geliebt hätte, wenn sie wie dieser blauäugige Engel ausgesehen hätte. Aber das war es nicht, was sie stutzig gemacht hatte. Wenn dieses Mädchen eine Fremde gewesen wäre, hätte Carla es nicht nur hübsch, sondern auch als gewinnend empfunden, denn es wirkte so offen und glücklich, als würde es immer einen Grund zum Lachen finden. Dann plötzlich erkannte sie, was es war.

Carla schluckte. Diese Kette um Wallys Hals. Das war genau die Gleiche wie ihre. Sie berührte den kleinen Würfel ihrer Glückskette, der wie immer in ihrer Halskuhle lag.

»Die Kette«, stammelte sie tonlos und hielt Wally das Bild hin.

»Was ist damit?«, fragte Wally. »Vater hat mir die Goldkette geschenkt. Da war ich, glaube ich, elf oder zwölf.«

Die von Carla war aus Silber.

»Gold wie mein Haar, hat Vater gemeint und wegen meiner Augen waren die Würfelpunkte aus blauen Saphiren. Sollte mir Glück bringen. Na ja.«

Zu Carla hatte er gesagt, der Würfel solle sie daran erinnern, wie launisch das Glück sein konnte. Am liebsten hätte sie sich die Kette vom Hals gerissen und im Klo runtergespült.

»Und wo ist diese Kette jetzt?«, fragte Lulu, die anscheinend spürte, dass Carla außerstande war nachzuhaken.

Wally zuckte mit den Schultern. »Pfandhaus, die hab ich versetzt.«

Als Lulu und Carla unisono aufstöhnten, fügte sie hinzu: »Musste Mutters Beerdigung bezahlen. Sie hatte sich ein richtig großes Fest gewünscht. Mit einer Band. Das war 59. Da habe ich erst ein halbes Jahr im Eden dazuverdient. Eigentlich habe ich als Kontoristin gearbeitet. Beim deutschen In- und Außenhandel. 280 Mark habe ich da bekommen. Wir haben Relais, Signalanlagen und sogar bunte Telefone ins KA, ins kapitalistische Ausland, verkauft.«

»Bunte Telefone? Im Leben nicht!« Lulu tippte sich an die Stirn.

»Weil die Plastemischung nicht ganz einwandfrei war, hatten die Hörer hinten einen Riss!« Wally grinste in sich rein, als wäre das alles witzig.

Carla fragte sich, ob das dann vor oder nach ihrem Dasein als Friseuse und Sängerin gewesen war. Und warum hatte Vater in so einer Situation nicht mit Geld ausgeholfen?

Als niemand in Wallys Lachen einstimmte, hörte sie abrupt damit auf und redete weiter.

»Weil det Geld nie gereicht hat, hatte ich schon im Eden angefangen, aber ebend noch nicht genug sparen können. Die Kette hat aber nicht viel gebracht, weil det Geburtsdatum eingraviert war. So können die dit nicht so gut weiterverkaufen. Außerdem waren et am Ende keine Saphire, sondern nur Glas, und die Kette bloß vergoldetes Silber.«

Pech, dachte Carla, *meine sind ganz sicher Edelsteine. Rauchquarze, so besonders wie meine Augen.* Auch bei ihr war das Geburtsdatum eingraviert. Verdammt! Das war typisch für ihren Vater, den Herrn Rosinenbomber. Geschenke zum Mengenrabatt.

»Das soll uns nun zu Tränen rühren, der ganze Geldschmonzes um die Beerdigung?« Lulu blieb skeptisch. »Ohne die Kette glaube ich kein Wort von alldem.«

»Die Pfandleihe ist im Osten«, erklärte Wally sanft, aber

eindringlich, so als wäre Lulu ein trotziges Kind. »Da kommt man gerade nicht so gut hin.«

»Na das passt ja!« Kopfschüttelnd kraulte Lulu Fritzis Rücken. Wieder breitete sich unheilvolle Stille aus.

Das mit dem Geburtsdatum auf der Kette hatte Carla leider überzeugt. Noch dazu die Tatsache, dass er ihnen beiden das exakt gleiche Schmuckstück gekauft hatte.

Telefonklingeln rettete Carla aus dem Schweigen. Sie vertrieb Lulu mit einer Handbewegung aus dem Ledersessel, den sie nur stöhnend freigab, dann griff sie nach dem Hörer und hoffte auf einen neuen Kunden.

Aber es war nur Ingrid Niemöller, die wissen wollte, ob es Neuigkeiten für sie gebe. Verzwickt. Carla hasste es zu lügen, erst recht vor Lulu und Wally, aber noch schlimmer wäre die Wahrheit gewesen. Denn die war nämlich, dass sie noch nicht den leisesten Schimmer hatte, wer Bobbs oder Jackov war. Carla hatte zwar schon mit den Veranstaltern des Volksfestes geredet, aber das hatte nichts gebracht. Sie holte eine Akte aus der Schublade und tat so, als würde sie darin lesen, während sie Frau Niemöller sagte, dass die Agentur gerade vielversprechenden Spuren nachging. Daraufhin wollte ihre Klientin noch heute vorbeikommen, um weitere Tagespauschalen zu bezahlen. Carla warf einen Blick auf die Uhr – schon fast sieben, um acht ging das Galadiner los. Sie musste sich noch frisch machen und umziehen, daher vertröstete sie Ingrid auf morgen und legte auf.

Wally stand am Fenster und starrte nach draußen, während Lulu mit ihren Blicken Pfeile in Wallys Rücken abschoss.

»Es tut mir leid, ihr beiden, aber ich muss mich für das Diner fertig machen.« Carla erhob sich und hoffte, alle würden sich dann in Bewegung setzen. Sie nahm die Akten vom Schreibtisch und sperrte sie im Schrank ein.

»Und Sie Fräuleinchen«, giftete Lulu, »sollten auch los und Ihre Kanonenkugel satteln!«

Carla und Wally sahen Lulu verständnislos an. »Na für weitere Münchhausen-Ritte!« Lulu tippte sich dabei vielsagend an die Stirn.

Carla unterdrückte ein Grinsen. Es fühlte sich so gut an, mit diesem Familienzuwachs nicht mehr ganz allein zu sein und zu sehen, dass selbst jemand wie Lulu damit nicht so einfach zurechtkam.

Aber woher hätte eine Schwindlerin wissen können, dass ihr Vater dazu neigte, allen die gleichen Geschenke zu machen? Nein, so grausam es auch war, das alles ließ nur den einen Schluss zu: Wally sagte die Wahrheit.

»Der Pfandschein, wo ist denn der?«, fragte Lulu gerade.

Wally zuckte mit den Schultern. »Irgendwo bei meinen Sachen.«

»Also den will ich sehn.«

»Es gibt keinen Grund, mich wie einen Volksverräter zu behandeln! Ich bin weg aus dem Osten, um mich wieder wie ein Mensch fühlen zu können!« Wally klang zum ersten Mal etwas gereizt, fand Carla und genoss es.

»Ich bring dich runter«, sagte sie zu Lulu, überprüfte noch einmal, ob alle Akten in den Schränken und diese verschlossen waren, dann nickte sie Wally zu. »Dann bis morgen Früh.«

Im Treppenhaus nahm Lulu ihren Hund von der Leine, damit Carla ihn hinuntertragen konnte, denn der Riesenpudel war nicht mehr in der Lage, die Treppen alleine zu gehen. Sie unterdrückte ein Seufzen, nahm die tonnenschwere Fritzi auf den Arm und versuchte, nicht mehr zu atmen. Trotzdem brachte dieser Hunde-Fell-Fressnapf-Geruch Carla zum Niesen.

»Die lügt doch!«, sagte Lulu und hob unheilvoll wie Kassandra am Orakel beide Arme in die Luft. »Das spür ich in all meinen Hühneraugen. Du bist verrückt, dieser Person auch nur ein Wort zu glauben und sie auch noch allein in Karl-Ottos Büro zu lassen.«

»Sie schläft zurzeit dort und Mama mag sie sehr gern«, keuchte Carla unter der Last des Pudels.

»Die Ida war immer schon ein bisschen schwach im Kopf.« Lulu blieb stehen. »Die liebt doch jeden, der ihr schöntut. Oder habt ihr Ida etwa erzählt, dass ihr Mann im Osten ne Geliebte hatte?«

»Natürlich nicht!« Carla hustete. »Wir haben Wally als entfernte Cousine ausgegeben.«

»Das stinkt zum Himmel!«

Carla setzte Fritzi vor der Haustür ab und zupfte dann die Hundehaare von ihrem Kostüm.

»Was wirst du denn jetzt tun?«, fragte Lulu streng.

»Ich …«, begann Carla, aber Lulu fiel ihr schon ins Wort.

»Also ich weiß, was ich tue! Billy Wilder kann mich mal! Ich fahre nicht nach München! Hier werde ich offensichtlich dringender gebraucht!« Enthusiastisch küsste sie ihre Nichte auf beide Wangen und klopfte ihr beruhigend den Rücken, doch Carla war sich nicht sicher, ob das nun gute oder schlechte Neuigkeiten waren.

Kapitel 10

Carla ging durch die Drehtür ins Kempinski, lief zum Aufzug und fuhr hoch in die frisch renovierte Dachetage. Sie kontrollierte mit einem Blick in die verspiegelte Aufzugwand den Sitz ihres schwarzen Abendkleides, das sie vorgestern bei Uli Richter erstanden hatte. Ihr Blick kreuzte sich mit dem bewundernden des Pagen. Er sah sofort zu Boden, aber Carla hatte es gesehen und es brachte sie zum Lächeln. In dem Kleid kam ihre schmale Figur perfekt zur Geltung, sie war beinahe geneigt, Lulu rechtzugeben. So sah sie wirklich ein bisschen wie Audrey Hepburn aus.

Nur am Hals fühlte sie sich seltsam nackt, weil sie zum ersten Mal seit Jahren die Würfelkette abgelegt hatte. Als hätte sie ihre Rüstung vergessen. Und selbst die neuen großen Strassclipse, die bei jedem ihrer Schritte im Licht funkelten, konnten das nicht wieder wettmachen.

Sie fragte sich, ob sie mit den Hochbrücks an einem Tisch sitzen würde und ärgerte sich, dass Achim noch in Wien war, denn sonst wäre er mitgekommen.

Nur weil ihre Mutter so unbedingt einen Begleiter für sie hatte finden wollen, hatte Carla im Gegenzug behauptet, sie bräuchte niemanden. Was gelogen war, aber ihre Mutter davon abhalten sollte, deshalb ständig Leute anzurufen und sich nach der Verfügbarkeit von Söhnen zu erkundigen. Natürlich wäre es schön, am Arm eines Mannes in diesen Saal zu schreiten. Einen Moment lang dachte sie an Richard, doch der wurde plötzlich von einem anderen Bild überlagert: der Wachmann, der so nett gewesen war, Bruno Eisenberg. Den hätte sie anrufen sollen!

Sie hielt Ausschau nach Alma Hochbrück, konnte sie aber nirgends entdecken. Dankbar nahm sie ein Glas Sekt von einem der Serviermädchen und suchte nach dem Tisch, an dem sie heute sitzen würde. Jeder Platz hatte sage und schreibe 100 Mark gekostet und davon gingen 99 Mark an die Berliner Küken. Für eine symbolische Mark pro Gast hatte das Kempinski den Raum und das Diner samt Bedienung gespendet und die Getränke dazu hatte das KaDeWe übernommen.

Gleich nach dem Krieg hatte ihr Vater das private Waisenhaus zusammen mit zwei Freunden gegründet. Bei der Suche nach der kleinen Theresia Mützler hatte er erlebt, wie überfordert die staatlichen Stellen waren, und es beschämte ihn zu erfahren, wie viele Kinder in Berlin auf der Straße lebten und was sie alles tun mussten, um sich auch nur das Nötigste zu organisieren. Das war nun schon 16 Jahre her und es erfüllte Carla jedes Mal wieder mit Stolz, wenn junge Leute in der Agentur Nachtigall auftauchten, die mit ihrem Vater sprechen und ihm danken wollten.

Professor Hochbrück und Alma waren erst vor drei Jahren zum Verein dazugekommen, als es darum gegangen war, das marode Gebäude in der Schaperstraße zu modernisieren und einen Neubau anzugliedern. Seitdem engagierten sich die Hochbrücks auch als Betreuer bei Ausflügen oder Freizeiten.

Ständig blieb jemand bei Carla stehen, um mit ihr anzustoßen und viele teilten ihr mit, wie sehr sie ihren Vater vermissten. Jedes Mal griff sie sich unwillkürlich an den Hals, um die Würfelkette zu berühren. Das musste aufhören!

Schließlich entdeckte sie ihre Platzkarte an dem Tisch für die Vorstände in der Nähe der Bühne.

Suchend sah sie sich nach einer Bedienung um, weil sie ihr leeres Sektglas loswerden wollte und entdeckte Professor Hochbrück, der gerade auf sie zueilte. Neben ihm versuchte ein sehr viel kleinerer Mann mit ihm Schritt zu halten. Er erinnerte sie an jemanden, aber sie kam nicht drauf, an wen.

Als Hochbrück sie erreicht hatte, küsste er galant Carlas Hand und stellte ihr den Mann neben sich vor, der aus der Nähe wie ein amerikanischer Schauspieler aussah. Gregory Peck? Nein, der war größer und viel dunkler. Steve Mc Queen? Nein, der war das auch nicht. Als der Mann lächelte und Carla seine schlechten Zähne bemerkte, war klar, dass der Mann kein Amerikaner sein konnte.

»Kennen Sie Almas Bruder, Klaus von Stellmark, schon?«, fragte Hochbrück. Ah, deshalb war der ihr so bekannt vorgekommen! Auf subtile Weise sah er Alma ähnlich, die Augen, seine Bewegungen. Das rötliche Haar war allerdings glatter und sehr viel dunkler, es erinnerte Carla an geröstete Maronen.

»Ich wollte Almas Karte nicht verfallen lassen und allein aufkreuzen. Jede Mark zählt schließlich für den guten Zweck, nicht?«, sagte Hochbrück.

»Warum ist Alma denn nicht mitgekommen?«, erkundigte sich Carla, schließlich wusste sie ja offiziell von nichts.

Hochbrück runzelte die Stirn. »Ihr war leider unwohl.« Er wirkte genervt. »Sie wissen schon, so eine Frauensache …«

Oh ja, natürlich eine Frauensache! Wie kaltblütig dieser Mann war. Sie nickte trotzdem.

»… Almas Bruder war so nett einzuspringen.«

»Das tut mir leid für Alma, aber ich freue mich sehr, Sie kennenzulernen.« Carla fragte sich, was Klaus wusste.

»Meine Schwester zelebriert ihre … Zartheit«, sagte Klaus mit leiser Verachtung.

»Also ich schätze Almas Verletzlichkeit ganz besonders!«

Das konnte sich Carla nicht verkneifen, auch wenn ihr bei dem Gedanken an Almas blaues Auge und ihren Gipsarm ganz blümerant wurde.

Ein Gong verkündete den offiziellen Beginn der Veranstaltung. Alle nahmen Platz, Carla saß zwischen Alexander Hochbrück und Almas Bruder.

Der Vorstandsvorsitzende Dr. Lederlein trat vor den roten Vorhang der Bühne und hielt eine kurze pointierte Rede, in der er allen für ihr Erscheinen dankte, obwohl die Lage in Berlin ja mehr als angespannt sei. Trotzdem müsse das Leben weitergehen, er wies hoffnungsvoll auf die Spendenbüchsen überall im Raum hin, erwähnte Professor Hochbrück und Karl-Otto Koslowsky namentlich und kündigte dann den Waisenhauschor an.

Der Vorhang ging auf, zehn blau gekleidete Jungen und Mädchen verbeugten sich, dann trat die Chorleiterin dazu, die Carla vor über einem Jahr eingestellt hatte. Bei dem Anblick ihres weißen Gesichts und der langen schwarzen Haare musste Carla auch jetzt wieder an Schneewittchen denken. Aber Paula Becker war nicht nur schön, sondern hervorragend, in dem was sie tat und voller Schwung. Der Chor hatte einen großen Sprung nach vorn gemacht und war sogar auf ein Festival eingeladen worden. Sie hatte Paula gegen den Willen von Vera Hubermann durchgesetzt, was zu einigen Spannungen im Vorstand führte. Vera, die als Kinderpsychologin ehrenamtlich für das Waisenhaus arbeitete, drohte ihr Amt niederzulegen und es hatte Carla viel Überzeugungsarbeit gekostet, das zu verhindern. Doch es hatte sich gelohnt!

Paula nickte Carla unmerklich zu, drehte sich zum Chor um und gab das Kommando für das erste Lied.

Schon nach wenigen Minuten tupfte Carla verstohlen Tränen aus ihren Augenwinkeln. Vater hatte sich immer lustig darüber gemacht, dass sie so leicht zu rühren war. Und das auch noch bei Schubert, den hatte er nie gemocht. Seiner Meinung nach waren sentimentale Schubertlieder schuld am Elend ihrer Mutter und zum Beweis zitierte er dann gern eine Strophe. Carla versuchte sich an den Text zu erinnern, griff sich unwillkürlich wieder an den Hals, als könnte der Würfel ihr dabei helfen, doch es fiel ihr dann auch ohne ihren Glücksbringer wieder ein:

Willst du nach den Nachtigallen fragen,
Die mit seelenvoller Melodie
Dich entzückten in des Lenzes Tagen?
Nur so lang' sie liebten, waren sie.

Erst nach seiner Beerdigung hatte Tante Lulu Carla erklärt, worauf ihr Vater damit angespielt hatte. Mit sechzehn hatte sich Carlas Mutter unsterblich in ihren Klavierlehrer verliebt und wurde schwanger von ihm, woraufhin der sich dann schleunigst aus dem Staub gemacht hatte. Ihr Vater hatte sie trotzdem geheiratet, Lulu zufolge hatte er ihre Mutter wirklich geliebt und war so auch zum »& Co.« der Agentur Nachtigall geworden. Ida sei zwar dankbar gewesen, weil ihr die Schande erspart geblieben war, doch sie war nie über den Pianisten hinweggekommen. Als dessen Kind, ein Junge, während der Geburt starb, zerriss etwas in ihr und aus dieser Wunde strömte seither eine Bitterkeit, die eine Heilung selbst für ihren Vater unmöglich gemacht hatte.

Dezenter Applaus riss Carla aus ihren Gedanken. Professor Hochbrück überreichte der Chorleiterin einen großen rosafarbenen Nelkenstrauß und küsste ihre Wangen.

Carla kam es so vor, als wäre Paula gerade erstarrt und ein Stück von ihm abgerückt. Sie sah genauer hin. Tatsächlich, Paula stand nun fast um eine Armeslänge von Hochbrück entfernt, die Blumen wie ein Schild vor sich gepresst.

Vermutungen züngelten durch Carlas Kopf. Hatten die beiden eine Affäre? Wusste Paula etwas von seinen brutalen Attacken gegen Alma? Alma hatte unlängst kunsttherapeutisch im Waisenhaus gearbeitet. Womöglich hatte Wally recht und es gab Möglichkeiten zu beweisen, wie Hochbrück wirklich war? Der beendete gerade seine kurze Rede mit einem »Guten Appetit!« und kam zurück an ihren Tisch.

Schon während alle noch applaudierten, wurde das Essen aufgetragen. Carla tat so, als würde sie einer langatmigen Anekdote aus Klaus' Leben folgen, konzentrierte sich aber darauf, Alexander genauer zu beobachten. Auf dessen anderer Seite hatte man Gina Gorzelany, die diesjährige deutsche Modebotschafterin, platziert, die er mit seinem Charme vollkommen überwältigt zu haben schien. Hochbrücks freundliches Lächeln wirkte offen und spiegelte sich warm in seinen Augen, nicht mal ein Hauch von Brutalität war da zu spüren. Es war unvorstellbar, dass dieser Mann seine Frau schlug. Carla verstand Alma nur zu gut. Aber warum hatte sie sich nicht ihrem Bruder anvertraut? Denn offensichtlich wusste er von nichts. Oder wäre Klaus trotzdem in der Lage, Alexander so bewundernd von der Seite anzusehen? War Alma zu stolz, um ihm ihre Leiden zu offenbaren, oder war das Verhältnis der Geschwister so schlecht?

Geschwister – Carla seufzte. Früher hatte sie sich immer welche gewünscht.

»Ihre Vorspeise, Madame!«, tönte es schräg hinter Carla und gleichzeitig wurde eine weiße Suppenschale mit Goldrand vor sie hingestellt.

»Brunnenkresseschaumsüppchen mit Spargel!«, erklärte die Stimme weiter und Carla erstarrte.

Hatte sie womöglich Halluzinationen, weil sie gerade an Geschwister gedacht hatte?

Sie drehte sich ruckartig um und sah, wie Wally die nächste

Suppe von einem Tablett nahm und vor Alexander Hochbrück abstellte. Dabei beugte sie sich viel weiter vor als nötig und berührte ihn leicht an der Schulter. Als sie Carlas Blick bemerkte, zwinkerte sie ihr zu, als wäre das hier ihr gemeinsam ausgeheckter Plan.

Mit einem Schlag kam Carla der Sekt sauer wieder hoch, sodass sie ihre Serviette auf ihren Mund pressen musste. Was hatte Wally hier zu suchen? Ganz sicher wollte sie immer noch das vermaledeite Foto machen, dieses Miststück.

»Hey, Nelly!«, sagte Klaus da gerade zu Wally, griff nach ihrem Arm und zwang sie so, ihn anzuschauen. Wally, die ihn bisher nur von hinten gesehen hatte, wurde bleich.

Das, ahnte Carla, war offensichtlich so nicht geplant. Nelly?

Wally entriss ihm den Arm, atmete durch, beugte sich wieder runter und flüsterte ihm etwas ins Ohr, was Klaus dazu brachte, mit den Schultern zu zucken. Er wirkte enttäuscht, Wally erleichtert.

Als Wallys Tablett leer war und sie den Weg zurück in die Küche ansteuerte, stand Carla auf, entschuldigte sich und eilte ihr hinterher.

Erst kurz vor der Küche erwischte sie ihre Halbschwester und hielt sie hinten an der gestärkten Schleife der kleinen Servierschürze fest. Wally ging trotzdem weiter, die Spitzenschürze löste sich und fiel zu Boden. Endlich blieb sie stehen.

»Spinnst du?« Wally bückte sich, hob die Schürze auf und band sie wieder um.

»Das sollte ich dich fragen!«, zischte Carla. »Was zur Hölle hast du hier zu suchen? Du hast gesagt, du arbeitest heute im Eden!«

»Das geht dich einen feuchten Kehricht an. Im Unterschied zu dir tue ich das Richtige!«

»Und dieser Klaus ist dein Helfershelfer?«

Wally wich ihrem Blick aus. »Leider nicht! Ganz im Gegenteil, mit dem habe ich hier nicht gerechnet, ich könnte deine Hilfe gut brauchen.«

»Woher kennst du überhaupt Almas Bruder? Hat der dich dazu angestiftet?«

»Das ist Almas Bruder?«

Carla genoss Wallys Überraschung. »Ganz genau!«, sagte sie.

»Hol verdammt noch mal deine Essen, solange sie heiß sind!«, donnerte es aus der Küche zu Wally hin.

»Ich muss wieder. Willst du mir nicht doch helfen?«

»Bei was für einem Plan denn überhaupt?« Carlas Neugier siegte knapp über ihren Zorn.

Einer der Köche kam aus der Küche und drückte Wally ein Tablett mit weiteren Suppen in die Hand. »Hört auf zu tratschen! Sofort los jetzt!«

Wally lief ohne ein weiteres Wort zurück in den Bankettsaal. Carla folgte ihr und nahm wieder Platz. Klaus und Hochbrück erhoben sich kurz und sahen sie beim Hinsetzen fragend an. »Alles in Ordnung!«, sagte sie.

Nachdem alle wieder ihre Suppe löffelten, wollte sie von Klaus wissen, woher er denn die Bedienung kannte. Dieses Mal lauschte Carla voller Interesse seinen Schilderungen. Er kannte »die Nelly« also aus dem Eden, wo sie hinter der Bar als Barfrau auftrat. Deshalb hatte es ihn ziemlich überrascht zu entdecken, dass Nelly eine kluge Studentin war, die sich für Architektur interessierte. Mit einem jungenhaften Lächeln gestand er Carla, wie peinlich es ihm war, Nelly derart unterschätzt zu haben. Dieses lächelnde Eingeständnis machte ihn noch sympathischer und Carla fragte sich umso mehr, warum Alma sich ihm nicht anvertraut hatte. Ja, er bewunderte Alexander Hochbrück ganz offensichtlich, aber hatte er sich denn noch nie über die blauen Flecken von Alma Gedanken gemacht? Doch dann fiel ihr ein, dass sie Alma auch schon länger kannte und nie war ihr etwas aufgefallen. Dabei hielt sie sich sonst für eine gute Beobachterin.

Wally servierte nun den Hauptgang. Tournedo Rossini: Rinderfilet undEntenleber mit Herzoginkartoffeln. Das Kempinski hatte an nichts gespart. Als Wally sich über Carla beugte, um den neuen Teller vor sie hinzustellen, flüsterte sie ihr ins Ohr. »Den kriegen wir dran! Du wirst schon sehen!«

Klaus drehte sich mit einem fragenden Blick zu ihnen um.

»Danke!«, sagte Carla und hoffte, dass Klaus das nicht gehört hatte.

An und für sich war Wallys Vorgehen gar nicht so übel. Was sie da an der Uni abgezogen hatte, war solide Recherchearbeit. Sich hier als Aushilfe reinzuschmuggeln, war bestimmt nicht leicht gewesen. Allerdings war es ihr ein Rätsel, wie Wally ohne Hilfe ein Foto von sich und Hochbrück machen wollte. Noch dazu eines, bei dem sie sich innig küssten und die Betrachter bei Gericht Hochbrück auf dem Foto einwandfrei identifizieren konnten.

Eine Kamera am Körper zu tragen, war natürlich kein Problem. Das hatte Carla schon öfter bei Fällen von Industriespionage gemacht. Aber dieses leise Ritsch-Ratsch der Minox ließ sich auch nicht mit leidenschaftlichem Stöhnen übertönen. Und noch dazu konnte nicht mal ein Houdini sich selbst beim Küssen so fotografieren, dass alle beide gut sichtbar auf dem Bild waren, ohne dass der andere das bemerken würde. Damit war Wallys lächerlicher Plan trotz ihrer ganz passablen Bemühungen zum Scheitern verurteilt. Es würde weder aussagekräftige Bilder noch einen Meineid geben!

Erleichtert säbelte sich Carla eine Scheibe von dem Tournedo Rossini ab. »Köstlich!«, sagte sie, auch wenn ihr niemand zuhörte.

Kapitel 11

Wally sang glücklich vor sich hin, als sie am nächsten Tag die Treppe zur Detektei Nachtigall hochschwebte. Carla würde Augen machen, denn sie hatte es geschafft und den Hochbrück im Sack! Almas unerträgliche Situation hatte ein Ende. Sie musste sich nicht länger zum Opfer machen lassen und konnte ihren Mann damit in die Wüste schicken. Handeln zu können, die Macht über sein Leben zu haben, das war es, was einen lebendig hielt! Ohnmächtig zu sein, war schlimmer als der Tod. Und leider konnte jeder in so eine Situation kommen, in der er anderen ausgeliefert war. Sie hasste es, wenn Leute behaupteten, die Opfer wären daran selbst schuld. Der reinste Faschismus. Und dagegen musste man kämpfen. Immer!

Sie hämmerte an die Bürotür.

Nichts.

Wally seufzte. Wieso dauerte das denn so lange? War Carla vielleicht zum Mittagessen ausgegangen?

Unschlüssig blieb sie stehen. Vielleicht war sie oben bei Ida?

Da endlich öffnete sich die Tür, aber nur einen Spalt. Carla lugte so vorsichtig auf den Flur, als wären Bomben zu erwarten.

»Na endlich!«, rief Wally. »Das wird dich umhauen!« Sie wedelte begeistert mit einem DIN-A4-Umschlag. »Ich hab's geschafft, Alma ist gerettet! Hammerbilder!«

Wally trat einen Schritt vor, aber ihre Schwester ließ sie nicht rein.

»Was soll denn das?«

Carla nickte nach drinnen, legte den Finger auf den Mund und ihre Augen flehten sie an zu verschwinden.

Erbost drückte Wally nun erst recht gegen die Tür.

»Was soll denn das?«, zischte Carla. »Was willst du hier?«

»Böser Kater?«, fragte Wally. »Spät geworden gestern Abend?« Sie hielt inne, schüttelte den Kopf. »Nee, eher nich, wer will schon so ne Trauerweide mit nach Hause nehmen?«

»Wir hatten eine Vereinbarung! Du darfst hier schlafen, aber tagsüber bin ich allein in meinem Büro!«

Gott, Carla war plötzlich so blass im Gesicht, die würde doch nicht gleich umkippen?

»Ist ja gut«, lenkte Wally ein. »Ich wollte nur, dass du als Erste die Bilder siehst! Wir haben doch das gleiche Ziel: Alma retten!«

Hinter Carla tauchte eine Frau auf. Nicht übel, die hat Klasse, dachte Wally, und außerdem war sie schön. Allerdings wirkte sie gerade ziemlich verstimmt. Eine Freundin oder Klientin?

»Was ist denn los?«, fragte die Schöne, die genauso groß war wie sie selbst.

Kurzerhand schob Wally ihre Halbschwester zur Seite und reichte der Frau ihre Hand.

Ungehalten sah die Schöne zu Carla, aufrecht wie ein Mannequin und sogar mit diesen finster zusammengezogenen Augenbrauen noch attraktiv. Interessant. Warum jemand wie sie wohl hier war?

»Entschuldigen Sie, det ick so reingeplatzt bin«, zwitscherte Wally. »Aber ich arbeite für Nachtigall & Co. und brauchte ein paar Anweisungen von der Chefin persönlich, und dit ging nu ma nich am Telefon.«

Carla nahm die Schultern zurück und lächelte breit, was in dem blassen Gesicht geradezu gespenstisch wirkte. Wally fragte sich, ob die Fremde merkte, wie sehr ihre Schwester gerade um Haltung ringen musste.

»Frau Niemöller, darf ich Ihnen Waltraud von Tilling vorstellen, eine meiner Mitarbeiterinnen?«

Wally reichte der Kundin noch einmal ihre Hand, die Frau Niemöller trotz Carlas Erklärung nur zögernd ergriff. Die manikürten Hände mit perfekt kirschrot lackierten Nägeln drückten unerwartet fest zu.

»Haben Sie diese Mitarbeiterin hinzugezogen, damit Sie in meinem Fall schneller vorankommen?«, fragte die Niemöller.

»Ganz genau.« Carla nickte. »Das hatte ich Ihnen gerade erläutern wollen ... Die Tagespauschale verdoppelt sich deshalb leider auch.«

Respekt! Blass, aber gewieft! So viel Improvisationsgeschick hätte sie ihrer Halbschwester nicht zugetraut.

Wally spürte, wie die ungläubigen Blicke der Niemöller über ihren Körper wanderten und langsam dämmerte ihr, warum Carla sie nicht hatte reinlassen wollen. Wahrscheinlich gab sie ein reichlich ungepflegtes Bild ab, schließlich hatte sie die Nacht durchgearbeitet. Von dem Zimmer im Kempinski, wo sie sich Hochbrück vorgenommen hatte, war sie direkt in James' Dunkelkammer und von dort dann gleich hierher gegangen.

»Bitte entschuldigen Sie den Aufzug meiner Mitarbeiterin«, sagte Carla da auch schon. »Die Ärmste musste die ganze Nacht Verdächtige im Tierpark beschatten.«

Im Tierpark? Wie kam sie denn darauf? Verblüfft fragte sich Wally, ob sie auch noch schlecht roch, womöglich nach Entwicklerflüssigkeit und modrigem Keller?

»Im Tierpark?« Frau Niemöller erwärmte sich etwas.

Carla nickte bedauernd. »Ja, man glaubt es kaum. Es gibt Tierwärter, die verkaufen den exotischen Nachwuchs und behaupten gegenüber der Direktion, die Tiere wären verendet.«

Bisamratten und Krokodile, lag Wally schon auf der Zunge, stattdessen winkte sie dann aber nur lächelnd mit dem großen Umschlag. »Und hier sind die Beweise! Auf frischer Tat ertappt!«

»Sehr gut!«, Carla griff nach dem Umschlag. »Wieder einen Fall erfolgreich abgeschlossen. Nun wird Frau von Tilling dabei helfen, Bobbs zu finden.«

Bobbs? War das ein Dackel oder Pudel und hatte Carla deshalb mit dem Tierpark angefangen?

»Wunderbar.« Frau Niemöller nickte Wally nun anerkennend zu. »Fräulein Koslowsky hat es Ihnen wahrscheinlich erzählt, für meine Arbeit muss ich auch immer in eine andere Haut schlüpfen.« Sie griff in ihre Handtasche, holte die Geldbörse heraus und wendete sich wieder an Carla. »Wie viel mehr kostet es?«

»Ich müsste mal Hände waschen!«, sagte Wally und ließ die beiden allein. Natürlich hörte sie trotzdem, wie Carla weitere 120 Mark von der Niemöller entgegennahm. Respekt, wenigstens war Carla geschäftstüchtig.

Als sie dann ihr Bild im Spiegel sah, fing Wally an zu lachen. Ihre Hochsteckfrisur wirkte wie ein zerstörtes Vogelnest und die Wimperntusche war so verlaufen, dass Wally unwillkürlich an Pandabären denken musste. Tierpark lag da wirklich nahe. Sie spritzte sich Wasser ins Gesicht und versuchte ihre Frisur zu retten. Vergeblich. Deshalb wartete sie, bis die Klientin gegangen war.

Niemöller, Niemöller, überlegte Wally, die Akten von der waren ihr noch nicht untergekommen. Die Schlösser in Vatis Büro waren leicht zu knacken, aber es war raffiniert, die Kunden nach Nummern zu ordnen und nicht nach Namen und diesen Code hatte sie leider noch nicht entschlüsseln können.

Als sie die Eingangstür zugehen hörte, verließ sie die Toilette wieder und setzte sich vor Carlas Schreibtisch auf einen der Rattanstühle.

»Tierpark?«, fragte sie.

»Fotos?«, gab Carla zurück.

Wally zeigte auf den Umschlag, den Carla auf den Tisch gelegt hatte. Die Niemöller hatte sie um ihren triumphalen Auftritt gebracht.

»Schaus dir an!«

Carla griff danach und öffnete ihn. Sie zog die drei Bilder heraus und studierte eins nach dem anderen. Carlas Augen weiteten sich bei jedem Foto mehr, ihre Pupillen wurden abwechselnd größer und kleiner. *Ja*, dachte Wally, *da kiekste!* »Damit kriegen wir den doch sicher, meinst du nicht?«

»Wie …«, Carla musste sich ein paarmal räuspern. »Wie hast du *das* gemacht?«

»Na verführt habe ich den!« Es war besser, Carla nicht die ganze Wahrheit zu erzählen.

»Ach? Wirklich? Bis zur Bewusstlosigkeit?« Carla zeigte widerwillig auf das Bild, wo Wally mit einem, wie sie fand, perfekt leidenschaftlichen Gesichtsausdruck oben ohne auf Professor Hochbrücks nacktem Unterleib saß.

Ihre Schwester war tatsächlich nicht so leicht hinters Licht zu führen, wie sie gedacht hatte. »Offensichtlich hast du« – sie verkniff sich »du arme eiserne Jungfrau« – »so was noch nie erlebt, sonst wüsstest du, was du hier siehst. Hochbrück erholt sich gerade von seinem zweiten Orgasmus. Weißt du, wie sich das anfühlt, ein Orgasmus?«

Flammend rote Flecken malten Kreise auf Carlas Wangen.

Sah aus, als hätte Wally ihr gerade eine gescheuert. Offensichtlich hatte sie voll ins Schwarze getroffen.

»Wie hast du ihn denn so weit gekriegt?«

»Erstens bin ich unglaublich sexy, und zweitens auch – und das vor allem – schlau.«

»Schlau? Hast du dich dabei nicht wie eine Nutte gefühlt?« Carla griff sich an den Hals, als müsste sie sich vom Würgen abhalten.

»Schon mal davon gehört, dass Sex Spaß machen kann?«

»Sex mit einem Frauenschläger?« Carla schaltete so eine Art Röntgenblick ein. »Riskant bis zur Dummheit!«

Das konnte Wally nicht auf sich sitzen lassen, aber wie viel durfte sie ihr anvertrauen?

»Ich gehe immer auf Nummer sicher! Deshalb habe ich ein wenig nachgeholfen. Mit K.o.-Tropfen.«

»K.o.-Tropfen?« Carla beugte sich interessiert vor. »Was ist das denn?«

»Ganz was Neues, Gamma-irgendwas mit Buttersäure-irgendwas. Ich bin keine Chemikerin, aber es funktioniert und macht jeden Menschen völlig willenlos.«

»Woher hast du denn so was? Von James Bond?«

»Witzig! Ha ha.« Widerwillig musste sie zugeben, dass Carla die richtigen Fragen stellte. »Aber nein, das hat mir ein Barkeeper im Eden gegeben. Für den Fall, dass ein Kerl zudringlich wird.«

»Findest du es nicht abscheulich, jemanden willenlos zu machen?«

»Nicht so abscheulich, wie das, was dieses Schwein daheim seiner Frau antut!«

»Und wer hat das fotografiert – du ja wohl nicht?«

»Das lass mal meine Sorge sein.« Wally legte den Zeigefinger an ihre Lippen.

Carla schüttelte den Kopf. »Oh Gott, es gibt auch noch einen Zeugen für deine illegalen Aktionen? Das ist brandgefährlich! Die Agentur Nachtigall kann sich so was nicht leisten, was, wenn das rauskommt, wovon soll ich Mutter ernähren, wenn die mir die Bude dichtmachen?«

»Das wird nicht passieren, da kannst du dich auf mich verlassen!« Wally tippte sich an die Stirn. »Und was heißt schon illegal, im Kapitalismus heiligt der Zweck die Mittel, immer!«

»Macchiavelli ist schon lange tot.« Carla schürzte ihre Lippen zu einer abschätzigen Grimasse. »Niemand denkt hier noch so. Aber wahrscheinlich ist das die jahrelange Gehirnwäsche, der du im Osten ausgesetzt warst. Die behaupten doch, dass alle Westler faschistische Schweine ohne Gewissen sind. Obwohl wir ein gutes und gerechtes Grundgesetz haben!«

»Ach ja?« Carlas naive Tiraden waren unerträglich. »Frag mal die Ehefrauen, die mit solchen Monstern verheiratet sind, wie gut geschützt die sich von eurem, ach so tollen Grundgesetz fühlen.«

Carla zuckte mit den Schultern und blieb stumm. Schließlich zog sie eine Zigarette und ein Feuerzeug aus der geschnitzten Elfenbeindose.

Hatte sie es womöglich geschafft, Carla ins Grübeln zu bringen?

»Ich könnte auch eine brauchen«, Wally nahm sich eine und sah sich nach dem Aschenbecher um.

In diesem Moment drehte Carla am Zünder, eine Riesenflamme flackerte hoch, Carla griff sich die Fotos und hielt sie ins Feuer. »Bevor du damit richtigen Schaden anrichtest!«

Verdammt! Wally sprang auf, schlug Carla das Feuerzeug aus der Hand und entriss ihr mit der anderen die Bilder. Keuchend betrachtete sie den Schaden. Zum Glück war nur eines von den dreien angekokelt.

»Lächerlich! Was sollte das denn? Ich hab doch die Negative!« Wally strich über die verbrannte Ecke und sah wütend dabei zu, wie die verkohlten Papierfetzchen zu Boden segelten. »Weißt du was? Ich gebe auf, es bringt nichts, hier rumzusitzen und mit dir zu reden. Je schneller Alma das Monster los ist, desto besser! Ich wollte mit dir zusammenarbeiten, aber dann eben nicht! Ich bringe ihr die Fotos und erlöse sie von dem Übel. Warum willst du ihr mein fantastisches Material vorenthalten?« Sie steckte die Bilder, auch das angekokelte, wieder in den Umschlag und lief zur Tür.

Carla rannte ihr nach, erwischte sie am Arm und hielt sie fest.

»Warte, tu das nicht! Alma hat uns gebeten, sie auf keinen Fall zu besuchen!«, flehte sie geradezu. »Hochbrück könnte Verdacht schöpfen, das sollten wir nicht riskieren! Ich rufe sie an und ...«

»Du hast doch gesehen, wie verletzt sie war, je eher sie da rauskommt, desto besser! Ich fahre hin, dann kann sie ihm die Bilder zeigen. Dann weiß er, dass sein Spiel aus ist und er Alma freigeben muss! So wie ich aussehe, gehe ich als Putzfrau durch und Alma wird sich ja wohl noch mit ner Putzfrau unterhalten dürfen!«

Aber Carla wollte nicht loslassen, erstaunlich zäh diese zarte Person. Wally musste ihr einen ordentlichen Stoß versetzen, um sie abzuschütteln.

Carla stürzte zu Boden. »Ahh!«, stöhnte sie.

Das hatte Wally nicht gewollt. »Tut mir leid«, murmelte sie und zögerte. Zum Glück rappelte sich Carla schon wieder auf. So ein kleiner Aufprall war nichts im Vergleich zu dem, was die arme Alma ertragen musste! Zeit zu handeln!

Wally stürmte aus dem Büro, die Treppe runter, schnappte sich das Rad, dass sie am Bahnhof Zoo als Ersatz für Carlas altes »gefunden« hatte und radelte los, Richtung Dahlem.

Warum war ihre Halbschwester nur so dermaßen verbohrt? So gehemmt und übervorsichtig? Solidarität unter Frauen sah anders aus! Wally hatte nicht so hart dafür gearbeitet, Alma zu helfen und der Agentur Nachtigall eine zufriedene Klientin zu sichern, nur um dann alles zu verbrennen. Ihre Schwester wollte einfach nicht verstehen, wie die Welt wirklich war. Ganz sicher wäre Alma entzückt, wenn sie diesem Schwein endlich Paroli bieten konnte. Mit diesen Beweisen würde er sich davor hüten, Alma zu verprügeln!

Gut, dass sie Hochbrücks Adresse schon von der nächtlichen Taxifahrt nach Dahlem kannte. Der Taxifahrer hatte ihr mit angewidertem Gesichtsausdruck geholfen, den Professor vor seiner Haustür in der Ottstraße abzulegen.

»Dit sind die Schlimmsten!«, hatte er mit Blick auf die prächtig verzierte Villa hinter dem Eisenzaun gesagt. »Vorne mords jetue, hintn sowat von eklich!« *Genau*, dachte Wally und trat feste in die Pedale.

Kapitel 12

Hier ist es!«, sagte Carla und zückte den Geldbeutel, als ihr Taxi an der Villa Hochbrück angekommen war. Während Carla noch bezahlte, tauchte Wally an der Hofeinfahrt auf. Schnell stieg Carla aus und warf Wally einen kämpferischen Blick zu. Ihre Halbschwester sprang gerade vom Rad, ließ es einfach fallen, stürmte die schwarzen Marmortreppen hoch und klingelte.

Wütend rannte Carla hinter ihr her. Sie unterdrückte ein Stöhnen und versuchte den Schmerz in ihrem linken Knie zu ignorieren. Der Gedanke daran, wie schwach sie auf Wally gewirkt haben musste und wie demütigend es sich angefühlt hatte, vor ihr auf die Knie zu fallen, war viel schlimmer als die Prellung und die paar Schrammen am Knie. Sie musste jetzt Alma vor Wallys Wahnsinn beschützen! Unglaublich, wie unprofessionell und kindisch Wally sich benahm, sie hatte das Ganze nicht zu Ende gedacht. Sie konnte doch nicht im Ernst glauben, dass diese Bilder ausreichen würden, jemanden wie Hochbrück zu stoppen!

Außerdem hatten sie Alma aus gutem Grund versprechen müssen, hier nicht aufzukreuzen. Es war doch sonnenklar, was geschehen würde, wenn ein so gewalttätiger Mensch wie Hochbrück in die Ecke gedrängt wurde. Natürlich würde er seine Wut an Alma auslassen!

Carla humpelte hinter ihr her und kam gerade oben an, als

eine rothaarige Puppenversion von Alma auch schon die Tür öffnete. Sie hatte Mathilda das letzte Mal im Frühling bei einem Ausflug der Berliner Küken gesehen, heute kam sie ihr größer, aber auch zerbrechlicher vor. *Nessaluna, die Mondtochter der keltischen Feenprinzessin*, dachte Carla. Ihre Kehle schnürte sich zu, als ihr die Frage durch den Kopf schoss, wie sich Hochbrücks Brutalitäten wohl auf die Psyche von Mathilda auswirken mussten. So ein zartes Kind spürte sicher, dass zu Hause etwas nicht stimmte. Und weil wahrscheinlich niemand mit ihr über die Verletzungen der Mutter redete, fühlte Mathilda womöglich eine diffuse Schuld und bemühte sich, Alma alles recht zu machen. Bestimmt musste sich das Kind wie eine kleine Erwachsene benehmen. Und ganz sicher bekam auch ihr Bruder Gregor viel mehr von all dem mit, als für ihn gut war.

Carla schluckte. Lag Wally doch richtig? War es dann nicht nur erlaubt, sondern viel mehr dringend nötig hier mit allen, selbst unlauteren Mitteln zu kämpfen?

»Ist dein Vater zu Hause?«, fragte Wally gerade und Carla betete, dass er noch an der Uni war.

Mathilda hob ihr blasses, seltsam verschwommen wirkendes Gesicht zu Wally und sah sie erstaunt an, so als wäre es undenkbar, dass irgendjemand auf dieser Welt nicht wusste, wo ihr Vater sich aufhielt. Schließlich schüttelte sie stumm den Kopf.

Gott sei Dank! Wenigstens das.

»Das macht nichts«, sagte Wally mit sanfter Stimme und ging etwas in die Knie, wohl um besser in Mathildas große samtgrüne Augen sehen zu können. »Wir möchten nämlich viel lieber zu deiner Mutter.« Sie reichte ihr die Hand. »Ich heiße Wally und du?«

Carla konnte die Antwort nicht hören, weil Alma von drinnen schimpfend näher kam.

»Mathilda! Wie oft habe ich dir schon gesagt, dass du Fremden nicht einfach die Tür aufmachen sollst!«

Wally erhob sich und warf Carla einen triumphierenden Blick zu.

»Hab ich nicht, Mama!«, sagte Mathilda. »Hab vorher geschaut und hier ist keine Fremde, sondern eine Tante, die im Frühling dabei war, auf der Wannseefahrt.«

In diesem Moment trat Alma hinter Mathilda in die Tür, umschlang mit beiden Armen ihre Tochter, sah dann erst hoch und erstarrte.

Carla schnappte nach Luft.

Wally entfuhr ein ungläubiges »Ach?«.

War das wirklich Alma oder hatte die vielleicht eine Zwillingsschwester?

Wie sonst war dann dieser Anblick zu erklären?

Ein leises Platsch lenkte Carlas Blick zu Wally hinüber. Der elende Umschlag war ihr gerade aus der Hand gefallen und sie schwankte leicht, als müsste sie sich von einem schweren Schlag erholen.

»Ich habe Ihnen verboten hierherzukommen!«, zischte Alma. »Verlassen Sie sofort mein Grundstück, sonst rufe ich die Polizei!«

»Aber warum denn, Mama?«, Mathilda sah ihre Mutter erstaunt von der Seite an. »Sind das böse Frauen? Die haben doch nur geklingelt!«

»Von wegen, sie haben ein Versprechen gebrochen! Ich will Sie beide niemals mehr wiedersehen!« Sie zerrte Mathilda nach drinnen und warf Carla einen rätselhaften Blick zu, von dem ihr kalt und schwindelig wurde. Dann schloss Alma die Haustür so leise und sanft, als wäre sie aus Pappe, nur eine Kulisse in einem Theaterstück.

Wie vom Donner gerührt blieben Carla und Wally stehen.

»Aber …?«, flüsterte Wally mehr zu sich als zu Carla. »Wie

ist das möglich?« Dann rannte sie einfach weg, die Treppe hinunter zum Rad.

Carla kämpfte gegen ein Schwindelgefühl an, bückte sich nach dem Umschlag und hob ihn auf. »Warte!«, rief sie und humpelte hinter ihr her. Aber Wally hatte sich schon aufs Rad geschwungen und radelte davon, als wäre der Teufel hinter ihr her.

Bestimmt wollte sie einem »Hab ich dir das nicht gleich gesagt?« entgehen, überlegte Carla. Komischerweise rauschte nicht mal ein Hauch von Schadenfreude durch ihre Adern. Ganz im Gegenteil, sie bekam kaum Luft, als müsste sie kaltes Wasser atmen. Warum hatte Alma sich als Misshandelte geschminkt und kostümiert und sie dermaßen aufs Glatteis geführt?

Carla hinkte los, in der Hoffnung, irgendwo wenigstens eine Bushaltestelle zu entdecken. Ein Taxi würde in dieser schnieken Wohngegend nur mit großem Glück auftauchen. Sie war zwar mit Vater schon mal in der Villa Hochbrück zum Abendessen gewesen, aber das war ewig her und sie erinnerte sich nicht mehr so genau an die weitere Umgebung.

Vater! Unwillkürlich griff sie sich an den Hals, und natürlich ins Leere. Was hätte er dazu gesagt, dass Alma sie dermaßen belogen hatte? Sie war unverletzt und hatte gerade eben weder ein blaues Auge gehabt noch einen Gipsarm.

Kein Wunder, dass Alexander gestern Abend von Frauenbeschwerden gesprochen hatte. Offensichtlich hatte Alma die wirklich als Ausrede benutzt, damit sie nicht mitmusste. Denn nun war ja auch glasklar, warum Klaus ihn begleitet hatte und nicht Alma. Nicht *weil* sie wegen ihrer Verletzungen nicht konnte, sondern *weil* sie *gar nicht verletzt war.*

Die Märchen über ihren brutalen Mann wären aufgeflogen.

Aber warum machte Alma so was? Misshandelte er sie vielleicht psychisch und hatte sie sich dann zu der Maskerade entschlossen, um ihre inneren Verletzungen deutlicher zu machen?

Du meine Güte, wie weit war das denn noch bis zur nächsten U-Bahn oder Busstation? Die löchrigen Strümpfe hingen in zerfetzten Knäulchen an ihren Knöcheln und das linke Knie war leicht angeschwollen. Und nirgends eine Bank oder ein Baum, an den man sich lehnen konnte, nur hohe Zäune, die teure Villen beschützten.

Vielleicht war Alma eine psychisch kranke Frau, der es um Aufmerksamkeit ging, die im Schatten ihres Mannes stand und nach Licht suchte. *Ja, Frau Dr. Freud, Sie sollten eine Praxis am Kurfürstendamm eröffnen. Licht- und Schattentherapie Nachtigall … ick hör dir durch die Psyche trapsen.*

Näher kommende Motorengeräusche rissen sie aus ihren Überlegungen. Sie hoffte auf ein Taxi. Sie sah auf, aber leider raste nur ein taubenblaues Porsche Cabrio viel zu schnell an Carla vorbei. Sie sollte auch dringend wieder ein Auto haben, wenigstens einen Käfer!

Plötzlich bremste der Porsche so unvermittelt, dass er ins Schleudern geriet und der Auspuff qualmte. Dann fuhr er im Rückwärtsgang auf sie zu. Beunruhigt starrte sie auf das Auto, was sollte das denn?

Als das Cabrio mit quietschenden Reifen neben ihr stehengeblieben war, sprang Hochbrück heraus und lüpfte Hut und Sonnenbrille. Obwohl das hellblaue Hemd und der schwarze Anzug tadellos saßen, wirkte er irgendwie zerknittert, verkatert und müde.

Porsche? Seit wann das denn? Bestimmt von Almas Geld gekauft, zuckte es durch ihren Kopf. Sie umklammerte den Umschlag mit den Bildern. Wenn er die zu sehen bekäme. Angefertigt aufgrund der Lügen seiner Frau!

Sie musste sich sehr beherrschen, um den Umschlag nicht hinter ihrem Rücken zu verstecken. *Er weiß ja von nichts,* beruhigte sie sich. *Er hat keine Ahnung.* Leider war der Umschlag zu groß für ihre kleine Handtasche.

»Tut mir leid, ich habe Sie erst im Rückspiegel erkannt«, entschuldigte er sich freundlich. »Hatten Sie einen Unfall?« Mitfühlend deutete er auf ihr Knie. »Das sieht nicht gut aus, darf ich Sie zu einem Arzt bringen?«

»Das wäre ganz wunderbar!« Sie presste den Umschlag gegen ihre Brust. Sie musste ihn zum Reden bringen, mehr über diese Ehe herausfinden und dafür sorgen, dass er jetzt nicht zu Alma fahren würde. Carla behauptete, ihr Hausarzt wäre in der Grolmanstraße.

»Natürlich, in zehn Minuten sind wir da!«, sagte er, während er ihr die Beifahrertür aufhielt.

»Ein gelungener Abend war das gestern. Wissen Sie schon, wie viel Geld zusammengekommen ist?«, fragte sie und glitt vorsichtig in den niedrigen harten Sitz.

»Leider nicht. Ehrlich gesagt …«, er hatte die Sonnenbrille und den Hut wieder aufgesetzt, daher konnte sie nicht viel von seinem Gesicht sehen, »… fehlt mir sogar ein ganzer Teil des Abends. Ich erinnere mich nur verschwommen.« Er lächelte schwach. »Offensichtlich werde ich alt. Was machen Sie denn hier bei uns in der Gegend?«

»Arbeit!«, sie nickte ihm zu. »Sie wissen ja, ist alles sehr vertraulich.«

»Ist diese Detektivarbeit nicht zu gefährlich so allein für eine zarte Frau wie Sie? Gestern war Ihr Knie jedenfalls noch unverletzt.«

Lag da ein böser Unterton in seiner Stimme oder war sie schon paranoid?

»Auch wenn das sicher besser ist«, redete er dann aber gleich weiter, »als zu viel allein zu Hause herumzusitzen. Hören Sie, ich wollte das gestern vor Almas Bruder nicht ansprechen, aber könnten Sie meiner Frau nicht irgendeine kleine

Aufgabe im Waisenhaus geben? Sie neigt zum Grübeln und kommt auf die merkwürdigsten Ideen.«

Er klang so warm und liebevoll und besorgt, wie man sich einen Ehemann nur wünschen konnte.

»Was denn für merkwürdige Ideen?«, hakte sie nach.

»Um Almas willen muss das aber unter uns bleiben, ja?«

»Selbstverständlich!« Carla nickte und kreuzte innerlich ihre Finger.

»Sie spioniert mir hinterher«, er schüttelte den Kopf und kräuselte seine Lippen. »Sie denkt sich Dinge über mich aus und ist sogar eifersüchtig auf mein gutes Verhältnis zu ihrem Bruder.«

»Was denn für Dinge?« Das wurde ja immer mysteriöser.

»Das verrate ich Ihnen nicht, weil Sie Alma dann in einem völlig falschen Licht sehen würden, womöglich würden Sie ihr dann aus dem Weg gehen. Sie hat auf diese Weise schon so viele Freundschaften zerstört. Sogar Paula hat sie mit ihren Hirngespinsten belästigt.«

Die Chorleiterin, die gestern auf der Bühne einen halben Meter Abstand zu Hochbrück gehalten hatte. Was zum Teufel ging in dieser Ehe wirklich vor sich? Oder manipulierte er sie gerade, weil er gehört hatte, dass Alma bei ihr gewesen war? War es ein Zufall, dass er gerade jetzt nach Hause kam, oder war er nach Hause gebraust, weil ihm ein Spitzel aus der Nachbarschaft von den beiden Besucherinnen bei seiner Frau berichtet hatte und versuchte es nun mit Schadensbegrenzung?

»Tut mir leid zu hören, dass Ihre Ehe so schwierig ist«, sagte Carla und wagte einen Vorstoß. »Denken Sie an Scheidung?«

Er bremste abrupt und hämmerte bei jedem Wort mit der Faust auf das Lenkrad. »Nur – über – meine – Leiche!«

Carla zuckte jedes Mal zusammen und vergewisserte sich, dass sie den Umschlag immer noch fest in der Hand hielt.

»Tut mir leid, ich wollte nicht laut werden«, sagte er und tätschelte ihren Arm. »Aber ich finde es unverantwortlich, dass man sich heutzutage wegen jeder Kleinigkeit gleich scheiden lässt. Jede Ehe hat Höhen und Tiefen, die es zu meistern gilt. Für mich ist die Hochzeit der goldene Ring einer Kette, die mit einem Blick beginnt und deren Ende die Ewigkeit ist.«

»Eine bewundernswerte Einstellung!«, rang sich Carla ab und dachte voller Sorge an Alma.

»Oh, das ist nicht von mir, sondern von Khalil Gibran. Mein Vater würde mich für haltlos romantisch halten. Der alte Miesepeter hatte es mehr mit Schopenhauer.« Hochbrück lachte, während er lässig über eine rote Ampel fuhr. »Heiraten heißt, seine Rechte zu halbieren und seine Pflichten zu verdoppeln.«

»Womit Schopenhauer die Lage der verheirateten Frauen in Deutschland genau auf den Punkt gebracht hat«, sagte Carla.

»Fräulein Koslowsky, mir war ja schon klar, dass Sie ein spätes Mädchen sind, aber dass Sie auch so eine von diesen schrecklichen Emanzen sind, wie schade! Frauen sollten sich glücklich schätzen, geheiratet zu werden. Immerhin verblühen sie im Gegensatz zu uns bedauerlich schnell. Darf ich fragen, wie alt Sie sind?«

Nein, dachte Carla, murmelte dann aber doch »Zweiundzwanzig«.

»Oh!« Er musterte sie gefährlich lange von der Seite. »Oh, tut mir leid, ich wollte Sie nicht beleidigen, ich dachte, Sie wären schon wesentlich älter.«

»Wir sind da«, behauptete sie und deutete auf irgendein Haus an der Ecke. »Mein Arzt ist gleich da drüben!«

»Natürlich, gern.« Hochbrück bremste abrupt, stieg geschmeidig aus dem Cabrio und lief zur Beifahrerseite, um ihr die Tür aufzuhalten.

»Danke!«, sagte Carla, presste den Umschlag an ihre Brust,

stieg aus und biss beim Auftreten die Zähne zusammen. Nach dem langen Sitzen spürte sie die Prellung im Knie viel stärker als zuvor.

»Ich habe zu danken«, sagte er mit einer galant angedeuteten Verbeugung. »Sie denken an eine Aufgabe für die arme Alma, ja? Wir sehen uns nächste Woche bei der Vorstandssitzung.«

»Bis dann«, gab Carla unbestimmt zurück. Nachdenklich sah sie dem davonbrausenden Cabrio nach. Was war bei den Hochbrücks los? Wer log hier, wer täuschte, wer spielte hier eigentlich wem *was* genau vor?

Kapitel 13

Als Carla ein paar Stunden später müde die Wohnungstür aufschloss, stieg ihr sofort der Geruch von frisch frittierten Latkes und von … – sie stutzte – Gulasch in die Nase. Diese Kombination schnürte ihr die Kehle zu. Seit Vaters Tod hatte es Mutters berühmtes Nachtigall-Gulasch mit Latkes nicht mehr gegeben. Warum ausgerechnet heute Abend, wo es sonst meist nur eine kalte Platte gab? Und woher hatte Mutter die benötigten Zutaten?

Carla vergaß das Händewaschen, ignorierte ihr schmerzendes Knie und humpelte nach hinten in die Küche, wo Wally, frisch geschminkt in einem duftigen Nachmittagskleid, über dem sie – natürlich – Carlas Schürze trug, fröhlich zwitschernd gerade dabei war, ein Schneidebrett abzuspülen.

»Was ist denn hier los?«, fragte Carla, die angenommen hatte, dass Wally sich irgendwo verkrochen hatte, um ihre Wunden zu lecken. Schließlich war sie den ganzen Nachmittag nicht mehr aufgetaucht, während Carla im Büro ihr Knie versorgt und sich dann intensiv mit den Recherchen zu Bobbs beschäftigt hatte.

»Wally war so traurig …«, sagte ihre Mutter.

Wally traurig? Das waren zwei Witze in einem. Weder konnte Carla sich Wally traurig vorstellen, noch war Mutter in der Lage, die Trauer von anderen Menschen zu bemerken. Jedenfalls hatte ihre Mutter das nie, wenn Carla traurig war.

Nicht mal nach Vaters Tod hatte sie auch nur ein mitfühlendes Wort oder auch nur eine Geste für sie übriggehabt. Wütende Hitze wallte in ihrer Brust hoch, wanderte in ihren Bauch, wo sich dieser ganze grauenhafte Tag in einem Schwall aus Feuer entlud. Carla wurde schwindelig, doch sie zwang sich, ruhig zu bleiben, sich nichts anmerken zu lassen.

»Warum war denn die arme, arme Cousine Wally so traurig?« Weil ihre illegalen Aktionen ins Nichts gelaufen waren? Weil sie völlig falschgelegen hatte? Weil Wally eine Idiotin war und die Agentur in Verruf gebracht hatte?

»Na heute ist der Todestag von Waltrauds Mutter …«, sagte ihre Mutter und klang geradezu triumphierend. *Sieh her, wie gut wir zwei uns verstehen, sieh her, wegen dir bin ich zwar ein Krüppel, aber immerhin lebe ich noch.*

Carla wechselte mit Wally einen Blick und wäre jede Wette eingegangen, dass Wallys Mutter an einem anderen Tag gestorben war. Sie erinnerte sich an die angeblich so teure Beerdigungsparty.

»Natürlich wollte ich Cousine Wally etwas Gutes tun und habe sie gefragt, was denn ihr Lieblingsessen ist und stell dir vor, da sagt sie glatt: Gulasch! Genau wie dein Vater.«

»Wirklich komisch …«, murmelte Carla. Jede Wette, ihre Mutter hatte keine Ahnung, was ihre Leibspeise war. Wie auch, sie wusste ja nicht mal selbst, was ihr am besten schmeckte! Sie konzentrierte sich auf die Küchenuhr über dem Herd, um dem Schwindel endlich wieder Herr zu werden. *Hör auf damit, Carla*, ermahnte sie sich, *diese Gedanken führen zu nichts.*

»Du kannst dich glücklich schätzen«, sagte sie dann zu Wally. »Das Nachtigall-Gulasch mit Latkes von Mutter ist berühmt.«

»Es riecht sehr gut, allein das ist schon …«, Wallys Blick fiel auf das dicke Pflaster, mit dem Carla ihr Knie im Büro versorgt hatte. »Tut mir leid.«

»Was denn genau?«, fragte Carla. Sie zögerte einen Moment, weil sie eigentlich vor ihrer Mutter nicht über die Arbeit reden wollte, aber dann brach es aus ihr heraus. »Es tut dir leid, dass du Hals über Kopf weggerannt bist, nachdem du so einen Mist gebaut hast? Es tut dir leid, dass du mich verletzt hast, oder es tut dir leid, dass du genau das getan hast, was unsere Klientin …« – du meine Güte, sie hatte tatsächlich *unsere* Klientin gesagt, schwerer Fehler! – »… Was meine Klientin auf gar keinen Fall wollte und damit Gott weiß was in Gang gesetzt hast?«

Wally räumte das Schneidebrett zurück in den Schrank. »Ich habe den Tisch schon gedeckt«, sagte sie zu Carlas Mutter, die neben Carla gerollt war.

Als wäre ich unsichtbar, als würde ich gar nicht existieren, dachte Carla und plötzlich sah sie Alma vor sich. Ging es Alma vielleicht darum, wollte sie einfach nur wahrgenommen werden?

»Danke fürs Tischdecken!«, ihre Mutter tätschelte Wallys Arm. »Die Latkes sind fertig und wir können anfangen, natürlich erst, nachdem Carla sich die Hände gewaschen hat.«

»Ich bin nicht mehr sechs Jahre …«, begann sie, doch die beiden drehten ihr schon den Rücken zu und liefen zum Esszimmer. Sie unterdrückte ein Stöhnen und ging ins Badezimmer.

Besser nicht in den Spiegel schauen, womöglich wäre niemand zu sehen. Sie beugte sich tief über das Becken und spritzte sich kaltes Wasser ins Gesicht. Nachdem sie sich beruhigt hatte, hob sie den Blick und beobachtete die Wassertropfen dabei, wie sie über ihr Gesicht perlten. Die silbernen Tropfen brachten ihre blasse Haut einen Moment lang zum Schimmern. »*Das alles ist nur eine Herausforderung, an der du wachsen wirst*«, hätte ihr Vater gesagt, aber dem konnte sie ja nun auch nichts mehr glauben. Das brachte sie wieder zu

Alma. Wovor hatte sie solche Angst gehabt, dass sie ihnen eine solche Komödie hatte vorspielen müssen? Hochbrück wiederum hatte sie vor Almas komischen Geschichten gewarnt. Aber warum war Paula vor ihm zurückgezuckt? Sie musste mit Paula reden.

Als sie abgetrocknet und frisch frisiert zurückkam, saßen die beiden schon am Tisch, der heute, mitten in der Woche, wieder mit dem guten Geschirr gedeckt war. Ein Festessen und Sonntagsgeschirr – Wally hatte einen merkwürdigen Einfluss auf die heiligen Prinzipien ihrer Mutter.

»Es ist schon nach sechs. Ich weiß nicht, wie oft wir darüber schon gesprochen haben.« Die vorwurfsvollen Blicke ihrer Mutter bohrten sich in Carlas Brust.

»Aber nun sind ja alle da!«, sagte Wally voller Sanftmut. »Darf ich austeilen?«

»Natürlich.«

Wally nahm den Teller von Carlas Mutter und kippte eine Kelle Gulasch hinein.

Carla frohlockte innerlich, das war ein schwerer Fehler. Man musste zuerst drei von den kleinen Kartoffelpüfferchen, den Latkes, auf den Teller legen und anschließend das Gulasch auf dem mittleren platzieren. Sie erkannte deutlich die widerstreitenden Gefühle im Gesicht ihrer Mutter, und schließlich legte die dann doch noch ihre Hand auf Wallys Arm, um ihr Einhalt zu gebieten. Dann erläuterte sie ihr die Regeln von diesem speziellen Nachtigall-Gulasch.

Wally lächelte und nickte. »Danke Tante Ida, ich verstehe, nächstes Mal mach ich das besser.« Sie nahm sich den missglückten Teller selbst und bereitete nach Idas Anweisungen die Mahlzeit für die beiden anderen vor, wünschte allen guten Appetit und dann war außer dem Ticken der Standuhr im Wohnzimmer und dem Kauen und Schlucken im Raum nichts mehr zu hören.

»Du hast meine Frage vorhin nicht beantwortet!«, sagte Carla schließlich, als sie es keine Sekunde länger aushielt.

»Du weißt doch, dass wir hier nicht über die Arbeit sprechen!« Ihre Mutter nickte entschuldigend zu Wally hin. »Diese Detektiv-Arbeit ist oft so verstörend.«

Stimmt, sie sollte Mutter mal die Bilder von der nackten Wally auf Hochbrück zeigen.

»Erzähl doch lieber, wie der Galaabend gestern verlaufen ist. Hattest du denn einen netten Tischnachbarn?«

Einen Studenten, der Wally von ihrer Arbeit als Bardame im Eden kennt, hätte Carla gern gesagt, aber sie verkniff es sich.

»Cousine Carla sah jedenfalls sehr hübsch aus!«, sagte Wally.

»Es geht bei dem Diner darum, Geld für das Waisenhaus zu sammeln, nicht darum, hübsch zu sein.« Carla konnte deutlich hören, wie sauertöpfisch sie klang. Statt einfach mal mit der Faust auf den Tisch zu hauen und dieser ganzen Farce ein Ende zu bereiten, würgte sie einen Brocken Fleisch hinunter und schwieg.

»Und wie viel habt ihr eingenommen?«

»Fast hunderttausend Mark«, sie war gespannt, ob diese Lüge ihre Mutter zum Staunen bringen würde.

Es klingelte stürmisch an der Haustür.

»Lulu!«, seufzte ihre Mutter stirnrunzelnd und tupfte sich geziert mit der Serviette den Mund. Sie erklärte Wally, dass auf der ganzen Welt nur ihre verrückte Schwägerin so unverschämt aufdringlich klingeln würde. »Es tut mir leid, dass sie uns das Essen verderben wird.«

Sie lügt, dachte Carla, als sie den Glanz in den Augen ihrer Mutter entdeckte, der sich immer dann einstellte, wenn sie auf eine lautstarke Auseinandersetzung hoffen konnte, bei der sie siegen würde.

Carla ging zur Tür und zuckte überrascht zusammen, weil Lulu schon vor ihr stand.

»Die Pallutzke hat mich reingelassen«, keuchte sie. »Kindchen, lass uns sofort runtergehen, wir müssen reden.«

»Schön, dass du uns besuchst!«, ertönte die Stimme ihrer Mutter, die lautlos herangerollt war. »Iss doch mit uns. Es gibt das Lieblingsessen von Karl.«

Lulu musterte Ida. »Wie, an nem stinknormalen Freitag kochst du dein berühmtes Gulasch?« Sie schnüffelte und zog ihre Nase kraus. »Mit Latkes?«

Ihre Mutter nickte und Carla konnte die widerstreitenden Gefühle ihrer Tante deutlich erkennen.

»Na so was!«, sagte Lulu. »Ich glaub's ja nicht! Na dann ist det Schicksal!« Sie reichte Carla ihre auberginefarbene Cabanjacke und eilte ins Badezimmer zum Händewaschen.

Während Carla noch ein Gedeck holte, fragte sie sich, was Lulu hergetrieben hatte.

»Oh wie ich sehe, habt ihr … Besuch!«, sagte Lulu, als sie sich gegenüber von Wally setzte.

Missbilligend betrachtete sie die Reste auf Wallys Teller.

»Ich freue mich sehr, Sie zu sehen«, sagte Wally.

Carlas Mutter rollte mit weiteren Puffern aus der Küche heran und stellte sie auf den Tisch. »Bedien dich, Lulu! Es ist genug für alle da.«

Lulu griff zu und warf dabei Carla fragende Blicke zu. *Was ist hier los?*, schien sie zu fragen. *Ist Ida verrückt geworden?*

»Ida«, Lulu häufte sich Gulasch auf ihre Latkes. »Ida, mir scheint, unsere Cusine …« – sie betonte das Wort Cousine, als wäre Wally eine Quacksalberin, die sich als Ärztin ausgab – »… unsere Cousine hat dein Herz im Sturm erobert. Für mich wolltste das nicht mal zum Geburtstag kochen. Da musste ich meinen Kummer denn auf dem Deutsch-Amerikanischen Volksfest ertränken.«

»Im Trinken bist du ja gut!«, sagte Ida.

»Apropos, die Luft ist sehr trocken hier!«

»Seit Karl tot ist, trinken wir unter der Woche keinen Alkohol.«

»Schön blöd«, murmelte Lulu und nahm mit Todesverachtung einen Schluck von dem kalten Früchtetee, den es zum Essen gab. Carla unterdrückte ein Lächeln, denn sie mochte diesen säuerlich-schalen Geschmack genauso wenig. Vater hatte damit die beiden Gummibäume gegossen, die prächtig gediehen waren.

»Tantchen Ida wollte mich trösten, wegen dem Bau der Mauer und Verlust meiner Wohnung und dem Todestag meiner Mutter.« Wally richtete sich auf. »Es war sehr lecker, aber ich muss nun leider zu meiner Verabredung gehen.«

»Schon?«, ihre Mutter wirkte betrübt. Ob sie auf ein Scharmützel zwischen Wally und Lulu gehofft hatte?

»Wo musst du denn so dringend hin, dass du ein solches Festessen zu deinen Ehren stehen lässt?«, fragte Carla, gespannt, wie Wally sich rauswinden würde. Schließlich musste sie nur zu ihrem Job als Bardame im Eden.

»Leider kann ich nicht bleiben. Mein Freund …«

Lulu zog ihre Augenbrauen hoch. »*Ein* Freund? Nur einen … und warum wohnen Sie dann nicht bei dem?«

Wally lächelte so geziert, dass Carla ihr am liebsten ans Schienbein getreten hätte.

»Mein Freund, Sir James Cunningham …«

»God save the Queen!«, brummelte Lulu. »Na das klingt ja wie ein Roman von Hedwig Courths-Maler, reinste Gartenlaube.«

»Er ist Schotte und lebt zur Untermiete, da ist Damenbesuch nicht erlaubt.«

»Schön, dass es noch Anstand auf dieser Welt gibt!«, Carlas Mutter nickte Wally zu.

Anstand? Von wegen! Sie war eine Bardame mit ganz außergewöhnlichen Fähigkeiten. Carla beugte sich über ihren Teller und wünschte, Wally würde sich in Luft auflösen. Aber im gleichen Moment wusste sie schon, dass das genauso lächerlich war, wie zu hoffen, dass die Mauer einfach wieder verschwinden würde.

Wally stand auf, nahm ihren Teller und lief in die Küche. Carla hielt es nicht mehr aus und folgte ihr.

»Hast du eigentlich noch alle Tassen im Schrank?«, fragte sie. »Du kannst doch nicht einfach Schicksal spielen, dabei totalen Mist bauen, mich damit stehen lassen und einfach abhauen. Und dann hier wieder aufkreuzen, als wäre alles in bester Ordnung? Weißt du, dass Hochbrück geradezu nach Hause gerast ist, kaum dass du um die Ecke warst? Was denkst du, ist da passiert? Meinst du nicht, dass Alma Gründe gehabt hat, uns anzulügen?«

»Ziemlich viele Fragen auf einmal.« Wally stellte ihren Teller im Spülbecken ab. »Ja gut, ich habe mich getäuscht, trotzdem war es richtig, Hochbrück reinzulegen. Wir konnten schließlich nicht wissen, dass Almas Geschichte gelogen war. Ausgehend von dem Wissen, was wir hatten, haben wir richtig gehandelt. Und was haben wir gelernt? Man darf niemandem über den Weg trauen!« Sie lächelte bitter. »Nicht mal denen, die um Hilfe bitten.«

»*Du* hast nicht richtig gehandelt, *ich* schon!« Carla hätte sie am liebsten geschüttelt, wie Wally dastand, so unerschütterlich, so in sich ruhend, als hätte sie die Weisheit gepachtet, und etwas daran erinnerte sie an ihren Vater und eben das brachte sie nur noch mehr auf. »Es ist so dumm, was du da redest! Genau die Menschen, die Hilfe brauchen, sagen nicht immer die ganze Wahrheit. Manche schämen sich einfach zutiefst und beschönigen Dinge, andere fürchten, dass man ihnen nicht glaubt, und erfinden etwas dazu. Als Detektivin musst du herausfiltern, was der wahre Kern an ihrer Geschichte ist, und dann darf man ihnen trotzdem nur im legalen Rahmen helfen. Sonst ist es keine Hilfe, sondern bloß ein Spiel mit dem Schicksal, was wiederum nichts anderes ist als Bevormundung!«

»Fertig?«, fragte Wally. »Alma interessiert mich nicht länger, sie hat uns belogen. Punkt.«

»Nur, weil du dich mit deinen Orgasmusbildchen lächerlich gemacht hast!«

»Oho«, platzte Tante Lulu in die Küche. »Na das klingt nach einer sehr viel spannenderen Unterhaltung als mein Gespräch mit Ida über die beste Wäscherei in Charlottenburg. Orgasmusbildchen, darf ich fragen, welcher Art?«

Wally schnappte nach Luft, dann fing sie an zu lachen, als wäre das alles nur ein einziger großer Witz. Das Lachen kam tief unten aus ihrem Bauch und war so ansteckend, dass Lulu nach ihrer ersten Verblüffung in ihr hexenhaftes Kichern ausbrach. Während Wally den Mund offenstehen hatte, waren Lulus Lippen geschlossen und nur ihre Augen weit aufgerissen. Die beiden lachten und kicherten und Carla merkte, dass sich etwas in ihrer Brust löste. Unwillkürlich begannen ihre Mundwinkel zu zucken.

»Wie mir scheint, verpasse ich wie immer das Beste!« Die Stimme ihrer Mutter peitschte das Lachen aus dem Raum. »Aber ich bin es ja gewohnt, alleine sitzen gelassen zu werden.«

»Tut mir leid!«, Wally tupfte sich schnell die Lachtränen mit einem Taschentuch weg, das sie aus dem Mieder zog. »Meine Schuld!«

»Das glaube ich weniger. Ich weiß schon, wem es hier an Anstand mangelt.« Sie warf Lulu und Carla wütende Blicke zu.

Wally bedauerte es sehr, nicht mehr beim Abspülen helfen

zu können und verabschiedete sich. Zu dritt setzten sie sich wieder an den Tisch, wo Lulu sich über noch mehr Gulasch hermachte.

»Sag mal Ida, wieso verwöhnst du dieses Gör, von dem niemand nichts weiß, eigentlich so?«, fragte sie mit vollem Mund schmatzend. Carla wurde klar, dass sie das nur machte, um Ida zu ärgern, denn sonst benahm sich Lulu beim Essen stets vollendet damenhaft.

»Wally ist eine Cousine von Karl, also auch von dir.« Ihre Mutter blickte verwundert zu Carla. »Das habt ihr mir doch gesagt?«

»Kann schon sein«, gab Lulu zu. »Trotzdem habe ich sie vorher noch nie gesehen.«

»Karl hat immer allen geholfen!«, säuerlich sah ihre Mutter an die Decke, als wäre ihr Ehemann dort.

»Das stimmt. Er hatte ein großes Herz«, Lulu nahm sich den letzten Puffer und legte ihn auf ihren Teller. »Aber dass du sie gleich so ins Herz geschlossen hast …«

»Hab ich das?«

»Soweit du dazu in der Lage bist, schon«, murmelte Lulu und zwinkerte Carla zu. »Ich bin eigentlich gekommen, weil ich mit Carla etwas Wichtiges zu besprechen habe, mein ähhh Testament betreffend.«

»Ich dachte, all deine Reichtümer gehen an deinen Pudel?« Ida rollte ihre Serviette sorgfältig auf und schob sie in den silbernen Ring.

»Sehr witzig, Ida! Möchte dich nur mal daran erinnern, dass ich dir nach Karls Tod angeboten habe, den unteren Teil der Villa für dich umbauen zu lassen, aber das wolltest du ja nicht.«

»Wo ist Fritzi denn?«, fragte Carla.

»Um Gottes willen!« Lulu legte ihre Handfläche nach außen gedreht an die Stirn wie eine Stummfilmheldin, die eine entsetzliche Nachricht bekommen hat. »Die hab ich ganz vergessen!«

»Sollen wir applaudieren?«, fragte ihre Mutter.

Carla unterdrückte ein Lächeln.

»Vor lauter Gulasch ... ich muss sofort runter und den Hund aus dem Auto befreien. Carla, du kommst mit!«

Zusammen stürmten sie die Treppe nach unten zu Lulus türkisfarbenen Käfer, der wie meistens im totalen Halteverbot geparkt war.

Carla konnte Fritzi nirgends entdecken, fragend sah sie Lulu an.

»Ich wollte sie im Auto lassen, aber als ich geparkt habe, kam die kleine Katrin vorbei und hat angeboten, mit Fritzi spazieren zu gehen. Ich wollte nur mit dir unter vier Augen reden.«

Carla nickte ergeben.

»Diese Wally ist eine Schwindlerin, da bin ich sicher. Ich habe Himmel und Hölle in Bewegung gesetzt und konnte heute endlich Achim in seinem Hotel in Wien erreichen. Leider hatte er nicht viel Zeit und ja, der hat bestätigt, dass mein Bruder eine Freundin hatte, die eine Tochter hat, für die er ab 1939 Unterhalt gezahlt hat. Sogar dann noch, als die sich mit dem Kind in die Schweiz abgesetzt hat.«

»Dann ist ja alles klar ...«, begann Carla, aber Tante Lulu fiel ihr ins Wort.

»Von wegen! Erstens, woher wissen wir denn, dass dieses Kind überhaupt von Karl-Otto ist? Und zweitens, diese Freundin, Luise von Tilling, ist vor drei Jahren gestorben, Lungenkrebs.«

Vielleicht war heute wirklich der Todestag von Wallys Mutter, überlegte Carla und winkte Katrin zu, die gerade übermütig hinter Lulu mit Fritzi auf sie zurannte.

»Was wissen denn wir, ob diese Frau überhaupt die Tochter

von dieser Tilling ist? Ja gut, sie hat in der Wohnung in der Tucholskystraße gelebt, die der Karl für diese Luise gekauft hat, aber das heißt doch nichts. Wieso hat die denn so gar keine Freunde? Und wenn sie hier einen auf Verwandtschaft macht, wieso war sie dann nicht mal auf Karls Beerdigung? Wenn du mich fragst, ist da einiges so ganz und gar nicht koscher.«

»Was heißt denn: nicht koscher?«, fragte Katrin ganz außer Atem und reichte Lulu die Leine von Fritzi.

»Das bedeutet so was wie ›da ist was faul‹«, erklärte Lulu. »Ist ja gut!«, sagte sie zu Fritzi, die sie stürmisch begrüßte. Sie klopfte dem Pudel auf den Hals. »Sitz jetzt!«, befahl sie und dann wieder zu Katrin: »Danke dir, warte …« Lulu kramte in ihren Manteltaschen nach Geld und zog ein Fünfzigpfennigstück hervor. »Kauf dir ein Eis.«

Katrin wurde rot. »Nein danke, das habe ich gern getan!«, empört schüttelte sie die Affenschaukeln, zu denen ihre Zöpfe heute geflochten waren.

»Tut mir leid«, sagte Tante Lulu und verdrehte zu Carla hin die Augen. »Wirklich sehr freundlich von dir.«

»Hat Spaß gemacht, ich habe Fritzi mein Geheimversteck gezeigt«, sagte Katrin zu Carla.

»Klingt vernünftig, denn die kann ja nüscht ausplaudern!« Lulu lachte und wandte sich Carla zu. »Lass uns morgen Mittagessen und besprechen, wie wir in dem Fall weiter vorgehen!«

Katrins Augen wurden groß. »Einen Fall?« Sie wendete sich an Lulu. »Ich bin nämlich die Assistentin von Carla.«

»Das war unser Geheimnis …«, begann Carla.

»Sehr gut«, fiel ihr Lulu ins Wort. »Mal schauen, wie gut deine Beobachtungsgabe ist. Katrin, hast du diese … Blondine bemerkt, die jetzt bei Carla wohnt?«

Katrin nickte. »Bin ick vielleicht blind?«

»Und ist dir was aufgefallen?«

Katrin nickte und ratterte dann ihre Beobachtungen herunter: »Ihr Körper und die Haare sind ein bisschen wie bei Marilyn Monroe, aber ihr Gesicht ist ganz anders. Irgendwie mehr so dünnere Backen.« Sie unterstrich das, indem sie auf ihre eigenen Wangenknochen deutete. »Außerdem hat sie blaue Augen und weil ihre Augenbrauen hell sind, ist sie wahrscheinlich ne echte Blondine. Und sie spricht sehr gut Englisch.«

Carla wechselte mit Lulu einen verblüfften Blick.

»Gut, hier ist dein Auftrag«, Lulu senkte ihre Stimme ab, als würde sie ein Geheimnis von allergrößter Bedeutung verkünden. *Nein*, dachte Carla, *bitte nicht*, aber Katrin war ihr schon voll auf den Leim gegangen. Sie beugte sich respektvoll zu Lulu hin und hörte unterwürfig zu.

»Hab ein Auge auf sie, beobachte alles, was sie macht und erstatte Carla dann Bericht!« Lulu wendete sich an Carla. »Und wir sprechen uns morgen, ich kriege sicher noch mehr raus, wär doch gelacht!« Sie lief mit Fritzi zum Auto, winkte Carla und Katrin zu, stieg ein und fuhr mit quietschenden Reifen davon.

Kapitel 14

N*anu*, dachte Wally, als sie am Sonntagabend auf das Eden zulief. Wieso stand denn der Edgar schon vor der Tür? Noch nie war der vor ihr dagewesen! Sie ging schneller. Eigentlich war sie davon ausgegangen, dass Edgar heute gar nicht kommen würde. Lyndon B. Johnson war in der Stadt und mit ihm jede Menge Truppen, deren Ankunft von den Berlinern begeistert gefeiert worden waren. Also den Westberlinern natürlich. Da war im Kempinski sicher die Hölle los. Oder aber es war genau deshalb heute jemand Wichtiges aus der Varieté-Branche im Eden und Edgar brauchte ihre Unterstützung.

Je besser sie seinen Gesichtsausdruck erkennen konnte, desto klarer wurde ihr, dass Edgar ernsthaft verstört war. Es musste sich um etwas Persönliches handeln, seine Gesichtszüge waren wie versteinert, die Augen dunkel vor Angst. War was mit seiner Schwester? Ging es ihr schlechter, brauchte er Geld oder eine Auszeit, um irgendwie nach Brandenburg zu Adele zu kommen?

»Edgar, was ist denn los …«, noch bevor sie ausreden konnte, packte er sie auch schon am Arm und zerrte sie von der Tür weg, um die Ecke, wo er sich übertrieben panisch in alle Richtungen umsah. Was war denn nur in ihn gefahren?

»Wat hast du fürn James-Bond-Koller?«, versuchte sie es scherzhaft, um ihre Besorgnis zu überspielen.

Edgar schlug sich mit der flachen Hand an seine Stirn. »Hör auf, dumme Witze zu reißen, dafür haben wir keine Zeit! Wir sitzen in der Patsche, ach was, nein, was sage ich, wir sind im Arsch! Und das ist allein deine Schuld!«

Edgar wurde ordinär? Das war noch nicht einmal vorgekommen. Alle Härchen in ihrem Nacken stellten sich auf.

»Wovon redest du in drei Teufels Namen?«

»Dieser Hochbrück ist tot!« Edgar beugte sich ganz nah zu ihr hin und flüsterte ihr ins Ohr: »Ich hab's aus erster Quelle. Es heißt, er wurde ermordet.«

»Wat?« Wally knotete ihr Nickituch auf und fächelte sich Luft zu.

Er musterte sie, als wäre er ein Ostgrenzer und sie eine Frau ohne Passierschein. Wahrscheinlich hatte sie überall schon verräterische rote Flecken am Hals, sie band das Tuch wieder um. »Tot? Der Hochbrück?«

War womöglich das Zeug schuld, dass sie ihm in seinen letzten Mokka gekippt hatte? Eine verzögerte Langzeitwirkung wie beim grünen Knollenblätterpilz? Nee, det konnte ja gar nicht sein! Die Gala war schon ein paar Tage her. Aber die Fotos! Sie schluckte ein paarmal, kalter Schweiß trat auf ihre Stirn. Es gab keinen Grund zur Panik, diese Bilder hatte bisher nur Carla gesehen. Schließlich war sie nicht so dumm, in der Dunkelkammer von James Spuren zu hinterlassen, damit hätte sie seine Eifersucht nur noch weiter angeheizt. *Entspanne dich, atme.*

Nichts brachte sie in Verbindung mit Hochbrück. Trotzdem drängte sich sein Gesicht mitsamt seinem nackten Torso plötzlich vor ihr inneres Auge und katapultierte sie zurück in die Nacht von Donnerstag.

Hochbrücks Gesichtszüge so entspannt – fast wie tot. Irgendwie verletzlich, so ohne die imposante Hülle aus Schulterpolstern und Kammgarn, die gut verborgen hatte, wie sehr das Fett schon dabei war, seine männlichen Konturen zu verwischen. Kühl, weich und ledrig zugleich hatte er sich angefühlt und ein bisschen salzig gerochen. Beim Arrangieren der Bilder war es ihr vorgekommen, als würde sie riesige Hühnerschenkel zum Panieren vorbereiten. Trotzdem hatte sie keinen Moment lang vergessen, wie viel Brutalität sich in diesem schlaffen Fleischberg verbarg. Es hatte ihr Freude bereitet, dabei zu helfen, dieses Ungeheuer zu entlarven. Und nun war er tot – und dabei vielleicht nie ein Unmensch gewesen, sondern nur ein Opfer von Almas Lügen.

Ihre gutgläubige Schwester ging aber auch jedem auf den Leim! Was für ein Blödsinn, dass Leute, die Hilfe brauchten, logen. Wie man jetzt sehen konnte, war es genau andersrum: Hilfe benötigten vielmehr die Menschen, die von Lügnern umgeben waren. Alma hatte sie alle getäuscht und nun hatte sie ihren Mann auf dem Gewissen. Womöglich ging dieser so zart und hilflos wirkenden Frau dann sogar noch die Polizei auf den Leim. Und für die hatte sie sich so abgemüht, diese Bilder perfekt zu arrangieren. Na ja, auch ein bisschen für Carla, um ihr zu zeigen, wozu sie imstande war.

»Wie genau ist Hochbrück denn umgekommen?«, fragte sie.

»Hörst du mir nicht zu? Er wurde wahrscheinlich ermordet!« Edgar schlug sich wieder mit der flachen Hand auf seine Glatze. »E-r-m-or-d-e-t!«

»Das hab ich verstanden, aber was ist denn passiert?«

»Ist doch völlig egal!«

Nee, dachte Wally, das sollten sie lieber mal genau wissen. Aber wer sonst als seine verlogene Ehefrau sollte das denn gewesen sein? Alle anderen, die mit ihm zu tun hatten, na gut, vielleicht nicht alle, aber jedenfalls seine Studenten hatten voller Bewunderung über ihn geredet.

»Ist dir denn nicht klar, was das für uns bedeutet?« Edgar redete so schnell, dass Wally Mühe hatte, ihn zu verstehen.

»Die Polizei wird untersuchen, was der in den letzten Tagen gemacht hat. Und du, meine Gutste, hast die halbe Nacht im *Kempinski* mit ihm verbracht, in einem Zimmer, das *ich* dir besorgt habe.«

»Beruhige dich, das weiß ja keiner!«

»Da irrst du dich! Elsa, unsere Hausdame, weiß, dass du an seinem Tisch bedienen wolltest. Und die Köche und das Serviermädchen, das wegen dir den Job nicht bekommen hat und, und, und. Das Hotel ist eine Tratschburg. Wenigstens hab ich das Zimmer auf den Namen Müllerheim reserviert. Natürlich gibt es keinen Müllerheim. Was, wenn die das alles rausfinden? Was hattest du überhaupt mit dem zu schaffen? Was ist in dem Zimmer passiert? Stimmt es, dass er deine Schwester unglücklich gemacht hat? Hängt ihr da beide mit drin? Habt ihr ihn umgebracht? Du weißt, wie sehr ich meine Arbeit brauche!«

»Edgar, es …«

»Sschh!«, fiel ihr Edgar ins Wort und zeigte hinter sie. Sie drehte sich um und sah ihre Kolleginnen Irina und Jutta auf sie zukommen. Die beiden winkten ihnen mit US-Fähnchen zu.

»Warum hier draußen ihr seid beide? Wegen ihr macht eine Verschwörung?«, fragte Irina und fing an zu lachen.

»Ich fürchte Schlimmeres«, sagte Jutta. »Einen gemeinsamen Auftritt!« Die beiden kicherten. Jeder im Eden wusste, dass Wally keinen geraden Ton singen konnte.

»Ihr habt uns erwischt, verratet uns ja nicht«, sagte Edgar, ging mit ihnen um die Ecke und hielt ihnen galant die Tür auf.

»Wir kommen gleich nach!«, rief er ihnen hinterher und trat eilig wieder zu Wally.

»Edgar, beruhig dich. Ich hab den nich auf dem Gewissen, der Hochbrück war quicklebendig, als ich den am Donnerstag vor seinem Haus abgekippt habe.« Und ihre Halbschwester hatte ihn am nächsten Tag auch noch getroffen. Sie hatten sich nichts vorzuwerfen! »Det war sicher seine Ehefrau!«

»Woher willst du das so genau wissen?«

»Nur ne Vermutung oder vielleicht hat der Professor ja auch Geld von diesem Waisenhausverein unterschlagen, so wat passiert doch ständig …«

»Wenn das Mord war, dann überprüft die Polizei sicher alles.«

»Wie denn? Es ist noch nicht mal sicher, ob es Mord war, und du regst dich dermaßen auf?«

»Ich verlier meine Arbeit, wenn das mit dem Zimmer rauskommt.«

»Jetzt mach mal halblang! Wir haben nichts Schlimmes getan.« Natürlich wollte sie auch keine Polizei, die in ihrem Leben rumschnüffelte. Sollte sie Carla anrufen und warnen? Die würden sicher rauskriegen, dass Alma sich hatte scheiden lassen wollen. Verdächtig waren, zumindest laut Agatha Christie und Hercule Poirot, ja immer die nächsten Angehörigen.

Die Tür vom Personaleingang ging auf. »Hey ihr beiden, wir brauchen euch!«, rief Irina. »Der Chef sagt, es werden kommen viele Amerikaner, vielleicht sogar General Clay und Lyndon B. Johnson!«

»Das hat uns gerade noch gefehlt«, murmelte Edgar. Er hob die Hand und winkte Irina. »Sind gleich da!«

»Beeilt euch!«

»Wir können sowieso nichts tun!«, sagte Wally zu Edgar. Wie dumm, dass sie James den Laufpass gegeben hatte. Der wusste sicher, was wirklich los war. Die BBC interessierte sich zwar nur für Politisches, doch ein Mord an jemandem wie Hochbrück, der überall seine Finger drin gehabt hatte, hatte auch politische Dimensionen.

»Weißt du was, ich ruf James an!«

Edgar sah erleichtert aus, seine Gesichtszüge wurden weicher. »Ich dachte, das wäre vorbei?«

»Für dich tu ich alles!«, sagte Wally und drückte beruhigend den Arm von Edgar. »Vielleicht hat James heute Dienst, immerhin ist der amerikanische Vize dieses Wochenende hier.«

Edgar zog eine Handvoll Zehnpfennigstücke aus seiner Hosentasche. »Beeil dich!«

Sie nahm das Geld und rannte zur nächsten Telefonzelle Richtung Kudamm. Die war zum Glück gerade unbesetzt und noch so neu, dass die Telefonbücher wie frisch gedruckte Quellekataloge rochen. Hektisch warf sie zwei Groschen ein, noch ohne einen Plan, was sie sagen würde, aber sie war ja nicht auf den Mund gefallen.

»Hey Darling!« Wally konnte sein überraschtes Einatmen deutlich hören. »Where have you been? Where do you live now? I was in … Angst!«

Oh ja, dachte Wally, *so sehr, dass du jeden Abend hier warst und nach mir Ausschau gehalten hast.*

»I miss you«, sie versuchte kehlig und lüstern zu klingen.

Er seufzte erleichtert. »Me too!« Offensichtlich wollte er ihre Geschichte so genau auch gar nicht wissen. »Ich werde mich zu Besserung«, sagte er, und dann mit Nachdruck: »Viel bestimmt vergesprochen!«

Trotz allem, was passiert war, musste Wally lächeln. Er gab sich solche Mühe. James war der Einzige von der BBC-Truppe, der Deutsch verstehen und lesen konnte, nur beim Sprechen haperte es noch ein bisschen.

»Okay! Ich glaube dir, lass es uns noch mal versuchen!«

»Wunderlich! Ich froie mich. Wann wir treffen uns?«

»Hol mich ab, du darfst mich nach der Arbeit nach Hause bringen, da ist so ein schrecklicher Mord passiert …«

»Sorry Darling, what? Ein Mord? Wir sind nur beschäftigt mit Lyndon B. Johnson und seine Rede über diese tapfere Berlin. Und die Truppen, die heute noch gekommen sind. Aber kein Grund für Angst, ich natürlich dich bringe … allerdings nicht nach der Osten?«

Sie brauchte vor dem Treffen mit ihm unbedingt mehr Infos über den Mord.

»Nein, ich wohne jetzt im Westen.«

»Thank god!«

Und das war alles, was er für seine Geliebte übrighatte, die ihre Wohnung, ihre ganze Welt hatte zurücklassen müssen. Nur das? Ein thank god? Wie ungemein mitfühlend!

»Aber weißt du denn gar nichts über diesen Mord? Meine Kolleginnen haben auch Angst! Ich würde sie gern beruhigen.«

»Sie kann alle auch mit mir fahren!« Er lachte.

Wally fiel in sein Lachen ein, während sie überlegte, wie sie noch anders an Informationen kommen konnte.

»Sie behaupten, ein Killer geht durch Berlin …«

»Lots of killers are still living in Berlin.« James war mit einem Schlag wieder bei seinem Lieblingsthema: Nazimörder, die davongekommen waren.

Wenn sie konkret nach Hochbrück fragte, würde er misstrauisch werden und womöglich würde das wieder nur seine Eifersucht anstacheln.

Ein völlig neuartiger Gedanke nahm Gestalt in ihrem Kopf an, sie musste grinsen, weil es so einfach war: Warum nicht einfach mal ehrlich sein? »Die Frau, bei der ich wohne, ist meine Halbschwester und die macht sich auch Sorgen wegen diesem Mord …«

»Was ist eine halbe Portion Schwester?«, fragte er.

»Same father, different mothers«, erklärte sie schnell und unterdrückte ein Stöhnen.

»Nie du hast du versprochen von eine Schwester.«

»War auch nicht nötig, bis die Mauer kam.« Es war gut, dass James glaubte, er würde sie kennen. Aber natürlich wusste er nicht das Geringste von ihr. Sie hatten schließlich nur eine Affäre und ganz offensichtlich interessierte ihn ihr Leben auch nicht wirklich. Thank god.

»Ich sehen werde, was kann ich tun, okay?«

»Okay!« Sie legte auf, griff nach einem Groschen, der mit einem leisen Klirren unten rausgefallen war und ließ ihn über ihre Finger wandern. Wenig brauchbare Informationen, nur die Erkenntnis, dass es kein spektakulärer Mord sein konnte, oder womöglich hatte Edgar sich getäuscht und es war doch gar keiner, sonst hätte James trotz Johnsons Besuch mehr darüber gewusst. Sie betrachtete den Groschen – sollte sie Carla anrufen? Nö, die hatte ja alles richtig gemacht. Womöglich wusste die das längst und hatte sogar noch mehr Infos als James?

Sie zog die Tür auf und lief zum Eden zurück, das mittlerweile geöffnet war. Sie beeilte sich mit dem Umziehen und war froh, dass der Chef recht behielt und der angekündigte Ansturm von Amerikanern sie in den nächsten Stunden vom Denken abhielt.

Kapitel 15

Kurz bevor der Bus vor dem Ullsteinhaus anhielt, fing es an zu schütten. Na bravo! Carla stand auf, froh, dass ihr Knie schon wieder abgeschwollen und fast schmerzfrei war. Sie stieg aus, hielt sich ihre Handtasche über den Kopf und eilte von der Haltestelle hinüber zum Ullsteinhaus, das ihr in dem strömenden Regen noch düsterer vorkam als sonst. Sie war oft mit ihrem Vater hier gewesen, der hatte das Gebäude geliebt, für ihn war es ein Symbol für guten Journalismus. Als das Haus 1952, kurz vor ihrem dreizehnten Geburtstag, endlich seinen rechtmäßigen Eigentümern wieder zurückgegeben worden war, hatte ihr Vater das zum Anlass für ein Fest genommen, von dem er sich dann drei Tage erholen musste. Zum ersten Mal hatte wirklich niemand an ihren Geburtstag gedacht, bis Lulu mit einem Geschenk aufgekreuzt war. Es war ein neuartiger BH aus Hollywood und Nylons, beides hatte ihre Mutter an sich genommen. »Kindchen, so flach wie du bist, kannst du mit diesem unanständigen Zeug sowieso nichts anfangen!«

Ihr Vater hatte es dann wiedergutmachen wollen und sie zum ersten Mal in das Archiv der *Berliner Morgenpost* mitgenommen, wo er seinen kriegsversehrten Freund Nepomuk im Fotoarchiv untergebracht hatte. Mucki kannte sie natürlich schon von seinen Besuchen bei ihnen zu Hause. Er hatte sein rechtes Bein und sein rechtes Auge im Krieg verloren und

Vater hatte ihm viel geholfen, weil es ihn empörte, wie wenig Unterstützung sein Freund von den Behörden erhalten hatte, nachdem er endlich aus russischer Kriegsgefangenschaft zurückgekommen war. Ihr Vater fühlte sich irgendwie schuldig, weil er in Italien in amerikanischer Gefangenschaft gewesen war, wo es ihm viel besser ergangen war als Nepomuk in Workuta.

Bei einem der vielen Mittagessen in der Ullsteinkantine hatte er Mucki erzählt, dass er so gern Journalist geworden wäre. Als er die Bestürzung seiner Tochter bemerkte, wollte er sich ausschütten vor Lachen. »Nu kuck nich so betröppelt, Karlinchen, det ist trotzdem janz wunderbar mit den Nachtigalls! Mein Schwiegervater, also dein Opa hat damals zu mir gesagt: Karl-Otto, ein Detektiv und ein Journalist machen genau das Gleiche. Beide suchen unermüdlich nach der Wahrheit. Der Unterschied ist nur, der Detektiv verdreht sie nie, auch wenn's dem Kunden nicht passt! Und det war keen Schmonzes nich, genauso iss et.« Und Mucki hatte genickt. Aber der hätte zu allem genickt, was ihr Vater von sich gab.

Die Wahrheit. Kein Schmonzes ... Carla hatte plötzlich einen bitteren Geschmack im Mund. Nichts als große Worte, die ihr Vater gern von sich gegeben hatte. Dabei war sein Leben eine einzige Lüge. Sie lief zum Eingang, wo Mucki, gestützt auf seine Krücken, schon auf sie wartete. Er war wie Mutter mit seiner Beinprothese nie zurechtgekommen, aber er humpelte mit Krücken einbeinig herum. Bei den Mittagessen hatten die beiden Männer gern darüber gescherzt, dass Karl-Otto alles für seinen Freund beschafft hatte, nur noch keine Frau. Lachend hatte ihr Vater sie dann gefragt, ob sie Mucki wohl später mal heiraten würde. Das hatte in Carla damals schreckliche Gewissensbisse ausgelöst, denn natürlich wollte sie keinen alten kriegsversehrten Mann heiraten, sondern einen hübschen Jungen mit grünen Augen und wenn er denn schon alt sein müsste, dann sollte es jemand wie Gregory Peck sein. Aber weil sie ihren Vater und Mucki so mochte und keinen von beiden kränken wollte, hatte sie immer brav »Ja« geflüstert und sich wegen ihrer Lüge geschämt. Und wenn die beiden sich dann ausschütten wollten vor Lachen, fühlte sie sich zu recht wie bestraft. Mit diesem Dauerwitz hatten sie erst aufgehört, nachdem Carla angefangen hatte, Jura zu studieren. Nach Vaters Tod hatte Mucki seine Freundschaft bedingungslos auf Carla übertragen, natürlich ohne ihr jemals einen Antrag zu machen.

»Karl-Otto wäre so stolz auf dich!«, sagte Nepomuk gerade. Er ging voran und beim Anblick des hin und her schwingenden, sorgfältig zusammengefalteten Hosenbeins erinnerte sich Carla daran, wie sehr sie sich früher davor gegruselt hatte. Vor diesem leeren Schwingen. Und trotzdem hatte sie sich immer ein »Ja« zur Hochzeit abgerungen. Unglaublich, über was man sich als Kind so einen Kopf machte. Sie dachte an Mathilda.

Nepomuk blieb stehen und musterte sie eingehend. »Iss irgendwat? Du siehst en bissken blass aus.«

»Alles gut. Danke für deine Hilfe«, sagte sie.

»Da nich für.« Er zuckte mit den Schultern und lief weiter. »Gehen wir runter, ick hab dir allet rausjesucht, wat wir dahaben. Kennste die Gerda schon?«

Carla schüttelte den Kopf.

»Unsere neue Fotografin, leistet gute Arbeit, ist viel fleißiger als der alte Schober. Manchmal verplempert sie 'n bissken zu viel Filme. Na, für dich ist det ja nu heute 'n Segen!«

Sie fuhren mit dem Aufzug in den Keller, wo sich das Archiv befand.

»Und wie geht es der Mutti?« Nepomuk kämpfte mit der schweren feuerfesten Eisentür, hinter der sich sein Reich verbarg. Carla zwang sich, ihm nicht zu helfen, weil sie wusste, wie wichtig ihm das war. »Bin zwar ein Krüppel aber noch nicht tot!«, hatte er sie angeblafft, als sie nach Vaters Tod vorausgeeilt war, um die Tür zu öffnen. Hilfe hatte er nur von ihrem Vater geduldet.

Er fragte immer nach Ida, weil er genauso wenig wie ihr Vater bemerkt hatte, wie sehr ihre Mutter Nepomuk verabscheute. Immer wieder hatte ihr Vater ihn zum Essen mitgebracht, im Glauben der Verlust ihrer Beine würde sie verbinden. Das wäre etwas, worüber sie bei einem Gulasch à la Nachtigall nett plaudern könnten. Wie wenig Karl-Otto seine Frau gekannt hatte.

Nepomuk war stehen geblieben und wartete auf ihre Antwort.

Sie räusperte sich. »Mutter trauert noch sehr.« Überrascht wurde ihr klar, dass sie damit wahrscheinlich sogar ins Schwarze getroffen hatte.

»Mir fehlt er mehr!«, brummte Nepomuk. »Ida hat wenigstens eine Tochter! Gib mir deinen Mantel, du bist ja ganz nass. Den hänge ich auf und bringe dir einen Kaffee mit Sahne«, Nepomuk zögerte einen Moment und sagte dann mit leiser Wehmut in der Stimme, »aber mit nur zwei Stück Zucker, richtig?«

Plötzlich sah Carla ihren Vater vor sich, wie er andächtig seine vier Stück Zucker in der Tasse umgerührt hatte. *»Lieber jetzt süß als früh tot«*, hatte er jeden Kommentar über seine Gesundheit abgeschmettert. Unvermittelt fehlte er ihr so sehr, dass ihr schwindelig wurde. Sie wünschte sich, er wäre hier und sie könnte sich trotz allem in seine Arme werfen. »Det is alles nich wahr«, würde er sagen und Wally zum Teufel jagen und sie würde ihm glauben.

»Ja, nur zwei Stück«, murmelte sie. »Ich fang dann schon mal an, ich muss später noch was für Mutter erledigen.« Sie setzte sich an den Tisch mit dem Lichtpult, das er für sie reserviert hatte, und versuchte sich zu sammeln.

Sie war hier, um endlich Fortschritte im Niemöller-Fall zu machen. Sie hatte alle drei Kontakte zum Armyhauptquartier gelöchert, doch es war ihr nicht gelungen, an die Namenslisten von GIs zu kommen, die an dem Abend Dienst hatten oder die freiwillig bei der Wahl zur Volksfest-Queen geholfen hatten, daher wollte sie mehr Fotos von dem Fest besorgen.

Natürlich war in der *Berliner Morgenpost* nur ein einziges Foto von den drei Siegerinnen erschienen, allerdings wusste sie, dass die Reporter vor Ort viele Bilder aufnahmen. Nepomuk hatte ihr die gesamten Negativstreifen vom Deutsch-Amerikanischen Volksfest bereitgelegt. Sie zog ihr Notizbuch heraus, schaltete das Lichtpult ein, setzte die Lupe auf den ersten Streifen und sah hindurch.

Diese Gerda hatte die Stimmung auf dem Volksfest prima eingefangen. Carla spürte die gute Laune, hörte förmlich die übermütige Musik der Karusselle. Überall diese vibrierende Lust am Vergnügen. Glücksverschmierte Mädchen mit Zuckerwatte im Gesicht, aufgeregte Jungs an Schießständen, Männer, die sich mit Bier zuprosteten, Verkaufsstände mit Andenken und Curry- und Pommesbuden. Jede Menge amerikanische Flaggen, das alles war zwar schwarz-weiß fotografiert, aber für Carla wirkten die Bilder so real und plastisch, als wären sie farbig. Sie hoffte auf ein Bild von Ingrid und »ihrem« Jack. Denn Jack unter all den Soldaten ausfindig machen zu wollen, war sinnlos. Es standen einfach zu viele große und blonde Soldaten herum. Leider waren die Fotos in der Totalen aufgenommen, weshalb es nahezu unmöglich war, Gesichter gut erkennen zu können.

Als sie zu dem Foto der drei Finalistinnen kam, musste sie zweimal hinschauen. Sie hätte Ingrid Niemöller fast nicht erkannt. Die blonde Perücke und das Make-up hatten sie in einen ganz anderen Typ verwandelt, in einen Vamp, neben dem die beiden Erstplatzierten wirkten wie blutarme Kopien von Doris Day in ›Bettgeflüster‹. Warum war Ingrid nicht die Siegerin? Hatte diese große attraktive Frau den Männern in der Jury Angst gemacht? Dieser Jack hatte sich jedenfalls nicht abschrecken lassen, aber wo war er? Sie betrachtete Fotos der drei Damen mit den Veranstaltern, vor und nach der Wahl und das Siegerinnenfoto. Das hatte diese Gerda gleich mehrfach abgelichtet. Natürlich, denn das war ein Politikum. Die Blumen wurden von Marlene Schmidt überreicht, der amtierenden Miss Germany und Miss Universe. Pikanterweise war die aus der DDR in den Westen in die Nähe von Stuttgart geflüchtet, deshalb wurde das Bild sicher nicht nur von jeder Westzeitung abgedruckt, sondern vielleicht auch von ein paar amerikanischen. Für Franz Amrehn, den etwas unscheinbaren stellvertretenden Bürgermeister, der neben Marlene Schmidt stand, interessierte sich hingegen wahrscheinlich niemand.

Mit der Lupe suchte Carla akribisch die Bilder vom Publikum ab, jede Menge GIs, und alle starrten die Niemöller an. Vielleicht würde Ingrid ihn auf einem der Bilder erkennen. Sie brauchte Abzüge von jedem Bild mit einem jungen GI.

Carla griff nach den letzten Streifen und suchte weiter, in der Hoffnung, es gäbe doch noch einen Schuss von Ingrid und einem GI.

Plötzlich stutzte sie. Da war etwas, dass sie beinahe übersehen hätte, aufgeregt schob sie das letzte Bild noch einmal zurück unter die Lupe und betrachtete es eingehender. Ihre Mundwinkel fingen an zu zucken.

Es war kein magischer Hinweis auf Jack, nur Tante Lulu vor einem der Hot-Dog-Stände umringt von ihren Freundinnen, den Zittergirls. So nannten sich die Frauen in Anspielung auf die Ziegfeldgirls, berühmte Showgirls in den zwanziger Jahren. Und wie Tanta Lulu mit grimmigem Humor gern sagte, passte dieser Name je älter sie wurden, nur umso besser. Die Freundinnen stammten noch aus der Zeit, bevor Lulu Schauspielerin werden wollte, denn zuerst hatte sie es als Revuegirl versucht. Leider war sie dafür viel zu klein. Ihren Kummer hatte sie im Delphi-Tanzpalast ertränkt, wo sie ihre Freundinnen kennengelernt hatte, die dort genau wie Lulu als Eintänzerin Geld verdienten.

Carla packte zusammen, bedankte sich bei Nepomuk und bestellte die entsprechenden Abzüge bei ihm.

»Det wird teuer«, murmelte er. »Reicht et morgen?«

»Geld ist diesmal kein Problem.« Carla nickte. »Ruf mich an, dann schick ich wen zum Abholen. Danke dir!« Sie schob ihm zwei Päckchen Lucky Strike zu, die er in seinem Jackett verstaute.

»Hier, kiek ma, det wird die Abendausgabe von heute.« Er reichte ihr eine druckfrische *Berliner Morgenpost*, schlug zum Innenteil um und zeigte auf ein Foto von Hochbrück. »Das ist doch dieser Architekt, den der Karl-Otto nie gemocht hat, weil der immer so einen auf dicke Hose gemacht hat, oder?«

Carla griff nach der Zeitung. *Mysteriöser Todesfall*, las sie die Schlagzeile neben Hochbrücks Foto. *Tot von seiner Ehefrau in seiner Villa in Dahlem vorgefunden … war es Mord? Die Polizei ermittelt noch.*

»Du bist ja ganz blass, soll ich dir ein Glas Wasser holen?«, hörte Carla noch, dann war da nur noch ein großes Rauschen in ihren Ohren, während ihre Gedanken anfingen zu rasen. Hochbrück tot? Was … O Gott, Wally! Die Bilder, die sie von ihm gemacht hatte, die brachten die Agentur in Gefahr. Sie musste so schnell wie möglich zurück und mit Wally reden. Sich vergewissern, dass alle Negative vernichtet waren. War es wirklich denkbar, dass die zarte Alma ihr Problem so brutal gelöst hatte? Dieser wütende Blick, bevor sie ihnen die Tür vor der Nase zugeschlagen hatte. Und Alma hatte selbst gesagt, sie würde dafür sorgen, dass das Böse aus ihrem Leben verschwindet, koste es, was es wolle. War diese Feenprinzessin womöglich zu einer irischen Todesfee mutiert, zu einer Banshee?

Hochbrück fiel ihr ein, wie er im Auto auf das Lenkrad geschlagen und gesagt hatte, Alma würde ihm das Leben schwer machen mit ihren Lügengeschichten. Und dass er sich nur über seine Leiche scheiden lassen würde. Und jetzt war er tot.

Würde die Polizei in die Agentur kommen? Vermutlich nur dann, wenn Alma erzählte, dass sie dort gewesen war. Aber vielleicht hatte ihr unseliger Besuch in Dahlem überhaupt erst zu dieser Eskalation geführt? Womöglich würde man sie auch schon allein deshalb befragen, weil sie die beiden vom Waisenhaus gekannt hatte und beim Diner neben dem Architekten gesessen hatte.

Sie musste dringend mit Wally reden, aber die hatte heute Nacht nicht im Büro geschlafen. Carla war davon ausgegangen, sie wäre bei ihrem ominösen schottischen Verehrer. Was, wenn das gar nicht stimmte? Was, wenn man Wally schon verhaftet hatte, weil man sie für Hochbrücks eifersüchtige Geliebte hielt? Und was, wenn Wally mit ihren illegalen Aktionen im Eden geprahlt hatte und man Nachtigall & Co. damit in Verbindung brachte?

Sie bedankte sich bei Mucki, der gerade mit einem Glas Wasser angehumpelt kam, stürzte es hinunter und stürmte ohne eine weitere Erklärung nach oben. Als sie aus dem düsteren Gebäude trat, musste sie ein paarmal blinzeln, weil die Sonne herausgekommen war und der gleißend blaue Himmel sie blendete.

Kapitel 16

Auf dem Weg in die Agentur ging Carla der Pallutzke ins Netz. Ausgerechnet heute, wo sie darauf brannte, mit Wally zu reden und sich über Hochbrücks Tod schlau zu machen. Die Hausmeisterin stand am hinteren Fuß der Treppe und wienerte das Geländer mit einem Lederlappen, den sie zwischen den Sprossen durchzog. Kaum hatte sie Carla bemerkt, postierte sie sich unüberwindbar mitten auf den Stufen und markierte ihr Revier mit ihrer Duftmarke aus feuchtem altem Wischmopp, Hundefutter und Elnett-Haarspray.

»Heute Mittag wollte ein Mann zu Ihnen.«

»Leider war ich unterwegs, hat er etwas für mich bei Ihnen abgegeben?«, fragte Carla. Ein neuer Klient? Ein Kriminalbeamter wegen Hochbrück?

»Nee, der hat nur einmal geläutet, dann war er wieder weg.«

Eher ein Klient als die Polizei, dachte Carla. Sie hätte gern gewusst, wie der Mann ausgesehen hatte, aber den Gefallen würde sie der Pallutzke nicht tun. Die rückte gerade näher zu ihr hin. Unwillkürlich trat Carla einen Schritt zurück.

»Na det is ja man schön, wenn die Familljе so zusammenhält!«, sagte die Pallutzke und nickte lächelnd.

»Ja?«, Carla versuchte sich an der fülligen Hausmeisterin vorbeizudrücken. Doch die rührte sich keinen Millimeter. Wie eine Mauer im eigenen Haus.

»Na wejen der Cousine ausm Osten.«

»Ja?«

»Gut, det die Ida nun öfter mal wen zum Reden hat.«

»Entschuldigung, ich erwarte einen dringenden …«, Carla zeigte mit der Hand nach oben.

»Aber wie issn det nu mit der Miete? Det müsste ick dem neuen Besitzer ja melden, det se da nu zu dritt sind.«

»Mit meinem Vater waren wir auch zu dritt und die Miete wurde kein Stück billiger, nur weil er gestorben ist, aber wieso kümmert Sie das eigentlich?«

»Also so hab ick det ja nüscht, det is ja …« Ihre unangenehme Stimme wurde immer noch schriller.

Telefonklingeln aus dem ersten Stock erlöste Carla. »Tut mir leid!«, sagte sie. »Muss ja die Miete bezahlen!«

»Natürlich, die Arbeit geht vor!« Die Pallutzke wich keinen Millimeter und Carla hielt sich unauffällig den eigenen Ärmel vor die Nase, der noch schwach nach Tosca von 4711 duftete und quetschte sich an der blaugrauen Perlon-Kittelschürze vorbei.

»Nüscht für ungut, grüß meine liebe Ida von mir!«, kreischte die Pallutzke ihr hinterher.

Carla beeilte sich, das Büro aufzuschließen, und lief zum Telefon.

Eine etwas unsicher klingende Männerstimme stellte sich als Otto Stratman vor. Er sei als Anwalt und Pflichtverteidiger für Alma bestellt worden. Stratmann erklärte Carla, dass die Polizei nicht länger von einem Unfall ausging, sondern von Mord. Man hatte Alma verhaftet und in die Haftanstalt in der Lehrter Straße gebracht.

Was für ein Albtraum! Nicht nur die Verhaftung an sich, sondern auch dieser Ort!

Carla war einmal zusammen mit ihrem Vater dort gewesen, um Lulu abzuholen. Die Zellen, die um die Jahrhundertwende als fortschrittlich gegolten hatten, waren ihr winzig vorgekommen. Überall hatte es fürchterlich gestunken, weil es keine Toiletten in den Zellen gab, sondern nur Kübel.

Lulu hatte danach für Zeitungsartikel gesorgt, die über die skandalösen Zustände dort berichteten. Nicht nur im sanitären Bereich, sondern auch darüber, dass die Zellen weniger als sieben Quadratmeter groß waren. Jedem Hund würden in der BRD schon zwischen sechs und zehn Quadratmeter zugebilligt. Es gab einen Aufschrei, aber dann wurde – angeblich aus Geldmangel – nichts geändert. In Carlas Erinnerung war es in der gesamten Anstalt so schummrig wie in einem Kohlenkeller gewesen. Sie dachte an Almas Begeisterung für die Licht- und Schattentherapie. Ob Alma diesen düsteren Schatten jemals wieder entkommen würde?

Stratmann behauptete, Alma wolle dringend mit ihr reden. Sie hätte ihm nicht verraten warum, aber er wäre dankbar, denn mit ihm wolle sie nicht sprechen.

Warum verlangte Alma nach ihr? Wenn Almas elende Scharade ans Licht käme, würde sie das noch viel mehr belasten. Es könnte ihr womöglich als Vorsatz oder Heimtücke ausgelegt werden. Hatte sie denn keine Freundinnen, die sie anrufen konnte? Oder Verwandte?

»Was ist denn mit Almas Bruder?«

»Der will nicht zu ihr, er ist völlig zusammengebrochen, war wohl ein enger Freund ihres Mannes.«

»Kümmert er sich wenigstens um die Kinder?«

»Nein, das geht nicht. Die Jugendfürsorge hat sie mitgenommen, es gibt ja keine Großeltern mehr.«

Es klopfte an der Tür. Nicht die Pallutzke, nicht Lulu, nicht Wally. Womöglich die Niemöller?

»Einen Augenblick bitte!«, rief sie zur Tür und dann wieder leiser ins Telefon. »Bitte geben Sie mir Ihre Nummer, dann rufe ich später zurück«, sagte Carla, obwohl sie wusste, dass allein schon ihre Neugier sie in die Haftanstalt treiben würde. »Ich muss erst meinen Terminkalender durchsehen.«

Sie notierte die Nummer, warf den Hörer auf die Gabel, zog auf dem Weg zur Tür den Taschenspiegel aus ihrer Handtasche, überprüfte den Sitz ihrer Frisur und puderte schnell über die Nase. Dann öffnete sie.

»Du?«

Wally lächelte aufreizend. »Ich wollte dich überraschen, indem ich mich mal wie eine Dame benehme.«

»Sie haben Alma verhaftet!«

»Klingt logisch.«

Wally wirkte erstaunlich gelassen. Offensichtlich wusste sie schon davon, aber woher? Die Verhaftung stand noch nicht in den Zeitungen. Hatte sie das von ihrem Schotten? Hatte sie mit dem die Nacht verbracht?

»Aber warum hätte Alma denn ihren Mann töten sollen?«, fragte Carla.

»Na, um den ein für alle Mal loszuwerden und zu beerben.«

»Daran merkt man, wie wenig du sie kennst! Niemals hätte Alma es riskiert, ihre Kinder zu verlieren!«

»Die ist einfach nur sehr gerissen. Das hat sie alles von langer Hand geplant, auch dich da mitreinzuziehen. Beinahe wären wir auf ihre Lügen reingefallen – dann hätten wir bezeugen müssen, wie er sie zugerichtet hat.« Wally lachte triumphierend. »Aber das hat ja nicht geklappt, weil wir ihr nicht auf den Leim gegangen sind!«

Ganz genau, dachte Carla ironisch, *und ganz besonders du hast sie auf den ersten Blick durchschaut.* Unvermittelt schoben sich Wallys Fotos im Schnelldurchlauf vor ihr inneres Auge, verwoben sich zu einem expressionistischen Stummfilm, bewegte Schatten, die sich gegenseitig in den Tod ritten. La petite mort, nannten die Franzosen das.

Carla konzentrierte sich auf die vorrückenden Zeiger der

Wanduhr, um diesen Film abzustellen. Das funktionierte zwar, doch nun tauchten neue Fragen auf.

Was wusste sie denn eigentlich wirklich über diese Bilder und Wallys Beziehung zu Hochbrück? Was für Fotos gab es noch? Warum hatte Wally die so unbedingt machen wollen? Und warum blieb Wally so ruhig und unberührt von all dem, sie müsste doch wenigstens etwas nervös sein? Immerhin war der Mann, den sie angeblich betäubt und beschlafen hatte, jetzt tot!

»Ich glaube, unser Besuch bei Alma zu Hause hat zu einer Eskalation geführt. Sie hatte uns angefleht, nicht zu kommen und schon Minuten später kam Hochbrück mit quietschenden Reifen um die Ecke gerast.«

»Aber da war er noch sehr lebendig. Wie können wir also daran schuld sein, er ist ja erst gestern Abend ermordet worden.«

»Ich denke, ich werde mit Alma sprechen.«

»Wozu das denn? Sag mir auch nur einen Grund!«

»Weil sie mich um Hilfe gebeten hat!«

»Das versteh ich überhaupt nicht! Du hattest doch schon abgelehnt, ihr zu helfen – was rückblickend betrachtet sehr scharfsinnig von dir war!« Wally nickte ihr zu. »Du hast sie sofort an eine Anwältin im Westen verwiesen!«

»Weil das korrekt war, das allein hätte ihr genutzt!«

»Ich geb's nur ungern zu, aber vielleicht hast du wirklich mehr Erfahrung als ich und deshalb da schon erkannt, dass sie uns von vorne bis hinten belogen hat!«

»Wie schon gesagt, lügen Menschen in Not manchmal. Aber ich habe das Gefühl, hier ist etwas gewaltig faul, da steckt mehr hinter der ganzen Sache. Ich glaube, Alma ist das Opfer.«

»Ein Gefühl?« Wally verdrehte die Augen, sodass Carla nur noch das Weiße sehen konnte. »Hör mir uff mit Jefüüühle!

Wenn du mich fragst, macht diese Alma schon ihr ganzes Leben einen auf Opfer!«

»Das glaube ich nicht und Vater hat mich gelehrt, meinem Gefühl zu vertrauen.«

»Ohh, ja, natürlich hatte ich nicht so viel gelehrige Unterhaltungen mit unserem Vater!« Wally klang tatsächlich verletzt. »Und was sagt dir dieses Gefühl in Bezug auf mich?«

Eigentlich glaubte Carla mittlerweile, dass Wally ihre Halbschwester war, aber auch an ihrer Geschichte war irgendwas faul, aber was? Womöglich hatte Wally nur ein paar Details verändert. Welche und warum? Unwillkürlich griff sie an die Kuhle in der Mitte ihres Schlüsselbeins, um den silbernen Würfel zu berühren. Doch der war ja nicht mehr da.

»Darüber können wir später noch reden, jetzt muss ich Almas Anwalt zurückrufen.«

»Du solltest dich da besser raushalten!« Wally zuckte mit den Schultern. »Jedenfalls würde mir genau das meine Mutter raten. Und die war manchmal klüger als unser Vater.«

Wortlos wandte sich Carla zum Telefon, doch gerade als sie abnehmen wollte, klingelte es schon. Verblüfft griff sie nach dem Hörer.

Diesmal war es Lulu, die ihr unbedingt als Erste mitteilen wollte, dass Hochbrück tot und Alma verhaftet war. Carla kam gar nicht dazu, ihr zu sagen, dass sie das schon wusste, weil Lulu ohne Punkt und Komma redete. Lulu mochte Alma, weil sie ihr vor Jahren den allerersten Filmjob bei der Produktionsfirma von Atze Brauner verschafft hatte und sie fragte Carla deshalb, ob sie für Alma ihre Kontakte zur Polizei aktivieren solle. Sie könnte ein Treffen mit dem stellvertretenden Polizeichef arrangieren?

Carla versuchte, Lulus Redefluss zu folgen, doch der Anblick ihrer Halbschwester lenkte sie ab. Gerade zündete Wally sich eine Zigarette an und ging zum Fenster. Irgendwas war anders an ihr, sie wirkte wie in sich zusammengefallen, gar nicht mehr so »Brustraus« wie sonst. Das hatte Carla vorhin gar nicht bemerkt.

Was, wenn überhaupt alles anders war? Es könnte ja auch sein, dass Wally hier nur aufgetaucht war, weil sie in Wahrheit Hochbrücks Geliebte gewesen war und gewusst hatte, dass Alma in die Agentur kommen würde. Die Fotos waren womöglich wirklich echt, weil Wally wollte, dass Hochbrück sich endlich für sie scheiden lässt. Blödsinn, das war ja eine ganz dumme Räuberpistole! Oder was, wenn Wally Hilfe bei den Bildern gehabt hatte und von demjenigen nun erpresst wurde? Wo waren die Bilder eigentlich gemacht worden? Wo hatte sie die entwickelt? Und diese angeblichen K.o.-Tropfen, woher hatte sie die gehabt und wie funktionierten die – konnten die vielleicht eine verzögerte tödliche Wirkung entfalten? Arbeitete Wally überhaupt im Eden? Carla hatte ihre Hausaufgaben nicht gemacht, sie musste viel mehr über Wally erfahren. Auch und gerade, wenn Wally ihre Halbschwester war! Sie sollte umgehend ihre Strategie ändern, ihr Vertrauen gewinnen und sehen, wohin sie das führte.

Wally drückte die fertig gerauchte Zigarette am Fensterbrett aus und schnippte den Stummel in die Luft. Dann drehte sie sich um und ertappte Carla dabei, wie sie sie immer noch anstarrte.

Sofort senkte Carla ihren Blick und versuchte sich wieder auf Lulus Stimme zu konzentrieren. Die wollte gerade wissen, ob es durch den Mord Probleme mit dem Waisenhausprojekt geben würde. Carla hoffte nicht. Lulu verabschiedete sich schon, als Carla das Deutsch-Amerikanische Volksfest wieder in den Sinn kam. Sie war wirklich sehr durcheinander! Schnell fragte sie ihre Tante, ob sie oder eine von ihren Zittergirls Fotos vor Ort gemacht hatte und war enttäuscht, als Lulu das verneinte. Nur die Trudi hätte ein paar Bilder gemacht.

Die Trudi? Irgendwas klingelte in Carlas Kopf, aber bevor sie dem nachgehen konnte, wollte Lulu wissen, warum sich Carla denn in einer Situation wie dieser ausgerechnet für Bilder vom Volksfest interessierte und während sie noch nach einer plausibel klingenden Erklärung suchte, klopfte es an der Tür.

Wally öffnete und führte Ingrid Niemöller herein.

Hastig verabschiedete sich Carla, legte auf und begrüßte ihre Klientin, die heute dunkle Ringe unter den Augen hatte, was sie müde und älter erscheinen ließ. Aus ihrem straffen Knoten hatten sich Strähnen gelöst und ihr lavendelgraues Kostüm wirkte zerknittert. Sie war ohne Termin aufgekreuzt, es musste also etwas passiert sein. War man ihr auf die Schliche gekommen und hatte ihr gekündigt? Gut, dass sie bisher bar im Voraus bezahlt hatte.

Wally offerierte Frau Niemöller einen Kaffee und verschwand in der Teeküche, um einen zu kochen. Angenehm, dachte Carla, fast als wären sie wirklich ein Team.

Sie bat ihre Klientin Platz zu nehmen und reichte ihr die Zigarettendose. Frau Niemöller zündete sich eine Zigarette an und inhalierte gierig.

»Haben Sie meinen Jack endlich gefunden?«, fragte Frau Niemöller.

»Noch nicht, aber wir haben große Fortschritte gemacht.«

Wally, die gerade das Kaffeetablett aus der Küche brachte, zog ihre Augenbrauen hoch und warf Carla fragende Blicke zu. Sie stellte das Tablett mit Kondensmilch, Zucker und Keksen vor ihrer Klientin ab und positionierte sich neben Carla, als wäre eigentlich sie hier die Chefin. Carla unterdrückte den Impuls aufzuspringen.

»Ich war in Little America und habe mit einer Menge Soldaten gesprochen«, sagte Wally, riss damit das Gespräch an sich.

»Herrgott noch mal, Ihr Auftrag lautete nicht, meine Suche überall publik zu machen!«, Frau Niemöller zerquetschte ihre wieder nur halb gerauchte Zigarette im Aschenbecher.

Der Wasserkocher fing an zu pfeifen und Wally verschwand in der Küche. »Der Kaffee!«, murmelte sie und überließ es Carla, die Klientin zu beruhigen.

»Wir sind vollkommen diskret vorgegangen, nichts weist auf Sie hin«, erklärte Carla.

»Jede Nacht träume ich von ihm, ich halte das keinen Tag länger aus.« Frau Niemöller lehnte sich zurück und schloss die Augen. »Womöglich hätte ich nicht so viele Lügen erzählen sollen …«, sie seufzte. »Das alles rächt sich jetzt.«

Wally tauchte mit der Kaffeekanne wieder auf und setzte an, etwas zu sagen, aber Carla kam ihr zuvor.

»Es beunruhigt Sie aber noch etwas anderes, oder?«, fragte sie.

Ingrid Niemöller öffnete die Augen, warf Carla einen anerkennenden Blick zu und rutschte auf die Vorderkante des Stuhls. Während Wally den Kaffee einschenkte, erzählte Ingrid ihnen, dass ihr neuer Chef ihren Mann kennenlernen wolle. Sie hatte behauptet, verheiratet zu sein, weil man sie sonst nicht als Vertreterin für Anovlar eingestellt hätte. Sie war damit durchgekommen, weil sie behauptet hatte, dass ihr Mann als Handelsvertreter für Schrauben und Türgriffe sehr viel unterwegs war und es begrüßen würde, wenn sie einer Tätigkeit nachginge, solange sie noch keine Kinder hätten. Aber nun hatte ihre Abteilung einen neuen Chef, der darauf bestand, sie und ihren Mann bei einem Abendessen kennenzulernen.

»Kein Problem«, sagte Wally. »Wir können Ihnen sofort einen adäquaten Mann besorgen.«

Carla funkelte sie wütend an. »Was Frau von Tilling meint, ist, dass wir unter noch mehr Hochdruck daran arbeiten werden, Jack zu finden, damit Sie mit ihm zusammen dorthin gehen können.«

»Aber was wird er sagen, wenn er entdeckt, dass ich ihn und die Jury belogen habe, dass ich weder eine echte Blondine noch eine Lufthansa-Stewardess bin, sondern nur eine brünette Pharmavertreterin?«

»Wenn hier wirklich etwas Echtes im Spiel ist«, Carla legte sehr viel Nachdruck in ihre Worte, vermutlich, weil sie selbst daran glauben wollte, »dann wird all das keine Rolle spielen. Sie haben erzählt, Ihre Begegnung hätte etwas ganz Besonderes gehabt, wenn ich mich richtig erinnere, hat er nicht sogar gesagt, sie wären füreinander bestimmt?«

Ingrid nickte und hob demonstrativ die Hand mit dem Plastikblumenring. Die Farbe war an den meisten Stellen schon abgeblättert.

»Und genauso fühlt es sich für mich an. Haben Sie denn überhaupt etwas für mich?«

Während Carla noch überlegte, wie sie ein »Nein« umschiffen könnte, mischte sich Wally schon wieder ein.

»Sie müssen sich nur noch zwei Tage gedulden, dann wissen wir mehr. Unsere Arbeit wird ja genauso wie die der Alliierten …«

Bewundernswert diese Parallele, dachte Carla.

»… durch den Bau der Mauer nicht gerade erleichtert. Während des Besuchs des Vizepräsidenten galten verschärfte Sicherheitsstufen bei den Amerikanern, daher konnten wir einige Informanten noch nicht treffen«, behauptete Wally so überzeugend, dass Carla ihr das beinahe auch abgekauft hätte.

Frau Niemöllers Miene hellte sich auf. »Ich kann das Abendessen noch ein paar Tage hinauszögern mit dem Argument, dass mein Mann wichtige Kundentermine im Westen hat.« Sie steckte ein paar Haarsträhnen neu fest, griff nach ihrer Handtasche und nahm den Geldbeutel heraus. »Sicher hatten Sie diverse Ausgaben.« Sie reichte Carla zwei Fünfziger. »Sie brauchen nicht zu quittieren, bestimmt müssen Sie manchmal mit etwas Bargeld nachhelfen.« Sie nickte und stand auf. »Aber übermorgen komme ich gegen 17 Uhr und erwarte Resultate.«

Unwillkürlich wechselte Carla einen Blick mit Wally, die sich offensichtlich bemühen musste, ein breites Grinsen zu verbergen. Eilig stand Carla auf, öffnete Ingrid die Tür und verabschiedete sich von ihr.

»Hossa, na det nenn ick ne Klientin!« Wally hatte sich die Fünfziger genommen und wedelte damit durch die Luft. »Melkst du deine Kundinnen immer, solange es nur geht?«

»Die Agentur Nachtigall melkt niemanden, wir arbeiten seriös.«

»Der Vati ist mir nie so dermaßen hochtrabend vorgekommen ...«

Vati? Carla wäre es nie in den Sinn gekommen, ihn so zu nennen. »Aber er war anständig, immer.«

»Warum hat die Niemöller eigentlich diesen Jack so angelogen?«, fragte Wally.

Offensichtlich wollte sie das Thema wechseln, was Carla sehr entgegenkam. Deshalb erklärte sie es ihr.

»Ehrlich, kein Witz, es gibt Tabletten, die verhindern, dass man schwanger wird?«, fragte Wally begeistert. »Na damit könnt ick im Eden ganz groß rauskommen. Der Chef würde sofort ’n Automaten im Damenklo anbringen.«

»Das sind keine Kaugummis, sondern Medikamente!«

»Blödsinn, das ist viel mehr – nämlich die ultimative Freiheit.« Wally redete sich in Rage. »Damit haben wir quasi ne Mauer gegen Spermien in der Hand, aber eine, die keiner sieht. Endlich kannst du selbst entscheiden, ade Kondom, ade Interruptus. Hat die Ingrid dir ein paar Muster dagelassen?«

»Natürlich nicht. Wir nehmen hier keine Naturalien in Zahlung und schon gar nicht solche.«

Wally stöhnte sehr laut. »Schwer zu glauben, dass wir den gleichen Vater haben. Vati war nie ein so dermaßen spaßbefreiter und todlangweiliger Spießer. Mal sehen, ob ich die Niemöller noch erwische!« Sie ging zum Fenster und sah nach unten. Dann rannte sie zur Tür. »Na so ein Glück, die Pallutzke hat sie unten wegen irgendwas aufgehalten!« Wally griff sich ihre Handtasche und stürmte aus der Agentur.

Carla kam es so vor, als hätte Wally all ihre Energie mitgenommen. Eine Stimme in ihr sagte »Renn hinter ihr her!«, eine andere wollte einfach nur schlafen und darauf warten, dass sich alles von selbst lösen würde. Der Niemöller-Fall, der Mord an Hochbrück, ihre Probleme mit ihrer Halbschwester, ihrer Mutter, dem Waisenhaus, der Miete, der Liebe … Aber seit sie mit zehn Jahren Mutters Unfall verschuldet hatte, wusste sie, dass keine Macht der Welt, kein Gott, keine Engel oder sonst wer dafür sorgte, dass alles wieder gut würde. Ein einziger unverzeihlicher Fehler hatte nicht nur ihr Leben in eine Hölle verwandelt, sondern auch das von ihrer ganzen Familie. Und es gab nichts, was sie tun konnte, um das wiedergutzumachen. Deshalb durfte sie sich keine weiteren Fehler erlauben, sie musste einfach weitermachen.

Carla erhob sich und ging zum Fenster. Gerade entriss Wally Ingrid Niemöller aus den Fängen der Pallutzke, die den beiden grimmig hinterhersah. Als sie deren Blick folgte, entdeckte sie Katrin, die, hinter einer Litfaßsäule versteckt, Wally beobachtete und dann hochkonzentriert etwas in einem Notizbuch festhielt. Ihr Anblick entlockte Carla ein Lächeln. Von Katrin sah sie hinüber zu ihrer Klientin, die gerade ein kleines blaues Cabriolet ansteuerte, das gegenüber zwischen zwei frisch gepflanzten Linden geparkt war. Dort holte Frau Niemöller eine kleine Schachtel aus ihrem Kofferraum, die sie

Wally reichte. Wally wirkte begeistert, wieder ganz »Brust raus«. Sie gab der Niemöller geradezu feierlich die Hand und sagte irgendetwas mit großem Ernst.

Klar, Versprechungen und Lügen, darin war ihre Schwester ja richtig gut … Womöglich kam Wally viel mehr nach ihrem Vater als sie.

»Die Tür war offen!«, keuchte da jemand hinter Carla. Verblüfft drehte sie sich um und entdeckte die schnaufende Katrin. »Du warst doch gerade eben noch unten?«

»Ja. Na ich dachte, wenn Frau von Tilling unten ist, bist du alleine hier. Ich wollte dir Bericht erstatten, wegen der Blondine.«

Carla dachte an Lulus unseligen Auftrag und nickte.

»Mir ist so 'n Kerl aufgefallen, der war ein paarmal da. Er hat auch mit der Pallutzke geredet und nach dir gefragt, aber er ist nicht reingegangen. Und neulich Abend hat er unten neben der Litfaßsäule ne Zigarette geraucht und hoch zu euren Fenstern geguckt.«

Carla hatte Mühe ernst zu bleiben. Womöglich ein Klient, der unsicher war, ob er wirklich wissen wollte, was seine Frau macht, wenn er nicht zu Hause war. »Aha, und wie sah der Mann aus?«

»Det war 'n Großer. Dunkle Haare.«

»Ist dir sonst noch was aufgefallen?«

»Könnte einer von der Armee sein. Hatte ne Haltung und keene Plautze.«

»Ein Amerikaner?«

»Neee!« Das kam sofort und sehr überzeugt.

»Arm, reich?«

Katrin zuckte mit den Schultern. »So mittel«, sagte sie, dann fiel ihr noch etwas ein. »Die Schuhsohlen von dem warn schon ein bisschen abjelofen.«

»Das hast du im Dunklen erkannt?«

»Nee«, Katrin klang geradezu empört ob Carlas Dummheit. »Den hab ick doch vorher im Hellen schon gesehn!«

»Und was hast du über Frau von Tilling in Erfahrung gebracht?«

Katrin grinste verschmitzt. »Da bin ick noch dran.«

»Vielen Dank einstweilen. Das hast du gut gemacht. Und nun muss ich wieder weiterarbeiten.«

»Geht klar. Denn geh ich nu mal wieder los!« Mit wippenden Zöpfen stürmte Katrin wieder davon. Carla war hin- und hergerissen, ob sie dem nicht einen Riegel vorschieben sollte. Natürlich war das aufregend für Katrin, aber wäre es nicht besser, wenn sie sich auf die Schule konzentrierte und dann was aus ihrem Leben machte? Mädchen hatten es doppelt schwer. Mädchen ... plötzlich sah sie Mathilda vor sich, die war nur ein bisschen jünger als Katrin und so anders. Die eine so durchscheinend zart, die andere so erdig-patent. Wie Wally in dem Alter wohl neben ihr gewirkt hatte? Müßig, darüber nachzudenken, ermahnte sich Carla und griff zum Telefon, um endlich Almas Anwalt zurückzurufen.

Kapitel 17

Das Besprechungszimmer für Untersuchungshäftlinge war nicht nur deutlich heller als in Carlas Erinnerung, sondern so grell und flackernd, als wollten auch die Neonröhren dagegen protestieren, dass man sie hier gefangen hielt. Wenigstens roch es anders, eher nach Kohl, verschüttetem Muckefuck und Bohnerwachs als nach Exkrementen.

Zusammen mit dem braungebrannten Anwalt wartete sie seit zehn Minuten auf Alma. Seitdem Otto Stratmann sie um neun Uhr begrüßt hatte, blätterte er stumm in den wenigen Seiten einer Mappe, die wie Spielzeug in seinen riesigen Händen aussah. Auch sein Kopf kam Carla auf den breiten Schultern zwei Nummern zu klein vor. Womöglich lag es daran, dass die Konturen seines Kopfes durch das sehr helle, fast unsichtbar kurze Haar irgendwie verschwammen. Der dunkelgraue Anzug drohte an seinen breiten Schultern zu platzen, die Hosen waren hingegen zu kurz, weshalb Carla sich fragte, ob der Anzug nur geliehen war.

Als ihre Blicke sich kreuzten, sah er sofort wieder weg, auf die große Uhr über der Tür, die unerbittlich laut tickte. Erinnert alle, die hier eingesperrt waren, daran, dass man diese Zeit nie mehr zurückbekommt, dachte Carla, nachdem sie nun schon eine quälende Viertelstunde schweigend hier herumsaßen.

Tick, tick, tick. Zwanzig nach neun. Carla hatte keine Lust, ihre Zeit weiter zu verplempern.

»Ist es nicht schön, dass Adenauer heute endlich nach Berlin kommt?«, fragte sie.

»Hmm«, Stratmann sah nicht mal hoch zu ihr.

»Wollen Sie mich denn nicht in Kenntnis setzen, was genau passiert ist?«, fragte sie ihn schließlich.

»Da gibt es nicht viel«, er sah immer noch nicht von der Mappe auf. »Am Telefon hatte Frau Hochbrück ausgesagt, sie hätte ihren Mann beim Nachhausekommen tot an der Treppe vorgefunden. Nachdem die Beamten vor Ort eingetroffen waren, hat sie ihre Geschichte geändert und auf Notwehr plädiert. Mehr kann ich Ihnen nicht mitteilen.«

Wenn es Notwehr war, warum hatte Alma das denn nicht gleich gesagt? Es war schlecht, seine Aussage so zu verändern – aber andererseits auch etwas, das für ihre Unschuld sprach. Verbrecher hielten eisern an der Version ihrer Geschichte fest, die ihre Tat am besten verschleiern würde.

Schweigen senkte sich wieder über den Raum. Tick. Tick. Tick.

»Fahren Sie Ski?«, fragte sie schließlich.

Endlich blickte er Carla an, die kaum sichtbaren Augenbrauen überrascht hochgezogen. »Können Sie hellsehen?« Dann schüttelte er den Kopf. »Nein, entschuldigen Sie, natürlich haben Sie sich über mich erkundigt.«

Hatte sie nicht, dafür war ihr keine Zeit geblieben, weil sie gestern Abend noch Paula aufgesucht hatte, um mehr über Hochbrück herauszufinden. Paula hatte sie freundlich begrüßt, im Glauben, es ginge um den Waisenhauschor. Als Carla sie nach Hochbrück gefragt hatte, war sie bleich geworden und hatte sich hinter einer regungslosen Miene verschanzt. Zwischen ihr und Hochbrück sei immer alles in Ordnung gewesen und sie würde nach seinem Tod auch nicht damit anfangen, seine Reputation zu beschmutzen. Dann hatte Paula sie geradezu aus der Wohnung hinauskatapultiert.

»Es wäre schön, wenn ich hellsehen könnte«, antwortete sie Stratmann. »Eine wünschenswerte Fähigkeit für eine Detektivin. Allerdings«, sie deutete mit dem Zeigefinger einen Kreis um seine Augen an, »muss diese besondere Bräune aus den Bergen stammen. Nur eine Gletscherbrille hinterlässt solche Ränder um die Augen.«

Stratmann lächelte zum ersten Mal. »Skifahren ist mein Ding. Fast wäre ich bei der Olympiade in Cortina d'Ampezzo dabei gewesen. Aber kurz vorm Start habe ich mir auf einer vereisten Piste beim Slalom den Knöchel gebrochen. Aus der Traum!« Er zuckte mit den Schultern.

»Ist das Ihr erster Fall?«

Stratmann wurde unter seiner Bräune tiefrot.

»Den ersten Fall vergisst man nie, und man tut alles Menschenmögliche, um zu gewinnen. Alma hat Glück mit Ihnen gehabt«, sagte sie aufmunternd. Gleichzeitig erinnerte sie sich deutlich daran, wie unsicher sie bei ihrem ersten Fall gewesen war, den sie nach Vaters Tod allein hatte lösen müssen. Werkspionage in einer Schraubenfabrik.

Bevor Stratmann antworten konnte, wurde die Tür aufgestoßen. Eine uniformierte Beamtin führte Alma herein.

Bei ihrem Anblick wünschte sich Carla weit weg. Die keltische Feenkönigin sah aus wie ein obdachloser Flüchtling. Almas schöne rote Locken klebten strähnig an ihrem Kopf, das ursprünglich weiße Kostüm war grau und voller Flecken. Ihre Strümpfe hatten Laufmaschen, die Ballerinas einen Schmutzfilm. Aber das Schlimmste war die tiefe Verzweiflung, mit der Alma sie anstarrte.

»Gott sei Dank, Sie sind gekommen!«, murmelte sie und setzte sich. »Herr Stratmann, ich würde gern allein mit Fräulein Koslowsky reden, geht das?«

Stratman sah etwas hilflos zu Carla, die ihm zunickte. »Geben Sie uns zehn Minuten, ja?«

Der Anwalt erhob sich, wusste nicht, ob er die Mappe mitnehmen sollte, zögerte, setzte an, etwas zu sagen, hielt inne und verließ dann schweigend das Besprechungszimmer.

»Alma, was ist denn passiert?«

»Alexander ist im Haus seine Treppe heruntergestürzt, Sie wissen schon, die schmale Eisentreppe, die zu seinem Dachatelier führt. Es war Notwehr, ein Unfall.«

»Das tut mir sehr leid, aber warum wollten Sie mich sehen?«

»Es würde mir sehr helfen, wenn Sie bestätigen würden, dass er gewalttätig war. Nicht für mich, sondern für meine Kinder.«

»Dann müsste ich lügen – alles, was ich in der Agentur gesehen habe, war nur Maskerade.«

»Weil ich Angst hatte, dass mir niemand glauben würde. Er hat wirklich genau das getan, worüber ich gesprochen habe.«

»Was ist an dem Abend geschehen? Erzählen Sie bitte der Reihe nach und so detailliert wie möglich!«

»Ich musste mit Gregor ins Krankenhaus, er hat im Garten mit einigen Jungs von seiner Mannschaft Hockey gespielt. Wir haben genug Platz und vor wichtigen Spielen trainieren die Kinder immer bei uns.« Alma sprang auf und fing an hin und her zu laufen. »Es gab einen Unfall, Gregor erlitt eine Platzwunde an der Stirn. Die hat so stark geblutet, alle gerieten in Panik, leider auch ich. Ich habe die Jungs heimgeschickt und konnte nicht mehr auf Mathilda warten, die war noch im Ballett. Dann bin ich mit meinem Sohn sofort ins Krankenhaus gefahren.«

Eine der Neonröhren fiel nach einem heftigen Aufflackern und Brummen plötzlich ganz aus. Eine Ecke wurde dunkler, aber an ihrem Besprechungstisch blieb es hell und stechend. Alma setzte sich wieder. Sie wirkte ehrlich bemüht, alles wahrheitsgemäß zu erzählen.

»Im Krankenhaus wurde Gregor genäht und geröntgt, zum

Glück war sein Schädel unverletzt, aber er sollte noch über Nacht zur Beobachtung dortbleiben. Ich wäre gern bei ihm geblieben, aber ich durfte nicht. Außerdem musste ich mich um Mathilda kümmern.«

Carla nickte. »Sie sind also allein nach Hause gefahren. Was geschah dann?«

Alma zögerte einen Moment, als hätte sie Angst vor der Erinnerung. »Als ich ankam, war Alexander außer sich. Sein Sohn ist sein erklärter Liebling. Zuerst hat er mich nur angeschrien und gefragt, warum ich ihn nicht angerufen hätte, er wäre dann sofort ins Krankenhaus gefahren. Aber er sei heimgekommen, niemand war da, nur blutbesudelte Handtücher in der Küche. Außer sich vor Sorge hatte er die Nachbarn fragen müssen, ob sie wussten, was passiert war, was er demütigend fand. Noch dazu hätte er ja nicht gewusst, in welches Krankenhaus er fahren sollte. Alexander schnappte sich Gregors Hockeyschläger … und fing an …«

Carla wollte sich das nicht vorstellen.

Alma fing an zu schluchzen. »Zuerst dachte ich, ja – er hat recht, ich habe Strafe verdient, aber dann wurde er immer brutaler. Ich konnte das einfach nicht mehr ertragen, bin durchgedreht. Ich erinnere mich nicht mehr so genau, da ist alles schwarz, ich habe mich wohl gewehrt, ihm vielleicht einen Stoß versetzt, er schwankte und ist nach unten gestürzt. Die Innentreppe hat ja kein Geländer.«

Sie atmete schwer. »Wenigstens war Mathilda noch nicht zu Hause. Ich schwöre, es war Notwehr. Ich darf auf gar keinen Fall im Gefängnis landen. Was passiert denn dann mit meinen Kindern?« Alma griff nach Carlas Hand und drückte sie. »Dein Vater hätte mir geholfen!«, flüsterte sie.

Dieses hilfesuchende Du erschütterte Carla.

»Was könnte ich denn tun?«, fragte sie.

»Für mich aussagen.«

»Nicht nur ich weiß von dieser Maskerade, auch Frau von Tilling.«

Alma stöhnte. »Er hat mich immer nur dorthin geschlagen, wo man es nicht sehen kann.« Sie zog ihr Twinset hoch und zeigte auf einen blauen Fleck an ihren Rippen. »Bitte hilf mir.«

»Kann …«, das Du fiel Carla schwer, aber sie wollte Alma nicht kränken, »dein Arzt dazu denn nichts sagen? Seine Expertise hat vor Gericht mehr Geltung.«

Alma schüttelte den Kopf. »Dr. Schollwitz ist ein alter Freund von Alexander. Wenn ich stark verletzt war, ist er zu uns nach Hause gekommen. Alex hat ihn bar bezahlt, damit keine der Sprechstundenhilfen peinliche Fragen stellt. Er hat ihn auch schon mal ermahnt, aber er wird das nicht öffentlich machen, vor allem jetzt nicht, um Alex' guten Ruf und seinen eigenen nicht zu beschädigen.«

»Was ist mit deiner Frauenärztin?«

»Nur während der Schwangerschaften hat Alexander mir erlaubt, Frau Dr. Jahn aufzusuchen und da hat er mich auch nie angerührt. Obwohl die Ärztin eine Empfehlung von Schollwitz war, hatte Alex Angst, Dr. Jahn würde sich mit mir verbrüdern oder mir dabei helfen, weitere Schwangerschaften zu verhindern, deshalb musste ich danach dann wieder zu Schollwitz. Alexander wollte viele Kinder, weil er selbst ein Einzelkind war.«

»Ich kann keinen Meineid schwören. Aber was war zwischen deinem Mann und Paula Becker? Wäre ihre Aussage nicht viel hilfreicher als meine?«

Alma wurde so blass, dass Carla Angst bekam, sie könnte ohnmächtig werden.

»Paula dürfen wir da nicht mit reinziehen, auf gar keinen Fall! Sie hat psychische Probleme, das wäre nicht fair. Ich kann hier nur auf dich und deinen einwandfreien Leumund zählen!«

Nach einem Meineid wäre genau dieser Leumund dahin. Hätte ihr Vater für Alma einen Meineid geleistet? Carla war nicht sicher, in jedem Fall würde er helfen. Dazu musste Alma endlich ehrlich sein. Sie durfte nicht länger mit Samthandschuhen angefasst werden. »Warum war Alexander in seinem Büro, als du nach Hause gekommen bist? Wenn er sich solche Sorgen um Gregor gemacht hat, wäre er da nicht sofort runtergerannt, nachdem er dein Auto gehört hat?«, fragte sie.

»Denk doch mal an meine Kinder«, flehte Alma, ohne auf Carlas Frage einzugehen. »Wo sollen die denn hin, wenn ich eingesperrt werde?«

»Sie haben einen sehr netten Onkel!« Carla war genervt von Almas Ausweichmanövern.

Prompt füllten sich Almas Augen mit Tränen. »Mein Bruder hasst mich!«, wütend wischte sie mit dem schmuddeligen Kostümärmel über ihr Gesicht. »Er ist total gestört!«

»Oh.« Auffallend viele Menschen in Almas Umgebung waren angeblich psychisch gestört: Paula, der Bruder, der Ehemann. Aber vielleicht war Alma die Einzige, mit der etwas nicht stimmte. Genauso wie Hochbrück das im Auto angedeutet hatte. »Warum hasst dein Bruder dich denn so?«, fragte Carla.

In diesem Moment kam Stratmann wieder herein und setzte sich zu ihnen.

»Wir sollten die restliche Zeit nutzen, um über eine mögliche Verteidigungsstrategie zu reden«, sagte er. »Fräulein Koslowsky, ich möchte, dass Sie gehen!«

»Sie soll bleiben, ich brauche keine Verteidigung, denn es war Notwehr, nur ein Unfall.«

»Bitte!« Almas panischer Blick traf Carla bis ins Mark. Almas Verzweiflung war echt. Wenn sie nur wüsste, warum Alma etwas vor ihr verschwieg. Hatte Alma vielleicht einen Liebhaber? Gott, daran hätte sie auch schon viel eher denken sollen. Was, wenn jemand sie leidenschaftlich liebte und der ihr geholfen hatte, Hochbrück aus dem Weg zu räumen?

»Warum denkt die Polizei denn, dass es Mord war?«, Carla sah hinüber zu Stratmann. »Welche Beweise gibt es denn?«

»Die Lage des Leichnams am Fuß der Treppe. Verwischte Abdrücke am Hockeyschläger, so als hätte jemand etwas vertuschen wollen, Fasern von Almas Kostüm an seiner Kleidung.«

»Die beiden leben zusammen, die Fasern lassen sich da leicht entkräften. Wurde Hochbrück auf Alkohol getestet?«

Stratmann nickte und blätterte hektisch in den wenigen Seiten der Mappe. »Er hatte einen Alkoholpegel von 2,5 Promille.«

»2,5 Promille?« Carla fing an Hoffnung zu schöpfen. »Das ist wunderbar!«

Alma sah sie fragend an.

»Damit ist das Rauschstadium, das zwischen 1,0 und 2,0 Promille liegt, deutlich überschritten. Bei über 2 Promille spricht man vom Betäubungsstadium und das ist mit ganz erheblichen Gleichgewichtsstörungen verbunden! Diese Architektentreppe macht einen ja nüchtern schon schwindelig! Das spricht wirklich eher für einen Unfall. Warum hat er denn an dem Abend so viel getrunken?«

»Er hat jeden Abend ein paar Drinks genommen, bevor wir gegessen haben.«

»Aber Frau Hochbrück ist auch die Alleinerbin«, mischte sich Stratmann ein.

»Wie die allermeisten Ehefrauen!«, sagte Carla. »Gibt es denn viel zu erben?«

Stratmann nickte bekümmert. »Barvermögen, Immobilien, die Staatanwaltschaft hat angedeutet, dass Habgier als Motiv infrage käme.«

»Alles von meiner Mitgift gekauft!«, Alma lachte zynisch. »Mit dem Vermögen der Stellmarks!«

»Wenn es stimmt und die Staatsanwaltschaft in Richtung Habgier denkt, wäre es eher besser, wenn nie jemand von deinem Besuch bei Nachtigall & Co. erfahren würde.«

»Habgier?« Alma schüttelte den Kopf. »Wieso denn jetzt Habgier?«

»Wenn eure Ehe für vorbildlich gehalten wird, könnte Stratmann Zeugen vorladen, die das bestätigen, und dann hätte die Anklage es schwer, dieses Motiv zu präsentieren, denn warum solltest du die goldene Gans, die Eier legt, töten? Wenn hingegen klar ist, dass du die Scheidung wolltest und er nicht, dann hättest du sehr große finanzielle Einbußen zu erwarten gehabt, und damit ein starkes Motiv.«

»Stimmt das?«, fragte Alma zum Anwalt hin.

Stratmann nickte.

»Sie sollten unbedingt noch andere Gutachter hinzuziehen«, insistierte Carla nun drängender. Hatte dieser Stratmann überhaupt Jura studiert? »Wenn Hochbrück betrunken war, kann er in so einem erregten Zustand ganz von alleine gestürzt sein.«

»Dann brauche ich gar keine Notwehr?«, fragte Alma verblüfft.

»Weiß denn jemand von euren Eheproblemen?«

»Ich glaube nicht.«

»Aber Paula schon, wie lange war sie seine Geliebte?« Carla versuchte es diesmal mit Überrumplung.

Almas Augen weiteten sich, sie setzte an etwas zu sagen, dann hielt sie abrupt inne, als würde ihr klar, dass sie dabei war, einen Fehler zu machen. Sie zuckte mit den Schultern. »Ich habe keine Ahnung.«

Was verschwieg Alma – doch einen Liebhaber?

»Und was weiß dein Bruder über eure Ehe?«

»Er hasst mich zwar, aber Alexander hat er verehrt und er würde ihm niemals schaden. Daher wird er sicher bestätigen, was für ein hingebungsvoller Ehemann er gewesen ist und wie wunderbar unsere Ehe war.«

»Gibt es einen Liebhaber?«, fragte Carla leise, als würde es das besser machen.

Rote Flecken bildeten sich an Almas Hals. »Ich war immer eine anständige Frau!«, schnaubte sie und wirkte sehr enttäuscht von Carla. »Ich habe von Männern die Nase gestrichen voll!«

Carla glaubte ihr. Aber, erinnerte sie sich, sie hatte ihr auch die Misshandlungen geglaubt, wie sie sich bewegt und geredet hatte. War Alma vielleicht doch nur eine begnadete Schauspielerin?

»Ich bin keine Juristin«, sagte Carla dann trotzdem, »aber die Beweislage für Mord erscheint mir ziemlich dünn. Haben Sie die Zeitabläufe an diesem Abend denn schon überprüft?«

Stratmann wurde wieder rot, diesmal hatte Carla kein Mitgefühl mehr. Selbst wenn Alma in einem Punkt log, für ihre Kinder stand alles auf dem Spiel und die liebte sie ohne jeden Zweifel.

»Diese Promille deuten auf mehr als nur zwei Drinks vor dem Essen hin. Und welcher Vater würde sich denn betrinken, während sein verletztes Lieblingskind im Krankenhaus liegt? Sie sollten dem nachgehen. Wie lange war er denn zu Hause, bevor Alma gekommen ist, war er denn überhaupt allein, oder hat er mit wem getrunken?«

»Ja, ja, wir werden das alles überprüfen und jetzt bitte ich Sie, zu gehen.« Stratmann stand auf, reichte ihr die Hand und schob Carla zur Tür.

»Geh nicht!«, flehte Alma, aber Stratmann, zwar immer noch rot im Gesicht, blieb diesmal hart. »Ich rufe Sie an, wenn es Neuigkeiten gibt«, sagte er und nickte Carla zu, bevor er die Tür hinter ihr schloss.

Kapitel 18

Danke«, Wally nahm den regenfeuchten Umschlag entgegen, nickte dem Boten zu und schloss die Bürotür. Sie legte den DIN-A4-Umschlag auf Carlas Schreibtisch, setzte sich dann dahinter auf den Lederdrehstuhl und betrachtete das hellbraune Kuvert. So wie das roch, kam es ganz klar aus einem Fotolabor. Diesen Geruch würde sie immer erkennen, egal wie schwach er auch war. Ihre ganze Kindheit war wie durchtränkt von Mamuschkas Parfüm, das nach Dunkelkammer und einem Hauch Maiglöckchen von Mouson & Co. roch.

Was waren das für Fotos? War Carla an die Negative von ihr und Hochbrück gekommen? Wie hatte sie die gefunden? Hatte sie die nachmachen lassen, um sie bei der Polizei anzuschwärzen, sie in Verbindung mit Hochbrück zu bringen, um sie loszuwerden?

Durch Nachdenken würde sie das nie rausfinden, sie musste den Umschlag öffnen. Aber das würde Carla verärgern.

Wally sprang auf, zündete sich eine Zigarette an und rauchte sie am Fenster, starrte in den Regen, doch dann trieb es sie zurück zu dem Umschlag.

Mutter hatte ihr beigebracht, die Privatsphäre von anderen zu achten, aber sie war tot, viel zu früh dahingesiecht … Plötzlich schmeckte Wally die Zigarette nicht mehr. Lungenkrebs. Und obwohl Wally wirklich alles getan hatte, um ihr zu helfen und ihr die besten Ärzte besorgt hatte, war es vergeblich gewesen. Trotzig drückte sie die Zigarette am Fensterbrett aus, warf sie auf den Gehsteig und öffnete dann den Umschlag.

Wie erwartet, waren wirklich Abzüge in der knisternden Pergaminhülle. Ihr Herz klopfte schneller. Verblüfft musste sie sich eingestehen, dass der Gedanke, Carla könnte sie vielleicht verraten wollen, viel schmerzhafter war, als sie gedacht hätte. Sie zog die Fotos heraus.

»Da brat mir einer ’n Storch!«, murmelte Wally erleichtert. Es waren Bilder vom Deutsch-Amerikanischen Volksfest, teilweise mit Detailvergrößerungen. Gar nicht so dumm, ihre Schwester! Die Niemöller hätte sie fast nicht erkannt. Immer wieder erstaunlich, wie sehr eine Perücke und ein bisschen Make-up einen Menschen verändern konnten. Sie packte die Bilder zurück in den Umschlag.

»Darf ich fragen, was du da machst?«, kam es spitz von der Tür.

Wally zuckte zusammen. Warum hatte sie Carla nicht kommen hören? Eigentlich entging ihr doch sonst nie etwas.

»Ich helfe dir bei deinen Ermittlungen«, sagte sie und drehte sich zu Carla um. Als sie entdeckte, dass Carla sich offensichtlich hereingeschlichen hatte, auf Zehenspitzen und mit den Schuhen in der Hand, war sie erleichtert. Deshalb hatte sie nichts gehört.

»Du verstößt gegen das Postgeheimnis.« Carla stellte die Schuhe auf den Boden und schlüpfte hinein.

»Das stimmt nicht«, Wally versuchte einen Witz. »Der Umschlag kam per Bote!«

Carla verdrehte die Augen. »Wie auch immer, du handelst gegen jeden menschlichen Anstand!« Sie trat neben den Lederstuhl und schubste sie mit ihrer Handtasche vom Platz und als Wally sich sperrte, half sie tatsächlich mit dem Ellenbogen so lange nach, bis Wally aufstand. Dann zog Carla ihre Handschuhe aus und griff nach den Abzügen.

»Wirklich, wie kannst du es wagen, meine Post zu öffnen?«

»Ich glaube nicht, dass wir Jack so finden«, Wally setzte sich gegenüber auf einen der Rattanstühle.

»Ach ja, und du hast eine bessere Idee?« Carla sah ein Foto nach dem anderen an, aber sie wirkte unkonzentriert und müde. Wo war sie gewesen?

»Wir sollten uns auf seine komischen Spitznamen konzentrieren!«, schlug Wally vor.

»Ach wirklich? Danke, lieber Gott für diese unglaublich kluge Idee, auf die ich niemals gekommen wäre.«

»Welche Laus ist dir denn über die Leber gelaufen?«, fragte Wally

»Ich vermute mal, du hast nicht kapiert«, Carla wurde laut und legte mit einem ironischen Lächeln die Bögen auf den Tisch, »dass Jack-ov nicht Boobs genannt wurde. Es geht nämlich nicht um Möpse«, sie wedelte mit ihren Händen anzüglich um ihren winzigen Busen herum. »Sie nannten ihn vielmehr Bobbs!«

»Mein Englisch ist ziemlich gut. Ich verstehe nicht, warum du immer so tust, als wärst du was Besseres und auf mich herabsiehst. Denkst du, ich habe mir das alles hier ausgesucht? Genauso wenig wie du!« *Den letzten Satz hätte ich besser weglassen sollen*, dachte Wally, die sich nicht gern wie eine Heuchlerin fühlte.

Carla schloss einfach nur die Augen, atmete laut hörbar aus und plötzlich sackten ihre Schultern nach vorn, als hätte ein müder Marionettenspieler keine Lust mehr und einfach alle Fäden auf einmal losgelassen. So wirkte sie noch winziger als sonst.

»Hey, ich glaube, wir brauchen beide einen Kaffee!«, sagte Wally.

»Hmmm!«, murmelte Carla kaum hörbar.

»Und dann erzählst du mir, was passiert ist!«, Wally stand auf und ging zur Teeküche.

Als sie mit dem Kaffee zurückkam, saß Carla immer noch regungslos am Schreibtisch, aber ihre Augen waren wieder geöffnet.

Wally stellte eine dampfende Tasse vor sie hin, nahm sich die andere und wartete, bis Carla etwas getrunken hatte.

»Und?«, fragte Wally.

»Ich frage mich, was unser Vater getan hätte«, sagte Carla und sah ihr direkt in die Augen.

Unser Vater – das könnte ein Friedensangebot sein, zum ersten Mal hatte sie nicht »mein Vater« gesagt.

»Die Antwort ist einfach. In schweren Zeiten wie diesen hätte *unser* Vater erst mal nichts gesagt, sondern sich ein Gläschen Berliner Luft gegönnt, oder auch zwei!«

Tatsächlich verzogen sich Carlas Mundwinkel sehr langsam zu einem Mona-Lisa-für-Arme-Lächeln.

»Berliner Luft«, wiederholte sie, »welche ihm wohl besser geschmeckt hätte, die Luft ausm Osten, oder die vom Westen?« Sie fing an laut zu lachen, es klang ein bisschen eingerostet, wie bei jemandem, der nicht viel zu lachen hat.

Erleichtert stimmte Wally mit ein. Carla hatte nun wieder etwas Farbe in den Wangen und Wally merkte zu ihrem Erstaunen, wie sehr sie das freute. Aber es war besser, wenn ihr Carla nicht zu sehr ans Herz wachsen würde.

Ihre Schwester erhob sich, lief zu einem der Aktenschränke und schloss ihn auf. »Ich habe was Besseres als Berliner Luft, oder trinkst du diese süße Plörre etwa gern?«

Wally verkniff sich ein von Herzen kommendes Ja, wie so oft in ihrem Leben gab es Wichtigeres als die Wahrheit.

Carla nahm eine halbvolle Flasche *Asbach Uralt* und zwei Gläser heraus, dann erzählte sie Wally, wie bedrückend ihr Besuch bei Alma im Knast gewesen war. Drei Gläser Weinbrand später endete sie dann damit, dass sie Alma um jeden Preis helfen müssten.

»Wieso sollten wir? Die hat uns reingelegt! Den Typ Frau kenn ich, machen einen auf Opfer und in Wahrheit manipulieren sie alle und behalten immer die Kontrolle!«

»Es geht hier nicht um irgendeinen Typ von Frau, sondern um Alma!«

»Du wolltest ihr zuerst auch nicht helfen!«

»Weil ihr damals ein gewiefter Anwalt mehr gebracht hätte. Aber jetzt hat sie eine völlige Niete als Anwalt – der hat keine Ahnung von gar nichts!«

Nein, wollte Wally sagen, oder eigentlich laut brüllen, *nein, das geht uns nichts an, wir sollten uns da raushalten, auf gar keinen Fall!* Aber immerhin hatten sie und ihre Halbschwester sich gerade ein bisschen angenähert, das durfte sie nicht gleich wieder aufs Spiel setzen. »Und was sollen wir, deiner Meinung nach, tun?«

»Wir müssen die Fakten überprüfen, die Zeitabläufe, irgendwas stimmt da nicht. Ich werde Lulus Kontakte bei der Polizei befragen, wir müssen mit den Nachbarn reden, dem Krankenhaus, mit dem Bruder und mit Paula.« Carla schien sich immer mehr für ihre Zusammenarbeit zu erwärmen und das lag sicher nicht nur am Cognac.

Eigentlich kann ich zu allem Ja sagen, dachte Wally, *durch unsere Recherchen kommt dann ganz von alleine raus, was für ein Miststück Alma in Wahrheit ist.*

»Ich helfe dir und übernehme die Nachbarn«, sagte sie. »Und Klaus hat, glaube ich, ein Faible für mich. Allerdings war er die letzten beiden Nächte nicht im Eden, jetzt, wo ich den kenne, wär er mir aufgefallen. Wo wohnt oder arbeitet diese Paula?«

»Paula wohnt in Zehlendorf, ich gebe dir ihre Adresse mit, wo Klaus wohnt, weiß ich noch nicht.«

»Das finden wir raus, aber zuerst kümmer ich mich um die Nachbarn von Alma, vielleicht haben die ja was gesehen. Und um Paula. Im Eden geht es heute erst später los, bis um elf Uhr heute Abend haben wir eine geschlossene Veranstaltung, Bergfest von einem Film mit Barbara Valentin.« Wally unterdrückte ein Grinsen, aber Carla hatte es wohl doch bemerkt.

»Was ist daran so komisch?«, fragte sie verwundert. »Und was ist ein Bergfest?«

»Ein Bergfest feiert man, wenn die Hälfte der Drehzeit vorbei ist und komisch ist eigentlich nichts.« Dass der Chef sich zum Idioten machte, weil er seit Monaten die blonde Schauspielerin ansabberte, würde Carla nicht interessieren. Und sie fände es auch nicht komisch, dass die Belegschaft Wetten darüber abgeschlossen hatte, ob und wann der Chef jemals zum Zuge käme.

»Jedenfalls, danke für deine Unterstützung!« Unvermittelt sprang Carla auf und lief voller Energie vor den Fenstern hin und her, leuchtete dabei von innen heraus, fast als hätte Wally ihr ne Glückspille verabreicht. »Lass uns loslegen und diese Frau aus dem Gefängnis holen!«

Wally spürte, wie ihr Gewissen anfing, geradezu schmerzhaft zu pochen.

»Und was die Recherche zu Jack angeht –«, Carla griff sich die Abzüge, »– da hast du vollkommen recht, wir zeigen Ingrid die Vergrößerungen und klemmen uns hinter diese komischen Namen, was auch immer Bobbs bedeutet.« Sie klatschte in die Hände. »Los, los, los, wir haben keine Zeit zu verlieren! Je eher wir Alma da rausholen, desto besser für ihre Kinder!«

Kapitel 19

Wally stöhnte. Das war schon die vierte Haushälterin, die ihr hochnäsig die Tür vor der Nase zuschlug, so als würde sie minderwertige Putzlumpen verhökern. In dem Punkt hatten die Sozialisten schon recht: Besitz sorgte für Barrieren. Zu Hause in der Tucholskystraße hätten viele sie mit offenen Armen empfangen und ihr nur allzu gern Auskünfte über die Nachbarn gegeben. Jeder hatte über jeden getratscht und manche hatten es damit zugegebenermaßen auch übertrieben, aber das hier, das war doch wirklich schlimmer.

Mit wenig Hoffnung klingelte sie bei Almas Nachbarn von gegenüber. Ein älterer Mann im etwas schlottrigen, aber gepflegten Anzug, Hemd und Krawatte öffnete. Keine Haushälterin!

Erwartungsvoll sah er sie an. Endlich konnte sie sich etwas pompös als Assistentin der Justizbehörde ausgeben. Sie bat ihn um Hilfe in einer wichtigen Angelegenheit und wedelte mit dem Großmarktausweis, mit dem Edgar und sie fürs Eden einkaufen gingen. Lügen funktionierten besser, wenn sie größer waren. Mehr Chuzpe, bessere Ergebnisse.

Erfreut lächelte er und bat sie herein, denn tatsächlich hätte er einiges beobachtet, was er ihr gern erzählen würde. Er führte sie durch einen düsteren schmalen Flur in ein Wohnzimmer mit einem hellen Wintergarten voller Gummibäume. Er bat sie auf einer Bambussitzgruppe Platz zu nehmen, entschuldigte sich wortreich und verschwand.

Wally konnte ihr Glück kaum fassen, von hier hatte man durch die breite Fensterfront das Grundstück der Hochbrücks bestens im Blick: den Eingang, die Garage und die vorderen Fenster. Endlich einen Schritt weiter.

Mit einem Kaffeetablett und Streuselkuchen kam er zurück, deckte den Glastisch, als hätte jemand Geburtstag und stellte sogar eine Vase mit gelben Rosen dazu.

Wally musste ihre Ungeduld zügeln, bis sie von dem Kaffee, natürlich frisch gemahlen, und dem Kuchen, natürlich selbstgebacken, probiert hatte. Erst dann war er bereit zu erzählen, was er an dem bewussten Abend gesehen hatte. Er klang unaufgeregt und wirkte auf Wally ganz und gar nicht wie ein Wichtigtuer. Das kleine Mädchen hätte ihm leidgetan, denn Mathilda sei nach Hause gekommen, hätte immer wieder geklingelt, aber vergeblich. Niemand hätte ihr geöffnet. Schließlich hätte das arme Kind den Ersatzschlüssel nehmen müssen, der – er zögerte und zwinkerte Wally listig zu – wie immer unter dem Vogelhäuschen deponiert war. Ein schlechtes Versteck, fand der Nachbar und sah Wally nach Zustimmung heischend an.

Wally nickte zu ihm hin und frohlockte innerlich. Endlich eine vielversprechende Spur! Sicher war das nur die erste Lüge, bei der sie Alma ertappte, denn Alma hatte ja behauptet, Mathilda wäre im Ballett gewesen und erst heimgekommen, nachdem Hochbrück schon tot war.

Enthusiastisch fragte sie nach, was er an dem Abend noch bemerkt hatte, und holte sogar einen jungfräulichen Notizblock heraus, den sie aus Carlas Büro hatte mitgehen lassen, um professioneller zu wirken.

Der Nachbar schenkte die zweite Tasse Kaffee ein und erzählte ihr mit der gleichen aufrichtigen Bescheidenheit, was er weiter beobachtet hatte: Nachdem Mathilda die Tür aufgeschlossen hatte, hätte er den ... äh ... Gärtner von Hochbrücks anderen Nachbarn gesehen. Sie müsse entschuldigen, aber von einem solchen Untermenschen könne man eben auch nichts anderes erwarten. Da hatte der Nachbar mit einem seltsamen Blick die Luft angehalten, als wüsste er nicht, ob er ihr das Folgende zumuten könnte.

Wally war beim »Untermenschen« zusammengezuckt, doch sie verkniff sich einen Kommentar und nickte ihm aufmunternd zu. Erleichtert atmete der Nachbar aus und erzählte ihr dann von der unappetitlichen Angewohnheit des Gärtners, sich immer neben dem Kompost der Hochbrücks zu erleichtern. Glücklicherweise sei dann auf dem Dach der Garage ein silbernes Ufo gelandet, dem sechs SS-Männer entstiegen wären. Die hätten dann zwar nicht diesen Gärtner, aber all die anderen rothaarigen Zigeuner, die in der Garage der Hochbrücks lebten, herausgezerrt und in ihrem Ufo mitgenommen. Wally wüsste ja sicher auch, dass die Helden des Dritten Reichs sich auf einen der Ringmonde vom Planeten Walhall geflüchtet hatten, wo Hitler zurzeit noch in einem kryptonischen Gefriertank für seine Rückkehr verjüngt wurde. Er hoffe sehr, dass er diesen Tag noch erleben würde.

Ob sie nicht noch ein Stück Streuselkuchen wollte?

Wally war der Appetit vergangen. Und als er ihr dann unter dem Siegel der Verschwiegenheit verriet, dass der Bau der Mauer natürlich auch vom Planeten Walhall aus gesteuert worden war, musste sie sich eingestehen, dass dieser Nachbar als Zeuge unbrauchbar war.

Sie ließ durchblicken, dass auch sie in einem streng geheimen Auftrag für Walhall unterwegs war und nun leider gehen musste.

Während sie durch den kühlen Sprühregen durch dieses vom Krieg so seltsam unversehrte Viertel mit seinen parkähnlichen Gärten zur nächsten Bushaltestelle lief, wurde ihr klar, dass sie noch viel zu lernen hatte.

Es war ein schwerer Fehler, nach Beweisen zu suchen, für einen Sachverhalt, den sie unbedingt glauben wollte. Das hatte sie blind gemacht. Wenn der Mann am Ende nicht völlig abgedreht wäre, hätte sie ihm jedes Wort geglaubt, nur weil sie Beweise dafür finden *wollte*, dass Alma log. Sie musste anders vorgehen und Beweise für das Gegenteil ihrer Überzeugung finden, also Hinweise darauf, dass Alma unschuldig war. Sie musste offen und kritisch bleiben und die Wahrheit finden, ganz egal, was Carla oder sie selbst glauben wollten.

Der Weg zu Paulas Wohnung führte am Krankenhaus Waldfriede vorbei. So konnte sie gleich zwei Fliegen mit einer Klappe schlagen und die Zeitangaben und Abläufe des Abends überprüfen. Wann war Alma gekommen und wann gegangen?

Im Krankenhaus gab Wally sich wieder als Assistentin der Justizbehörde aus und man gewährte ihr problemlos Akteneinsicht. Sie notierte sich die Zeiten. Leider stimmte alles mit dem überein, was Alma Carla erzählt hatte. Sie fand auch heraus, wer an dem Abend Dienst gehabt hatte und erwischte die Krankenschwester gerade noch auf dem Parkplatz vor der Klinik. Doch die war müde und kein bisschen in Plauderstimmung. Erst als Wally in Gedanken an *Tucholsky* durchblicken ließ (*Sehr gern hören Menschen: Versprechungen, Schmeicheleien, Anerkennungen und Komplimente. Bei Schmeicheleien empfiehlt es sich, immer drei Nummern gröber zu verfahren als man es gerade noch für möglich hält),* für wie wichtig die Justizbehörde ganz besonders ihre Aussage in diesem Mordfall hielt, lenkte die Schwester ein.

»Das war schlimm«, erinnerte sich die Schwester, »der Junge war dermaßen blutüberströmt …« Sie nickte irgendwie selbstgerecht. »Ich persönlich glaube ja, diese Hexe hat den Mord an ihrem Kind geübt!«

»Nein!«, rutschte es Wally heraus. Nicht mal ihr wäre so eine monströse Idee gekommen.

»Dit war ja keene echte Mutti, die Frau Professor! Die hätte über Nacht bei dem armen kleinen Kerlchen bleiben können. Dit erlauben wir ja nu neuerdings, obwohl det ja sehr viel mehr Arbeit ist!«

»Vielleicht wollte Frau Hochbrück schnell nach Hause, um den Mann umzubringen, der ihr Kind so zugerichtet hatte? Vielleicht war seine Verletzung ja gar kein Hockeyunfall«, schlug Wally vor. Offen sein und gute Gründe für Almas Verhalten finden.

Die Schwester musterte Wally nun misstrauisch. »Für wen arbeiten Sie denn? Für die Staatsanwaltschaft, oder für die Verteidigung? Keine von unserer Station glaubt sowat, nicht eine Seele! Die Frau Professor hält sich für wat Besseres und hat ganz was Seltsames an sich, mit den roten Haaren und det allet, wie en böser Kobold und so hat die sich denn auch benommen, dit findet jeder auf Station.«

»Etwas Seltsames?«, hakte Wally nach.

»Ja, det war et. Seltsam«, die Schwester nickte bekräftigend. »Sie haben dit ja nich erlebt. Und genau dit werde ich auch vor Gericht aussagen. Det die ne eiskalte Mörderin ist, durch und durch.«

Auf dem Weg zu Paula, die nur zehn Minuten vom Krankenhaus entfernt wohnte, dachte sie darüber nach, warum die Krankenschwester Alma so ablehnend gegenüberstand. Stimmte es überhaupt, dass sie Alma angeboten hatte, sie könnte über Nacht bleiben? War das vielleicht gelogen, weil niemand auf der Station sich diese Mehrarbeit aufbürden wollte? Womöglich steckte die Schwester in der Bredouille, weil sie gegen die Anweisungen ihres Chefs gehandelt und die Übernachtungsmöglichkeit nicht mal angesprochen hatte. Vielleicht hatte einzig und allein deren schlechtes Gewissen

Alma in einen bösen Kobold verwandelt. Oder hatte Alma wirklich gelogen, weil sie heimwollte – um Hochbrück zu ermorden. Vorsätzlich?

Verrückt, so viele Facetten von ein und demselben Fakt. Und jedes neue »Wenn-dann« führte zu komplett anderen Schlussfolgerungen.

Na, hoffentlich wurde det mit Paula eindeutiger! Sie freute sich darauf, mit ihr zu reden. Auf dem Bild, dass Carla ihr von der Chorleiterin gezeigt hatte, wirkte Paula wie ein schlecht gelauntes Riesenschneewittchen mit endlos langen Beinen und hüftlangem, glänzend schwarzem Haar. Am Galaabend hatte Wally den Auftritt vom Waisenhauschor verpasst, weil sie mit den anderen Bedienungen den ersten Gang für das Diner vorbereiten musste. Sie war froh, dass Carla ihr das Bild gezeigt hatte, denn sie hatte sich Paula eher so vorgestellt wie die graublau dauergewellte Musiklehrerin, die sie in der Schweiz gehabt hatte, klein und dick und mit einem wie eingravierten Lachen, dass auch besonders dann blieb, wenn sie Wally für irgendeinen harmlosen Streich mit ihrem Lineal hart bestrafte. Auch wieder ein Beweis dafür, wie sehr man von den Dingen ausging, die man selbst erlebt hatte.

Wally schlüpfte hinter einer Frau mit Kinderwagen vorbei in das neue Mietshaus, in dem Paula wohnte und klingelte dann oben im dritten Stock an Paulas Wohnungstür.

Niemand öffnete. Carla hatte gesagt, heute wären keine Chorproben. Wally klingelte mit jedem Mal stürmischer, sie hatte es satt. Sie wollte Ergebnisse!

Schließlich wurde die Nachbarwohnungstür aufgerissen. Eine ältere Dame in einem rosaglänzenden gesteppten Morgenmantel war auf hundertachtzig und drohte die Polizei zu rufen, wenn das nicht aufhörte. Wally wedelte mit ihrem Ausweis und erklärte, wie wichtig es für ihre Ermittlungen wäre, mit Paula zu sprechen. Die Nachbarin wurde etwas freundlicher und sagte, sie hätte die Paula knapp verpasst, die wäre schon losgegangen zur Probe. Sie bot ihr an, eine Nachricht weiterzugeben.

Wally winkte ab, bedankte sich und lief die Treppen herunter. Der Waisenhauschor probte montags und mittwochs in Charlottenburg. Aber vielleicht arbeitete Paula mit mehreren Chören? Außerdem gab es vielleicht extra Proben? In der Tucholskystraße hätten die Nachbarn das sicher gewusst, dachte Wally, während sie Richtung Bushaltestelle lief. Also wohin jetzt? Eigentlich musste sie noch zur Uni, um nach Klaus' Adresse zu fragen, aber um die Uhrzeit waren die Sekretariate schon geschlossen. Dann eben zurück in die Grolmanstraße.

Schon von Weitem sah Wally, dass eine Traube von Menschen die Haltestelle umlagerte. Anscheinend waren schon mehrere Busse ausgefallen. In Westberlin lief seit diesem schrecklichen Sonntag einfach gar nichts mehr nach Fahrplan.

Warten war nicht ihr Ding, war es noch nie gewesen. Also U-Bahn. Entschlossen stiefelte sie los, bis sie eine Telefonzelle am Ende der Straße entdeckte, die sie auf eine andere, viel bessere Idee brachte. Genug geschuftet für heute! Sie würde James anrufen und mit etwas Glück würde er sie hier abholen und zum Essen ausführen. Essen! Trotz des leckeren Streuselkuchens, den der Walhalla-Spinner aufgetischt hatte, fühlte sie sich hungrig. Das viele Rumlaufen. Zum Italiener vielleicht. Hatte sie auch genug Kleingeld? Sie blieb stehen und zog den Geldbeutel aus ihrer Handtasche. Und erst in diesem Moment dämmerte ihr, wie dämlich sie war. Sie hätte an der Bushaltestelle nach Paula Ausschau halten sollen, vielleicht wartete die dort auch noch auf einen Bus! Sie drehte sich um und eilte zurück.

Na klar! Jetzt, wo sie noch zweihundert Meter entfernt war, kamen sogar zwei Busse hintereinander auf die Haltestelle zugefahren. Sie fing an zu rennen und schaffte es gerade noch in den hinteren der beiden Busse.

Völlig außer Atem blickte sie sich nach Paula um, bevor sie zum Oberdeck hochstieg. Aber auch dort war sie nicht zu sehen. Entweder war sie also im vorderen Bus, oder aber sie war doch nicht mehr an der Haltestelle gewesen, vielleicht hasste sie warten genauso wie Wally und war bereits zur U-Bahn gegangen.

Wally fand einen strategisch günstigen Platz und setzte sich. Bei jeder Haltestelle suchte sie unter den aussteigenden Fahrgästen nach Paula, aber sie war nie dabei.

Schließlich erreichte der Bus die Endhaltestelle in der Tauentzienstraße. Enttäuscht stieg Wally aus und beschloss, sich ihrem knurrenden Magen zu widmen. Sie schaute sich nach einer Currywurstbude um. Nichts, sie würde rüber zum Kurfürstendamm müssen. Aber irgendwas machte sie gerade stutzig.

Ihr Blick blieb hängen, ein junger Kerl lächelte ihr zu. Wally lächelte zurück und sah sich sein Gesicht genauer an. Das war gar kein Kerl! Kiek einer an. Von wegen Schneewittchen, die Paula wäre ihr fast entwischt! So war sie kaum wiederzuerkennen, im dunkelblauen Anzug, die langen Haare unter ner Schiebermütze versteckt. Wollte sie zu nem Kostümball? Probte sie mit einem Karnevals-Chor?

Eher nicht, Wally dachte an Edgar. Der hatte ihr das schon hundertmal erklärt, man musste richtig in das Wesen reinschlüpfen, das man sein wollte. Und Paula wollte offensichtlich gerade kein Schneewittchen sein. Nee, sie lief wie ein Mann und bewegte ihre Hände wie ein Mann. Ihre Neugier siegte über das Knurren in ihrem Magen, sie durfte Paula nicht entwischen lassen.

Wäre natürlich lustig, wenn Paula, ausgerechnet heute, um die Ecke ins Eden laufen würde. Aber Paula bog vorher in die

Marburger Straße ab. Vor dem Chez Nous blieb sie stehen und sah sich suchend um. Wally war gezwungen, an ihr vorbeizugehen, um nicht aufzufallen. Sie lief ein paar Häuser weiter und wartete in einer Toreinfahrt, was passieren würde.

Nach ein paar Minuten kam eine blonde Frau aus dem Chez Nous und rannte auf Paula zu. Sie umarmten sich, dann zog die Blonde Paula in einen Hauseingang, wo sie sich innig küssten.

Aha. Aber was hatte das mit Alma und Hochbrück zu tun? Hatte Alma eine Affäre mit ihr gehabt und wollte sich deshalb scheiden lassen? Hatte Hochbrück das rausgekriegt und Paula gezwungen, Schluss zu machen?

Würde es was bringen, jetzt auf Paula zuzugehen? Eher nicht. Aber heute war alles so mies gelaufen, schlimmer konnte es auch nicht mehr werden. Sie trat zu den beiden und räusperte sich demonstrativ.

»Kann ich mitmachen?«, fragte Wally.

Die beiden fuhren so abrupt auseinander, dass Paulas Schiebermütze zu Boden fiel. Mit glühenden Wangen starrten sie Wally an. Die ging in die Knie und hob die Mütze für sie auf.

»Wir proben für 'n neues Stück!«, sagte die Blonde.

»Dit is klar. 'N Klassiker aus Griechenland, schätz ick ma.« Wally trat näher zu Paula. »Wissen die von den Berliner Küken, det du gern in Dramen von Lesbos mitspielst?« Sie reichte ihr die Mütze.

»Wüsste nicht, was det wen angeht. Was wollen Sie?« Paula nahm die Mütze, setzte sie aber nicht auf.

»Biste Reporterin?«, fragte die Blondine. »Oder geilst de dich nur uff beim Leute einschüchtern?«

Paula legte ihre Hand auf den Arm ihrer Begleiterin und drückte ihn.

Wally holte ihren Ausweis heraus, stellte sich wieder als die Frau von der Justizbehörde vor, wedelte damit herum und fragte Paula ganz direkt, ob Hochbrück sie wegen des »Theaterspielens« erpresst hätte.

Wortlos setzte Paula ihre Mütze auf, nahm die Hand der Blondine und zog sie mit sich fort.

So leicht kriegt die mich nicht los, dachte Wally und folgte den beiden, die immer schneller liefen.

»Wir Frauen sollten zusammenhalten!«, rief sie in deren Rücken.

Paula blieb so abrupt stehen, dass ihre Freundin leicht taumelte.

»Wat solln dit?«

»Alma Hochbrück wird wegen Mordes an ihrem Mann angeklagt werden.«

»Mord?«, schnaufte die Blondine ungläubig und sah Paula von der Seite an.

»Dit tut mir leid für die Alma, aber dem Scheißkerl wein ich keine Träne nach.«

»Warum nicht?«

»Darüber kann ich wirklich nicht reden, das habe ich Alma versprochen.«

»Alma sitzt im Knast.«

»Das ist furchtbar, aber ich habe es ihr versprochen.«

»Carla glaubt, dass Alma unschuldig ist.«

»Welche Carla?«

»Carla Koslowsky, du weißt schon, die Nachtigall – sie hilft Alma und lässt dir sagen, dass Alma dich von deinem Versprechen entbindet«, log Wally. »Es geht um Mord!«

»Wer bist du denn überhaupt?«

»Carlas Schwester, wir arbeiten zusammen, um Alma zu helfen.«

»Alma will, dass ich mit euch rede?«

»Ja, natürlich! Damit kannst du sie vielleicht sogar retten«, sagte Wally, ohne auch nur eine Sekunde zu zögern.

Daraufhin erzählte Paula, was zwischen ihr und Hochbrück vorgefallen war. Sie brauchte nicht lange. Schon nach wenigen Minuten stürmte Wally geradezu schockiert in die Grolmanstraße, um Carla alles zu berichten. Aber ihre Schwester war nicht zu Hause.

Kapitel 20

Kindchen, das ist doch alles Blödsinn!« Lulu legte den Gang ein und fuhr los Richtung Avus. »Kein Mensch glaubt, dass die Alma ihren Mann umgebracht hat! Selten was Dämlicheres gehört! Na ja, nee, noch dämlicher is das mit dieser Wally, deiner«, Lulu fiel in ihren dramatischen Lady Macbeth-Ton, »angeblichen Halbschwester! Glaub mir, es wird sich noch zeigen, was an *der* Geschichte wahrhaftig des Pudels Kern ist!«

Hupend beschleunigte Lulu und überholte einen Laster, Carla wurde nach links geschleudert und schaffte es gerade noch, sich mit den Händen am Handschuhfach des Käfers abzustützen, bevor sie wieder nach rechts gedrückt wurde. Das Mittagessen rumorte bedenklich in ihren Eingeweiden und ganz sicher nicht, weil das Stroganoff im *Riccis* schlecht gewesen wäre. Sie hielt die Nase aus dem Fenster und atmete die feuchte Luft ein. Es war vielmehr der stellvertretende Polizeichef, der ihr Übelkeit verursacht hatte. Das Treffen mit ihm hatte Lulu eingefädelt. Die beiden kannten sich aus der Schule und Grieser hatte mit Vater in der gleichen Fußballmannschaft gespielt.

»Eigentlich glaubt niemand, dass Alma ihren Mann umgebracht hat, aber dieser widerliche Grieser war sehr deutlich«, sagte Carla. »Sie werden Alma trotzdem anklagen.«

»Pure Feigheit. Der Hannes lechzt nach einer Verurteilung,

weil der Hochbrück nächsten Monat das Bundesverdienstkreuz kriegt.«

»Aber der ist doch tot?«

Lulu lachte. »Den Orden kannst du dir sogar als Leiche noch abholen, den gibt's auch posthum!« Lulu drohte einem Mercedesfahrer mit ihrer Faust. »Du lebst auch nicht mehr lang, Sonntagsfahrer!«

»Und wenn du so weiter rast, wirst du noch verhaftet!« Carla bückte sich nach ihrer Handtasche, die während Lulus Überholmanöver runtergefallen war, im gleichen Moment bremste Lulu scharf und Carla stieß sich den Kopf an der Ablage. »Ahh!« Sie rieb sich die Stirn.

»Idiot!«, brüllte Lulu durch das geöffnete Fenster, dann wieder zu Carla: »Tut mir leid, aber wir sind einfach zu spät. Was musste der elende Grieser auch noch mal zwei Schnäpschen trinken! Seit wann können Beamte bis fast um fünfe Mittagessen gehen! Das wird alles ein bisschen knapp und du weißt, ich darf mich auf keinen Fall verspäten.«

»Natürlich, denn es geht ja um Leben und Tod.« Carla unterdrückte ein Grinsen, denn die Rede war von Alberto – Fritzis exquisitem Hundefriseur. Wer seinen Hund zu spät abholte, durfte nie wieder kommen. Das war Albertos eisernes Gesetz, und nicht mal Lulu wagte es, sich dem zu widersetzen.

»Du weißt genau, wie schwierig Fritzis Locken sind und außerdem liebt sie ihn.«

»Dann lass mich mit dem Taxi nach Wedding fahren.«

»Ne, ne, das kriegen wir schon! Versprochen ist versprochen! Ich bring dich noch schnell zu Almas Bruder. Nach allem, was der Grieser über den erzählt hat, musst du mit dem reden, und zwar pronto! Typisch Berlin, dass so ein Säufer wie der Grieser es hier so weit gebracht hat.«

»Du glaubst doch nicht, dass das in Bayern oder sonst wo anders ist. Vater hat mir immer wieder eingebläut, dass man es nur so zu was bringt: saufen gehen mit den richtigen Leuten. Es hilft natürlich, dass der Grieser üble Nachkriegsgeheimnisse von wichtigen Leuten kennt, haben jedenfalls Vater und Mucki behauptet.«

Lulu nickte so heftig, dass die langen Pfauenfedern von ihrer heutigen Hutkreation am Autodach entlangschabten. »Dein Vater hat das immer gut gekonnt mit den Leuten. Du musst sein Erbe besser pflegen. Jeder hat gemerkt, dass du den Grieser nicht ausstehen kannst. Das ist dumm, du musst dem schöntun, so wie ich.«

Lulus Oberschenkel war auch nicht stundenlang von Griesers klebriger Hand geknetet worden. Es war eine Sache mit den Leuten auf Augenhöhe zu trinken und eine andere, herablassend betatscht zu werden. Und für was das alles? Die Polizei hatte keine nennenswerten Beweise, bis auf den Hockeyschläger. Die Untersuchungen hätten ergeben, dass dieser definitiv abgewischt worden war und man nun trotzdem Abdrücke von Alma hatte sicherstellen können. Man interpretierte das so, dass Alma ihre Spuren hatte verwischen wollen. Ansonsten gab es ein paar Fasern und eine forensische Berechnung über den Treppensturz. Aber Almas Behauptung, dass ihr Mann so wütend gewesen sei, weil er sich an dem Abend bei den Nachbarn nach ihrem Verbleib erkundigen musste, war von keinem einzigen Nachbarn bestätigt worden und das machte Carla Sorgen, denn warum hätte Alma in diesem Punkt lügen sollen? Auch die Gespräche mit Almas Ärzten hatten gar nichts ergeben, was Almas Aussage stützte. Zudem hatte Grieser verraten, dass Almas Bruder irgendwas Wichtiges ausgesagt hatte, was in seinen Augen ein gutes Tatmotiv für Alma abgab.

Mit quietschenden Reifen bog Lulu von der Kösliner Straße in eine Seitenstraße ein. »In welcher Hausnummer wohnt Almas Bruder?«

»37«

»Diese Gegend jefällt mir nicht, die Trudi hat hier mal gewohnt und erzählt, dass in irgendeinem von den gammligen Hinterhöfen hier ne verrückte katholische Sekte ihr Unwesen getrieben hat. Soll ich nicht doch mitkommen?«

»Nu fahr schon!«

»Sieh bloß zu, dass de hier schnell wieder den Abflug machst, ja? Ich ruf dich nachher noch an.«

»Nee, bitte nicht, das erschreckt die Mutti nur.«

»Na denn bis morgen früh.«

Carla stieg aus und warf die Tür zu.

Lulu beugte sich rüber zur Beifahrerseite und rief durchs offene Fenster: »Und lass dir nich abwimmeln, wenn det stimmt, was der Grieser erzählt hat, denn muss et en Grund für son Verrat an der eigenen Schwester geben. Ich hatte viel Murks mit deinem Vater, aber niemals hätte ich den an wen hinjehängt!«

Carla winkte, bevor sie sich umdrehte und durch den Nieselregen zur Nummer 37 lief. Die Mietskaserne wies noch viele Kriegsschäden an der Vorderfront auf: Löcher, abgebröckelte Friesleisten und Risse. Klaus wohnte im schmucklosen Hinterhaus ganz oben im fünften Stock, das eingestürzte Dach war noch nicht wieder aufgebaut. Sie klingelte und lief durch das offene Tor über einen ungepflasterten, schlammig feuchten Hof, der aussah, als hätte sich hier vor Kurzem eine Horde Wildschweine gesuhlt. Nasse, schon lange nicht mehr weiße Bettlaken hingen schlaff an einer Wäscheleine. Vor den blinden Fenstern einer Remise hatte jemand in eine rostige Sardinenbüchse eine Dahlie gepflanzt, die im trüben Abendlicht purpurrot aufblitzte, ein einsamer Leuchtturm in diesem Meer von Grau.

Grieser hatte behauptet, Klaus hätte, ganz im Gegensatz zu Hochbrücks Ehefrau, auch körperlich völlig gebrochen gewirkt, deshalb hoffte Carla, dass er zu Hause und nicht in einer Kneipe war.

Aber warum wohnte ein von Stellmark in so einem Rattenloch? Von Alma wusste sie, dass ihre Familie vermögend war und sie nur deshalb über kein Geld verfügen konnte, weil Alexander sich das nach ihrer Hochzeit einverleibt hatte. Auch an dem Galaabend hatte Klaus in seinem Smoking wohlhabend auf sie gewirkt. Was war zwischen den Geschwistern nur so schiefgelaufen?

Carla stieg das abgeranzte und schmutzige Treppenhaus hoch und fühlte sich mit jedem Stock, den sie höher stieg, mehr durchdrungen von Staub und Schmutz. Der einzige Schmuck waren die bunten 00-Keramik-Schilder an jedem zweiten Stockwerk. Lautes Getrampel von oben kündigte eine Horde Jungs an, die ihr an der nächsten Treppenbiegung mit einem Fußball bewaffnet entgegenkamen. Sie musterten Carla neugierig, wagten es aber nicht, sie anzusprechen.

Endlich im fünften Stock angelangt, gab es nur noch zwei Türen. Eine mit Glaseinsätzen führte auf den zerstörten Dachstuhl, somit musste die andere wohl die von Klaus sein. Sie klopfte an die seit Jahren offensichtlich nicht geputzte Tür, erst zaghaft, dann lauter, aber es blieb still. Der Regen hatte endlich aufgehört. Draußen ließen sich zwei Tauben auf den Dachruinen nieder, kratzten und schabten mit ihren Krallen über herausstehende Eisenstangen voller Taubendreck und gurrten.

Es fing an, Carla überall zu jucken. Sie klopfte noch einmal, aber außer den Tauben war nichts zu hören. Sie zuckte mit den Schultern.

Na gut, dann würde sie ihm eine Nachricht hinterlassen, mit der Bitte sich zu melden. Sie lief die Treppen wieder hinunter, am dritten 00-Schild blieb sie plötzlich stehen.

Wo war ihr Kampfgeist? Sie musste mehr über ihn herausfinden, wenn sie Alma wirklich helfen wollte.

Sie eilte wieder nach oben und betrachtete das Schloss zu Klaus' Wohnungstür. Ein simples Bartschloss, keine große Sache. Sie holte das kleine Dietrichset aus ihrer Handtasche, klopfte vorsichtshalber noch mal laut an die Tür und rief seinen Namen. Wally fiel ihr plötzlich ein, der sie verboten hatte, für Nachtigall & Co. etwas Illegales zu tun. Immerhin würde Carla sich hier nur umschauen, nichts stehlen und niemanden bewusstlos machen. Sie musste nur schnell sein, bevor jemand sie überraschte.

Für dieses Schloss reichte schon der ganz einfache Dietrich, den ihr Vater aus dem Haken eines Kleiderbügels fabriziert hatte. Sie zog ihren schmalen Rock hoch, ging vor der Tür in die Hocke und schob den Dietrich ins Schloss. Doch sie war etwas aus der Übung, erwischte nicht gleich den richtigen Zapfen und brauchte viel länger, als ihr lieb war.

Endlich ging die Tür auf.

Sie betrat die Wohnung, verstaute den Dietrich und nahm ihre Minox aus der Tasche. Überrascht sah sie sich um. Nach dem gammeligen Treppenhaus hatte sie nicht erwartet, dass es hier so hell und ordentlich sein würde. Wahrscheinlich hatte Klaus – immerhin Architekt – selbst zwei große Dachfenster eingebaut.

Der kleine Raum war geradezu klösterlich aufgeräumt. Nicht ein Kleidungsstück lag herum. Alles war an seinem Platz. War das schon zwanghaft? In der dunkelsten Ecke stand ein elegantes Eisenbett, daneben zwei samtbezogene Barockstühle. Unter den Fenstern entdeckte sie eine antike Kirschholzkommode. Auf den Schubladen prangten die Initialen *KvS* in Gold. Davor befanden sich zwei große Eiermann-Tische, mit Modellbauten darauf. Neugierig trat sie näher an die Tische und fing an, Bilder davon zu machen. Auf dem linken Tisch stand ganz offensichtlich ein Modell für ein gewaltiges Vorhaben am Breitscheidplatz, dem hässlichsten Schandfleck von Westberlin. Ein amerikanisch wirkendes Hochhaus. Auf dem anderen Tisch konnte sie den Olivaer Platz erkennen, aber da stimmte etwas nicht, der war viel kleiner, als Carla ihn im Kopf hatte. Hier waren noch keine Gebäude zu sehen, nur Bäume und Straßen. Sie fotografierte beide Tische.

Ein Geräusch ließ sie zusammenzucken. Sie hielt inne, aber das waren wohl nur wieder die Tauben gewesen, oder eine Tür unten im Hof. Trotzdem trieb sie sich zur Eile an. Es gab weder Küche noch Bad, nicht einmal einen Wasserhahn. Sicher hatte Klaus deshalb so viele Wasserflaschen neben seinem Bett aufgereiht.

Auf seinem Nachttisch lag ›Der Zug war pünktlich‹ von Heinrich Böll, daneben ein zerfleddertes Notizbuch.

Kurz einen Blick reinwerfen. Für Alma, ermutigte sie sich, nur wegen Alma und den Kindern.

Sie setzte sich auf das Bett und schlug hastig das Buch auf, es war eine Mischung aus Tage- und Skizzenbuch. Einträge ohne Datumsangabe, manchmal nur ein paar Worte, Zitate, dann wirre Sätze, aber auch klare Abschnitte, daneben akkurate Entwürfe von Gebäuden, Detailskizzen von Türklinken und sogar eine schmeichelhafte Karikatur von Hochbrück.

Sie durchblätterte das Buch in der Hoffnung, dass ihr das Wort »Alma« irgendwo ins Auge springen würde. Im Erkennen von Mustern war sie hervorragend, das kam vom vielen Abmalen.

Alma fand sich relativ weit vorn: *höllenalma soll sich zum teufel scheren*, weiter in der Mitte: *sie bestraft ihn, weil sie kann nichts anderes, kastriert alle, die sie lieben*. Carla legte das Buch zurück, wünschte, sie könnte irgendwo ihre Hände waschen. Beim Aufstehen stießen ihre Fersen gegen etwas Metallisches. Sie bückte sich und sah unters Bett. Eine große, teils rostige Metallbox. Sie nahm den Deckel ab. Endlich etwas Verwertbares?

Unzählige Medikamente – Aspirin, Grippex, Chinin und Ampullen mit Pervitin.

Pervitin! Panzerschokolade, Hermann-Göring-Pillen. Das kannte sie von Nepomuks Geschichten. Die Drogen der Wehrmacht! Ein Cocktail schwer süchtig machender Stoffe, einer der Bestandteile war Amphetamin. Sie machte ein paar Fotos.

Nepomuk war durch seine Verletzungen süchtig danach gewesen, und ihr Vater hatte ihm geholfen, davon loszukommen. Viele Soldaten hatten damit zu kämpfen gehabt, selbst Heinrich Böll hatte in seinen Feldpostbriefen um Pervitin gebettelt. Ob Klaus deshalb Bücher von ihm las? Vater hatte behauptet, viele Männer würden das Zeug heute noch einnehmen und selbst Adenauer würde es nur mithilfe von Pervitin schaffen, in seinem Alter so gut als Kanzler durchzuhalten. Die Droge hielt einen lange wach, nahm Angst und Schmerzen und ließ einen jedes Risiko eingehen. Aber sie konnte auch Halluzinationen auslösen und Angstzustände. Und sie machte einen sehr schnell süchtig, weshalb sie heute verschreibungspflichtig war. Jetzt verstand sie auch, was es mit Klaus' schlechten Zähnen auf sich hatte. Aber nie wäre ihr Pervitin in den Sinn gekommen! Sie legte den Deckel wieder auf die Box und schob sie unters Bett. Almas Bruder war allerhöchstens Anfang dreißig. Offensichtlich hatte man ihn 1944 noch in die Kinderarmee der Waffen-SS eingezogen. Sehr traurig, dass Klaus offenkundig drogensüchtig war, aber für Alma waren das richtig gute Neuigkeiten! Die Aussage eines Süchtigen durfte nicht zu ihrer Verurteilung führen.

In Klaus' Kleiderschrank fand sie nichts weiter Auffälliges. Die beiden Anzüge und drei Hemden waren von Gehringer und Glupp am Kurfürstendamm Ecke Uhlandstraße und auch Leibwäsche und Socken waren von guter Qualität. Am Boden lag ein leerer Kleidersack aus der Wäscherei Wiegers in der

Stülpnagelstraße, da hätte ihre Mutter wohlwollend genickt, denn ihrer Meinung nach war das die beste Wäscherei, nicht nur in Charlottenburg, sondern in Groß-Berlin.

Ein Geräusch ließ sie innehalten.

Diesmal waren es Schritte auf der Treppe.

Sie hielt die Luft an.

Die Schritte wurden lauter. Carla steckte die Kamera in ihre Tasche und hastete zur Tür, aber es war zu spät, schon wurde der Schlüssel ins Schloss gesteckt. Ihr brach der Schweiß aus, sie konnte es sich nicht leisten, erwischt zu werden. Hastig sah sie sich nach einem Versteck um, unter das Bett? Zu niedrig! Der Schrank? Zu klein. Es gab keine Möglichkeit. Sie musste improvisieren. Nicht gerade ihre Stärke. Ihr Herz klopfte wie rasend, so dämlich hatte sie sich noch nie angestellt. Sie griff an ihren Hals, aber ihr Glückswürfel war nicht da und ihr Vater drehte sich bestimmt auch gerade im Grabe um. Hinter die Eingangstür und hoffen, dass sie von dort schnell rauskam. Aber er würde sie entdecken, sobald er die Tür schloss.

Nein.

Sie hatte keine andere Wahl als den Angriff. Sie stellte sich neben einen der Modelltische und wusste nicht, was sie dann sagen würde. Im gleichen Moment ging die Tür auf. Klaus schlurfte herein und schwankte leise stöhnend zum Bett. So betrunken, dass er nicht mal die Tür hinter sich schloss.

Er ließ sich fallen, ohne die Schuhe auszuziehen.

In dem Zustand würde er sicher gleich schlafen, sie musste nur noch quer durchs Zimmer und … nein! Er stand auf und stürmte mit einem merkwürdigen Gesichtsausdruck auf sie zu. Ihr Puls begann zu rasen.

Warum sagte er denn nichts?

Er rannte zum rechten Tisch und fegte voller Hass das Modell vom Breitscheidplatz vom Tisch. Einige Teile flogen dabei durchs ganze Zimmer. Als alles am Boden lag, sprang er mittendrauf und zertrampelte wie von Sinnen seine Bauten, die Bäume und Passanten. Unvermittelt hielt er inne, schlug sich die Hände vors Gesicht, gab einen erstickten Laut von sich und fing an zu weinen.

Raus hier, befahl eine Stimme in Carlas Kopf, *schnell!*

Sie lief rückwärts Richtung Tür, um ihn im Blick zu behalten. Gleich, gleich hatte sie es geschafft, doch kurz vor der Tür trat sie auf etwas, das laut knarzend unter ihr zerbarst. Sie erstarrte.

Er nahm die Hände vom Gesicht und sah voller Entsetzen zu ihr hin.

»Nein, nein, nein!«, stammelte er, hob die Hand und fuchtelte vor sich herum, als wollte er eine Wespe wegjagen. »Geh weg!«

Sie blieb stocksteif stehen, hielt er sie etwa für einen Geist? Eine Halluzination? Er kam näher. Sein hübsches Gesicht war eingefallen, wie um Jahre gealtert seit dem Galadiner.

Grieser hatte recht, Hochbrücks Tod nahm Klaus offensichtlich mehr mit als Alma. Jetzt stand er fast vor ihr, riesige Pupillen in den glasig roten Augen.

Unberechenbar.

Was, wenn er merkte, dass sie sehr real war? Sie drehte sich um und hechtete zur Tür, rannte nach unten, als hätte sie einen Bombenalarm verschlafen, stürmte durch den Hof an den Fußball spielenden Jungs vorbei nach draußen auf die Straße, und während sich ihr Puls langsam beruhigte, hämmerten nun jede Menge Fragen durch ihren Kopf.

Kapitel 21

Gerade als Carla das Haus in der Grolmanstraße wieder betreten wollte, rief jemand nach ihr. Sie drehte sich um und Katrin rannte ihr voller Begeisterung entgegen.

»Wejen der Blondine …«, rief sie ihr zu, verstummte mitten im Satz und sah sich verschwörerisch um.

Carla unterdrückte ein Lächeln. »Katrin«, sagte sie, in dem Moment öffnete die Pallutzke das Fenster ihrer Hausmeisterwohnung und winkte Carla herrisch zu sich heran. »Fräulein Koslowsky, auf ein Wort!«

Die Wahl zwischen Skylla und Charybdis war ein Kinderspiel gegen das hier.

»Katrin, einen Moment, lass mich zuerst mit Frau Pallutzke reden!« Carla lief ins Haus und stieg die drei Treppen zur Hausmeisterwohnung hoch. Carla verstand, warum Katrin vorsichtshalber in ihrem Windschatten blieb. Alle Kinder fürchteten sich vor der Pallutzke, denn für die waren Kinder schuld an allem, was in Berlin und der Welt schieflief: von den Kippen im Vorgarten über Hundekot auf dem Bürgersteig, wahrscheinlich auch am Bau der Mauer und dem Kommunismus.

»Sie, Fräulein Koslowsky, det ist janz und janicht in Ordnung«, missbilligend trat die Hausmeisterin aus der Tür zu Carla hin. Doch während sie näher kam, verbreitete sich ein überraschendes Lächeln wie eruptive Lava auf ihrem Gesicht.

»Aber für Sie hab ich heute ne Ausnahme gemacht«, sie war nun so nahe, dass Carla in ihrem Geruchsuniversum gefangen war. Die Hausmeisterin hob den Kopf dramatisch Richtung Decke und nickte. »Na ja, und natürlich auch für die arme Ida.«

»Ist was mit Mutter?« Diverse Szenarien schossen durch Carlas Kopf, die Mutter ohnmächtig, gestürzt, blutend.

»Nee, mit der Ida ist allet jut. Oben wartet so ein ... junger Bursche auf Sie. Erst hat er ne Ewigkeit vorm Haus rumgelungert, bis ich ihm erlaubt hab, dass er reinkann und oben vorm Büro auf Sie warten darf.«

»Sehr umsichtig von ihnen.« Ein Zauberer? Oder ein generöses Trinkgeld? Das allein war jedoch nicht immer der Schlüssel zum Ziel. Bei einigen Kunden, die bei Regen im Treppenhaus warten wollten, war das auch schon nach hinten losgegangen, denn je nach Tagesstimmung reagierte die Palutzke auf Bargeld empört, beleidigt oder huldvoll.

Carla dankte ihr nochmals und eilte nach oben. Am nächsten Treppenabsatz zupfte Katrin an ihrem Ärmel, die hatte sie fast vergessen. Carla drehte sich zu ihr um. »Noch einen Moment Geduld«, sagte sie zu ihr, bemerkte aber an Katrins Blick, dass ihnen wohl jemand von oben entgegenkam.

»Fast hätt ick aufgegeben!«, ein breitschultriger Mann badete sie geradezu in seinem warmen Lächeln.

»Offensichtlich sind Sie eine«, er verbesserte sich, als er Katrin hinter Carla entdeckte und nickte auch ihr freundlich zu, »sind Sie beide vielbeschäftige junge Damen!«

Katrin gab ein begeistertes Glucksen von sich, während Carla versuchte, sich daran zu erinnern, woher sie diesen Mann kannte. Kein Klient, kein Bekannter von Vater, Achim oder Nepomuk. Nein, irgendwie dachte sie an Lulu, dann an ein Gewehr. Endlich fiel der Groschen, das war der attraktive Wachmann. Bruno, der ihr den Zettel gegeben hatte.

Kaum wiederzuerkennen, ohne seine Uniform. In Jeans und Lederjacke sah er dreimal besser und gefährlicher aus als Horst Buchholz in den »Halbstarken«. Woher wusste der denn ihren Namen und ihre Adresse? Was wollte er hier?

»Danke fürs Warten, jetzt bin ich ja da«, murmelte sie etwas überrumpelt und wendete sich Katrin zu. »Wir reden nachher, ja?«

»Aber ich …«, Katrin stampfte mit dem Fuß so heftig auf, dass die Treppenstufe ächzte.

Carla schüttelte den Kopf. »Katrinchen, tut mir wirklich leid, aber die Arbeit geht nun mal vor, das weißt du doch, oder?«

»Det ist doch auch Arbeit!«, murmelte sie, senkte aber den Kopf schon so ergeben, als müsste sie zu ihrer Hinrichtung und schlurfte die Treppe runter, sodass Carlas Gewissen sich meldete. Was hatten Lulu und sie da nur angerichtet!

»Ich komme später …«, rief sie ihr hinterher, nach einem Blick auf ihre Armbanduhr verbesserte sie sich, »… nein, morgen früh vor der Schule zu dir rüber, ja?« Dann lief sie den letzten Absatz hoch zum Büro, nickte Bruno zu und schloss die Tür auf.

Einen Moment lang fürchtete sie, dass Wally sich gerade fürs Eden umzog und im Strapskorsett im Büro herumlaufen könnte oder die Luftmatratze wieder mitten im Raum liegen würde, aber es war leer und aufgeräumt, nur ein Hauch von Wallys Parfüm lag in der Luft.

Sie zog die Handschuhe aus, trat an ihren Schreibtisch und legte ihre Tasche ab. Dabei bemerkte sie ein großes Blatt Papier, auf dem in Riesenbuchstaben stand: *Wegen Alma, Neuigkeiten! Wir müssen reden!! Dringend! W.* Was für eine schlampige Schrift, dachte sie. Und warum so geheimnisvoll, wieso hatte Wally die Informationen nicht gleich für sie aufgeschrieben?

Carla bot Bruno Getränke an und setzte sich dann.

»Schicket Büro!«, sagte Bruno, dann entschuldigte er sich wortreich für seinen abendlichen Überfall.

»Um was geht es denn?«, unterbrach ihn Carla.

»Darf ich offen sein?«

»Diskretion ist unsere Stärke.« Sie nickte.

»Ich wollte Sie wiedersehen!«

Sie musterte Bruno, suchte nach Hinweisen für seine Unaufrichtigkeit, aber als ihre Augen sich begegneten, hielt er nicht nur ihrem Blick stand, sondern verschlang sie regelrecht mit einem feurigen Lodern. Es war Carla, die zuerst wegschauen musste.

»Erst wollte ich so tun, als bräuchte ich eine Arbeit, denn meinen Job im Wachdienst bin ich nu los, die drehen hier in Berlin den Film ja nicht weiter, aber«, er strahlte sie selbstbewusst an, »dit wäre nicht ehrlich. Denn jetzt fahr ich Taxi und das passt auch besser mit meinem Studium. Also warum nicht die Wahrheit sagen? Fällt ja niemand 'n Kristall ausm Kronleuchter?« Er legte gerade so viel lächelnden Nachdruck in sein Eingeständnis, dass er unwiderstehlich wirkte.

Mit genau diesem Charme hatte er sich durch die harte Schale von der Pallutzke gebohrt und die würde nun ihrer Mutter erzählen, was für ein unglaublich netter Mann so dringend ihre Tochter hatte treffen wollen. Gesprächsstoff für viele verregnete Nachmittage.

»Und wie haben Sie mich gefunden?«

Er zwinkerte ihr zu. »Bin ebend auch ein guter Detektiv.«

»Aha ...«, das war Carla nun doch alles ein bisschen zu treuherzig, viel zu nett, zu glatt.

Bruno erzählte ihr, wie er die Film-Catering-Frau von der Pommesbude ausgequetscht hatte, denn offensichtlich hatte Carlas »Oma« – hier grinste er wieder vielsagend – die ja gut gekannt. Immerhin hatte diese Trudi Lulu zusammen mit den

Polizisten aufs Gelände gelassen. Natürlich hatte die Frau sich erst mal geweigert, ihm auch nur einen einzigen Piep zu verraten. »Weil ich hätt ja Gott weiß was für 'n Kerl sein können.« Er zwinkerte ihr zu. »Ein ehemaliger Geliebter von der Oma oder ein Mafiaeintreiber.« Aber er hätte nicht aufgegeben und vor allem jede Menge Pommes gegessen, dabei klopfte er auf seinen nicht vorhandenen Bauch und lenkte Carlas Blick auf das taillierte weiße Hemd, dass sich keinen Millimeter über den schwarzen Ledergürtel seiner Jeans wölbte.

Wär kein Opfer nicht gewesen, denn die Pommes wären wirklich hervorragend. Schließlich sei die Trudi eingeknickt und hatte ihm Lulus Nachnamen verraten. Danach musste er nur noch eins und eins zusammenzählen und voilà, hier war er nun.

»Wirklich geradezu geniale Detektivarbeit!«

Sein großer Enthusiasmus alarmierte ihre Abwehrsysteme. Trudi, dachte Carla, der Name, da klingelt was, aber was?

»Wenn Sie wollen, det ick mir sofort aus dem Staub wedeln soll, denn mach ick det!« Bruno schlug die Augen zu einem übertriebenen Dackelblick auf, dann drückte er beide Hände dramatisch an seine breite Brust, dabei gab seine Lederjacke ein leises Knautschen von sich. »Auch wenn mir dit schier det Herz brechen würde.«

War das ein Lächeln, was ihr Gesicht da eben produzierte? Seit wann reagierte sie auf so durchsichtiges Getue mit geradezu backfischhaften Reflexen?

Das Telefonklingeln rettete sie. Aber eigentlich dann doch nicht, denn es war die Niemöller, die wissen wollte, wie sie vorangekommen waren. Obwohl Bruno vor ihr saß, behauptete Carla, dass ihre Angestellte gerade einer sehr vielversprechenden Spur nachging, und sie sich morgen melden würden.

»Lügen ist nicht so Ihr Ding.« Bruno bemühte sich zwar um einen ernsten Gesichtsausdruck, schien seinen Kommentar aber für sehr amüsant zu halten. Offensichtlich fand er ständig einen Grund zum Lachen. Schrecklicher Optimist.

»Ach und das wissen Sie, weil Sie beim Lügen der Experte sind?«, fragte Carla.

»Nicht, wenn es um Herzensangelegenheiten geht, da bin ich immer ehrlich.«

»Natürlich.« Sie hätte es noch viel ironischer sagen sollen. Um nicht wieder in seinen Augen zu ertrinken, starrte sie angestrengt auf Wallys Zettel. Die Buchstaben verschwammen, formierten sich neu, aus dem *dringend* wurde ein *Trudi* und dann nahm noch eine ganz andere Idee Gestalt an und wurde zu einem Plan, der sie selbst überraschte. Offensichtlich übte Wally mehr Einfluss auf sie aus, als ihr klar war.

»Würden Sie mich zu einem Termin begleiten?«, fragte sie.

»Na klar, egal wohin Sie wollen«, er hielt inne. »Obwohl nee, da wäre eine Ausnahme …«

»Die Hölle?«

»Nee, der Teufel macht mir keine Angst …«

»Sondern was dann?«

»Der Hutladen von Ihrer sogenannten Oma, also da müsst ick passen!«

»Also da hätte ich schon ein bisschen mehr Einsatz erwartet«, jetzt hätte er es beinahe geschafft, sie doch noch zum Lachen zu bringen, aber die Genugtuung gönnte sie ihm nicht. Noch nicht?

»Aber heute Abend könnte ich eine Begleitung brauchen, rein beruflich. Kein Hutladen.«

»Geht klar. Ich hole Sie denn mit dem Taxi ab.« Er nickte ihr zu und legte die Hand zum militärischen Gruß an seine Stirn.

»Nein, wir treffen uns gleich dort, in zwei Stunden im Eden.«

Missbilligend rutschte eine seiner Augenbrauen hoch. Er

holte Luft, als wollte er protestieren, doch er verkniff es sich und nickte nur. »Ich könnte Sie gern auch hier …?«

»Nicht nötig.« Carla erhob sich und schritt zur Tür. »Bis später.«

Nachdem er gegangen war, setzte sie sich wieder an ihren Schreibtisch. Auch wenn sie seinem Charme nicht auf den Leim gehen würde, war sein Besuch in jedem Fall ein Gewinn. Denn jetzt wusste sie, warum es bei der Erwähnung von dieser Trudi so geklingelt hatte. Lulu hatte sie im Zusammenhang mit dem Deutsch-Amerikanischen Volksfest erwähnt. Das musste einfach die Pommesfrau sein, von der Jackof so begeistert gewesen war, und vielleicht wusste wiederum diese Trudi etwas über diesen Bobbs. Sie rief Lulu an, erreichte aber niemanden.

Dann ließ sie sich von der Auskunft die Nummern von Dr. Schollwitz und Dr. Jahn geben und rief zuerst Dr. Schollwitz an, den sie noch in seiner Praxis erreichte. Zuerst war er ganz leutselig, als sie auf Hochbrück zu sprechen kam, doch als sie ihn ganz direkt auf die Misshandlungen von Alma ansprach, setzte er zu einer wütenden Tirade über Frauen an, die zu wenig Aufregung in ihrem Leben hätten und sich dann unfassbar bösartige Dinge über ihre Ehemänner ausdächten. Er würde jederzeit unter Eid aussagen, dass Hochbrück seiner Frau niemals auch nur ein Haar gekrümmt hatte und dann legte er ohne Verabschiedung auf. Seine Empörung hatte so aufrecht geklungen, dass es Carla ganz schwer ums Herz wurde. Selbst wenn die beiden als Freimaurer verklüngelt waren oder Hochbrück ihm günstig eine Villa gebaut hatte, würde eine solche Säule der Gesellschaft – immerhin war Schollwitz in diversen Vereinen und sogar Vorsitzender der Berliner Nothilfe – es wirklich riskieren, einen Meineid zu schwören?

Dr. Jahn erreichte sie zu Hause, aber die Ärztin war in Eile, weil sie gerade zu einer Steißgeburt gerufen worden war. Sie wartete auf eine Ambulanz, die sie abholen sollte, und wollte, dass Carla sich kurzfasste. Auf Alma angesprochen berief sie sich auf ihre Schweigepflicht, schließlich sei Alma am Leben und über deren Ehemann könnte sie nichts sagen, da sie den nie behandelt hätte. Als Carla sich damit nicht abspeisen lassen wollte und ganz direkt nach den Misshandlungen fragte, seufzte die Ärztin schwer und schwieg dann so lange, dass Carla sich zwingen musste, dieses innere Ringen nicht zu unterbrechen. Schließlich belohnte Dr. Jahn ihre Geduld mit einer Antwort: »Lassen Sie mich das so sagen: Ein halbvolles Glas ist zwar gleichzeitig auch halbleer, aber eine halbe Lüge ist deshalb nicht automatisch auch die halbe Wahrheit. Ich muss los.«

Großartig, was sollte das denn bedeuten? Da hätte sie auch eine Münze werfen können. Nachdenklich schloss Carla die Agentur ab und lief nach oben, um nach Mutter zu sehen und sich fürs Eden umzuziehen.

Auf dem Treppenabsatz im dritten Stock vor ihrer Wohnungstür lag die kleine Katrin zusammengerollt wie ein Igel und schlief. Carla bückte sich seufzend und berührte sie sachte am Arm. Katrin war sofort wach und setzte sich auf.

»Deine Mutter sorgt sich bestimmt schon!«, Carla schüttelte den Kopf. »So geht das nicht. Man wird keine gute Detektivin, indem man andere Menschen gegen sich aufbringt und sich nicht an die Regeln hält.«

»Mich vermisst eh nie einer«, Katrin gähnte.

»Kein Aber. Also, was wolltest du mir sagen?«

Katrin erzählte Carla, dass sie »die Blondine« verfolgt hätte und dass sie zwei Sachen rausgefunden hätte. Erstens, die Frau würde in einem unanständigen Nachtlokal arbeiten. Carla verzog keine Miene und fragte nach dem Zweitens. Zweitens hätte sich die Blondine mit dem merkwürdigen Mann getroffen, den Katrin nun schon öfter hier hätte rumlungern sehen, ohne dass die Pallutzke den je bemerkt hätte.

»Redest du von dem Mann, der eben oben auf mich gewartet hat?«

Katrin versicherte ihr, dass das der andere gewesen sei, der mit den abgelaufenen Schuhsohlen, nicht ein so Hübscher, mehr so ein Unauffälliger, aber mit Hut und dem hätte die Blondine ein kleines Päckchen übergeben.

Natürlich der schottische Freund, Sir James Cunningham, überlegte Carla. Sie fragte nach, was denn so seltsam an dem Treffen gewesen sei. Katrin kaute angestrengt auf ihren Zöpfen herum, und gab dann zu, dass sie nicht so genau wüsste, aufgrund welcher In-du-zi-en sie zu dieser De-tek-tion gekommen sei, versprach aber sehr intensiv und logisch darüber nachzudenken.

Carla verkniff es sich, sie zu verbessern, dankte ihr und scheuchte sie nach Hause. Dann schloss sie die Wohnungstür auf und wappnete sich. Sie hatte heute gegen alle ungeschriebenen Gesetze verstoßen und war weder zum Mittag- noch zum Abendessen erschienen. Der Ich-vergebe-dir-niemals-Geruch aus Lavendel, Staub und leerem Schokoladenpapier, mit dem sogar die Wände durchtränkt waren, schlug ihr schmerzhaft vertraut entgegen.

»Oh nein, Carla, ich mach mir keine Sorgen!« Heitere Duldsamkeit fand ihren Weg aus dem Wohnzimmer in den Flur, wo Carla voller Schuldgefühle erstarrte. »Die Pallutzke hat mir ja gesagt, dass du noch lebst!«

Carla fröstelte und dachte an Bruno. Was wusste der schon von Hölle.

Kapitel 22

Wally rollte nun schon das dritte Fass Bier in die Bar und steckte es an die Zapfanlage. Det klemmte aber so was von! Sie ruckelte am Verbindungsstück, bis ihr der Schweiß von der Stirn tropfte. Verkantet. Mist! Eigentlich war das Edgars Aufgabe, aber der war ja heute völlig von allen guten Geistern verlassen, tanzte gerade auf dem Tresen rum und machte einen auf Marlene Dietrich, während Irina und Jutta kaum mit den Bestellungen nachkamen. Und obwohl so viel zu tun war, ging Wally ständig die Geschichte im Kopf rum, die Paula erzählt hatte. Widerwillig musste sie sich eingestehen, dass ihre Schwester wohl doch nicht so ein dummes Schäfchen war, wie sie anfangs gedacht hatte.

Die Luft war zum Schneiden und der ganze Laden grölte mit Ingrid van Bergen, die auf dem Tresen den Kriminal-Tango zum Besten gab. Sie tanzte mit Angel zusammen und vor drei Minuten hatte sie angefangen, sich auszuziehen. Wie wollte Edgar da mithalten?

Wally richtete sich auf und suchte etwas, um den Deckel vom Fass zu lockern.

Gerade schleuderte die Ingrid auch schon ihren schwarzen Rolli ins johlende Publikum. Angel zog mit einem schwarzen Handschuh nach, was nicht den gleichen Effekt hatte.

Schnell tauchte Wally wieder ab. Nach all der sinnlosen Lauferei heute hatte sie sich auf einen ruhigen Abend im Eden gefreut. Die Studenten und Stammgäste mussten wegen der Privatveranstaltung woanders hin und dort blieben sie dann auch meistens. Aber heute war alles anders.

Rolf Eden war mit Barbara Valentin abgezogen, und Wally hatte schon angefangen aufzuräumen, weil alle anderen auch Anstalten gemacht hatten zu gehen. Edgar trank zu viel, weil er es nicht geschafft hatte, irgendjemanden von der Anstalt, in der seine Schwester untergebracht war, zu erreichen. Kurz vor Schluss war Ingrid van Bergen aufgekreuzt und fing an den Laden aufzumischen. Zuerst tanzte sie nur so zwischen den Stühlen, aber dann war sie auf den Tresen gesprungen und hatte Edgar, der sonst nie betrunken bei der Arbeit war, zu einem Tanzwettbewerb à la Westsidestory herausgefordert. »Berlins of the West, let's dance, and search for the Westbest!«, improvisierte sie mit ihrer rauchigen Stimme. Wenigstens hatte sie damit Edgar aufgeheitert, denn der hatte Wally den ganzen Abend dann nicht nur wegen Adele, sondern auch noch wegen Hochbrück genervt. Die Polizei war im Hotel gewesen, aber nur um zu fragen, ob Hochbrück beim Galadiner viel getrunken hätte. Niemand hatte Dienstpläne oder Hotelbuchungen kontrollieren wollen. Edgar hätte sich also entspannen können, aber stattdessen wiederholte er nur immer wieder, dass er zehn Jahre hatte malochen müssen, um Chefconcierge zu werden, und wie sehr die Adele ihn und das Geld gerade jetzt brauchen würde. Dabei war Edgar doch so gut, dass die ihn niemals rauswerfen würden, alle Gäste liebten ihn und jedes andere Hotel hätte ihn mit Kusshand übernommen.

Endlich lief das Bier, wie es sollte. Wally wischte sich den Schweiß von der Stirn, rückte die Paillettencorsage zurecht und trat zum Spülbecken, wo sich die dreckigen Gläser schon wieder stapelten. Seit Ingrid da war, wurde noch schneller gesoffen.

Manchmal hasste sie ihre Arbeit.

Sie griff sich mit jeder Hand ein Glas und stülpte sie kopfüber auf die dicken schwarzen Spülbürsten im Becken, tunkte sie auf und ab und sah zu Angel und Ingrid, die auf dem schmalen Tresen umeinander herumschlängelten.

Durch die tanzenden Beine von Edgar und Ingrid winkte ihr jemand zu. James? Der hatte doch Spätdienst heute.

Nanu?

Sie musste zweimal hinschauen, um sich zu vergewissern.

Das war ja mal ne echte Überraschung! Sie zog die Gläser durch das Becken mit dem klaren Wasser und stellte sie ab. Was wollte denn die Carla hier? Albern aufgetakelt im kleinen Schwarzen, dit war hier doch nicht die Oper.

»Falsche Hausnummer?«, rief sie ihr zu. »Ist was passiert?«

»Reden!«, brüllte Carla über den Tresen und brachte in letzter Sekunde ihren Kopf vor Edgars Unterschenkel in Sicherheit. »Von wegen dringend!«

»Was denn, hier?« Wally tippte sich an die Stirn und zeigte auf Edgar und Ingrid.

Ingrid van Bergen stieg gerade aus ihrem Rock und stand im durchsichtigen roten Perlon-Höschen da. Edgar erstarrte einen Moment, dann spannte er alle Muskeln an.

Aber was sollte das werden? Oh nein, was machte er denn da?

Der Idiot sprang in seinem Zustand in die Luft wie zum Spagat, ein Raunen ging durch die Menge.

Doch er landete nicht ganz auf dem Tresen, sondern rutschte ab und stürzte zu Boden. Oh Gott. »Stopp!«, rief Wally. »Alle sofort auf Stopp!« Aber niemand hörte sie, Ingrid hatte den Sturz wohl noch nicht bemerkt, weil sie damit beschäftigt gewesen war, ihren schwarzen BH aufzuhaken und nun ließ sie ihn gerade wie einen Propeller über ihrem Kopf kreisen.

Ein ekstatisches »Ahhhhh« durchzog das Eden.

Wally rannte um den Tresen herum zu Edgar, der neben der Bar auf dem Boden lag und in Gefahr war, von der johlenden Menge zertrampelt zu werden. Seine Angel-Perücke hatte sich beim Sturz gelöst und wurde vom Rhythmus der stampfenden Füße gerade schon zu roten Fusseln zermalmt.

Sie kniete sich neben ihn, er sah sie mit weit aufgerissenen Augen an und sagte etwas, dass sie nicht hören konnte, Blut strömte aus einer Wunde über seinen Augenbrauen und betonte noch, wie bleich er unter seinem Make-up war.

»Alles wird gut, Edgar!«, rief sie, obwohl er sie bestimmt nicht hören konnte.

Er schloss die Augen, nein, nein, er würde doch nicht ohnmächtig werden!

Ein Mann ging neben ihr in die Hocke, griff unter Edgars Rücken und hob ihn hoch. »Wohin?«, brüllte er. Wally bedeutete ihm, ihr zu folgen und bahnte sich einen Weg zum Umkleideraum. Dort angekommen, breitete sie alles, was sie finden konnte, auf dem Boden aus, denn es gab nirgends eine Möglichkeit, sich hinzulegen. »Aus Gründen«, wie der Boss mit einem Augenzwinkern gern zu sagen pflegte.

Carla war dem Mann gefolgt und stand jetzt neben ihm, als er Edgar vorsichtig auf dem improvisierten Bett aus Kleidern und Kostümen ablegte.

»Wir sollten ihn ins Krankenhaus bringen!«, sagte Carla zu dem Mann, als ob Wally nicht da wäre.

Der Mann nickte.

Edgar betastete sein Gesicht. »Auf keinen Fall! Mir ist ja nichts passiert.«

Irina und Jutta stürmten herein. »Was ist mit ihm?«

»Wissen wir noch nicht«, sagte Wally. »Könnt ihr euch bitte um die Leute kümmern?«

»Die rasten gerade völlig aus!«, sagte Irina, »zu zweit schaffen wir das auf keinen Fall!«

»Gebt der Ingrid das Megafon vom Chef, erklärt ihr, dass Edgar sich verletzt hat. Sie liebt ihn und wird ne Ansage machen, die dafür sorgt, dass alle ins *Chez Nous* oder sonst wohin weiterziehen.«

Wally holte das alte Megafon aus einem der zerbeulten Schränke und reichte es Jutta. Kaum hatten Jutta und Irina den Raum verlassen, stöhnte Edgar so laut, dass alle wieder zu ihm stürzten.

»Dieser ... Mann? ... gehört wirklich in ein Krankenhaus!«, sagte Carla.

»Sind nur Kopfschmerzen«, ächzte Edgar.

Wally glaubte ihm kein Wort.

»Das weiß man nie, könnte auch was Ernstes mitm Kopp sein«, sagte der Mann, der ihn hergetragen hatte. Wally musterte ihn. Groß und breit, ihr Blick wanderte zu seinem Gesicht. Diese Augen. Was für ein Mund! Wer war denn das und was hatte der mit Carla zu tun? Er wechselte einen Blick mit ihr, der es durch ihre Absperrgitter schaffte und sich irgendwo in ihrem Inneren einklinkte, was sich so anfühlte, als wäre er da richtig, als hätte es schon immer genau diesen Platz für ihn gegeben. *Er sieht aus, wie jemand, den ich lieben könnte*, schoss es ihr durch den Kopf. Auf keinen Fall! So etwas war in ihren Plänen nicht vorgesehen. Verwirrt versuchte sie herauszufinden, wo denn dieser absurde Gedanke ausgerechnet jetzt hergekommen war. Natürlich, sie war in Sorge wegen Edgar, das machte einen weich in der Birne. Dabei wusste sie doch nicht nur von ihrer Mutter, sondern auch von Frieda, wie das war mit der Liebe. Det war Beschäftigungstherapie für Pennäler, Jungfrauen und Mütter.

Verstohlen musterte sie ihn genauer, um zu verstehen, was hier los war, nur dann würde es ihr gelingen, das im Keim zu ersticken. Sie hatte das schon einmal durchgemacht und es hatte ihr nur das Leben verhunzt. Der Mann war sehr ansehnlich, aber das allein war es nicht, es ging auch etwas von ihm aus. Kraft? Licht? Blödsinn, diese Lederjacke war kein bisschen mystisch. Da, er sah sie wieder an, fragend, intensiv und der Blick weckte den brennenden Wunsch ihren Bunker zu verlassen und sich ihm anzuvertrauen. Bei ihm wäre sie sicher, niemals würde er über sie lachen, sie niemals verraten.

Sie entdeckte einen kleinen Blutfleck auf seinem weißen Hemdkragen. Plötzlich schossen ihr Tränen in die Augen und sie hatte keine Ahnung warum. Doch, klar, das war alles nur wegen dem dämlichen Edgar. Tod und Sex waren enge Verwandte.

»Bringen wir ihn ins Krankenhaus!«, sagte der Mann, der sich längst wieder ihrer Schwester zugewandt hatte.

Er mochte Carla, wollte ihr gefallen. Aber sie schien es nicht zu bemerken.

»Ihr könnt mich nach Hause bringen, sonst nüscht«, sagte Edgar. »Ich habe morgen zu arbeiten!«

Ihre Schwester bückte sich zu ihm hinunter. »Solche Platzwunden sollten am besten geklammert werden, also das haben sie uns jedenfalls so beigebracht, als ich den Sanitäterschein gemacht habe.«

Der Mann sah Carla überrascht, nein eigentlich fast schon bewundernd an, offensichtlich kannte er sie noch nicht lange.

Wally trat neben die beiden und begutachtete Edgars Gesicht. »Ich sags nicht gern, aber Carla hat recht, oder willst du nachher wie Käptn Ahab aussehen? Dann wars das mit dem Lucky Angel!«

Edgar weigerte sich trotzdem, selbst als sie ihm hochhalfen und sich herausstellte, dass er keinen Schritt gehen konnte, weil sein Knöchel verstaucht oder gebrochen war. Er blieb stur und schließlich einigten sie sich darauf, ihn zu einem Arzt zu bringen, den Wally von früher kannte. Bruno, so hieß

Carlas Begleiter, trug Edgar in sein Taxi und dann fuhren sie los, Richtung Joachimsthaler Straße.

»Wegen meiner Nachricht wegen der Alma«, fing Wally an, weil sich so eine seltsame Stille im Auto ausgebreitet hatte und sie sich endlich wieder von einer Törin in eine kluge Frau verwandeln wollte.

»Reden wir später!«, sagte Carla mit einem warnenden Unterton. »War eine ausgesprochen dumme Idee von mir ins Eden zu kommen.«

»Viele Ideen erscheinen erst mal dumm«, sagte dieser Bruno.

Und seine Stimme, tief und dabei so weich, wie reinbeißen in einen dunkel glasierten Punschberg, dachte Wally.

»Aber oft merkt man später erst, wie genial sie sind, denkt doch nur mal an ...«

»Links abbiegen!«, Wally wollte nicht, dass er Carla tröstete. »Dann nach rechts und da ist es dann auch schon.«

»Sieht nicht gerade nach ner Arztpraxis aus!«, stellte der mit der Punschbergstimme beim Aussteigen fest, während er Edgar durch den Hofeingang in der Joachimsthaler Straße zum schäbigen Hinterhaus trug, als wäre der leicht wie ein Kind.

»Hat auch keiner was von ner Praxis gesagt!« Wally wich Carlas fragenden Blicken aus, sie musste die beiden jetzt dringend loswerden.

»Ihr könnt da nicht mit rein, der Arzt hat seine Approbation wegen so ner Sache verloren, deshalb mag er keine Fremden, aber den Edgar kriegt er bestimmt wieder hin.«

»Aber ...«, fing Carla an, doch Bruno fiel ihr ins Wort. »In Ordnung, wir warten draußen auf euch!«, sagte er.

»Das ist nicht nötig, ich rufe einen Freund an und wir bringen Edgar dann nach Hause.«

»Danke!« Edgar stöhnte. »Und morgen Abend gebe ich im Eden ne Runde für euch alle aus!«

Bruno und Carla sahen sich an.

»Na gut, wenn es das ist, was ihr wollt, gehen wir jetzt«, sagte Carla endlich und zog mit Bruno ab.

Wally klingelte und war froh, dass sie sich auf Edgar konzentrieren musste und keine Zeit zum Nachdenken hatte. Carlas Freund lag völlig falsch, verdammt viele Ideen waren von Anfang bis Ende einfach nur dämlich.

Kapitel 23

Dieses Flackern macht einen doch verrückt! Genervt starrte Carla die laut brummenden Neonröhren an und lief gefühlt zum hundertsten Mal auf dem abgeschabten Linoleumboden der Haftanstalt hin und her. Otto Stratmann war nun schon seit zehn Minuten angeblich auf dem Klo und Alma immer noch nicht hier.

Sie hatte die ganze Nacht auf Wally gewartet, aber die war erst in der Dämmerung zurückgekommen, weil sie diesen Edgar noch nach Hause gebracht und sich um ihn gekümmert hatte. Er hatte eine leichte Gehirnerschütterung, aber der Knöchel war zum Glück nur verstaucht. Carla hatte einen starken Kaffee gekocht und dann endlich erfahren, was Paula ihrer Schwester erzählt hatte.

Danach hatte sie Himmel und Hölle in Bewegung gesetzt, um so schnell wie möglich mit Alma und ihrem Anwalt reden zu können, aber sie hatte sich einen ganzen Tag gedulden müssen. Sie sah zur Uhr über der Tür. Elf Minuten.

Alma musste schleunigst wieder raus zu ihren Kindern.

Schwere Schritte, begleitet vom Klirren unzähliger Schlüssel brachten sie dazu, sich hinzusetzen.

Eine Wärterin führte Alma herein, die noch elender aussah als beim letzten Mal. Das rote Haar klebte jetzt an ihrem Kopf wie schlecht heilender Grind und ihr weißes Kostüm war nun durch und durch kohlenstaubgrau. Offensichtlich hatte ihr niemand Kleider zum Wechseln gebracht. Alma wirkte apathisch, als würde sie das alles nicht kümmern.

»Wo ist der Anwalt?«, fragte die Wärterin und machte Anstalten, Alma wieder mitzunehmen.

»Zur Toilette. Als seine Assistentin ist es mir auch erlaubt, mit ihr zu reden!«

Unschlüssig blieb die Wärterin stehen.

»Allein!«

Carla stand auf und wiederholte das noch einmal. Im gleichen Moment kam Otto Stratman zurück. Blasser als letztes Mal und deutlich fahriger, aber immerhin hatte er zwei dampfende Becher dabei und reichte Alma einen davon. »Genehmigter Kaffee!«, sagte er zu der uniformierten Beamtin, die nun endlich den Raum verließ.

Alle setzten sich, Alma starrte so befremdet in ihren Kaffee, als würde ein Goldfisch darin herumschwimmen. Stratmann schob Carla den anderen Becher zu und nickte. Carla bedankte sich, hob den Becher grüßend zu Alma hin und nahm einen Schluck. Heißer als erwartet.

»Also was gibt es so Dringendes?«, fragte Stratmann.

»Etliches. Zuerst mal: Egal, was Almas Bruder ausgesagt hat, es ist mehr als fragwürdig, denn er ist süchtig!«, sagte Carla. »Pervitin!«

Alma gab einen merkwürdigen Laut von sich und trank den Kaffee dann hastig in einem Zug aus.

Stratmann runzelte die Stirn. »Reden Sie von Panzerschokolade?«

Carla nickte. »Hermann-Göring-Pillen, Aufputschmittel …«

»Seine Aussage könnte trotzdem zugelassen werden. Er behauptet, Hochbrück hätte ihm oft erzählt, dass seine Frau sich ihm verweigern würde, weil sie wegen ihrer Figur keine weiteren Kinder mehr bekommen wollte. Das ist aus deren Sicht ein ausgezeichnetes Tatmotiv.«

»Das verstehe ich nicht. Da hätte Hochbrück doch allen Grund gehabt, sich scheiden zu lassen?«, fragte Carla.

»Genau so sieht es auch die Polizei. Sie glauben, Alma hätte die Scheidung mit dem Mord verhindern wollen, weil sie lieber Witwe sein wollte, als auf sein Geld und das Prestige zu verzichten.«

»Mein Bruder hasst mich, weil ich ihn mehrfach zum Entzug gezwungen habe!« Alma wirkte nun wacher. »Beim letzten Mal musste ich ihn entmündigen lassen, weil er in den manischen Hochphasen sein ganzes Erbe verplempert hat.«

»Und wer wurde als Vormund bestimmt?«

»Ich als engste Verwandte natürlich nicht!« Alma lachte bitter. »Es musste schon ein Mann sein, und weil Alexander fand, wir sollten ihm wenigstens einen fremden Vormund ersparen, hat er angeboten, das zu übernehmen. Klaus war nicht nur einverstanden, sondern begeistert. Seine Verehrung für Alexander wurde noch stärker und er war stolz darauf, sein Freund zu sein. War fast so, als wären sie im Krieg zusammen gewesen. Dabei war Alexander immer schon großartig darin, sich vor allem zu drücken, im Gegensatz zu meinem Bruder war mein Mann nie an der Front.« Ihre Lippen kräuselten sich verächtlich.

»Wir müssen über Paula reden!«, Carla sah Alma ermutigend an.

Alma schüttelte den Kopf. »Warum das denn? Ich wüsste nicht wozu das gut sein sollte.«

Carla wendete sich Stratmann zu. »Paula Becker ist die Leiterin vom Waisenhauschor der Berliner Küken. Die Hochbrücks sind dort ebenso wie ich im Vorstand tätig und engagieren sich ehrenamtlich. Paula hat bei dem letzten Sommerausflug beobachtet, wie Alexander Hochbrück eines der Mädchen belästigt hat.«

»Unsinn, Alexander hat herausgefunden, dass Paula lesbisch

ist. Er wollte ihr deshalb kündigen und da hat sie sich eben gerächt«, sagte Alma schnell.

»Interessant, dann hätte diese Paula also ein Mordmotiv!« Erfreut kritzelte Stratmann etwas in sein Notizbuch.

»Alma«, begann Carla sehr sanft. »Wir beide wissen, dass das nicht die ganze Wahrheit ist.«

Stratmann legte seinen Füller weg und sah zwischen Alma und ihr hin und her.

»Ich weiß nicht, wovon du da redest!«

»Paulas Beobachtung war leider richtig. Dein Mann mag kleine Mädchen.«

»Das ist völliger Blödsinn!« Almas Stimme brach.

»Ich habe lange nicht verstanden, warum du uns so ein Theater vorgespielt hast, aber nachdem Paula endlich damit rausgerückt ist, was sie beobachtet hat, war es klar. Du hast das alles nur getan, um Mathilda vor ihm zu beschützen.«

Tränen tropften aus Almas Augen, während sie wie versteinert dasaß. Carla beugte sich vor und legte ihre Hand auf Almas Arm, doch sie schüttelte sie ab und lehnte sich weit zurück.

»Du musstest deine Tochter vor ihm in Sicherheit bringen und wusstest, niemand würde dir glauben. Deshalb diese Maskerade. Du hattest Angst davor, wenn du dieses Fass aufmachst, wird einzig und allein Mathilda dafür bezahlen. Eine epische Schlammschlacht, bei der der Sieger schon von vorneherein feststand.« Carla wendete sich zu Stratmann. »Hochbrück ist für das Bundesverdienstkreuz vorgesehen, und er hat wirklich überall Freunde …«

Stratmann schluckte ein paarmal, dann räusperte er sich.

»Ist das alles wahr?«

Alma regte sich nicht.

»Ich bin sicher!«, sagte Carla. Was für ein Unglück, dass sie das nicht früher schon durchschaut hatte.

»Und was bringt uns das? Nichts!« Der Anwalt nahm seine Brille ab und rieb den Nasenrücken. »Das können wir auf gar keinen Fall anbringen, denn so hätte Alma erst recht ein Motiv!«

»Ganz genau!«, mischte sich Alma wieder ein »Carlas Theorie ist nämlich Schwachsinn, denn es war kein Mord, sondern Notwehr, weil er mich an dem Abend wirklich misshandelt hat.«

»Warum bist du an dem Abend nicht bei deinem verletzten Sohn im Krankenhaus geblieben?«, fragte Carla. »Ich kann dir sagen, warum!«

»Spielt das denn eine Rolle?«, fragte Stratmann.

»Du meine Güte!«, Carla hätte ihn am liebsten geschüttelt. »Es wäre Ihre Aufgabe gewesen, den ganzen zeitlichen Ablauf zu überprüfen, das ist doch so was wie das kleine Einmaleins der Verteidigung!«

»Die Schwestern haben mich heimgeschickt«, behauptete Alma. »Wollten nicht, dass ich bleibe.«

»Nein, du wolltest, du *musstest* nach Hause, denn viel schlimmer als die Platzwunde von deinem Sohn war der Gedanke an das, was Alexander deiner Tochter antun würde, wenn du nicht vor ihm zu Hause wärst!«

Alma ballte die Fäuste und schlug damit auf den Tisch, Carlas halbvoller Kaffeebecher hüpfte hoch und kippte um. Die Flüssigkeit ergoss sich auf Stratmanns Unterlagen. Er zog ein Stofftaschentuch aus seiner Hosentasche und fing an, hektisch herumzuwischen.

»Ja, ja, ja!« Alma hämmerte auf den Metalltisch, Tränen strömten über ihr Gesicht, sie wirkte nicht weniger gespenstisch als ihr Bruder gestern Abend. Gut, dass es endlich aus ihr herausbrach.

Die uniformierte Beamtin kam herein und wollte wissen, was los war.

»Alles in Ordnung!«, versicherte Stratmann, sprang auf und schob sie geradezu aus der Tür. »Nur eine kleine Krise.«

Alma fing an, hysterisch zu kichern, dabei schniefte sie und ihre Schultern zuckten wie unter Krämpfen. »Ganz genau, ich habe dieses verdammte Schwein umgebracht, und ich bereue nicht eine Sekunde, dass er tot ist! Niemand wollte uns helfen. Mein eigener Bruder hielt mich für verrückt. Und weißt du, was der Arzt gesagt hat, den ich um Hilfe angefleht habe? Nicht der Schollwitz natürlich, nein! Ich dachte, ich hätte es schlau angestellt, denn ich hab extra einen Ausländer in Kreuzberg ausgesucht, dachte, der kennt Alex bestimmt nicht. Aber nein, auch er hielt es für seine männliche Pflicht, Alexander anzurufen und ihm von dem krankhaft neurotischen Neid auf meine schöne und junge Tochter zu berichten. Er empfahl ihm, mich in die Psychiatrie einzuweisen.«

Carla sah Stratmann von der Seite an. Gut, dass der zum Schweigen verpflichtet war. Hoffentlich hielt er sich, anders als der Arzt, auch wirklich daran, denn alles, was Alma erzählte, klang nach richtig guten Mordmotiven. Plötzlich dachte sie an die Bilder, die Wally von sich und Hochbrück gemacht hatte, selbst die würden nur ein weiteres Mordmotiv für Alma liefern. Wirklich schade, dass er bei dieser Orgie nicht schon zu Tode gekommen war.

»Wenn ich das richtig verstanden habe, sind Sie also nach Hause gefahren, um Ihre Tochter zu beschützen. Hatten Sie denn nicht ausgesagt, dass Mathilda erst nach Hause gekommen ist, als Hochbrück schon tot war?«, fragte Stratmann.

»Ganz genau!« Alma wischte mit dem Kostümärmel über ihr Gesicht und strich die strähnigen Haare hinter die Ohren. »Weil ich schnell genug war. Niemals wäre ich über Nacht weggeblieben. Wie ein Luchs hab ich darauf geachtet, dass er nie allein mit den Kindern ist.«

War sie wirklich vor Mathilda da gewesen? Carla erinnerte

sich an das, was der verrückte Nachbar erzählt hatte. Angeblich hatte Mathilda den Schlüssel vom Vogelhäuschen nehmen müssen, weil niemand zu Hause gewesen war. Sie hatte das abgetan, wegen dem verrückten Rest, den er zum Besten gegeben hatte. Aber was, wenn der Nachbar nicht komplett verrückt war und dieser Teil seiner Aussage stimmte? Oder ganz anders, was, wenn der total verrückt war und er Hochbrück umgebracht hatte, weil er ihm auf dem Weg nach Walhall im Weg gewesen war? Nein, zu abwegig! Und was noch viel schlimmer war, all das brachte keine neuen Argumente für eine Verteidigung auf Notwehr!

»Hat die Polizei denn nun endlich auch irgendwelche anderen Verdächtigen verhört?«

»Sie behaupten, es existieren keine. Hochbrück hatte nur Freunde und Bewunderer.«

»Sag ich doch!« Alma seufzte.

»Was ist mit seinen Konten – irgendwelche auffälligen Bewegungen?«

Dazu musste Stratmann in seinen Unterlagen nachschauen. Wieso wusste er das denn nicht auswendig?

»Nein, alles bestens.«

»Wurde das Haus durchsucht?«

»Natürlich, nirgends ein Anzeichen auf gewaltsames Eindringen. Im Büro wurden Fingerabdrücke von seinen Studenten gefunden, die konnten alle ermittelt werden und hatten für den Abend ein Alibi. Ansonsten gab es nur Abdrücke von den Familienmitgliedern, der Putzfrau und dem Kindermädchen.« Er zögerte einen Moment und hielt den Blick auf die Mappe gerichtet. »Und im Erdgeschoss waren viele verschiedene Abdrücke von Kindern.«

»Wahrscheinlich die Jungs von der Hockeygruppe«, sagte Alma heiser. »Wann kann ich meine Kinder sehen?«

»Hier?«, Stratmann zog seine Augenbrauen hoch. »So?«

Alma blickte an sich herab und nickte »Das wäre nicht angemessen. Sie können doch sicher etwas arrangieren? Carla, nach all der Hilfe, die du mir verweigert hast, bringst du mir doch wenigstens ein paar Kleider?« Sie funkelte Carla wütend an. Gut, dachte Carla, alles besser als dieses kampflose Elend.

Alma setzte sich gerader hin und wendete sich dabei nur an Stratmann.

»Da war kein Platz für Freundinnen. Alexander bestand darauf, der alleinige Mittelpunkt meiner Welt zu sein. Wann immer ich seine Umlaufbahn verlassen habe, hat er dafür gesorgt, dass das, auch gewaltsam, korrigiert wurde. Ich konnte einfach nicht mehr.«

Stratmann versprach, sich um einen Besuchstermin zu kümmern und winkte die Uniformierte herein, die Alma wieder abführte.

»Das war dann Ihr letzter Besuch bei Alma!«, sagte Stratmann gefährlich sanft, als sie die Haftanstalt Richtung Lehrter Straße verließen.

Carla blieb stehen. »Warum denn das? Sie sehen doch, wie dringend Sie mich braucht!«

»Wir plädieren auf Notwehr und benötigen daher Ihre unappetitlichen Ermittlungen nicht. Ich bitte Sie dringend, das zu unterlassen.« Er ließ sie ohne ein weiteres Wort stehen und lief zu seinem Auto.

Fassungslos starrte sie ihm hinterher. Ihr Fehler, sie hätte seine Kompetenz vor Alma nicht infrage stellen dürfen. Trotzdem würde sie das auf keinen Fall hinnehmen. Dieser ganze Fall stank zum Himmel.

Kapitel 24

Müde schloss Carla die Akten von Alma und die von Ingrid Niemöller im Aktenschrank ein und holte sich, nach einem Blick auf die Uhr, den Asbach Uralt und einen Cognacschwenker. Sechs Uhr, da hätte sich Vater heute auch ein Feierabendgläschen gegönnt! Was für ein Tag! Sie hatte es noch nicht mal geschafft, die Kleider für Alma zu holen, weil so viel anderes zu erledigen war. Während sie sich einschenkte, fragte sie sich, warum dieses dumpfe Gefühl, etwas zu übersehen, ständig stärker wurde.

Nach dem Gespräch mit Alma und Stratmann war sie von der Lehrter Straße unverzüglich zum Jugendamt gefahren und hatte sich nach Mathilda und Gregor erkundigt. Wollte wissen, ob die beiden psychologisch betreut wurden.

Leider nein.

Ob man schon Pflegeeltern für die beiden gefunden hätte.

Leider nein.

Man wolle den Ausgang der Verhandlung abwarten, was im Klartext bedeutete, dass sich niemand um sie kümmerte. Carla hatte sich sehr beherrschen müssen, nicht laut zu werden. Almas Kinder brauchten dringend Hilfe – der Vater plötzlich tot, die Mutter verhaftet und der Onkel drogensüchtig. Sie gehörten in die Obhut von jemandem, dem an ihrem Wohlergehen wirklich gelegen war. Nach einer zähen Diskussion war es ihr dann gelungen, dass die Geschwister bis zum

Ende der Verhandlung den Berliner Küken überstellt wurden. Dort kannten Mathilda und Gregor wenigstens ein paar andere Kinder und einige Betreuer von den gemeinsamen Ausflügen.

Als sie den beiden die frohe Botschaft verkünden wollte, hatte man ihr lapidar mitgeteilt, die Geschwister seien in der Schule. Da hatte man sie hingezwungen, weil das Leben nun mal weitergehen musste. Ja genau. *Einfach alles unter den Teppich kehren, da sind wir gut drin*, dachte Carla. Eine deutsche Spezialität. Sie nahm einen großen Schluck von dem Cognac. Bei dem Gedanken daran, was die Kinder angesichts der Zeitungsschlagzeilen in der Schule an Gerede und Hänseleien über sich ergehen lassen mussten, hatte sie Vera Hubermann angerufen. Obwohl Carla nicht die geringste Lust gehabt hatte, sie um diesen Gefallen zu bitten, nachdem sie sich wegen Paula ja mit der Psychologin überworfen hatte. Sie hatte befürchtet, dass Vera die Situation ausnutzen und sie zu Kreuze kriechen lassen würde, aber sobald die Psychologin hörte, womit die Geschwister konfrontiert waren, willigte sie ohne Wenn und Aber ein, sich gleich nach der Schule um sie zu kümmern.

Etwas beruhigter war Carla dann bei Lulus Villa in der Nähe vom Lietzensee vorbeigegangen, um ihr wegen der Niemöller Informationen über diese Trudi zu entlocken.

Als Lulu ihr öffnete, war Carla sofort klar, dass sie leider keinen guten Zeitpunkt erwischt hatte. Ihre Tante war generalstabsmäßig aufgetakelt, sie trug ihr echtes Chanelkostüm und dazu einen unpassenden Hut, der Coco Chanel glatt zum Weinen gebracht hätte. Bei dem Anblick von all den Federn, Strass und Blumen war ihr unwillkürlich Bruno eingefallen und sein Angebot, ihr in die Hölle, nicht aber in einen Hutladen folgen zu wollen.

Bruno. Carla seufzte. Wie lässig er den Unfall von diesem

Verrückten im Eden gemeistert hatte. Ganz sicher hatte er sich den Abend mit ihr anders vorgestellt. Sie nahm noch einen Schluck.

Lulu hatte sie überschwänglich auf die Wangen geküsst und ihr angeboten, sie im Auto ein Stück mitzunehmen. Sie war auf dem Weg zu den Messehallen am Funkturm. Ein alter Freund hatte sie zur Eröffnung der 22. Deutschen Rundfunk und Fernseh- und Phonoausstellung eingeladen, wo Bundeswirtschaftsminister Ludwig Erhard persönlich eine Rede halten würde. Sie hoffe sehr, dort wichtige Leute zu treffen. Und Carla könne es auch nichts schaden, sich dort unter die Leute zu mischen, um potenzielle neue Klienten zu akquirieren. Lulu würde ihr ja gern helfen, aber sie musste dringend mit ihrem *alten Freund* Ladislas Fodor reden. Der sei Drehbuchautor bei der neuen Dr. Mabuse-Reihe, die der Atze, ihr anderer alter Freund, gerade in Vorbereitung hätte.

Erst im Auto gelang es Carla endlich, auf Trudi zu sprechen zu kommen. Kaum hatte sie nach Trudi gefragt, reagierte Lulu ungewöhnlich ungnädig. Ein Hagel von Fragen war auf sie herabgeprasselt. Ob die unglückselige Ida sie dazu angestiftet hätte? Würde das denn nie aufhören?

Mit der Sache? Aufhören? Sie waren schon fast am Funkturm, als Carla endlich dämmerte, was los war. Ihre Mutter gab dieser Trudi die Schuld daran, dass Tante Lulu nicht nur Männer, sondern auch Frauen liebte. Vater war das egal gewesen, aber ihre Mutter hielt Trudi für eine Ausgeburt Satans, denn sie hätte Lulu damals beim Film widernatürlich verführt und so Lulus zweiten Mann ins Grab gebracht, was natürlich völliger Blödsinn war. Niemand auf diesem Planeten konnte ihre Tante verführen, wenn die nicht wollte. »Mit der Trudi ist das alles nicht so einfach!«, sagte Lulu. »Es geht immer hin und her mit uns.«

Carla hatte viel Geduld gebraucht, bis es ihr gelungen war,

Lulus Redefluss zu stoppen und ihr zu erklären, dass sie Trudi nur wegen eines Falles befragen wolle. Als ihre Tante erfuhr, dass es bei dem Fall um eine große Liebe ging, brannte sie geradezu darauf, ihrer Nichte zu helfen. Sie war mit Carla an der Thüringen-, Sachsen- und Pommernhalle vorbeigebraust bis zur Westschlesienhalle, wo Trudi ihre Pommesbude strategisch perfekt zwischen dem Stand vom Sender ›Freies Berlin‹ und der Polizei platziert hatte.

»Ist ja nüscht los!«, hatte Lulu beim Aussteigen gewettert. »Dit ist allet nur wegen der Drecksmauer. Es kommt doch kein Mensch mehr in so 'n amputiertes Berlin. So schade, wo doch hier richtig was geboten wird!«

Ein kurzer Blick rechts und links verriet Carla, dass ihre Tante recht hatte: Der SFB zeigte, wie ›Ein Platz an der Sonne‹ produziert wurde und die Polizei verriet, wie man mit Radar Verbrecher jagen konnte.

»Aber ich habe jetzt keine Zeit zum Rumschauen!«, sagte Lulu, eilte mit Carla vom Auto hinüber zu Trudi und stellte sie einander vor, dann rauschte sie ab zu ihrem wichtigen Treffen, das in einer der anderen Hallen stattfand.

»Verrücktes Huhn!«, hatte Trudi mit liebevoller Bewunderung gesagt und Carla eine Tüte Pommes aufs Haus gereicht. Es stellte sich heraus, dass ihr richtiger Name Gertrud Heilbringer war. Sie kannte jede Menge GIs und Jacks und sie erinnerte sich auch an einen Bobbs, ein attraktiver Kerl, wenn man große Blonde mochte. Aber sie hatte keine Ahnung, wie der richtig hieß und in welcher Einheit er stationiert war. Luftwaffe, mutmaßte sie, aber das war nur so 'n Gefühl. Und ja, sie hatte an Lulus Geburtstag Fotos mit ihrer neuen Polaroid 900 gemacht, aber nur von Lulu. Bei deren Namen war wieder ein verschmitztes Lächeln über ihr Gesicht gehuscht. Die Fotografie war ihr Hobby und Lulu eines ihrer Lieblingsmodelle. Eigentlich hatte Gertrud Standfotografin beim Film werden wollen. Sie hatte an den Fritteusen gerüttelt, als wären die daran schuld, dass das nicht geklappt hatte.

»Es is ja so«, hatte sie gesagt, »det wir jlooben, det wir die Karten spielen, aber jemischt werdense ja denn doch vom Schicksal.« Sonderlich traurig hatte sie dabei aber nicht geklungen, eher gut gelaunt und weise.

Carla trank den letzten Schluck Asbach, dachte an Mutters Bein und Wallys Auftauchen und wünschte sich, dass sie auch schon so weit wäre.

Kapitel 25

Ist das nicht illegal? Hausfriedensbruch?«, fragte Wally am nächsten Morgen mit einem triumphierenden Lächeln und wedelte mit dem Hausschlüssel zu Hochbrücks Villa, den sie gerade im Vogelhäuschen gefunden hatten.

»Eine Straftat wäre das nur, wenn die Versiegelung der Polizei noch dran wäre. Aber ich sehe hier keine, was leider ein Zeichen mehr dafür ist, wie sehr hier geschlampt wurde. Das Betreten der Wohnung wäre illegal, wenn Alma mich nicht darum gebeten hätte, ihr saubere Kleider zum Wechseln zu bringen.«

Im Haus roch es nach vollem Mülleimer und es war deutlich kühler als draußen. Beklommen sahen sie sich an, dann lief Carla voran ins Wohnzimmer. Alles wirkte seltsam unberührt, die unbequem aussehenden Designermöbel verstärkten den Eindruck von einem Puppenhaus, mit dem niemand je gespielt hat.

Im hinteren Teil des riesigen Wohnzimmers befand sich die schmale, freischwebend wirkende Eisentreppe, nur leicht gespindelt und ganz ohne Geländer, die nach oben in Hochbrücks Dachatelier führte. Ein schöner, aber unpraktischer Architektentraum. Hier am Fuß der Treppe waren die von der Polizei gezeichneten Umrisse der Leiche auf der letzten Stufe und dem Marmorboden zu erkennen, was Carla irreal vorkam, wie von einem Künstler installiert.

»Schau dich mal um! Sieht das hier für dich so aus, als hätte die Polizei alles gründlich untersucht? Das passt zu der schon entfernten Versiegelung. Für die ist der Fall klar und abgeschlossen.« Sie deutete auf das Wohnzimmer.

»Na ja, kommt drauf an, wer hier war.« Wally grinste. »Wenn jemand von der Staatssicherheit in deiner Wohnung gewesen wäre, würdest du nicht das Geringste bemerken.«

Die Staatssicherheit. Wie kam Wally angesichts dieser Wohnung auf die Stasi? Hatte man ihre Mutter auf dem Kieker gehabt, weil sie so lange in der Schweiz gelebt hatte? *Darum geht es gerade nicht*, ermahnte sich Carla, *wir sind wegen Alma hier. Und hier war niemand außer der Polizei gewesen, das würde ich doch spüren*, dachte Carla und betrachtete ihre Halbschwester von der Seite.

»Woher weißt du denn, wie die Staatssicherheit arbeitet?«, fragte sie dann aber doch.

»Von meiner Mutter, die hatten sie im Visier, wegen ihrer Fotografien. Die waren ihnen nicht systemkonform genug. Muschka hat mir gezeigt, wie man sich davor schützt, ausspioniert zu werden.«

»Muschka?«

»Von Mamuschka!«

Carla wollte jetzt nicht an die Frau denken, die ihr Vater geliebt hatte. Wenn sie Alma helfen wollten, musste sie klar im Kopf sein. Sie konzentrierte sich auf die Treppe, wo immerhin noch ein Hauch von Fingerabdruckpulver zu erkennen war.

»Wir könnten natürlich auch voll daneben liegen, womöglich haben die hier einfach nur deshalb so gut wieder aufgeräumt, weil Hochbrück posthum das Bundesverdienstkreuz bekommt. Konzentrieren wir uns darauf, Almas Kleider zu holen und raus.«

»Im Ernst?« Wally verdrehte ihre Augen. »Dafür haste

mich doch mitgeschleppt, nur damit du nachher sagen kannst, det du ja nüscht Fall-schet gemacht hast!«

Treffer! Carla spürte die aufsteigende Röte heiß an Hals und Wangen.

»Juckt mich nicht! Wir zwei sind allemal klüger als die Polizei erlaubt, ich denke, Vati würde das auch so sehen!« Wally drehte sich langsam im Kreis und trat zu der Schrankwand von Musterring. »Ich würde wetten, ein Typ wie der Hochbrück hat irgendwo schmutzige Fotos versteckt, um sich damit einen runterzuholen. Unser Vater würde meine Ausdrucksweise natürlich nicht gutheißen, aber man muss die Dinge doch beim Namen nennen, oder?«, sie zwinkerte Carla verschwörerisch zu.

Wally sollte das lassen! Es gab keinerlei Gemeinsamkeiten zwischen ihnen, außer den paar Genen. Und jetzt mussten sie sich um Alma kümmern, denn die brauchte jede Unterstützung, die sie kriegen konnte, sonst wurden ihre Kinder mehr oder weniger zu Vollwaisen.

»Halloo-oo? Ist alles in Ordnung?«, fragte Wally und riss Carla aus ihren Gedanken.

»Während du hier rumgestanden bist, hab ich schon mal angefangen zu suchen.«

»Und?«

»Hier im Wohnzimmer war außer einer gut bestückten Bar nichts.« Sie wedelte mit einer Wodkaflasche. »Polnisch, schmeckt richtig lecker, solltest du auch mal versuchen!«

»Bist du noch ganz bei Trost? Was soll denn das?«

»Glaubst du, jemand hat die Pegelstände gemessen?«, Wally lachte. »Besser man nutzt seine Chance, wenn sie da ist.«

»Nur Säufer sehen so was als Chance.«

Wally erstarrte. »Du bist so … hörst du dir manchmal selbst zu?« Sie nahm demonstrativ noch einen langen Schluck und stellte die Flasche zurück in die Bar. Dann griff sie sich mit einem triumphierenden Lächeln noch zwei Kekse aus dem Glasbehälter neben der Obstschale.

»Eine echte Chance wären Beweise!« Carla lief zu der schmalen Eisentreppe und stieg nach oben. »In seinem Büro finden wir vielleicht was.«

»Ich fange mit Mathildas Zimmer an«, rief Wally von unten und lief zurück Richtung Flur.

»Wozu das denn?« Carla ging wieder nach unten und wäre beinahe ausgerutscht. Gleichzeitig hörte sie, wie etwas hart auf den Boden fiel. Sie schwankte und griff instinktiv nach einem Geländer, dass aus Designgründen fehlte und konnte sich gerade noch so fangen. Hier war definitiv nicht alles ordentlich durchsucht worden. »Mathilda müssen wir aus allem rauslassen, sonst funktioniert das mit der Notwehr nicht mehr. Wir konzentrieren uns auf alles, was den Beweis für Notwehr untermauert.« Sie stieg die Stufen vorsichtiger wieder herunter und suchte auf dem Boden nach dem, was da gerade runtergefallen war, konnte aber nichts entdecken.

»Was machst du denn da? Von mir aus such doch du auf dem Teppich nach Haaren, aber ich fang da an, wo ich will!« Wally eilte zur Haupttreppe und rannte nach oben.

Notgedrungen folgte ihr Carla. Wally war einfach alles zuzutrauen, nachher vergriff sie sich auch noch an den Spardosen der Kinder. Oben angekommen, schaffte sie es nicht Wally zu folgen, sie musste einfach jedes Zimmer genauer anschauen. Gleich vorn an der Treppe war das von Gregor.

Erfrischend unaufgeräumt. So als würde hier wirklich jemand leben: Auf dem blauen Teppichboden waren Legoteile wild versprengt, zwischen den Bauteilen lagen Zinnsoldaten wie in den Ruinen eines Erdbebens und da war noch etwas anderes. Carla trat näher, weil sie nicht erkennen konnte, was es war. Kirschkerne. Was für ein Satansbraten! Sie konnte sich nicht vorstellen, dass Alma ihm so was durchgehen lassen würde. Überall befanden sich offensichtlich vielgelesene Fix und Foxi Hefte, an der Wand hingen Spielzeuggewehre und verschiedene Hockeyschläger.

An Gregors Zimmer schloss sich ein Kinderbad mit einer Wandbemalung aus bunten Luftballons an. Es folgte das sehr geräumige Elternbad, weißer Marmor von der Decke bis zum Boden. Sogar zwei Waschbecken, Dusche *und* Badewanne, was Carla ein sehnsüchtiges Seufzen entlockte.

Daneben befand sich das große Elternschlafzimmer, das durch eine Schiebetür in zwei Zimmer getrennt werden konnte. In jedem Teil stand ein breites Einzelbett, mit einer gesteppten Tagesdecke aus Satin, daneben je ein Nachttischchen mit einer Lampe und einem goldgerahmten Bild der beiden Kinder. Hier wirkte wieder alles so aufgeräumt wie in einem Möbelkatalog.

Mathildas Zimmer lag am Ende des Flures. Von so einer Tapete hatte Carla als Mädchen immer geträumt: winzige gelbe Rosenknospen zwischen Blattranken auf weißem Grund. Alles hier drin erzeugte eine zarte und freundliche Atmosphäre. Der Flokati auf dem himmelblauen Teppichboden machte den Raum nur noch gemütlicher und bildete einen interessanten Kontrast zu dem alten Himmelbett mit dem geschnitzten Kopf- und Fußteil aus dunkler Eiche. Auf der gesteppten Tagesdecke, hier aus rosaschimmerndem Satin, lehnte eine Teddybärenfamilie an den üppigen Paradekissen. Die Teddys waren alt und abgenutzt und wirkten geradezu ein bisschen schäbig.

»Allet von Mutti geerbt. Adel verpflichtet!«, murmelte Wally, die vor der weiß lackierten Kommode rechts neben der Tür stand und den knallroten Kofferplattenspieler mit Kopfhörern untersuchte. »Das Gerät allerdings ist das Neueste vom Neuen. Schlechtes Gewissen macht teure Geschenke. Sogar Kopfhörer – allet vom Feinsten!«

Carla trat neben sie und sah die Sammlung von Schallplatten durch: ›Der kleine Muck‹, ›Sindbad, der Seefahrer‹, ›Das goldene Märchenalbum‹ der Brüder Grimm von Ariola.

Wally ging auf allen vieren und fing an, neben der Kommode die Fußleisten abzuklopfen. Unwillkürlich starrte Carla auf ihr Hinterteil. Beachtlich.

»Was suchst du denn da?«

»Beweise!«

Während Wally den Boden überprüfte, nahm Carla sich die beiden Hängeregale vor. Fünf Trotzköpfchen-Bände, ›Pucki‹ von Magda Trott und ›Der schwarze Hengst Bento‹. Als Buchstütze fungierte ein halbvolles Glas mit bunten Murmeln. Die hatte Carla früher auch gesammelt. Sie blätterte probehalber durch ein paar Bücher. Teils klebten die Seiten noch zusammen, sie waren definitiv ungelesen und es befand sich weder ein Zettel noch eine gepresste Blume oder sonst ein Hinweis darin.

»Ah!«, Wally wedelte triumphierend mit einem losen Stück Fußleiste zu Carla hin.

»Und?«, fragte Carla.

Wally fummelte am Teppichboden und an der Wand rum, klopfte und zerrte, aber außer ein paar Staubmäusen fand sie rein gar nichts. Sie drehte sich um und setzte sich auf ihren Hintern. Dabei zog sie ihren Rock wieder über die Knie. »Nüscht!«

Sie klang enttäuscht. »Was hast du denn erwartet hier zu finden?«, fragte Carla. »Ein Tagebuch, in dem praktischerweise alles genau drinsteht oder besser noch eine Beichte von Alexander?«

»Belastende Bilder, perverse Fotos. So was würde ich in ihrem Zimmer verstecken, hier sucht doch keiner.«

Carla schüttelte den Kopf. »Nicht dein Ernst! Alle Kinder, die ich kenne«, unwillkürlich dachte sie an Katrin und an das, was die über Wally herausgefunden hatte, »sind neugierig und unberechenbar. Kein guter Platz für Geheimnisse.«

»Vielleicht hast du recht ...«, begann Wally, doch dann stutzte sie plötzlich, ging wieder auf alle viere und kroch vor zu der Kommode neben der Tür, den Blick dabei fest auf den Teppichboden gerichtet. »Das arme Ding, schau mal!«

Carla ging neben ihr in die Hocke.

Wally deutete auf die kleinen viereckigen Abdrücke der Kommode im Teppich und lenkte Carlas Blick auf die Abdrücke, die jetzt mittig unter der Kommode zu sehen waren, und schließlich zur anderen Seite der Tür. Auch dort fanden sich diese Abdrücke.

»Die Kleine hat die Kommode vor die Tür geschoben ...« Wally erhob sich, stellte sich an die linke Seite der Kommode, ruckelte sie etwas von der Wand weg und versuchte dann, sie vor die Tür zu schieben.

»Zu schwer!«, stöhnte sie.

»Natürlich, der Flokati bremst, der muss weg, dann flutscht das besser«, Carla ging in die Knie, nahm den Teppich und schlug das Ende um.

»Oh!«

Entsetzt starrten sie auf die rotbraunen Umrisse einer kleinen Hand auf dem Flokati.

Sie war hier, Banshee, die Todesfee, schoss es Carla durch den Kopf.

Kapitel 26

Definitiv Blut«, Wally wusste auch nicht, warum sie plötzlich anfing zu flüstern. Sie räusperte sich. »Sieht nicht sehr alt aus.« Der Abdruck bewegte sich vor ihrem inneren Auge, wurde zu einer kleinen Hand, die eine ganze Reihe von Dominosteinen anstupste und zum Umfallen brachte. »Mathilda hat ihn getötet und deine Alma hat das gewusst.«

»Sie ist nicht *meine* Alma.«

Carla war fast genauso bleich wie der Flokati. Fast könnte sie einem leidtun, dachte Wally. »Damit ist alles glasklar. Der irre Nachbar war nicht ganz irre und er hat mit einer Beobachtung doch recht gehabt: Mathilda war an dem Abend vor ihrer Mutter hier, ihr Vater kommt heim, Mathilda wehrt sich. Er ist betrunken und fällt die Treppe runter. Wenn Alma nur ein einziges Mal die Wahrheit gesagt hätte, wären wir schon viel weiter und könnten ihr besser helfen.«

»Hätte. Wäre. Wenn. Das hilft auch niemandem weiter!« Carla erhob sich. »In jedem Fall ergibt es jetzt einen Sinn für mich, warum Alma den Schläger abgewischt hat, bevor sie ihre Abdrücke draufgebracht hat. Sie wollte einfach nur sichergehen, dass keine von Mathilda drauf sind.«

Auf ihren Wangen bildeten sich hektische rote Flecken. »Dann hat sie einen Unfall gemeldet, wahrscheinlich hat er nach Alkohol gerochen und sie dachte, niemand würde das bezweifeln. Deshalb kam sie mit der Notwehrgeschichte erst nachdem man ihr Mord unterstellt hat, weil sie wegen der Kinder auf keinen Fall ins Gefängnis gehen will.«

»Das war dumm, sie hätte von Anfang an auf Notwehr gehen sollen.« Wally erhob sich mit einem leisen Ächzen, ihre Unterschenkel und Füße waren eingeschlafen. Sie trat auf der Stelle, um die Durchblutung anzuregen und steckte die rausgerutschte Bluse zurück in den Taillenbund ihres Rockes.

»Uns entgeht etwas ganz Wichtiges.« Carla ging zum Türrahmen und sah sich suchend im Flur um.

Was dachte sie denn, was dort wäre, ein Schild mit der Aufschrift: Beweise bitte hier abholen?

»Sieh den Tatsachen endlich ins Auge, wir müssen mit Mathilda reden!«

»Auf keinen Fall.« Carla drehte sich zu ihr um, ganz die kampfbereite Amazone. »Das arme Kind ist völlig traumatisiert!«

»Na dann machen unsere Fragen den Kohl auch nicht mehr fett!«

»Du bist nicht gerade sehr mitfühlend!« Missbilligung legte Carlas Gesicht in Falten. Plötzlich sah sie Jahre älter aus, aber gleichzeitig so verletzlich. Wally trat näher zu ihr.

»Unser Vater war nie so hart und gefühllos wie du«, sagte Carla.

O ja, so verletzlich wie ein Bulldozer!

»Aber ganz offensichtlich kommst du sowieso eher nach deiner Mutter!«

Deine Mutter, aus Carlas Mund klang das wie Hundekacke am Schuh. Wally schluckte alles, was ihr auf der Zunge lag, runter. Offensichtlich musste Carla sich als was Besseres fühlen, um die Wirklichkeit ertragen zu können.

»Lass doch diese bescheuerte Gefühlsduselei mal weg – es geht hier doch nicht um uns«, sagte Wally und noch während sie sprach, spürte sie, dass sie einen Hebel gefunden hatte,

Carla zum Handeln zu bringen. Natürlich ging es sehr wohl um sie beide, aber das würde Carla nie zugeben, weil ihre professionelle Ehre im Weg war. »Das mit uns können wir später klären und dieser Hickhack hilft niemandem, ganz sicher hat Mathilda wichtige Informationen für uns.«

»Die Frauen in dieser Familie haben ein Martyrium hinter sich.« Carla hielt inne und nickte sich dann selbst zu, als wäre ihr gerade etwas klar geworden.

»Alma hat erzählt, dass ihr Mann im Büro war, als sie nach Hause gekommen ist …«

Aber die lügt doch, wenn sie den Mund aufmacht, wollte Wally protestieren, aber sie zwang sich, Carla weiter zuzuhören.

»… darüber hatte ich mich schon sehr gewundert. Das war nicht stimmig, denn Gregor war sein Liebling. Sobald Alexander das Auto vor der Garage gehört hätte, wäre er sofort runtergerannt, um zu erfahren, was mit seinem Sohn los ist. Jetzt ergibt das alles einen Sinn, er war schon tot, und Alma hat diese Story mehr schlecht als recht erfunden.«

»Da siehst du doch, wie sehr du dich ständig von Alma einwickeln lässt!«

»Sagt die *Barfrau* mit der großen Erfahrung im Detektiv spielen!« Carla stürmte nach unten ins Wohnzimmer. »Die diese lächerlichen Fotos gemacht hat!«

Wally platzte der Kragen, sie rannte hinter ihr her. »Was willst du denn damit sagen? *Die lächerliche Barfrau* hat immerhin auch den Abdruck auf dem Flokati gefunden!«

»Der bringt uns doch gar nichts!«, rief Carla über die Schulter zu ihr hin, durchquerte das Wohnzimmer und stieg die Eisentreppe hoch zu seinem Büro.

»Und *die Barfrau* möchte dich darauf hinweisen, dass es ein Fehler ist, nach Beweisen für eine bestimmte Sache zu suchen, du musst offen bleiben!« Carla würde nie erfahren, dass

Wallys Erkenntnis noch nicht sehr alt war. »Wir brauchen alles, denn nur so bekommen wir das ganze Bild. Lass uns Beweise für Almas Schuld suchen – auf einem Auge blind zu sein bringt gar nichts.« Schwer atmend erreichte sie nach Carla das große und helle Büro.

Ihre Schwester lief zielstrebig zu den beiden gewaltigen Tischen, die unter den Dachfenstern platziert waren. Im Näherkommen glitt Wallys Blick über die Modellbäumchen, die sie an unglaublich öde Abende mit Märklin-Modelleisenbahnen bei ihren Cousins in Prötzel erinnerten.

»Verrückt, dass aus so einem Modell dann wirklich mal ein Gebäude wird«, murmelte sie.

»Deshalb studiert man das ja!« Carla beugte sich tiefer über das Modell.

Wally unterdrückte den Impuls, sie fest in die Seite zu boxen.

Carla umrandete den Tisch, ohne die Augen von dem Modell zu wenden. »Wenn ich mich nicht total täusche …«

»Na det kann ja Frau Dr. Koslowsky nie nicht passieren!«

»… dann ist das Modell genau das gleiche wie in der Wohnung von Klaus!«

»Na genau deshalb hat man ja ’n Assistenten.«

Carla richtete sich auf und sah zu Wally hin, als wäre sie gerade aus einem Traum aufgewacht. »Du hast wirklich recht, ich bin das völlig falsch angegangen.«

»Kannst du das noch mal wiederholen, dieses ›Ich‹ im Zusammenhang mit Fehlern.«

Carla sah ihr in die Augen und nickte und es sah beinahe so aus, als wollte sie lächeln, aber dann redete sie einfach nur weiter.

»Klaus hat das Modell vor meinen Augen zertrampelt. Wegen seiner Trauer, hab ich gedacht. Aber stimmt das denn? Wir müssen der Polizei andere Verdächtige mit einem Motiv liefern. Vater hat immer gesagt: ›Niemand ist so heilig, dass er sich keine Feinde macht – und für die Menschen, die alle zu Heiligen erklären, gilt das gleich dreimal mehr.‹ Das hatte ich ganz vergessen.«

»Wir wissen schon, dass der Hochbrück kein bisschen heilig ist«, sagte Wally. »Schauen wir seine Konten an, vielleicht finden wir da etwas Verwertbares.«

»Die Polizei behauptet, da wäre nichts Auffälliges.«

»Wir sind nicht die Polizei!« Grinsend sah Wally zu Carla, »Wir zwei sind besser!«

Eine halbe Stunde später entdeckte Wally eine abschließbare Kassette – versteckt hinter dem dunkelgrünen Brockhaus-Lexikon in 14 Bänden. Während sie sich daran machte, die Kassette zu öffnen, verschwand ihre Schwester. Was sollte denn das jetzt? Da drin hatte der Dreckskerl ganz sicher seine Wichs-Fotos versteckt!

Etwas atemlos kam Carla zurück, wedelte mit ihrer Handtasche und holte die Minox raus.

»Beweisfotos!«, sagte sie, setzte sich an den Esstisch und winkte Wally mit der Kassette zu sich.

»Bereit?«, fragte Wally, bevor sie den Deckel anhob. Carla war doch immer wieder für eine Überraschung gut.

»Bereit!« Carla lächelte.

Aber sie zog nur einen langweiligen Kaufvertrag nach dem anderen heraus und reichte sie an Carla weiter, die sie abfotografierte. Den blutigen Handabdruck hatte sie nicht fotografiert, ein Fehler, dachte Wally und überlegte, ob sie das anregen sollte.

» Alles Grundstücke in der Fasanen- und in der Joachimsthaler Straße«, stellte Carla fest. »Wenn ich gewusst hätte, dass der Grund hier so billig ist, dann hätte ich mir längst schon was gekauft.«

»Lass mal sehen.« Wally setzte sich so dicht neben Carla,

dass deren pudriger Duft in ihre Nase stieg. »Im Eden haben sie letzte Woche ständig darüber Witze gemacht, dass viele in Charlottenburg ihre Grundstücke für n Appel und n Ei verscherbelt haben, bevor sie rüber in den Westen sind, wegen der Mauer. Aber diese Verträge sind schon vom letzten Jahr. Zweitausend Mark für die Fasanenstraße, und sogar nur achthundert für noch ein viel größeres Grundstück in der Joachimsthaler Straße, kann das denn sein?«

»Vielleicht wurde der Rest in bar bezahlt, an der Steuer vorbei,« sagte Carla und transportierte durch das Auseinanderziehen und Zusammendrücken der Kamera mit einem leisen Ritsch-ratsch den Film weiter. »Hast du bemerkt, wer der Verkäufer ist?«

»Nee, hab nicht drauf geachtet.« Wally überprüfte die Kassette.

»Klaus Carl-Ferdinand Baron von Stellmark, der Bruder von Alma.«

»Hey, hier ist noch was anderes, ein Röhrchen!« Wally zog es raus und wedelte damit. »Pervitin. Was hat denn das nun wieder zu bedeuten? Hat Hochbrück sich das Zeug auch eingeworfen? Das wäre doch gut für uns, oder?«

»Aber das hätte Alma gewusst und damit hätte sie eine Scheidung durchsetzen können. Nein, ich denke, Klaus hat die Grundstücke an ihn verkauft und den Rest des Geldes in Drogen kassiert. Trotzdem könnte es sein, dass Hochbrück ihn reingelegt hat. Denn ganz offensichtlich soll das ja demnächst alles neu bebaut werden!«

»Das glaube ich nicht, auf keinen Fall. Klaus hat Hochbrück wirklich bewundert und verehrt. Das war nicht gespielt, als ich mit ihm und den anderen Studenten in der Mensa mit ihm geredet habe. Und dumm ist der Klaus auch nicht, selbst völlig berauscht hätte der sich doch nicht so dermaßen über den Tisch ziehen lassen!«

Nachdenklich ließ Carla die Verträge sinken. »Vielleicht hast du recht und es steckt noch was anderes dahinter. Darüber müssen wir mit Alma reden. Aber das bringt uns leider wieder nicht weiter, das wäre auch nur wieder ein gutes Mordmotiv für sie, denn so kommt der Familienbesitz zurück zu Alma, als Ehefrau beerbt sie Hochbrück. Selbst wenn sie als verurteilte Mörderin von der Erbschaft ausgeschlossen ist, kriegen es dann immerhin wieder ihre Kinder. So käme sie bzw. die Kinder sogar an die Grundstücke, die sie als Tochter nicht geerbt hat …«

»Aber die hätten doch so oder so geerbt, später mal«, sagte Wally.

»Nein, nein, nur wenn Klaus sie bedacht hätte in seinem Testament!«

»Vorschlag: ich rede mit Klaus, du mit Mathilda.« Wally hielt inne. »Nein, noch besser wir reden gemeinsam mit beiden. Anders kommen wir einfach nicht weiter.«

»Jetzt bringe ich erst mal die Kleider zu Alma. Ich werde sie nach den Grundstücken fragen und ob wir mit Mathilda reden können.«

Wally verdrehte die Augen. »Wozu denn das, sie wird Nein sagen, sie ist ihre Mutter!«

»Wir werden das nicht ohne ihre Zustimmung machen.«

»Du vielleicht nicht, aber ich schon. Ich hab's satt, im Trüben zu fischen!«

»Wage das ja nicht!«

»Sonst was?«

Carla holte Luft, setzte an, dann packte sie ihre Kamera in die Handtasche, die Verträge in die Kassette und schob sie hinter die Lexikonbände.

»Wir sollten noch ein Bild von dem blutigen Handabdruck auf dem Flokati machen!«

»Es war ein Fehler, dich mitzunehmen!«

»Und Almas Zimmer müssen wir auch noch durchsuchen, wenn wir die Kleider einpacken!«

»Du solltest jetzt besser gehen!«

»Mitgehangen, mitgefangen!« *Dann werde ich das Foto eben machen*, dachte Wally. Sie hatte ihre Kamera immer dabei. Aber es gab keinen Grund, das Carla auf die Nase zu binden. »Wovor hast du denn Angst?«, fragte sie. »Wenn Alma unschuldig ist, werden wir ja auch nichts finden, und falls doch, ist es besser, wir haben es. Dann kann der Anwalt vielleicht verhindern, dass die Polizei es verwendet!«

»Gut, packen wir Almas Sachen, und dabei schauen wir uns um.« Carla trat jetzt so nah an sie heran, dass sie den goldenen Ring um deren Pupillen sehen konnte. Ihre Schwester legte die Hand auf ihren Arm und drückte ihn fest. »Aber du redest nicht mit Mathilda, auf gar keinen Fall!«

»In Ordnung!« Carla anzulügen, fiel ihr schwerer, als sie gedacht hätte. »Ich muss mal!«, sagte Wally. »Treffen wir uns oben bei Alma!« Sie stieg als Erste die Eisentreppe herab. Was für feudal geschmiedete Stufen, jede hatte ein anderes Blumenmuster. Schön, aber wozu? Sie lief zu dem Gäste-WC am Eingang. Dort wartete sie, bis Carla die andere Treppe wieder hochgestiegen und in Almas Zimmer war. Dann schlich sie in Mathildas Zimmer und fotografierte mit ihrer Kamera den blutigen Handabdruck. Sie würde Mathilda mit einem colorierten Abzug davon konfrontieren. Natürlich war Mathilda noch ein Kind, aber deshalb war sie doch nicht unschuldig!

Kapitel 27

Carla breitete die Polaroidfotos auf ihrem Schreibtisch aus, die sie bei Trudi abgeholt hatte und die sie Ingrid Niemöller heute Abend zusammen mit den Bildern von der Zeitung vorlegen würde. Leider war auf Trudis Bildern wirklich nur Lulu von vorne, von der Seite und von hinten zu sehen. Nur auf zwei der zehn Fotos waren noch andere Menschen im Hintergrund zu erkennen. Die Suche nach Jack gestaltete sich schwieriger, als sie sich das vorgestellt hatte. Umso unglücklicher, weil Ingrid ganz dringend einen Mann brauchte, den sie ihrem Chef als Ehegatten vorführen konnte. Womöglich hatte Wally recht und sie mussten jemanden auftreiben, der die Rolle ihres Mannes erst einmal nur spielte.

Bruno, dachte sie unwillkürlich. Im Eden hatte er sich als wirklich nützlich erwiesen, ohne viele Fragen zu stellen. Außerdem war er ansehnlich und konnte reden, den Vertreter würde man ihm bestimmt abkaufen. Seit dem Abend im Eden hatte er schon zweimal angerufen, weil er Wallys Sommermantel vorbeibringen wollte, den hatte Wally, wahrscheinlich wegen der Aufregung um Edgar, in Brunos Taxi vergessen. Carlas Vorschlag, den Mantel einfach bei der Palutzke abzugeben, hatte er abgelehnt und darauf bestanden, ihn heute persönlich zu überreichen. Er nannte sie jetzt Carla und ihr gefiel die Art, wie er ihren Namen aussprach. Er betonte die beiden As, und aus seinem Mund klang das wie ein Staunen. Alle anderen feuerten ihren Namen mit einem harten K ab.

Von all dem hatte sie Wally noch nichts erzählt, aber die schien ihren Mantel auch nicht zu vermissen, wahrscheinlich, weil es mit jedem Tag der Woche wärmer geworden war. Außerdem hatte Wally gestern nicht im Büro übernachtet.

Gleißende Sonnenstrahlen tanzten über den Schreibtisch, brachten die Fotos zum Aufblitzen und blendeten Carla. Sie stand auf und ging zum Fenster, um die Gardinen ein Stück vorzuziehen. Dabei sah sie nach unten auf die Grolmanstraße, wo plötzlich wieder der Sommer ausgebrochen war: Die Pallutzke stand friedlich auf ihren Besen gestützt vorm Haus und hielt ihr Gesicht in die Sonne, gegenüber hatten die Nachbarn alte Klappstühle hinausgestellt und tranken zusammen Kaffee. Zwischen den neu gepflanzten Linden versuchte Katrin mit zwei Mädchen Seil zu springen, was aber nicht leicht war, denn ihre Brüder, die Abscheulichen, drängelten sich ständig mit lautem Johlen dazwischen. Unwillkürlich lächelte Carla. Trotz der albernen Brüder wirkte alles so friedlich, so wie sonst auch im Sommer. Von einer Berlinkrise war hier nichts zu merken. Sie sollte schwimmen gehen und Eis essen. Vanille, natürlich Vanille, und am liebsten das vom Eis-Henning. Vater hatte das Schokoladeneis vom Café Berkel bevorzugt. Ob Wally Eis mochte und wenn ja, welche Sorte? Ging sie überhaupt gerne schwimmen?

Das Sommerfoto, das Wally ihr gezeigt hatte, drängte sich in ihre Gedanken. Wo war Carla an dem Tag wohl gewesen? War das mit Mutter da schon passiert? Vor dem Unglück war Mutter jeden Tag beim Schwimmen gewesen, auch im Krieg und bis tief in den Winter. Weil sie davon rote Augen bekam, hatte Vater sie seine »Plötzen-Ida« genannt. Nach der Sache mit dem Bein hatte Mutter mit dem Schwimmen aufgehört, obwohl das Charlottenburger Stadtbad in der Krummen

Straße nicht weit weg war und extra Zeiten nur für Versehrte anbot. Immer wieder hatte Vater vorgeschlagen, sie dorthin zu bringen – erfolglos.

Carla trat wieder an den Schreibtisch, schob nach einem Blick auf die Uhr die Bilder zusammen und legte sie in die Akte Niemöller. Dann kontrollierte sie im Flurspiegel ihre Frisur. Die Haare saßen einwandfrei, allerdings war sie blasser als sonst und hatte fast schon violette Ringe unter den Augen. Kein Wunder, Almas Fall mäanderte jede Nacht durch ihr Gehirn, als wäre die Lösung ein bösartiger Minotaurus, der sich in einem unbezwingbaren Labyrinth versteckt hielt.

Ihre Hoffnung, dass sie Alma die Kleider heute persönlich übergeben und mit ihr reden durfte, hatte sich nicht erfüllt, denn die Häftlinge waren gestern schon, also am Freitagnachmittag, in den Wochenendeinschluss geschickt worden.

Entsetzlich! Selbst Untersuchungshäftlinge wurden für das ganze Wochenende weggesperrt, nur weil nicht genug Personal da war, um den normalen Betrieb in der Haftanstalt aufrechtzuhalten. Lediglich eine Stunde Hofgang am Vormittag unterbrach die totale Isolierung der Häftlinge in ihren Zellen. Sogar der Gottesdienst, auf den die Gefangenen sonntags ein Anrecht hatten, würde morgen ausfallen, nur weil die Gefängniskapelle gerade renoviert wurde. Wenigstens hatte sie an das Foto von Mathilda und Gregor gedacht und es mit in den Kleiderkoffer gepackt. Aber ob man Alma das aushändigen würde?

Das Klingeln an der Tür kündigte Bruno an. Sie öffnete. Trotz der Hitze trug er eine schwarze Lederjacke. Über seinem linken Unterarm lag Wallys Mantel, mit der rechten Hand überreichte er ihr ein Sträußchen mit Wiesenblumen. »Für dich!«

Am Telefon war ihr das Du einfacher erschienen.

»Danke, dann such ich mal ne Vase!«, sie eilte in die Teeküche, um ihre Verwirrung zu überspielen. Blumen, offensichtlich selbst gepflückt!

Schaumig weiße Wilde Möhre, Mohn mit Blüten wie aus knittrigem Papier, leuchtende Butterblumen und duftende rosafarbene Wicken. Eine kleine Sommerwiese mitten in ihrem Büro. Es roch nach Gras und Erde und Glück. Das Sträußchen passte genau in eines ihrer Wassergläser.

Als sie damit zurück ins Büro kam, hatte Bruno zwar Wallys Mantel über einen Rattanstuhl gelegt, doch er wartete stehend vor dem Schreibtisch. Beim Näherkommen musterte er sie prüfend.

»Du brauchst unbedingt frische Luft!«, sagte er.

Sie stellte die Blumen ab und bat ihn Platz zu nehmen.

»Wunderschön, danke.«

»Wie gut, dass sie dir gefallen, denn ich wollte dich dorthin entführen, wo es noch viel mehr davon gibt.«

»Ich habe zu arbeiten!« Und das fühlte sich gut an, einfacher, als mit ihm wohin zu fahren.

»Papperlapapp! Blödsinn! Jeder Mensch braucht mal ne Pause. Eigentlich müsste ich heute Anatomie büffeln, weil ich morgen wieder Taxi fahren muss, aber schau doch mal raus!« Er zeigte dramatisch zum Fenster. »Du sperrst dich zu viel ein! Denk an die Mauer! Man weiß nie, was passieren wird, es kann jeden Moment zu spät sein! Heute haben sie auch noch die Büros mit den Passierscheinen für drüben geschlossen, wer weiß, was noch alles kommt!« Trotzdem lachte er zu seinen Worten frei und unbeschwert. »So ne kleine Spritztour mit'm Moped hilft gegen Blässe und kann überhaupt Wunder wirken!«

Das schien er wirklich zu glauben, aber Carla wusste, es war besser, keine Wunder zu erwarten.

»Wärst du eventuell bereit, uns bei einem Fall zu helfen?«, fragte sie.

»Wärst du eventuell bereit, mit mir ne kleine Spritztour zu machen?«, gab er zurück.

»Ein andermal, heute geht es leider nicht.«

»Nicht mal ein Stündchen?«

Carla schüttelte den Kopf und zeigte auf die Akten, die vor ihr lagen. »Tut mir leid.«

Seine Schultern rutschten nach vorne, die sonnige Vorfreude in seinem Gesicht verlosch.

»Ich würde wirklich … gern!«, beteuerte sie und versuchte, es auch so zu meinen.

»Ja klar!« Er stand auf. »Na, denn will ich mal nicht länger stören.«

Sie beugte sich zu den Blumen und schnupperte daran. »Jedes Mal, wenn ich den Strauß anschaue, werde ich mein Nein bereuen und mich gleichzeitig an ihnen freuen.«

»Ja dit ist wie im echten Leben!« Er wirkte versöhnt. »Liegt alles verdammt nah beieinander.« Er zog die Lederjacke aus und setzte sich grinsend wieder hin. »Na gut, was für Hilfe brauchst du denn, falls es wieder um ne Oben-ohne-Bar geht, bin ich dabei!« Sein weißes Hemd war von der Hitze verknittert, die Ärmel hochgekrempelt.

Ihr Blick blieb an den dunklen Härchen auf seinen kräftigen Unterarmen hängen. Die Haut schimmerte in einem glücklichen Rotbraun. *Berühr mich*, schien sie zu sagen, *fühl doch mal hin*.

Carla räusperte sich und erklärte ihm den Plan, Frau Niemöller mit einem Ersatzmann auszuhelfen. Er dachte kurz nach und fragte dann, wie er sich diese Frau Niemöller vorzustellen hätte.

Sie öffnete die Akte und schob ihm das Foto von Ingrid hin, das mit der Marilyn-Monroe-Perücke, neugierig, wie er reagieren würde.

Er pfiff bewundernd, dabei fiel ihr zum ersten Mal dieser

irritierend kleine Spalt zwischen seinen Schneidezähnen auf. Es sei ihm eine Ehre, als Gentleman einer Frau in Not beizustehen. Und er sei auch bereit, sein mäßiges Wissen über Schrauben und Türklinken auf den neuesten Stand zu bringen, um seiner Rolle als Ehemann und Vertreter gerecht zu werden.

Telefonklingeln unterbrach ihn. Carla entschuldigte sich und nahm ab. Am anderen Ende war Vera Hubermann, die sehr aufgebrachte Kinderpsychologin des Waisenhauses.

»Geht es Almas Kindern gut?«, fragte Carla alarmiert.

»Gut? Das kann ich wirklich noch nicht sagen, aber ich wüsste gern, warum du ihnen noch ein weiteres Verhör durch eine externe Psychotherapeutin zumutest. Hältst du mich für inkompetent?«

»Ich verstehe nicht ganz ...« Fieberhaft überlegte sie, ob Stratmann vielleicht so etwas angeordnet hatte oder dieser schmierige Grieser? Wer auch immer das war, das kam zu einem sehr schlechten Zeitpunkt, sie und Vera brauchten keine weiteren Konflikte.

»Hier ist eine Frau, die sagt, du hättest sie im Auftrag von Alma geschickt, damit sie mit Mathilda redet.«

»Hat sie sich ausgewiesen?« Gott, hatte sie eine lange Leitung! Das war natürlich Wally!

»An der Pforte hat sie sicher etwas vorgezeigt, wir lassen ja nicht jeden aufs Gelände.«

»Wirkt sie seriös?« Wally würde doch allenfalls als Sexualtherapeutin durchgehen!

»Was ist hier eigentlich los?« Vera klang wütend. »Ich habe wirklich keine Zeit für irgendwelche Spielchen!«

»Das sind keine Spielchen, ich komme so schnell ich kann. Bitte tu mir den Gefallen und halte diese Frau hin, ich beeile mich und erkläre dir alles.«

»Na, denn gibt es ja nun doch eine kleine Spritztour!«

Bruno war aufgestanden, hatte die Lederjacke schon übergezogen und war gerade dabei, die Fenster zu schließen.

Gott, den hatte sie ganz vergessen.

»So kann ich auf kein Motorrad steigen! Und wenn ich mich richtig erinnere, hast du nicht so einen Beiwagen wie der Buchholz in ›Eins, Zwei, Drei‹.«

»Na und? Du könntest deinen Rock einfach 'n Stückchen höher ziehen, dann geht das!«

Unschlüssig warf sie einen Blick aus dem Fenster nach unten, wo Katrins Brüder um ein Motorrad herumstanden. »Ist das deins?«, fragte sie und zeigte hin.

Er trat zu ihr und nickte stolz.

»Das Ding hat ja nur einen Sattel!«

»Der ist seeehr groß und mit Verlaub«, er grinste jetzt unverschämt breit, »dein Allerwertester ist winzig, glaub mir, ich hab schon oft wen mitgenommen!«

Das schien er wirklich ernst zu meinen und sie wollte so schnell wie möglich zum Waisenhaus. Zu Fuß dauerte das länger als bei ihm hinten drauf.

Es war nicht gut, Vera warten zu lassen, und Wally war einfach alles zuzutrauen. Schweren Herzens nickte sie ihm zu.

»Wohin geht's?«, fragte Bruno.

»Schaperstraße, zu den Berliner Küken.«

Wenige Minuten später saß Carla unter den johlenden Kommentaren von Katrins Brüdern und den scheelen Blicken der Pallutzke auf Brunos Moped, die Arme um Bruno geschlungen und den Rock hochgezogen, bis fast zu den Strumpfhaltern.

»Fahr so schnell du kannst!«, sagte Carla in sein Ohr und versuchte, ihm nicht zu nahe zu kommen. Doch beim Anfahren rutschten sie noch enger zusammen. Ein Schwall von Sommer entstieg seinem Nacken, eine Mischung von Wannseewasser und Zitroneneis. Mühsam widerstand sie dem Impuls, ihr Gesicht einfach an ihn zu schmiegen und sich von dem Duft seiner Haut betören zu lassen. Für so was war jetzt keine Zeit!

Bruno fuhr zügig, sicher und gelassen. Wenn sie richtig angezogen wäre, und nicht Mathilda vor Wally schützen müsste, hätte sie beinahe Gefallen daran finden können. Auf dem Weg zum Waisenhaus erschien ihr der Gedanke an eine Spritztour immer verlockender. Irgendwohin ins Grüne, weit weg von all dem, was sie zu klären hatte.

Kapitel 28

Vera wartete an der Pforte auf Carla und führte sie in den Vielzweckraum, in dem sich Carla jedes Mal vorkam, als hätte man sie im Keller eingesperrt, weil die Fenster so weit oben waren. Daran änderten auch die Kinderbilder nichts, die rundherum an die Wände gepinnt worden waren. In diesem Raum wurde sonst gebastelt und gemalt.

Erst auf den zweiten Blick erkannte sie Wally, die mit dem Rücken zu ihr stand und in ein Bild vertieft zu sein schien. Ihre Halbschwester trug ein biederes beiges Kostüm, braune Gesundheitsschuhe und die Kurzhaarperücke, die Carla in ihrem Koffer gefunden hatte. Wally drehte ihren Kopf und nickte Carla zu, als wären sie hier verabredet. Weil Vera anwesend war, versuchte Carla ihre Überraschung zu unterdrücken und tat so, als würde Wally immer ungeschminkt und mit einer viel zu großen Brille auf der Nase herumlaufen und dabei aussehen wie ihre eigene Großmutter.

Wally drehte sich wieder zu dem Bild, das aus Buntpapierschnipseln zusammengesetzt war und deutete nachdenklich mit dem Zeigefinger darauf. »Schauen Sie mal, Fräulein Koslowsky, ein wirklich interessantes Kunstwerk, vielleicht ein Krötenfant oder ein Fanti-Schild, was denken Sie? Wir Pädiater sprechen hier von kindlicher Chimärisation.«

Carla spürte, wie ein kleiner Ruck durch Vera ging. War das nun völliger Nonsens, oder tatsächlich ein Begriff aus der

Kinderpsychologie? Vera brannte offensichtlich darauf zu erfahren, was hier eigentlich vor sich ging. Die Psychologin hatte ihren Vater gemocht und sie wahrscheinlich nur deshalb angerufen. Denn die Sache mit Paula hatte Veras schlechte Meinung von Carla noch bestärkt. Wenn sie weiter im Vorstand aktiv sein wollte, durfte Vera nichts von dieser Krise merken, Vorsicht war angebracht.

»Vera, es tut mir sehr leid. Frau von Tilling und ich hatten ein kleines Missverständnis.«

»Frau von Tilling?« Vera verdrehte die Augen. »Sie hat gesagt, sie heißt Gerda Brinkmann.«

»Ein Missverständnis!«, beeilte sich Wally zu erklären. »Ich komme im Auftrag von Frau Brinkmann, die arbeitet für die Staatsanwaltschaft und ich soll hier ein Vorgespräch mit Mathilda führen.«

»Und Sie sind Psychotherapeutin?«

»Ja!«, Wally klang leicht ungeduldig, so als müsste Vera doch wissen, dass man sie für eine Koryphäe auf diesem Gebiet hielt.

Verwirrt sah Vera von Wally zu Carla. »Also was denn jetzt?«

»Es tut mir leid, ich habe dich am Telefon missverstanden, das hier geht in Ordnung. Wir beide werden zusammen mit Mathilda sprechen«, sagte Carla.

»Bei der Befragung von Minderjährigen im Zusammenhang mit Kriminalfällen muss mindestens ein Erziehungsberechtigter dabei sein.«

»Alma hat mir das übertragen«, Carla hoffte, niemand würde ihren Schweißausbruch bemerken. »Ist ihr lieber so, weil Mathilda mich kennt.« Ja genau, von einem Ausflug an den Wannsee.

»Ich sollte besser auch dabei sein, immerhin ist das Kind stark traumatisiert!«, sagte Vera.

»Das halte ich für keine gute Idee!«, sagte Wally mit einem indignierten Unterton. »Drei Erwachsene, die ein Kind befragen? Womöglich weckt das nur ihren Geltungsdrang und das arme Mädchen könnte sich versucht fühlen, Dinge zu erfinden – nur um nicht gleich drei Erwachsene auf einmal zu enttäuschen. Oder wie schätzen Sie das ein?« Sie warf Vera einen fragenden Blick zu.

»In der Tat«, Vera kaute nachdenklich auf ihrer Unterlippe. »Das wäre möglich.« Sie nickte Wally widerstrebend zu. »Ich werde später noch mit ihr sprechen. In Ordnung.«

Vera ging zur Tür und kam kurz darauf mit Mathilda und Gregor zurück.

Gregor, einen Kopf größer als Mathilda, hatte den Arm um seine Schwester gelegt und funkelte Carla und Wally kämpferisch unter einem merkwürdig schiefen Pony an. Wahrscheinlich hatte man ihm ihn im Krankenhaus so stümperhaft und reichlich schräg von links nach rechts abgeschnitten, um die Wunde besser versorgen zu können. Sein Blick unter dem schiefen Pony zusammen mit dem großen Pflaster auf seiner linken Kopfseite wirkte verwegen und rührend gleichzeitig. Sein kragenloses weißes Hemd hing aus der zu großen, kurzen Lederhose, die weißen lochgestrickten Strümpfe waren runtergerutscht und umschlackerten die Knöchel seiner kindlichen, aber strammen Waden. Neben ihm erschien ihr Mathilda noch durchscheinender als neulich.

Und jetzt? Carla warf Wally und Vera einen fragenden Blick zu. Sie brauchten Mathilda alleine.

Vera zuckte mit den Schultern. »Mathilda fing an zu weinen, als ich sie voneinander trennen wollte.«

Carla dachte an die Zinnsoldaten in Gregors unordentlichem Zimmer und ging vor ihm in die Hocke.

»Hallo, Gregor, wir kennen uns ja schon. Ich bin die Carla, vom Wannsee.«

Gregor knipste ein strahlendes Lächeln an, das Carla an Alexander erinnerte. Er nickte ernst und drückte seine Hand fester in den Oberarm von Mathilda. »Mama hat gesagt, ich soll auf Mathilda aufpassen. Ich werde sie nicht allein lassen!«

Carla nickte. »Natürlich. Ihr würdet euch nie im Stich lassen, genau wie Fix und Foxi.«

Skeptisch sah Gregor von Carla zu Wally und Vera. »Hmmm.«

»Das ist ganz prima. Wir brauchen jetzt nämlich einen guten Soldaten wie dich.«

»Hmmm.«

Mathilda kicherte.

»Wir müssen ganz ungestört mit Mathilda reden. Kannst du mit Frau Hubermann vor der Tür Wache halten? Schaffst du das? Du siehst ja, dass es nur diesen Eingang gibt.«

Gregor flüsterte so leise mit seiner Schwester hinter vorgehaltener Hand, dass Carla kein einziges Wort verstehen konnte. Mathilda nickte zögernd, daraufhin hauchte er ihr ein Küsschen auf die Wange und entließ sie aus seinem Arm.

»Ich bin bereit«, sagte Gregor und ging auf Vera zu, die ihrerseits nun Carla wütend anfunkelte. Ganz sicher wollte sie ihre Zeit nicht mit Wache halten verplempern.

Wally erhob sich. »Danke, werte Kollegin, wie reizend, dass Sie Gregor bei seiner wichtigen Aufgabe unterstützen werden.« Sie zeigte zur Tür, durch die Vera und Gregor dann verschwanden.

Sie sollten sich beeilen und Veras Unterstützung nicht überstrapazieren. Hastig ging Carla auf Mathilda zu und reichte ihr die Hand.

»Hallo, Tante Carla!«, sagte Mathilda mit einem Knicks. Carla bekam jedes Mal eine Gänsehaut, wenn sie von den Kindern als Tante tituliert wurde, aber ihr Vorschlag, im Waisenhaus die Anrede »Tante und Onkel« für das Betreuungspersonal abzuschaffen, war auf taube Ohren gestoßen.

Wally trat zu Mathilda, ging vor ihr in die Hocke, reichte ihr die Hand und schob sich zusammen mit ihr Richtung Tisch. Dort reichte sie Mathilda Stifte und einen Block und bat sie, etwas für sie zu malen, während die Tanten sich mit ihr unterhalten würden.

Carla setzte sich dazu und überließ Wally fürs Erste die Führung. Vielleicht wusste Wally wirklich mehr über Kinder als sie. Von wegen *kindliche Chimärisation*, damit hatte Wally sogar Vera beeindruckt.

»Kannst du dich an den Abend erinnern, an dem dein Bruder ins Krankenhaus gekommen ist? Du weißt schon, der Abend, wo sie ihm diesen Pony geschnitten haben«, fragte Wally.

Mathilda kicherte leise. »Ganz schön schief ist der!«

Wally nickte und deutete ermutigend auf die Buntstifte. »Nur zu!«

Mathilda sah zu Carla und reichte ihr einen in Rosa.

»Malst du mit, Tante Carla?«, fragte sie.

Carla nahm den Stift und ein Blatt Papier. »Gern«, sagte sie, als Kind hatte sie es geliebt zu malen und jeden Papierfetzen gehortet, dessen sie habhaft werden konnte. Lulu war so begeistert von ihren Bildern gewesen, dass sie eine ganze Reihe davon gerahmt und in ihre Küche gehängt hatte.

»Dann mache ich auch mit!«, sagte Wally. »Und ich habe eine lustige Idee!« Sie griff sich ein Blatt, legte ihre Hand drauf und malte sie ab. »Jetzt ihr beide!«

Was für ein durchsichtiges und unnötiges Manöver! Es stand doch außer jedem Zweifel, dass der blutige Handabdruck von Mathilda war. Trotzdem machte Carla gute Miene zum bösen Spiel und nahm ihre Handumrisse ab, Mathilda war schneller und betrachtete dann neugierig alle drei. Offensichtlich löste das rein gar nichts in ihr aus.

»Deiner ist riesig!«, sie kicherte und deutete auf Wally.

»Stimmt, und deiner ist der schönste! Nun malen wir was Richtiges!«, sagte Wally, schob alle Umrisse zusammen auf die Seite, schnappte sich Hellgrün, nickte Carla zu und fing an, Kreise zu zeichnen. »Na los doch, ihr zwei!«

Was Richtiges ... Carla machte ein paar fahrige Striche, mit zehn Jahren hatte sie aufgehört eigene Bilder zu malen. Es war besser, die Dinge detailgetreu zu kopieren, sicherer. Blattadern, Stoffmuster, Schokoriegel, Zimmer, Kreuzungen, Gerümpel. Mit der Zeit wurde sie richtig gut darin und schaffte sogar Geldscheine perfekt und schließlich fing sie an, Räume aus dem Gedächtnis zu zeichnen, Räume, die sich manchmal verselbstständigten.

Mathilda griff sich Hellblau und begann Wolken zu malen.

»Warst du traurig, als dein Bruder sich wehgetan hat?«, fragte Wally.

»Hmm«, sagte Mathilda und begann mit einer blauen Sonne.

»Holst du immer den Schlüssel aus dem Vogelhäuschen, wenn niemand zu Hause ist?«, fragte Wally.

Mathilda nickte.

»Passiert das oft?«, hakte Carla nach.

Mathilda sah hoch zu ihr und durch sie hindurch. »Nein!«, sie lächelte irgendwie unmotiviert und drehte ein paar Locken um den blauen Stift. »Was malt ihr denn?«

»Eine Apfelfabrik!«, kam es von Wally wie aus der Pistole geschossen.

»Einen Zaun«, sagte Carla, die verblüfft den Zaun von Hochbrücks Villa erkannte. »Von einem Zaubergarten!«, fügte sie schnell hinzu, weil es hier um etwas anderes ging.

»Gibt es da Einhörner?«, fragte Mathilda interessiert.

»Nur ein einziges«, antwortete Carla.

Mathilda nickte zufrieden. »Ein böser Zauberer hat das

dort eingesperrt, weil …«, sie kicherte begeistert, »weil das Einhorn sein Bier getrunken hat!«

»Mögen Einhörner denn gerne Bier?«, fragte Carla.

»Natürlich!«, sagte Wally und zwinkerte Mathilda zu.

»Und Kekse!« Mathilda zog den Stift aus den Locken und legte ihn auf den Tisch.

»Was machst du, wenn du ganz allein zu Hause bist?«, fragte Carla, während ihr Einhorn wie von allein Gestalt annahm.

Mathilda starrte die Stifte an und kreiste mit ihrer rechten Hand über ihnen, als wäre sie unentschlossen, mit welcher Farbe sie weitermalen sollte.

»Dann höre ich Märchen, aber ich mag lieber, wenn Mama da ist. Oder Gregor.«

»Klar!«, sagte Wally, die angefangen hatte, violette Äpfel zu malen.

»Wenn ich allein bin, darf ich nichts machen.«

»Aha?«, sagte Carla und zauberte ihrem erstaunlich lebensechten Einhorn gelbe Rosenknospen ins Fell. »Wie denn – nichts?«

»Ich soll nicht fernsehen und mir auch keinen Keks holen. Ich muss sofort in mein Zimmer gehen, dann wird auch niemand wütend.«

Unvermittelt packte Mathilda den roten Stift, drehte das Blatt um, und malte etwas, das sie mit ihrer Hand vor ihnen abschirmte. Dann drehte sie es wieder um, warf den roten Stift zurück, griff sich einen grünen und malte Blumen in eine der Wolken.

Carla schluckte, was war das denn? Machten das alle Kinder?

»War denn jemand wütend an dem Abend, als dein Bruder im Krankenhaus war?«, fragte Wally. »Also deine Mama oder der Papa, oder vielleicht ja auch wer anderes?«

Was sollte das? Womöglich brachte sie Mathilda so überhaupt erst auf Ideen!

»Ich war ... ich weiß nicht, ob Vati wütend war, er ist doch tot.« Mathilda fing an, ihre Zeichnung mit dicken schwarzen Bleistiftstrichen zu übermalen. »Kommt man auch in den Himmel, wenn man viel wütend ist?«

Carla hielt inne, sie bewegten sich hier auf sehr dünnem Eis!

»War dein Vater schon tot, als du nach Hause gekommen bist?«, fragte Wally. Carla schnappte nach Luft und schlug Wally empört mit der Hand auf den Arm.

»Mathilda«, begann sie, aber da fiel ihr das Mädchen schon ins Wort.

»Ich wollte doch nur einen Keks holen.«

Carla erinnerte sich an das Keksglas im Wohnzimmer.

»Natürlich!«, Wally lächelte sie ermutigend an.

»Wenn niemand da ist, hole ich mir trotzdem einen Keks und gehe erst dann in mein Zimmer und mache die Tür zu.« Mathilda griff sich Dunkelblau und Dunkelgrün und schraffierte damit über die Bleistiftstriche. »Müssen Einhörner auch immer die Tür zu machen?«, fragte sie mit Blick auf Carlas Bild.

»Unbedingt!«, Wally kam Carla zuvor und wechselte einen vielsagenden Blick mit ihr. Bestimmt dachte sie auch an das, was Mathilda tat, nachdem sie die Tür geschlossen hatte: Sie schob die Kommode davor, um sich zu schützen.

»War der Keks lecker?«

»Ich habe nicht ..., weil Vati hat mich gerufen, aber er war müde.«

»Warum glaubst du, dass er müde war?«, fragte Wally.

»Weil er sich hingelegt hat, auf den Boden.«

»Legt er sich zum Schlafen sonst auch auf den Boden?«, hakte Wally nach.

»Nein!« Mathilda verdrehte ihre Augen, weil Wally offensichtlich so schwer von Begriff war. »Natürlich nicht, das machen doch nur Huuunnnnde. Ich mag Dackel, Gregor findet die doof. Er will einen Schäferhund. Aber wir dürfen keine Hunde haben, die sind schmutzig, sagt Vati.«

»Und dein Vater lag also auf dem Boden, war er auch schmutzig?«

»Nein!« Mathilda schüttelte den Kopf. »Papa war nicht wirklich auf dem Boden, sondern halb auf *seiner* Treppe. Da dürfen wir nicht rauf, Gregor und ich. Niemals. Wer da erwischt wird, kriegt Haue und Vati wird wütend.« Sie hielt einen Moment inne, ein Lächeln huschte über ihr Gesicht, das sie sofort unterdrückte, als wäre ihr etwas Unerlaubtes durch den Sinn gegangen. »Deshalb hab ich lieber doch keinen Keks genommen und bin in mein Zimmer.«

»Und was hast du dann gemacht?«

»Meine Kopfhörer angezogen. Gregor hat keine, das macht ihn wütend, aber er bestraft mich nie. Manchmal hören wir auch zusammen was an, dann nehmen wir den Hörer zwischen uns in die Mitte und jeder hält ein Ohr dran.«

»Hast du ein Lieblingsmärchen?«, fragte Carla.

Wally stöhnte leise.

»›Der kleine Muck‹!« Mathilda hörte auf zu schraffieren und lächelte. »Am liebsten mag ich den Streich mit den Zauberfeigen, von denen man riesige Eselsohren bekommt, weil dann kann die Prinzessin Amarza endlich den richtigen Prinzen heiraten. Vati sagt, Gregor hat auch was an den Ohren!«, sie kicherte. »Und dass sie dick wie Fäuste sind.«

Was redete sie denn da? Meinte sie den Ausdruck »es faustdick hinter den Ohren haben«? Carla erinnerte sich an Gregors Zimmer, unordentlich, aber auch der einzige Raum, der lebendig auf sie gewirkt hatte.

»Was mag Gregor am liebsten?«, fragte Carla.

»Mama hat ›den kleinen Muck‹ am liebsten.« Mathilda nahm einen roten Stift. »Ich weiß, dass Mama im Gefängnis ist. In der Schule haben die anderen gesagt, Mama wäre eine gemeine Verbrecherin, aber sie hat nichts getan.«

»Hast du denn etwas Falsches getan?«, fragte Wally.

»Nein!« Mathilda schüttelte ihre Locken und sah Carla geradezu verschwörerisch an. »Niemand … *gar* niemand.« Sie lügt, dachte Carla, irgendwas war hier faul. Aber was?

»Oder hat jemand anderes etwas Böses getan?«, hakte Wally nach.

»Nein, alles, was Vati macht, ist gut für mich und für uns alle.«

»Weißt du noch, was für Kekse in dem Glas waren an dem Abend?«, fragte Carla.

Mathilda fing an zu strahlen. »Die mit Zimt, die backt Mama nur, wenn ich sehr brav war.«

»Dann hast du dir doch einen geholt«, stellte Wally fest.

Mathilda senkte den Kopf und nickte.

»Ist nicht schlimm! Jetzt, wo du dich wieder daran erinnert hast, weißt du bestimmt auch noch, was dein Papa gesagt hat, als er dich gerufen hat?«, fragte Wally.

Carla hielt unwillkürlich die Luft an.

Mathilda nickte wieder.

»Ja!«, sagte sie fest.

Wally wechselte mit Carla einen hoffnungsvollen Blick.

»Und, was war das?«, fragte Wally.

Mathilda zog ihre Stirn kraus, dann schüttelte sie den Kopf. »Alles, was er zu mir sagt, ist unser Geheimnis. Für immer und ewig.« Sie legte den Zeigefinger wie eine vertikale Schranke über ihren herzförmigen Mund und machte »Pssst!«. Dann lächelte sie die beiden an. Fast als würde sie Applaus erwarten, schoss es Carla durch den Kopf und sie spürte, wie sich ihr alle Härchen aufstellten.

»Darf ich jetzt vielleicht einen Keks haben?«, fragte Mathilda und zerriss das Bild, dass sie gemalt hatte, in viele kleine Teile, die sie in drei ordentliche Häufchen stapelte, dann sah sie zu Carla. »Kann ich das Einhorn von Tante Carla haben?« Sie griff nach Carlas Bild und presste es an ihre Brust. »Das ist viel lieber als ich!«

Kapitel 29

So was von verdient!«, sagte Wally eine halbe Stunde später und schob sich ein großes Stück Schwarzwälder Kirschtorte in den Mund.

Carla nippte an ihrem schwarzen Kaffee. »Wie du jetzt etwas essen kannst, ist mir völlig unverständlich.« Über den Rand der Tasse starrte Carla so vorwurfsfinster zu ihr hin, als würde sie kannibalischen Bräuchen huldigen.

»Ich glaube, ich kann nie wieder Zimtplätzchen essen, ohne an Mathilda zu denken.« Carla seufzte.

»Mach dich nicht lächerlich! Was ist das denn für ein Selbstbetrug? Du willst mich als Monster hinstellen, nur weil ich Hunger habe. Wem nutzt du damit?« Wally nahm noch ein Stück. Diese sahnige Süße, das Schokoladige mit der frischen Kirsche drin. Sie schloss die Augen und seufzte wohlig. Carla konnte einem leidtun. Die hatte all die angenehmen Verbindungen zu ihrem Körper offensichtlich komplett gekappt. Ganz anders als Frieda, Gott, wie sie die vermisste! Die Süße in ihrem Mund wurde mit einem Mal klebrig und schal. Noch immer hatte sie sich nicht bei ihr gemeldet. Kein Päckchen geschickt, nicht mal ne Karte.

Als sie die Augen öffnete, landete ihr Blick direkt in Carlas Augen. Zartbitter schimmernde Neugier, wie Vati, wenn er wissen wollte, wie ihr sein neuestes Geschenk gefallen hatte.

»Menschliches Elend macht mich nun mal hungrig«, nuschelte Wally mit vollem Mund. »Wem nutzt es, wenn ich mich kasteie?« Und Frieda kriegt heute noch ne Karte, schwor sie sich. »Wusstest du, dass Tucholsky sich auch gern hier im Kranzler Kuchen geholt hat?«

Carla stellte den Kaffee so abrupt ab, dass er überschwappte. »Wir sollten nicht rumsitzen und uns die Bäuche vollschlagen, während Alma unschuldig im Gefängnis eingesperrt ist.«

Vielleicht bestelle ich nun erst recht noch was, dachte Wally, nur um Carla zu ärgern. *Sie sollte dankbar sein, dass ich sie zu Mathilda gelockt habe!* Darüber hatte sie kein Wort verloren, auch nicht über ihre Verkleidung und nicht über ihren Coup, sich vor dieser Vera als Pädiaterin auszugeben. Aber jetzt rumnörgeln!

»Wir müssen alles völlig neu durchdenken!« Carla redete sich immer mehr in Rage. »Ganz offensichtlich hat Mathilda auch nichts mit seinem Tod zu tun, weil ihr Vater schon verletzt unten an der Treppe lag, als sie nach Hause gekommen ist.«

»Ja, Miss Marple, das haben wir auf dem Weg hierher schon durchgekaut. Das würde erklären, warum er die Tür nicht aufgemacht hat. Der Nachbar könnte also in diesem Punkt die Wahrheit gesagt haben …«, überlegte Wally laut, während sie weiter der Torte den Garaus machte. »Dann hat Mathilda uns wohl nicht angelogen, denn sonst hätte sie ja nicht den Schlüssel aus dem Vogelhäuschen holen müssen.«

»Warum war er nur so betrunken?«, fragte Carla.

»Warum hat seine Tochter keine Hilfe geholt?«, konterte Wally, nur um sie aus der Fassung zu bringen.

»Das fragst du dich wirklich?« Carla sah sie durchdringend an.

Bilder von Hochbrücks nacktem teigigem Körper im Hotelzimmer tauchten unvermittelt vor Wallys innerem Auge auf und vermischten sich mit dem Gesicht seiner zarten Tochter, dem mädchenhaften Zimmer und dem blutigen kleinen Handabdruck, formten sich wie Kaleidoskopsplitter zu immer neuen und noch verstörenderen Momenten.

Plötzlich kamen ihr die Kirschen sauer wieder hoch, angewidert schob sie den Teller von sich weg. Vielleicht hatte Carla doch recht.

»Aber Mathilda muss die Platzwunde an Hochbrücks Kopf berührt haben, wie sonst ist der Abdruck am Flokati zu erklären?«, überlegte sie laut.

»Wahrscheinlich hatte er so viel Macht über sie, dass sie sehr wohl zu ihm hin ist, als er sie gerufen hat«, Carlas Augen sahen verdächtig feucht aus. »Erst danach hat sie das getan, was Alma ihr eingebläut hat.« Sie räusperte sich. »Und sich in Sicherheit gebracht. Ich frage mich wirklich, warum war er um diese Zeit schon so betrunken?«

»Vielleicht hat er was gefeiert?«

»Allein? Hat denn niemand von den anderen Nachbarn irgendwas Hilfreiches gesehen? Vielleicht als er nach Hause gekommen ist.«

»Ich habe mit allen gesprochen, aber die wollten nicht mit mir reden oder hatten nichts Ungewöhnliches bemerkt, bis auf den Verrückten und der hat schließlich auch von dem Ufo gesprochen.«

»Laut Stratmann hatte Hochbrücks Sekretärin ab mittags keine Termine mehr für ihn eingetragen. Einmal in der Woche hatte er seine, wie er es nannte, kreative Auszeit.«

»Bei jedem anderen wäre das nur ein Euphemismus für eine Geliebte oder ein anderes Wort für den wöchentlichen Bordellbesuch.« Wally tupfte sich die Lippen mit der Serviette, schade um die Torte, aber der Appetit war ihr endgültig vergangen.

»In jedem Fall müssen wir dafür sorgen, dass das Ganze als Unglücksfall eingestuft wird. Es gab keinen kaltblütigen

Mord und Alma kann es überhaupt nicht gewesen sein. Hätte sie doch einfach nur den Mund gehalten!« Carla holte tief Luft, zog die Schultern hoch und ließ sie beim Ausatmen wieder fallen. »Sobald es um ihre Tochter geht, setzt ihr Verstand aus.«

»Den Unglücksfall können wir nur beweisen, wenn Mathilda aussagt, und das wird *deine* Alma sicher zu verhindern wissen.«

»Womöglich würde die Glaubwürdigkeit von Mathilda in Zweifel gezogen.« Carla seufzte und nahm nun doch den winzigen Keks, der zu ihrem Kaffee serviert worden war und knabberte daran herum. »Sie kommt mir so merkwürdig vor.«

»Kein Wunder, nach allem, was sie durchgemacht hat!«

»Du verstehst mich falsch, ich hätte gedacht, das würde sie viel zu früh erwachsen werden lassen, aber sie wirkt auf mich so viel kindlicher als die Katrin von gegenüber.«

»Gibt es denn Richtlinien, wie man auf Missbrauch reagieren muss?«

Carla verschluckte sich, hustete und lief dabei rot an. »Natürlich nicht«, sagte sie kaum hörbar. »Das war nicht nur deplatziert, sondern sehr dumm.«

Wally unterdrückte den Impuls, ihre Hand auf Carlas Arm zu legen, aber sie wechselte das Thema, um sie abzulenken.

»Ist Katrin die magere Kleine mit den Zöpfen, die immer hinter mir her spioniert?«

»Ja. Sie will mir damit helfen. Ihr Traum ist es, Detektivin zu werden und Tante Lulu hat sie leider noch ermutigt!«

»An ihren Beschattungsmethoden muss die Göre aber noch arbeiten! Sie darf nicht hektisch hinter Bäume oder Litfaßsäulen springen, wenn ich mich umdrehe. Stattdessen sollte sie unauffällig weitergehen oder sich den Schuh zubinden. Darüber solltest du mit ihr reden!«

Carla grinste schief. »Das sag ich ihr. Sie ist ganz wild darauf, was zu lernen.«

Bäume … irgendwas fing an durch Wallys Kopf zu rumoren, aber was? Sie hatte es doch ganz und gar nicht mit der Natur. »Den Wald vor lauter Bäumen nicht sehen«, murmelte sie. Was war das nur, was da gerade bemerkt werden wollte?

»Wovon redest du denn jetzt wieder?« Carla sah sie verständnislos an.

»Bäume, ich glaube, da klingelt was. Schnell, was fällt dir alles zu Bäumen ein?«

»Eichen, Birken, Fichten, Pappeln, Linden, Buchen, Tannen, Alleen, Park, Wald …«, ratterte Carla los.

Wally schüttelte den Kopf. »Nein, nein, keine Arten, aber mach weiter, ich glaube, ich habs gleich.«

»Blätter, Rinde, Blüten, Zapfen, Früchte, Wildschweine …«

»Wildschweine?«

»Na, die fressen das alles!«

»Keine Tiere, mach weiter!«

»Harz, Krone, Dach, Äste, Baumstamm, Wurzel, Erde …«

»Jaa!« Wally griff nach Carlas Arm und drückte ihn begeistert. »Das ist es! Der Baumstamm, an den Hunde dran pinkeln.« *Mein Gott, wie konnte ich das nur vergessen?* »Wir müssen sofort los!«

»Warum und wohin?«

»Das erkläre ich dir unterwegs. Wir fahren nach Dahlem!«

Auf dem Weg dorthin erzählte Wally ihr, dass der verrückte Nachbar noch etwas beobachtet hatte, was ihr wegen der Ufos völlig entfallen war. Der Gärtner, der das Haus neben den Hochbrücks betreute, hatte an den Kompost gepinkelt. Mit dem mussten sie reden, womöglich wusste der etwas.

Es dauerte ewig, bis sie endlich in Dahlem waren und dann war der verrückte Nachbar nicht zu Hause, jedenfalls öffnete niemand und sie konnten ihn nicht nach dem Gärtner fragen.

»Und jetzt?« Wally sah sich gereizt nach einer Bank um. Was für eine beschissen prätentiöse Gegend!

»Zwei wichtige Erfahrungen zum Thema Gärtner …«, begann Carla, hob ihre rechte Hand spreizte zwei Finger zu einem V.

Als ob ihre Schwester schon Hunderte von Gärtnern beschäftigt hätte!

»Erstens, für gewöhnlich werden Gärtner schwarz bezahlt und zweitens, arbeiten die dann meistens auch bei den anderen Nachbarn. Gilt übrigens genauso für Putzfrauen und Kindermädchen.«

»Was willst du damit sagen?« Ihre Schwester schien sich pudelwohl zu fühlen, während sie immer noch in diesen kratzigen, viel zu warmen Gesundheitsklamotten rumlaufen musste, in denen sie wie ihre eigene Großmutter aussah. Höchste Zeit, die wieder loszuwerden, dachte Wally. Die lenkten ab und verlangsamten ganz offensichtlich ihr Gehirn. Andererseits, vielleicht würden die Haushälterinnen sie in dem Aufzug nicht gleich hassen.

»Ich meinte damit, es war klug von dir, etwas zu essen, denn wir müssen auf gute alte Fußarbeit zurückgreifen, du nimmst diese Seite, ich die andere.«

»Und dann was?« Sie würden sich in dieser snobistischen Gegend nur wieder völlig umsonst die Füße platt laufen.

»Du hältst Ausschau nach Gärtnern. Außerdem klingeln wir und behaupten, wir würden in der Parallelstraße wohnen und hätten von dem wunderbaren Gärtner hier gehört.«

»Und wenn das dann hinterher doch nicht der gleiche ist?«

»Hast du ne bessere Idee?«

Wally schüttelte den Kopf, Carla ging auf die andere Straßenseite und fing beim Haus neben dem Verrückten an. Das alles war Zeitverschwendung! Sie hatte doch schon erlebt, wie wenig zugänglich die Leute hier waren!

Nach einer Stunde hatten sie nicht das Mindeste erreicht und arbeiteten sich in die andere Richtung vor. In Gesundheitsschuhen taten die Füße viel mehr weh als in Pumps, dachte Wally und bewunderte Carla, die leichtfüßig die sanft ansteigende Straße entlangschwebte. Zäh war sie schon. Immer wieder klingelte sie und redete, und klingelte und redete, während auf Wallys Seite kein Mensch zu Hause zu sein schien. Eine Schnapsidee das alles.

Plötzlich winkte Carla ihr zu. Wally lief zu ihr hinüber.

»Also, unser Mann wohnt in Kreuzberg, er ist kein gelernter Gärtner, aber alle hier im Viertel schwören auf ihn, weil er so ein Händchen hat. Er ist wahrscheinlich Ausländer, denn ein Mann hat von ihm als dem ›Rosenzigeuner‹ geredet, zwei Damen fanden, er wäre so himmlisch romantisch. Doch auch wenn alle auf ihn schwören, würden ihn noch lange nicht alle in ihr Haus lassen. Wenn du mich fragst, ist das der Grund, warum der Verrückte den Mann beim Pinkeln im Garten gesehen hat.« Carla lachte unvermittelt. »Ich schätze mal, das bedeutet, er sieht sehr gut aus, das Himmlische hat sicher eher damit zu tun, als mit seiner Fähigkeit, Unkraut zu rupfen. Alle Frauen, die über ihn gesprochen haben, hatten so einen Glanz in den Augen, während die Männer nicht so begeistert waren.«

Wally musterte ihre Schwester. Sie sollte nie wieder den Fehler machen, sie zu unterschätzen. »War es das?«

Carla grinste triumphierend. »Weit gefehlt! Ich hab noch mehr: Sie nennen ihn Lazlo, aber seinen Nachnamen wusste niemand. Und eine Frau wusste, dass man ihn am Wochenende im *Piroschka* erreicht. Dort hat sie auch schon öfter eine Nachricht für ihn hinterlassen.«

»Wie hast du das gemacht?«

»Das kann ich gut: sanft klingeln, mich entschuldigen und klein machen. Haus und Garten bewundern, eine herzzerreißende Geschichte erzählen über meine alte Mutter, die demnächst in das Haus unten am Eck einziehen wird. Behaupten, dass Alma Hochbrück von ihrer Hilfsbereitschaft so geschwärmt hat und durchblicken lassen, dass mein Mann Pilot oder Professor ist, je nach dem, was besser ankommt und mich dann voll unterwürfiger Dankbarkeit verabschieden.«

»Aha. Aber wie können wir sicher sein, dass Lazlo unser Mann ist?«

Carla lachte. »*Dein* Verrückter ist der Einzige in der ganzen Straße, der den Gärtner nicht beschäftigt! Denk nur an das Ufo, er hat was gegen ›die Zigeuner‹.«

»Und wieso hat die Polizei Lazlo nicht gefunden?«

»Wer redet denn mit der Polizei über einen schwarz bezahlten Gärtner, noch dazu, wenn er nicht danach gefragt wird!«

»Dann also auf nach Kreuzberg!«

»Ich muss schnellstens zurück, denn Ingrid Niemöller kommt jetzt noch, um die Bilder durchzuschauen. Aber danach könnten wir hin. Am Samstagabend arbeitet Lazlo im *Piroschka*. Was denkst du, was er da macht?« Ihre hellbraunen Augen funkelten wie nasser Sand in der Sonne.

»Er kocht?«

»Er spielt dort auf. Die Geige. Vater fand Klischees beim Ermitteln hilfreich, weil sie erstaunlich oft stimmen. Allerdings hat er mich davor gewarnt, in Klischees zu denken.«

An solche Kalenderspruchweisheiten konnte sich Wally nicht erinnern. Natürlich hatte sie ihn nicht mal ansatzweise so gut gekannt wie Carla. Früher hatte ihr das nichts ausgemacht, erst nachdem Mutter krank geworden war, hatte sie sich gefragt, warum er nie da war, wenn man ihn brauchte.

»Na, dann hören wir uns das doch mal an. Ich ziehe mich um und gehe ins *Piroschka*, mir ist gerade nach einem richtig guten Szegedinergulasch! Ich muss heute erst um zehn ins Eden.«

Schatten fielen über den nassen Sand, Carlas Miene verdunkelte sich.

»Wir sollten zusammen mit ihm reden!«

»Warum? Glaubst du, dass ich das sonst *vergeigen* werde?«

»Nein, nein«, beeilte Carla sich zu sagen. »Ich bin neugierig und nur zusammen können wir bezeugen, was er ausgesagt hat.«

»Gut, dann kommst du nach, wenn du mit der Niemöller fertig bist.«

Carla nickte ernst. »Versprich mir, dass du wartest, bis ich da bin, nicht wieder so einen Alleingang wie vorhin mit Mathilda, ja?«

Dabei wären sie keinen Schritt weiter, wenn sie sich nicht aufgemacht hätte, um Mathilda zu befragen. »Mhm«, sagte Wally und schluckte alles andere hinunter. Es brachte nichts, ihr das aufs Butterbrot zu schmieren.

»Danke …« Carla kaute auf ihrer Unterlippe herum.

Was war denn jetzt noch?

»Mutter wird es hassen, wenn wir am Samstagabend nicht zum Essen da sind, aber wir tun es trotzdem, wir müssen ja weiterkommen.« Offensichtlich führte sie nur Selbstgespräche, dann nickte sie ihr entschlossen zu. »Beeilen wir uns, Fräulein Niemöller geht sowieso schon auf dem Zahnfleisch, wir können es nicht riskieren, dass sie sich an eine andere Agentur wendet!«

Immerhin ein erstes »Wir«.

Kapitel 30

Eine halbe Stunde später bogen sie in die Grolmanstraße ein.

»Da hat dich jemand offensichtlich sehr vermisst!« Wally deutete auf Katrin, die Carla so schnell entgegenrannte, dass ihre rotweißkarierte Schürze flatterte.

»Erzähl ihr ruhig, dass ich sie bemerkt habe«, sie nickte Carla zu. »Wenn es ihr ernst ist, möchte sie das bestimmt wissen!« Sie lief an Katrin vorbei Richtung Haus.

Kurz vor dem Eingang drehte sie sich noch mal um und rief: »Ich geh jetzt rauf zu Ida und verrate ihr, dass du dich in einen Geiger verliebt hast!« Sie lachte schallend über das, was sie für einen guten Witz zu halten schien.

Verstohlen sah sich Carla um, die halbe Grolmanstraße würde das für bare Münze nehmen! Wally war wie ein Sechser im Lotto für die Pallutzke.

Katrin war wie angenagelt stehengeblieben und starrte Wally bewundernd hinterher. »Ick wer verrückt. Dit is die Blondine, na dit ist ja …« Immer noch schwer atmend wandte sie sich dann mit großen Augen Carla zu. »War dit ne geheime Mission?«

»Undercover nennt man das«, erklärte sie ihr und sie war sicher, dass Katrin in den nächsten Tagen das Verkleiden üben würde. »Leider hat die Blondine dich bemerkt. Du musst beim Beschatten viel vorsichtiger sein. Der Verfolgte registriert es aus den Augenwinkeln, wenn er sich umdreht und plötzlich etwas zur Seite huscht.«

Katrin nickte ernsthaft und holte einen Bleistiftstummel raus, um sich das auf einer alten Butterbrottüte zu notieren.

»Geht klar. Ich muss was fragen …«, fing sie an und wirkte plötzlich sehr viel jünger.

Carla nickte ihr zu.

»Für die Abscheulichen, die sagen, es setzt Dresche, wenn ichs nicht tue.«

»In Ordnung!«

»Also, die wollen wissen, was det fürn Bobber war und ob dein Freund die vielleicht auch mal mitnehmen tät. Alle vier. Nur für mal ganz kurz.«

Katrin hatte so schnell geredet, um diese unangenehme Frage hinter sich zu bringen, dass Carla nicht sicher war, ob sie das richtig verstanden hatte.

»Ein Bobber, was meinst du mit Bobber?«

»Na det Moped, det war doch 'n Bobber.«

»Bobber?«, wiederholte Carla, während in ihrem Kopf alles auf Hochtouren lief.

»Ja, 'n Bobber ist ne Maschine, wo allet Blech weg ist, was nicht gebraucht wird, halt wie bei den Rennmaschinen und mit nur een Sattel auf Federn montiert!« Katrin ratterte die Fakten herunter, als würde sie dafür bezahlt.

»So, so, das also ist ein Bobber!« Carla beugte sich vor, umarmte Katrin, hob sie hoch und schwenkte sie freudestrahlend im Kreis um sich herum.

»Wat issn nu los?«

»Du hast ein Rätsel gelöst! Bobbs! Bobbs ist ein Bobber!« Vorsichtig stellte sie Katrin wieder auf ihre Füße.

»Wat?«, Katrin starrte sie mit großen Augen an.

»Du hast meinen Fall geklärt, na, jedenfalls fast! Erzähle ich dir ein anderes Mal, jetzt muss ich mich sputen. Sag deinen

Brüdern, ich spendiere ihnen morgen ein Eis beim *Eis-Henning* am Henriettenplatz!«

»Aber wieso die denn alle?«, maulte Katrin. »Dit is ungerecht!«

»So ist das Leben manchmal, freu dich und pell dir 'n Ei drauf! Bis morgen, ich muss hoch!«

Während Carla die Treppen nach oben ins Büro eilte, dachte sie an Sally Montana, die ganz sicher etwas über Motorradclubs bei den GIs wissen würde. Sally war ihr von allen Armykontakten der liebste. Mit ihrer Hilfe würde sie ganz sicher den Jack finden, der auf dem Deutsch-Amerikanischen Volksfest einem blonden Fräulein den Hof gemacht hatte.

Im Büro duftete es leicht nach den Wiesenblumen, die Bruno ihr mitgebracht hatte. Ein Blick auf die Uhr verriet ihr, dass die Niemöller gleich da sein würde. Hastig griff sie nach Wallys Mantel, der immer noch über dem Stuhl lag, um ihn an der Garderobe aufzuhängen. Sie war zu schnell, der Mantel rutschte vom Bügel und fiel zu Boden.

Plong.

Das klang irgendwie komisch, nicht wie Stoff, sondern nach gedämpftem Metall. Sicher nur die Gürtelschnalle. Oder ein Schlüsselbund in der Manteltasche.

Ein Schlüssel? Schlagartig wurde ihr bewusst, wie wenig Gedanken sie sich um Wallys Schicksal gemacht hatte. Jeder hatte einen Schlüssel zu seiner Wohnung, und Wally konnte in ihre nicht mehr zurück. Und sie hatte das nicht die Bohne interessiert. Was war mit all den lieb gewordenen Sachen, die Wally hatte zurücklassen müssen? Was war mit den Menschen, die ihr wichtig gewesen waren? Wie schaffte sie es, trotzdem so optimistisch zu wirken? Wahrscheinlich hatte sie das von Vater geerbt, der hatte auch aus allem immer das Beste machen und überall nur Gutes entdecken wollen.

Nachdenklich hob sie den Mantel auf und griff in die Seitentaschen, plötzlich voller Neugier darauf, was Wallys Schlüsselbund erzählen würde. Suchte rechts, suchte links.

Nichts.

Aber woher war dann das Geräusch gekommen? Sie tastete den Mantel ab und fand eine verdeckte Tasche, die so geschickt in den linken Brustabnäher eingebaut war, dass keine Extra-Naht zu entdecken war. Vorsichtig öffnete sie die kleinen Druckknöpfe und zog alles heraus, was in der Tasche war. Viel Zeit hatte sie nicht mehr, die Niemöller war immer überpünktlich und Wally befand sich zwar noch oben in den Klauen ihrer Mutter, aber vielleicht ging auch das schneller als gedacht.

Carla betrachtete ihren Fund. Es war wirklich etwas Metallisches, das in einige dünne postkartengroße Papiere eingewickelt war. Eine Goldmünze an einer Spange, auf dem FDJ stand. Das stand für ›Freie Deutsche Jugend‹, das wusste Carla, aber diese Medaille hatte sie noch nie gesehen. Auf der einen Seite war ein Männerkopf, unter dem Artur Becker stand. Artur Becker, auch der Name sagte ihr im ersten Moment nichts, aber das würde sie schon herausfinden. Neben der Medaille gab es noch drei merkwürdige Münzen, auf der Vorderseite waren jeweils die Buchstaben *LAG* eingeprägt und darunter standen Zahlenwerte. Auf der viereckigen Münze mit abgerundeten Ecken stand – .05, auf der achteckigen .-10 und auf der sechseckigen 1.-.

Diese Münzen aus einem leichten grauen Metall erinnerten Carla an DDR-Camping-Geschirr.

Sie griff zu einem ihrer Zeichenstifte und malte die Medaille und die Münzen hastig ab.

Dann betrachtete sie die Papiere. Gestempelte und unterschriebene Passierscheine, die Westberlinern den Besuch von Ostberlin erlaubten. Wie war es möglich, dass Wally so viele Blanko-Passierscheine hatte, bei denen man nur noch Namen und Datum einsetzen musste?

Hatte sie sich die organisiert, um einiges abzuwickeln oder für Freunde, die sie besuchen kommen wollten? Für den Schotten? Wie tragisch für Wally, dass diese Scheine seit gestern nur noch Makulatur waren.

Gestern hatte der Berliner Polizeipräsident die Büros für Passierscheine schließen lassen. Aus politischen Gründen, denn so einen Wisch zu akzeptieren hätte bedeutet, dass die Bundesrepublik den Mauerbau vom 13. August als legal anerkannte. Seit gestern war es unmöglich für Westberliner, in den Osten zu gelangen, und die aus dem Osten durften ja eh nirgends mehr hin. Menschlich betrachtet war diese politisch nachvollziehbare Entscheidung die reinste Katastrophe. Genauso schlimm wie Carlas mangelndes Einfühlungsvermögen. Sie sollte wirklich freundlicher zu Wally sein, mehr Anteil nehmen.

Es klingelte. »Einen Moment!«, rief Carla, verstaute ihren Notizblock, faltete die Papiere wieder ordentlich um die Münzen herum und schob alles zurück in die Geheimtasche. Dann hängte sie den Mantel auf und ließ Ingrid Niemöller herein. Kaum hatte Carla die Fotos auf dem Schreibtisch vor ihr ausgebreitet, klopfte Wally an die Tür, um ihren Mantel zu holen.

»Bis nachher und nimm einen Schirm mit!«, sagte Wally, die sich umgezogen hatte und nun kein bisschen bieder, sondern wieder so verführerisch aussah, als wollte sie eine halbe Kompanie flachlegen. »Deine Mutter sagt, sie spürt in den Knochen, dass es später regnen wird!«

»Habe ich im Radio auch gehört!«, meldete sich Fräulein Niemöller, ohne von den Fotos hochzuschauen.

Carla schloss die Tür hinter Wally und setzte sich zu ihrer Klientin, die ihr langsam zu sehr ans Herz wuchs. Das merkte sie daran, dass sie anfing, in Gedanken nur noch ihren Vornamen zu benutzen. Dabei hatte ihr Vater immer dazu geraten, auch innerlich auf Distanz zu bleiben.

Zehn Minuten später schob ihre Klientin enttäuscht die Abzüge zusammen. »Das gibt es doch gar nicht, so viele Männer und auf keinem einzigen Foto ist Jack zu sehen!«

»Trotzdem sind wir einen Schritt weiter!«, verkündete Carla, die hoffte, dass sie Sally heute noch erreichen würde.

Ingrid Niemöller riss ungläubig die Augen auf. »Weil Sie diese Männer alle ausschließen können?«

»Nein.« Carla lächelte. »Aber durch unseren unermüdlichen Einsatz«, – sie hoffte, es würde nach sehr langer und harter Arbeit klingen –, »konnten wir herausfinden, was es mit seinem Namen auf sich hat. Es kann nicht mehr lange dauern, bis wir Jack haben. Ich rufe Sie dann an.« Sie erhob sich, um das Gespräch zu beenden, denn sie wollte los ins *Piroschka*. Gott behüte, was Wally dort ohne sie anstellen würde.

»Ich habe Angst«, murmelte Ingrid, die sitzen geblieben war. »Was, wenn ich mich doch in seinen Gefühlen täusche?«

»Dann haben Sie es wenigstens versucht.« Carla unterdrückte ein Seufzen, nahm wieder Platz und erinnerte sich an Richard, den sie nie angesprochen hatte. »Natürlich ist es immer einfacher und vor allem sicherer, nur von der Liebe zu träumen.« Sie räusperte sich. »Da gibt es dann keine Enttäuschungen, denn selbst wenn die Liebe auf beiden Seiten real ist, kann niemand ihre Dauer garantieren.«

Sie dachte an Alma, die musste doch auch einmal sehr in Alexander verliebt gewesen sein, immerhin war ihre Familie von dem mittellosen Mann ohne Adelstitel mit damals eher vagen Aussichten zuerst nicht begeistert gewesen. Wirklich besser, man hatte keine Ahnung, was die Zukunft brachte, es war ja nur selten das, was man sich gewünscht hatte.

»Sie haben recht. Eigentlich ist doch nur die Liebe zu einem Kind die wirklich beständige und jedenfalls die einzige, die unaufkündbar ist.« Ingrid sah fragend in Carlas Augen. »Vielleicht sind all die Schwierigkeiten, Bobbs zu finden, nur ein

Zeichen dafür, dass ich aufhören soll, diese widernatürlichen Tabletten zu verkaufen.«

»Seien Sie nicht albern«, entfuhr es Carla. »Es ist eine überspannte, fehlgeleitete Idee, dass alle Mütter ihre Kinder lieben. Was ist mit den vielen unerwünschten Kindern, was mit den Müttern, die durch den Krieg Kinder bekommen mussten, die sie nie gewollt haben? Da geht es doch oft mehr um Pflicht als um Liebe.«

Ingrid Niemöller sah sie mit großen Augen an und Carla fürchtete, sie wäre in ihrer latenten Ungeduld zu weit gegangen. Dem Klienten niemals kluge Ratschläge erteilen, war Lektion Nummer zwei, gleich nach dem Finanzcheck und einer Vorauszahlung, was die Lektion eins in Vaters Einmaleins des Detektivberufs gewesen war. Nummer drei war, sich niemals in einen Klienten zu verlieben, Nummer vier, unter keinen Umständen Aufträge für Verwandte zu übernehmen.

Ingrid zuckte mit den Schultern, angelte sich eine Zigarette aus der Elefantendose und zündete sie an, offensichtlich wollte sie immer noch nicht gehen. »Sie sind wirklich gut, vielleicht wollen Sie meine Arbeit übernehmen …«, sie inhalierte einen tiefen Zug. »Dann, wenn ich Jack geheiratet habe!«

»Würden Sie denn mit ihm in die USA gehen?« Noch nie hatte Carla erlebt, dass ein GI wegen eines deutschen Fräuleins hiergeblieben wäre. Sie erinnerte sich daran, dass Ingrid gern Niki genannt werden wollte, nach der Künstlerin, die sie so bewunderte. Was würde sie in Amerika erwarten? Dachte sie, dort könnte sie die Niki sein, die sie hier allenfalls heimlich war?

»Natürlich, es muss das reinste Wunderland sein.«

»Sprechen Sie denn Englisch?«

Ingrid zerdrückte die nur halbgerauchte Zigarette und lächelte schief. »Seit dem Tag, an dem ich Jack getroffen habe, lerne ich jeden Tag eine Stunde.« Sie fing an zu schnipsen, summte leise und begann schließlich leise zu singen.

»Tonight, you 're mine completely,
You give your love so sweetly,
Tonight, the light of love is in your eyes,
But will you love me tomorrow?«

Unbehaglich rutschte Carla auf ihrem Stuhl herum. »Sie haben wirklich Talent!«, rang sie sich ab und unterdrückte den Impuls aufzustehen und Ingrid endlich hinauszukomplimentieren.

»The Shirelles!«, sagte Ingrid. »Ein Land, das so schöne Musik hervorbringt, kann doch nicht schlecht sein, oder?«

Carla dachte an das Land von Händel, Beethoven und Wagner und sparte sich einen Kommentar.

»Und was bedeutet sein Name nun?«, fragte Ingrid.

»Wahrscheinlich, dass er Motorräder leidenschaftlich liebt und in einem der Bobber-Clubs Mitglied ist. Wenn wir ihn gefunden haben, wie soll es dann weitergehen? Wo wollen Sie ihn treffen?«

»Hier!« Das kam sehr bestimmt. »Selbstverständlich komme ich für Ihren Zeitaufwand auf.«

»Ich würde Ihnen ein Café ans Herz legen.«

»Nein, nein, hier wäre es mir am liebsten.«

»Warum denn das?«

Ingrid nahm eine weitere Zigarette, zündete sie aber nicht an. »Wenn ich mich getäuscht und mir nur etwas vorgemacht habe, dann müssen wir nicht einen ganzen Kaffee lang durchhalten, Kuchen herunterwürgen und Konversation betreiben. Wenn es aber das ist, was ich glaube, dann können wir sofort verschwinden, an einen Ort, an dem wir beide wirklich zusammen sein wollen!« Sie nahm die Schultern zurück und nickte, als müsste sie sich selbst Mut zusprechen.

»Gut, dann vereinbare ich mit ihm einen Termin hier in der

Detektei, ich bin sicher, dieser Moment wird sehr bald kommen«, Carla stand auf und zeigte energisch zur Uhr.

»Bestellen Sie ihn früher als mich«, Ingrid stand nur widerstrebend auf. »Sie bereiten ihn vor, und ich erscheine dann eine Viertelstunde später, können wir das so machen?«

»Ja. Aber jetzt muss ich unverzüglich einen wichtigen Informanten der Army treffen. Ich melde mich, sobald ich Neuigkeiten für Sie habe!«

Kapitel 31

Das *Piroschka* lag in einer zwielichtigen Gegend, in der sich Carla nach Einbruch der Dämmerung so unwohl fühlte, dass sie anfing, schneller zu gehen. Außerdem hatte es wirklich angefangen zu regnen. Ihr Schirm lag natürlich zu Hause.

Umso überraschter war sie, als sie sah, dass Wally draußen vor dem Lokal auf sie wartete. Sie schwenkte ihren Schirm Carla zwar entgegen, doch das Wasser prasselte nun plötzlich so hart auf die Straße, dass Carlas Beine auch von unten nassgespritzt wurden.

»Wir brauchen da nicht rein!«, sagte Wally statt einer Begrüßung.

»Warum nicht?«

»Der Geiger macht gleich ne kurze Pause und holt sich in der Küche was zu essen.«

»Lassen die uns denn in die Küche?«

»Das nicht, aber Lazlo nimmt sich das Essen mit in sein Zimmer, niemand versteht, warum er lieber dort isst. Die Küchenhilfe hat erzählt, dass sie lieber auf einer Parkbank schlafen würde als in seinem Loch von Kohlenkeller.«

»Lass uns doch trotzdem reingehen, meine Schuhe sind schon vollkommen durchnässt! Und es riecht so lecker nach gebratenem Fleisch und gefüllter Paprika.«

»Ich hab keinen Hunger, ich werde hier auf dich warten.«

Merkwürdig, ihre Halbschwester ließ sich doch sonst nie eine Mahlzeit entgehen. Stopfte ständig was in sich rein, wie ein Bär vorm Winterschlaf. »Allein geh ich da auch nicht rein.«

»Da kommt er schon!« Wally deutete auf eine schmale Treppe, die ein breitschultriger, nicht sehr großer Mann herabstieg, während er ein kleines Tablett vor sich her balancierte. Als sie zu ihm traten, drehte er sich um. Carla konnte sogar im Halbdunkel der schummrigen Straßenlaternen erkennen, wie attraktiv Lazlo war. Hohe breite Wangenknochen, große dunkle Augen und fast schon mädchenhaft schön geschwungene Lippen. Doch dann wollte er nicht mit ihnen reden, obwohl Wally ihn heftig anflirtete. Er sprach akzentfrei Deutsch, benutzte allerdings etwas verstaubte Redewendungen wie: »meine verehrten, lieben Damen« und »es dauert mich außerordentlich, Ihrem Anliegen nicht entsprechen zu können«.

»Wie viel kostet eine Unterhaltung mit Ihnen?«, fragte Carla schnell, als er schon Anstalten machte, seine Zimmertür vor ihrer Nase zu schließen.

»Für dieses unermessliche Vergnügen erscheinen mir fünfzig Mark angemessen!«, antwortete er wie aus der Pistole geschossen.

Carla schnappte innerlich nach Luft.

»Zwanzig!«, kam ihr Wally zuvor.

Sie einigten sich auf fünfunddreißig Mark, und erst nachdem die überreicht waren, bat Lazlo sie in seine »Gefilde«, wo es warm und trocken war, aber modrig roch. Kohlenstaub hatte die krummen Wände vergraut, Luft gelangte nur spärlich durch einen vergitterten Schacht herein. Von der Decke baumelte eine Glühbirne, die das spartanisch eingerichtete Zimmer kaum erhellte. Ein Schrank, ein Stuhl, ein Bett. Auf dem schmalen Eisenbett lag eine prächtige, mit Blumen bestickte Decke, die sogar noch im Dämmerlicht des Zimmers leuchtete. Er bat sie, darauf Platz zu nehmen. Als Carla sich zierte, lachte er und erklärte ihr, dass diese Stickerei aus seiner Heimat Szentistván etwas aushalten konnte. Seine verehrte Großmutter, die eine Meisterin der Matyó-Stickerei war, hatte sie schon vor sechzig Jahren für ihr Brautbett gemacht.

Er setzte sich auf den einzigen Stuhl, balancierte das Tablett auf seinen Knien und fing an, langsam und voller Genuss zu essen. Dabei erzählte er ihnen von der Sage, die sich um diese Stickereikunst rankte, als wären sie seine Gäste. Carla wollte nicht unhöflich sein und ihn unterbrechen.

Der Teufel hätte einer Braut mitten im Winter den Bräutigam geraubt. Die verzweifelte Braut hätte ihn weinend vom Teufel zurückgefordert.

An der Stelle versuchte Wally einzuhaken, Carla musste sie mit einem Stoß in die Taille zum Schweigen bringen. Der Mann wollte das hier auskosten und wenn sie wirklich etwas von ihm wissen wollten, dann wäre es klüger, geduldig zu sein. Außerdem war Carla nun neugierig, wie die Geschichte ausgehen würde.

Der Teufel lachte die Braut aus, versprach ihr aber, wenn sie ihm eine Schürze voller Blumen bringe, bekäme sie ihren Mann zurück. Doch es war mitten im Winter und guter Rat teuer. Die kluge Braut gab nicht auf und verfiel dann auf die Idee, ihre Schürze über und über mit Blumen zu besticken. Der Teufel kochte vor Zorn, allerdings hielt er sein Wort und gab ihr den Bräutigam zurück. Daher galten die Stickereien in seiner Heimat als Schutz gegen den Teufel.

Lazlo lachte zynisch. »Aber meine lieben, verehrten Damen, selbst wenn man 1956 ganz Ungarn damit eingehüllt hätte, hätte der Russe sie mit seinen Panzern doch zerrissen und Gott allein weiß, wann der rote Teufel aus Ungarn jemals wieder abziehen wird. Entschuldigen Sie, ich vergaß mich, Sie sind wohl eher nicht hier, um sich meine Lebensgeschichte anzuhören?«

Carla erklärte ihm, was sie interessierte.

Lazlo schob sich die letzten Bissen einer gefüllten Paprika in den Mund, wischte mit einem Stück Brot den Teller vollständig sauber, tupfte den Mund mit einer ebenfalls bestickten Serviette ab und nickte bedächtig.

»Es freut mich, dass ich Ihnen wirklich von Nutzen sein kann, denn ich erinnere mich genau. An diesem Abend war da zunächst nur der Lärm, den die Hockeyjungs gewöhnlich machen, doch dann gab es geradezu Aufruhr wegen der Verletzung des Hochbrück-Jungen. Der kleine Gregor ist ein komischer frühreifer Vogel, der gern Streiche ausheckt. Nicht immer ganz ungefährliche. Ich habe lange mit mir gerungen, hielt es dann aber für meine Pflicht, diese Beobachtung seinem Vater gegenüber zu erwähnen.«

Er pausierte hier, um sich zu versichern, dass sie ihm aufmerksam zuhörten. Als Carla ihn fragend ansah, fuhr er fort. »Herr Hochbrück hat dazu nur sehr breit gelächelt und gesagt, dass ein Zigeuner eigentlich froh sein sollte, wenn nicht *er* wie Ungeziefer behandelt wird, sondern er *das Unkraut* entfernen darf.«

»In meinen Augen hat sich der Mörder von Alexander Hochbrück das Bundesverdienstkreuz mehr als verdient«, murmelte Wally.

»Aber vorher müssen wir Alma entlasten«, flüsterte Carla zurück und konzentrierte sich wieder auf Lazlo.

»Ich hatte erwogen, meine Arbeit bei den Hochbrücks zu beenden, aber solche wie ihn gibt es viele. Auch Frau Hochbrück passt sehr gut zu ihrem Mann, die beiden sind, verzeihen Sie, meine verehrten, lieben Damen, wenn ich das so sage, von einem äußerst herablassenden Benehmen. Halten sich für etwas Besseres und sind doch die Unkultiviertesten im ganzen

Viertel. Sie beobachtet mich durch die Fenster, ohne je mit mir zu sprechen oder auch nur zu winken. Die Zettel mit den Anweisungen und das Geld legt sie auf den Gartentisch und selbst bei großer Hitze hat sie mir noch nie auch nur ein Glas Wasser angeboten.« Er zuckte mit den Schultern. »Doch ich muss Geld an meine Mutter und meine Schwester in Pest schicken und ich spare, um mir etwas Besseres ...«, er zeigte zu dem vergitterten Schacht, »... als das hier leisten zu können.«

»Konnten Sie vielleicht noch etwas beobachten an diesem Tag?«, fragte Wally.

»Ja, später. Ich war gerade dabei, mich um die Apfelbäume im Garten der Meyerbrincks zu kümmern. So viel herzlicher diese Menschen, die da neben den Hochbrücks wohnen, so viel mehr Anstand. Sie haben seltene rote Herbstrenetten, die diesen Sommer geradezu erstaunlich viele Früchte tragen. Wo doch die Ernte dieses Jahr sonst so viel schlechter ist als die Rekordernte vom letzten Jahr, auch in meiner Heimat übrigens. In Frankfurt soll sogar der Äppelwoi teurer werden. Das weiß ich von meinem Bruder, der ist in Sachsenhausen untergekommen ...«

Wally seufzte ungeduldig. Natürlich waren sie nicht hier, um über Stickereien und Apfelernten zu reden, dachte Carla, aber man musste es ihn auf seine Art erzählen lassen, deshalb drückte sie warnend Wallys Oberschenkel, denn die holte gerade Luft, um Lazlo zu unterbrechen. Offensichtlich gereizt, schob sie Carlas Hände weg, schwieg aber.

»Ungefähr zu der Zeit ist der Hochbrück dann angerauscht mit seinem Porsche. Ich weiß, es war seiner, weil er so blau ist wie diese Glockenblumen.« Er nickte zu den Blumen im Kopfteil der Decke.

Carlas Puls beschleunigte sich. Jetzt hätte sie ihn am liebsten auch gedrängt, schneller auf den Punkt zu kommen, aber sie sah ihn nur erwartungsvoll an.

»Ich ging davon aus, dass Hochbrück wegen seinem frühreifen Spaßvogel schon so früh zu Hause war, ein Irrtum. Er war offensichtlich in Feierstimmung und nicht allein.«

»Wer war denn bei ihm und warum denken Sie, dass er was zu feiern hatte?«, fragte Wally.

»Der Freund wedelte mit einer Magnumflasche Veuve Cliqot rum, als wäre das eine Trophäe.«

Die Flasche hätte da sein müssen, dachte Carla, aber sie war nirgends in den Polizeiberichten aufgetaucht.

»Sein Freund?«, hakte Wally nach.

»Entschuldigen Sie, meine verehrten, lieben Damen, meine Worte waren verwirrend«, Lazlo nickte ihnen zu. »Es war der rothaarige Bruder seiner Frau, die beiden sehen sich ähnlich.«

Klaus! Carla spürte die Hoffnung durch ihren Körper rasen wie eine Droge. Hochbrück hatte also nicht allein getrunken! Warum hatte die Polizei das nicht rausgefunden, warum hatte Klaus denen nichts davon erzählt? Sie versuchte, sich wieder auf Lazlo zu konzentrieren.

»Und ist Ihnen noch etwas aufgefallen?«, unterbrach ihn Wally. »Sie sind ja ein ganz hervorragender Beobachter!«

»Sie wollen mir schmeicheln, das ist nicht nötig.« Er warf sich in die Brust und räusperte sich. *»Bist du als Mann geboren, gib um die Gunst der Welt, nicht auf dein freies Leben, noch gar um schnödes Geld.«*

Das Geld hatte er ja nun schon genommen, Carla verkniff es sich, ihn darauf hinzuweisen.

»Hat er das Auto in die Garage gefahren?«, fragte Wally und Carla war ihr nun dankbar, dass sie so hartnäckig blieb.

»Ja, gleich nachdem der Rothaarige mit der Flasche ausgestiegen war.«

»Und was ist dann passiert?«

»Nichts weiter, er hat das Garagentor geschlossen und sie sind über die Außentreppe hoch in sein Dachbüro gegangen, es war ja für August nicht besonders warm. Oder ...«, er nickte vielsagend, »... vielleicht wollten die beiden ja auch allein sein.«

»Haben Sie die zwei dann noch mal gesehen?«

»Ja, also nein, nur den einen, etwa eine Stunde später, als ich hinter zum Kompost musste, um den abgemähten Rasen und die verblühten Rosen zu entsorgen.«

Er hielt inne, mit einem Gesichtsausdruck, den Carla nicht einordnen konnte. Abscheu oder Schadenfreude?

»Ja?«, soufflierte Wally.

»Da stand er, der Rothaarige, neben ihm die leere Flasche und hat sich die Seele aus dem Leib – entschuldigen Sie den Ausdruck, meine verehrten, lieben Damen, aber anders kann man das wirklich nicht mehr nennen – gekotzt. Es sah so schlimm aus, dass es unehrenhaft gewesen wäre, ihm Hilfe zu verweigern. Also lief ich zu ihm, aber als er mich kommen sah, ist er durch die hintere Gartentür weg, als wäre der Teufel hinter ihm her. Die Flasche hat er stehen lassen, die habe ich dann in den Mülleimer geworfen.«

Carla stand auf. »Würden Sie das alles auch der Polizei erzählen?«

»Natürlich nicht.« Er lächelte sie übertrieben nachsichtig an, als wäre sie etwas zurückgeblieben.

»Auch nicht, wenn Sie einer Unschuldigen aus dem Gefängnis helfen würden?«

Er schüttelte den Kopf und stand auf. »Meine lieben Damen ...«, er wies zur Tür.

»Es wäre doch sehr ehrenhaft, wenn durch Ihre Hilfe zwei unschuldige Kinder ihre Mutter zurückbekämen?«, versuchte es Wally nun auch noch einmal.

»Ein dreckiger Zigeuner wie ich schuldet diesen feinen Leuten nichts. Entschuldigen Sie, meine lieben, verehrten Damen, aber nun muss ich wieder an meine Arbeit zurück.«

Kapitel 32

Im hellen Sonntagmorgenlicht wirkte der Hinterhof zu Klaus' Wohnung noch trostloser als bei Carlas Besuch am Dienstagabend. Diesmal baumelten traurig ausgefranste Hemden und fadenscheinige Kissenbezüge auf den Leinen über dem schlammigen Untergrund. Die rote Dahlie in der Blechdose am Remisenfenster hing nun wie verblutet über dem Fensterbrett.

»Hier? Bist du sicher?«, fragte Wally.

»Hoffen wir, dass er zu Hause ist«, Carla deutete hoch zu dem eingestürzten Dach. »Da müssen wir rauf.«

Wally fluchte leise, weil ihre Pumps beim Weitergehen tief im Matsch versanken.

Obwohl sie beide gestern Abend nach dem Gespräch mit Lazlo einer Meinung darüber gewesen waren, dass sie mit Klaus reden mussten, je schneller, desto besser, war ihre Schwester schon seit dem Frühstück in schlechter Stimmung.

Carla hatte ihren sonntäglichen Besuch in der Pathologie abgesagt und beim Frühstück kaum etwas herunterbekommen. Während sie vor Wally die Treppen hochstieg, fragte sie sich, wie Klaus auf die Aussage des Gärtners reagieren würde. Leugnen? Lachen? Das als Hirngespinst abtun und sie rauswerfen?

Gestern Abend hatte Carla dann nicht mehr viel Zeit zum Nachdenken gehabt, weil Lulu und Bruno während ihrer

Abwesenheit schon mehrfach angerufen hatten und dringend mit ihr sprechen wollten. Mutter hatte so getan, als wären die Anrufe eine Zumutung, weshalb Carla in ihr Büro gegangen war, um zurückzurufen. Dabei war sie sicher, dass ihre Mutter eigentlich danach gelechzt hatte zu erfahren, wer dieser Bruno war und was Lulu von ihr wollte.

Im Büro hatte sie zuerst das Wasser von dem kleinen Wiesenstrauß gewechselt, weil es leicht modrig roch und schleimig geworden war und die Blumen schon ihre Köpfe hängen ließen. Obwohl die Blumen »Bruno, Bruno« zu raunen schienen, rief sie zuerst Lulu an. Die erzählte ihr, dass Wally und ihre Mutter ab den Vierzigern in Bern gelebt hatten und erst in den Fünfzigern – sie wusste noch nicht genau wann – in die DDR zurückgekommen waren. Das hatte sie teils über Trudi rausgekriegt, die wen kannte, der jemanden aus der Tucholskystraße kannte. Aber am meisten geholfen hatten die Kontakte von Henny, eine von den Zittergirls, deren Cousine über die Schweiz in die USA ausgewandert war. »Warum ausgerechnet die Schweiz? Diese von Tillings waren keene Juden nich und die Mutter bloß so ne Salonkommunistin. Wär sie ne echte gewesen, hätte die doch keinen Schritt in die Schweiz reinmachen können, geschweige denn, dass man sie in so einem Edelinternat hätte unterrichten lassen. Nee, die ist einfach feige abgehauen und hat es sich dort gutgehen lassen.«

»Glaubst du nicht, dass jede Mutter ihre Tochter lieber auf grünen Wiesen mit fettem Käse füttert, als sie mit trocken Brot in staubigen Kohlenkellern durchbringen zu müssen?«, fragte Carla.

»Wenn das Karl-Ottos Kind war, dann hat die ihm das Kind entzogen und dafür gesorgt, dass er seine angebliche Kleine nicht sehen kann!«

Der war doch sowieso nicht da, sondern als Sanitäter im Feldlazarett unterwegs, erinnerte sich Carla. »Vater hätte gewollt, dass seine Tochter zu essen hat!« Sie hielt inne. »Moment mal, soll das heißen, du glaubst jetzt, dass Wally seine Tochter ist?«

»Nee, das ist doch gerade der Beweis dagegen, nur Rabenmütter nehmen den Kindern den Vater weg. Und deshalb glaube ich, dass der Direktor von diesem Internat der Vater von Wally ist. Ein gewisser Sylvester Pfyffer, was für ein lächerlicher Popanzname, der war da nämlich schon verheiratet. Und weil der zum Clan der Pfyffers von Altishofen gehört, erzkatholisch, Schweizer Adel, kann man sich nicht scheiden lassen und natürlich hat man in den Kreisen offiziell auch keinen Bankert.«

»Klingt wie ein unglaublich schlechter Lore-Roman!«

»Tja, Kindchen, glaub mir, das Leben ist oft viel billiger als die Literatur!«

»Und warum sind sie deiner Meinung nach aus der gemütlichen Schweiz in das elende Nachkriegs-Berlin zurückgekommen?«

»Na, ihr Geldesel, der Direktor Pfyffer ist gestorben!« Lulu schnaufte triumphierend. »Und deshalb hat sie dann deinen Vater wieder zur Kasse gebeten! Trotzdem macht deine Frage Sinn, denn warum sind die von der Schweiz nicht in den Westen? Keine Angst, ich lass da nicht locker. Eine von meinen Zittergirls kennt noch wen anders in Luzern, der wen in Bern kennt. Freunde dich bloß nicht mit dieser Schwindlerin an. Mit der stimmt was nicht, das spür ich bis tief in meine Knochen!« Dann legte sie auf.

Lulu glaubte manchmal gern das, was sie glauben wollte. Sie war allen Ernstes mit Fritzi zu einem Medium gegangen, weil der Hundefriseur, den sie vor Alberto, dem Pünktlichkeitsfanatiker, gehabt hatte, davon überzeugt war, dass Lulus Pudel eine Reinkarnation von Magda Madeleine war. Von der hatte Carla bis dahin noch nie gehört, natürlich hatte Lulu sie nur allzu gern aufgeklärt. Magda war eine Schauspielerin, die um 1915 herum in diversen Filmen als Salondame aufgetreten war und später unter dem Namen Magda Mohr in der Uraufführung von Arthur Schnitzlers ›Reigen‹ eine Rolle gespielt hatte. Lulu war begeistert! In ihrem Pudel ein Geist, der sie mit einem so skandalumwitterten Stück zusammenbrachte. Zensiert wegen Unsittlichkeit und auch noch vom Autor selbst mit einem Aufführungsverbot belegt, das auch noch weitere einundzwanzig Jahre bis ins weit entfernte 1982 gelten sollte.

Doch zu Lulus großer Enttäuschung hatte das Medium dann keinerlei Hinweise auf die Anwesenheit von Magda in »des Pudels Kern« feststellen können. Trotzdem schien es Carla, als würde ihre sonst so patente Tante den Pudel seither mit anderen Augen betrachten. Zum Glück hatte sie wenigstens den Hundefriseur gewechselt.

Bevor Carla sich durchringen konnte, Bruno anzurufen – und es war ihr unerklärlich, was sie eigentlich davon abhielt –, versuchte sie es bei Sally Montana. Die war in der Recreation-Abteilung der Army unter anderem für alle Clubs zuständig und samstags um diese Uhrzeit in der Casinobar *Silverwings* zu erreichen, wo sie dafür sorgte, dass im Offiziersclub am Flughafen Tempelhof alles reibungslos lief. Vor zwei Jahren hatte Sally ihren Vater mit einer Ermittlung beauftragt, von der die Army nichts wissen durfte, und nachdem das Ergebnis mehr als zufriedenstellend gewesen und vor allem geheim geblieben war, hatten die Nachtigalls was gut bei ihr. Sally war eine hoffnungslose Romantikerin und liebte Motorräder. Sie träumte davon, zusammen mit »ihrem Rhett Butler« auf dem Motorrad durch die Sahara zu fahren und sich »vom Winde verwehen zu lassen«. Seit Carla sie kannte, suchte sie nach dem einen richtigen Mann, der sie auf dieser Reise begleiten würde. Bisher hatte sich aber noch keiner getraut. Sally war groß und vierschrötig wie eine Bulldogge, stand immer unter

Strom und nahm nie ein Blatt vor den Mund, viele hatten Angst vor ihr. Auch Carla war es anfangs so gegangen, aber im Laufe der Ermittlungen hatte sie gemerkt, wie angenehm es war, mit einer Frau zu arbeiten, die direkt sagte, was sie wollte und was nicht. Es war eine Erleichterung, nicht erspüren zu müssen, wie irgendwas gemeint war. In ihrer Gegenwart fühlte sich Carla geradezu frei und deshalb fiel es ihr auch leicht, Sally um etwas zu bitten. Sally wusste sicher, wo Carla einen Bobberfan wie Jack finden konnte.

Aber sie hatte einen schlechten Zeitpunkt erwischt, denn Sally kämpfte gerade mit einem Notfall im Club. Einige Offiziere hatten deutsche Blondinen am Türsteher vorbeigeschmuggelt, das passierte ständig und war kein Problem, aber ausgerechnet heute hatten die ihre deutschen Freunde mitgebracht, die nun vor der Tür randalierten und damit drohten, jeden zu verprügeln, der rauskam, wenn sie nicht reindurften. Aber sie erlaubte Carla, sie morgen Nachmittag auf ein oder zwei Stück Berliner Himmelstorte im *Café Schilling* einzuladen.

Nach einem Blick auf die Uhr hatte sie sich dann doch nicht mehr bei Bruno gemeldet, natürlich … aus Rücksicht. Bruno wohnte schließlich zur Untermiete, und ganz sicher hätte er nicht unbeträchtlichen Ärger bekommen, wenn um zehn Uhr abends jemand für ihn anrief.

»Na endlich, Gott sei Dank!« Wallys erleichtertes Aufstöhnen riss Carla aus ihren Gedanken. »Endlich geschafft. Gott ist das alles widerlich hier oben!« Ihre Halbschwester deutete zu den Tauben hin, die sich gerade auf den zerborstenen Pfeilern des zerstörten Dachstuhles niedersetzten. »Wie Ratten, nur schlimmer, ihre Kacke ist das reinste Gift.« Sie schüttelte sich leicht, dann drehte sie sich zurück zur Tür von Klaus' Wohnung. »Schon verrückt, dass nur das halbe Dach zerbombt wurde. Als Architekt muss er ja wissen, was er da macht. Ich würde hier nicht wohnen wollen. Gruselig.« Sie klopfte an.

Es rührte sich nichts.

»Vielleicht ist er schon über alle Berge?«

Carla überlegte. Wäre er in der Lage eine Flucht zu planen? »Glaube ich nicht!«

Wally hämmerte an seine Tür. Aber damit scheuchte sie nur draußen ein paar Tauben auf, die flatterten hoch und setzten sich gurrend wieder hin.

Was, wenn Klaus drin auf dem Bett lag, betrunken oder mit Pervitin vollgepumpt? Sollten sie vielleicht einfach reingehen? Das Schloss war ja kein Problem.

»Verdammt!« Wally klopfte noch einmal wütender an der Tür.

Dieses Mal reagierten die Tauben gelassen, aber eine Frau von unten kreischte höllische Verwünschungen hoch zu dem gottlosen Sünder, der nicht mal am Sonntag Ruhe geben konnte.

Während Carla noch überlegte, ob sie ihren Dietrich zum Einsatz bringen sollte, rüttelte Wally an der Tür.

»Oh!«, überrascht starrten sie auf den Spalt, der sich aufgetan hatte. Die Tür war nicht mal abgeschlossen.

Sie riefen nach Klaus und betraten die Wohnung. Sie war leer. Die Modelle, die auf den Tischen unter den Dachfenstern gestanden hatten, waren alle beide ebenfalls verschwunden.

»Ausgeflogen!«, sagte Wally, die sich neugierig umschaute. »Trotz dem ganzen Trödel alles pieksauber und da merkt man den alten Adel.« Sie zeigte auf die Kommode mit dem KvS-Monogramm, die Carla letztes Mal auch schon ins Auge gestochen war.

»Mit Adel kennst du dich ja aus … « Carla konnte sich einen sarkastischen Unterton nicht verkneifen. »Fräulein Waltraud *von* Tilling!«

»Offensichtlich hast du keine Ahnung.« Wally grinste herablassend. »Die Tillings gehören nur zum niederen Adel. Davon abgesehen war das meiner Mutter so was von egal, sie hat immer daran geglaubt, dass alle Menschen einander ebenbürtig sind.«

»Ebenbürtig, so …«, wiederholte Carla, das klang geradezu poetisch, so redete Wally doch sonst nie.

»Ganz genau! So hat sie mich erzogen und deshalb ist mein Zweitname auch Rozalia. Waltraud Rozalia von Tilling! Mutter hat Rosa Luxemburg verehrt wie eine Göttin.« Wally gab sich einen kleinen Ruck, stellte sich breitbeinig hin und deklamierte so routiniert, als ob sie das schon Hunderte von Malen getan hätte: *»Das ist unser größtes Leid, das sind unsere Feinde: die Ausbeutung seitens der Kapitalisten und des Adels, die Regierungspolitik, die völlig im Dienste der Kapitalisten und des Adels steht, dem Volke dagegen befiehlt, nur ›Steuern zahlen, Militärdienst leisten und das Maul halten‹!«*

»Und was habt ihr mit so einer Einstellung dann in der Schweiz gemacht?«

»Ist immerhin eine Räterepublik.«

»Mit jeder Menge Nazigold im Keller!«

»Einigen wir uns darauf, dass es den idealen Staat einfach nicht gibt.«

»Der ideale Staat ist mir so was von egal! *Ideal* wäre für mich, wenn wir Alma rehabilitieren und sie aus der Haft entlassen werden kann.« Carla sah sich ein letztes Mal in Klaus' Wohnung um. »Und dazu brauchen wir Klaus. Bloß, wo finden wir den?«

»Angesichts der Tatsache, dass er ständig betrunken zu sein scheint, würde ich sagen, auf in die nächste Kneipe!«, schlug Wally vor.

»Davon wimmelt es hier nur so!« Lieber Leichen aufschneiden als Kneipenrecherchen, dachte Carla. Eigentlich liebte

Carla Befragungen, aber in eine verräucherte Kneipe voller Männer hineinzugehen und Fragen zu stellen, das war wie ein Ausflug in die Vorhölle. Sie fühlte sich wie eine Außerirdische in einem Kosmos, dessen Sprache sie nicht beherrschte. Wally hatte natürlich viel mehr Erfahrung durch ihre Arbeit im Eden. Sie konnte also viel von ihr lernen.

»Wenn wir uns die Kneipen aufteilen, geht es schneller«, schlug Wally vor.

»Wir müssen zu zweit mit ihm reden, nur so können wir bezeugen, was er gesagt hat!«, gab Carla zu bedenken.

»Vielleicht hast du recht. Na gut, dann machen wir es eben so.«

Sie verließen die Wohnung und stiegen durch eine Dunstmischung aus Muckefuck, Sonntagsbraten und feuchtem Klopapier die Treppen wieder herab und begegneten dabei nur einer mageren grauen Katze, die zwei Stockwerke hungrig maunzend neben ihnen herlief.

Kapitel 33

Nachdem sie zwei Stunden lang jede Kneipe in der Umgebung ergebnislos nach Klaus durchkämmt hatten, blieb Wally fest entschlossen stehen. »Keinen Schritt weiter. Meine Füße könnten als Hackepeter durchgehen!« Sie hielt sich an einer alten Linde fest, die vor dem *Grünen Eck* ein kümmerliches Dasein fristete. Was für eine Zeitverschwendung! Weil ihre Schwester das »Fräulein-Rühr-mich-nicht-an« gegeben hatte, war die ganze Arbeit an ihr hängengeblieben, den reinsten Drahtseiltanz zwischen lächeln, fragen, flirten, trinken und abwehren hatte sie hinlegen müssen. Noch dazu hatte Carla sie ständig schräg von der Seite angeschaut und mit hochgezogenen Augenbrauen gemustert, als wäre sie ein seltener Orang-Utan. Sie war es leid!

Wally verlagerte ihr Gewicht auf ein Bein, hob den linken Fuß, angelte sich den Schuh, verzog beim Anblick des getrockneten Matschs angewidert ihr Gesicht, klemmte den Schuh mit einem »Was solls!« dann trotzdem kurzerhand unter ihre Achseln und massierte den Fuß mit der freien Hand. Sie seufzte erleichtert.

»Willst du vielleicht auch noch dein Höschen ausziehen?« Missbilligend schüttelte Carla den Kopf.

»Oh, du kannst den Mund aufmachen! Und dann gleich noch so ein unanständiges Wort!« Wally unterdrückte den Impuls, ihr den Schuh an den Kopf zu werfen und zog ihn wieder an. »Ein wahres Wunder, dass du nicht von meinem Unaussprechlichen sprichst.«

Carla verzog keine Miene.

Selten humorlos diese Frau, dachte Wally.

»Wir dürfen jetzt nicht aufgeben!«, sagte Carla mit einem angesäuerten Unterton, als hätte Wally kein Durchhaltevermögen.

»Wer redet denn vom Aufgeben? Die Kneipen im Umfeld sind wir durch – allein dank meinem Elan. Eine Freundin hat er nicht, da hätten seine Studenten sicher drüber gewitzelt. Vielleicht ist er ja an der Uni und bereitet die nächste Woche vor. Hochbrücks Tod wirft sicher Probleme im Lehrplan auf.«

»Die Uni, das ist eine gute Idee!« Carlas Miene hellte sich auf. »Da sollten wir hin!«

»Aber vorher brauchen wir jemanden, der hier vor seiner Wohnung Wache hält und uns benachrichtigt, falls er kommt.«

»Das können wir uns nicht leisten!«

»Dann frag doch diesen Bruno.« Wally konnte sich nicht verkneifen noch was draufzulegen. »Der machts sicher umsonst für dich!«

Feuerrote kreisrunde Flecken tauchten auf Carlas Wangen auf, so plötzlich, als hätte Wally sie geschlagen.

»Wie kommst du denn jetzt auf den?«, fragte Carla offensichtlich ärgerlich über ihr glühendes Gesicht.

»Er hat uns doch Hilfe angeboten, er kutschiert dich gern rum, bringt dir Blumen und wir verdanken ihm letztlich diesen wichtigen Hinweis auf Ingrids mysteriösen Jackof.« Und, fügte Wally in Gedanken hinzu, sie würde ihn gern wiedersehen, aber dafür war sie nicht hier.

»Oh, nein, Katrin!« Carla schlug sich mit der flachen Hand an die Stirn. »Ich hatte versprochen, sie und ihre Brüder zum Eis einzuladen heute Nachmittag. Immerhin waren es ja die Kinder, die mich zum Bobber gebracht haben.«

»Klingt doch gut. Ich liebe Eis.«

»Aber ich habe mich am Nachmittag auch mit Sally im *Café Schilling* verabredet.«

»Keine Ahnung, wer Sally ist, aber Eis essen dauert doch nicht lange, kriegen halt alle ein Eis auf die Waffel und dabei fragen wir Katrin, ob sie den Rest des Tages heute hier Wache steht.«

»Das fände sie bestimmt großartig, aber das wäre unverantwortlich.«

»Warum denn? Alle hätten was davon: Katrin lernt was dazu und verplempert ihre Zeit nicht mit solchem Blödsinn wie Gummitwist. Uns kostet es fast nichts, sie ist zuverlässig, du triffst Sally und wir reden mit Stratmann.«

»Auf keinen Fall, die Gegend hier ist zu mies.«

»Die Katrin kriegt das hin, sie könnte ihre Brüder mitnehmen. Aber wenn du nicht willst, und Bruno dir zu teuer ist, dann muss eine von uns hierbleiben und warten.«

Carla nickte. »Du natürlich, denn ich muss zum Eis-Henning und dann ins Café Schilling.«

»Kommt nicht infrage, wir knobeln, los komm. Schnick, Schnack, Schnuck.«

»Wir machen was?«

»Lass uns spielen: Stein, Schere, Papier.« Wally unterstrich das mit ihren Händen, formte eine Schere, ballte die Faust zum Stein und deutete mit der flachen Hand das Papier an.

»Wie kindisch!«

»Dann vergiss es!« Wally lief los, unvorstellbar, dass sie beide verwandt sein sollten.

»Na gut«, lenkte Carla ein. »Von mir aus, aber nur ohne Brunnen.«

Den hatte Vati auch gehasst. Der Brunnen verdarb das Gleichgewicht. Mit Stein, Schere, Papier hatte man eine Chance zu gewinnen und eine zu verlieren, aber mit dem

Brunnen gab es zwei Chancen auf Sieg, das ging ihm gegen den Strich. Immerzu hatte er davon geredet, was anständig und was fair sei.

»Spielverderberin«, sagte Wally, wohlwissend, dass sie auch ohne Brunnen siegen würde.

Sie gewann immer, das war nicht nur Training, sondern auch Psychologie. Die meisten Männer fingen mit dem Stein an. Bei Frauen war das nicht ganz so eindeutig, allerdings nahmen nur die allerwenigsten die Schere. Also war Papier in jedem Fall eine gute Wahl. Es war hilfreich Dinge im Griff zu haben, die andere allein dem Zufall zuschrieben.

Wally zählte bis drei und schlug Carla, die mit dem Stein angefangen hatte. Wally siegte mit Papier, dann nahm Carla Papier und Wally gewann mit der Schere und nur, weil Carla unbedingt darauf bestand, ging es in eine dritte Runde, in der Wally final siegte, wieder mit Papier.

»Na gut, ich bleibe hier, aber in zwei Stunden löst du mich ab, damit ich Sally pünktlich treffen kann. Sie findet es respektlos und wartet nie. Bitte klingel bei Katrin und sag ihr, dass ich sie nicht vergessen habe und erst gegen Abend mit ihr und den Abscheulichen zum Eisessen gehen werde.«

Wally nickte und machte sich auf den Weg zum nächsten U-Bahnhof. Auch wenn Carla eine Niete im Knobeln war und sich in den Kneipen vorhin nicht gerade mit Ruhm bekleckert hatte, war es fatal, sie zu unterschätzen, immerhin hatte sie das mit der Schweiz rausgefunden. Allerdings schien sie zu glauben, dass Mutter und sie dort wie englische Landadelige gelebt hatten, mit Nachmittagstee, Gurkensandwiches und anderen Kinkerlitzchen. Wie absurd! Das Leben mit Mamuschka war aufregend und manchmal auch vollkommen verrückt gewesen. Anstrengend. Muschka verwandelte sich immer in genau die Frau, die sie für ihre momentane Liebesaffäre gerade sein wollte: Für Karl-Otto war sie dit Luischen gewesen, für Alain war sie die Lisette, für Miranda verwandelte sie sich in Lisi, und für andere war sie einfach nur »L« und kurz vor ihrem Tod wurde sie für ihren Arzt dann zu Luna. Das hatte am besten zu ihr gepasst. Nicht weil Muschka am Ende so bleich gewesen war, sondern weil sie ihr ganzes Leben lang wie ein Trabant Männer-Planeten umkreist hatte. Willig ließ sie sich in deren Umlaufbahn ziehen und war bereit, sich vollkommen anzupassen und genau die zu sein, die vom Planeten gewünscht war. Was auch immer das für ein Planet war. Dabei war sie bester Stimmung, zweifelte nie an ihrem Gefühl, sondern war durchdrungen von Fröhlichkeit und Glück. Bis der momentane Planet seinen Glanz verloren hatte, dann war es vorbei mit dem Trabantendasein. Alltag, Routine, Gewohnheit waren ihrer Mutter verhasst. Nach spätestens zwei Jahren war der Spaß vorbei und Muschka sehnte sich danach, wieder neu ins All geschossen zu werden, um den nächsten unbekannten Planeten zu umrunden. Die einzigen Konstanten in ihrem Leben waren ihre Tochter und die Fotografie.

Wally hatte schon früh beschlossen, dass sie niemals der Trabant sein wollte, sondern die Sonne, um die andere kreisten. Klaus, überlegte sie, Klaus war in die Umlaufbahn von Hochbrück geraten. Während sie die Treppen zur U-Bahn hinabstieg, fiel ihr Blick automatisch auf die Uhr an der schmutzig gelben Fliesenwand, wo der Sekundenzeiger vorrückte.

In dem Augenblick wurde ihr klar, dass Carla und sie gerade einen Kardinalfehler gemacht hatten. Was, wenn Klaus in den zwei Stunden, die sie nach ihm gesucht hatten, nach Hause gekommen war? Dann stand Carla sich die Beine in den Bauch für nichts und wieder nichts.

Wally stürmte zurück und war nicht überrascht, dass ihre Schwester nirgends zu sehen war. Offensichtlich war ihr die gleiche Idee gekommen oder war Klaus etwa gerade schon aufgetaucht? Oder sie hatte einen gemütlichen Platz in dem schäbigen Hinterhof gefunden. Sie eilte über den schlammigen Boden zum Hinterhaus, ihre Schuhe waren sowieso schon ruiniert. Keine Carla! Sie schleppte sich die Treppen hoch, und gerade als sie völlig außer Atem im fünften Stock angekommen war, trat ihre Halbschwester aus Klaus' Wohnungstür und schrak bei ihrem Anblick zusammen.

»Was machst du denn hier?«, fragte Carla.

»Offensichtlich hatten wir die gleiche Idee.«

»Sieht so aus. Aber er ist leider nicht drin.«

»Was, wenn er in den Westen abgehauen ist?«, fragte Wally und lief mit Carla die Treppen wieder runter.

»Oder sich in den Osten abgesetzt hat?«

»Blödsinn! Dort kommt er in ein Lager und wird überprüft.« Wally unterdrückte ein Stöhnen. Ihre Schwester hatte wirklich keine Ahnung von gar nichts.

»Ach ja, und du glaubst, die würden ihn zurückschicken?«

»Was denkst du denn? Es will doch keiner Kriminelle im Land.«

»Du denkst, Ost- und Westberlin tauschen durch die Mauer noch Informationen aus? Nachdem es nicht mal mehr Passierscheine für Tagesbesuche gibt?« Carla schnaubte belustigt, was Wally vollends auf die Palme brachte.

»Die sind doch froh über jeden, der in den Osten kommt und bleiben will!«

»Drogensüchtige Kriminelle sind in keinem Land der Welt willkommen!«

»Unsinn, wer viel Geld hat, ist überall gern gesehen.«

»Kapitalistische Denke durch und durch!«

»Ach, und du bist bei mir aufgekreuzt, weil du hier im Westen alles so verabscheuungswürdig findest?«

Wally blieb vor der Haustür im zweiten Stock stehen und beschloss das Thema zu wechseln. Sie schnupperte demonstrativ. »Riecht nach Thüringer Sauerbraten und Klößen. Ich sterbe vor Hunger.«

»Die Schweiz ist auch nicht gerade bekannt dafür, dass sie was gegen die Macht des Geldes hat!«

Wally zuckte mit den Schultern, dann eben keinen Themenwechsel. Sie lief an Carla vorbei weiter nach unten.

»Warum ist deine Mutter überhaupt mit dir in die Schweiz?«, rief Carla ihr hinterher.

Wally blieb stehen und drehte sich zu ihr um. Wie viel konnte sie ihr anvertrauen?

»Wusste mein Vater überhaupt von dir? Und wenn ja, warum ist sie mit einem Säugling weg? Hat sie ihn überhaupt jemals gelie …«, fragte Carla, doch plötzlich stockte sie mitten im Satz und warf ihr dann bedeutungsvolle Blicke zu.

Wally drehte sich von Carla weg und entdeckte Klaus, der hinter ihr in einem jämmerlichen Zustand die Treppen hochkam. Er sah aus, als hätte er in seinen Kleidern geschlafen, blauviolette Ringe unter seinen Augen wirkten von Weitem wie Veilchen.

»Nelly?«, sagte er, als er sie bemerkte. »Was machst du denn hier?«

»Wir wollen mit dir reden.« Wally zeigte auf Carla, die ihm zunickte.

»Nelly, was kannst du denn am *heiligen* Sonntag von mir wollen?«, er wirkte wacher und musterte sie genauer. »Nachhilfe in Architektur?«

»Es geht um deinen Professor.«

Klaus trat einen Schritt zurück.

»Ich hätte nicht gedacht, dass du auch so ein Aasgeier bist.«

Wally ging zu ihm und legte ihre Hand auf seinen Arm. »Du irrst dich. Ich verstehe, dass sein Tod sehr schmerzlich für dich ist. Ich erinnere mich, wie begeistert du von ihm in der Mensa erzählt hast. Wir müssen dir nur ein paar Fragen …«

»Müssen? Ich muss gar nichts, ich habe schon mit der Polizei gesprochen! Du bist doch nicht die Polizei, oder Nelly?« Er entzog Wally den Arm und lief an ihnen vorbei.

»Wir wollen nur Alexanders Ruf schützen«, Wally hoffte, dass er ihr das abkaufen würde.

Klaus blieb stehen und drehte sich widerstrebend zu ihnen um. »Seinen Ruf?«

»Leider ist der in Gefahr, es sieht nämlich so aus, als wollte man ihm was anhängen!«, spann Carla ihren Faden weiter.

Klaus' Augen verengten sich, während er zu überlegen schien.

»Da steckt meine Schwester dahinter …«, murmelte er. »Schickt Alma euch?«

»Nein«, log Wally. »Als sein bester Freund wirst du uns doch sicher helfen? Anscheinend hat ihn niemand so gut gekannt wie du.«

»Was will man ihm denn anhängen?«

»Das sollten wir nicht hier im Treppenhaus besprechen!«, mischte sich Carla ein.

Klaus straffte seine Schultern und deutete dann mit der Hand nach oben.

Fünf Minuten später saßen sie auf den beiden barocken Stühlen in Klaus' Wohnung, während er unablässig vor ihnen hin- und herging, was Wally zunehmend auf die Nerven fiel.

Entzugserscheinungen, mutmaßte sie.

»Was genau wirft man ihm denn vor?«, fragte er und ohne eine Antwort abzuwarten, redete er gleich weiter. »In jedem Fall kommt das von der Hexe, die sich meine Schwester schimpft. Sie kann es einfach nicht ertragen, wenn andere Menschen glücklich sind.«

»Wie kommen Sie denn darauf?«, fragte Carla und Wally stieß ihr den Ellenbogen in die Seite, Klaus und sie duzten sich, ein förmliches Sie war hier nicht angebracht.

»Was Carla meinte, war: Warum denkst du, dass deine Schwester ihm schaden will?«

»Weil sie mit ihrem Leben so unzufrieden ist. Dabei hatte sie den besten Ehemann, den man sich nur wünschen kann: Er hat sie und die Kinder über alles geliebt, er war ihr tatsächlich treu! Hat nie auch nur eine andere angesehen! Ich kenne wirklich keinen Mann, der sich so mit dem Flirten zurückhält, wenn er die Gelegenheit dazu hat.« Er verbesserte sich mit einem unterdrückten Seufzen, »hatte«.

»Und warum denkst du, war sie dann so unzufrieden?«, fragte Carla, bevor Wally zum Zug kommen konnte.

»Vielleicht, weil sie sich in den Augen unserer Eltern weggeworfen und unter Stand geheiratet hat, ihre Mitgift war beträchtlich und hässlich war sie ja nicht.« Er hielt inne und strich eine kastanienfarbene Locke zurück hinter sein Ohr. »Die von Stellmarks sind alle ziemlich schön.«

Wally nickte ihm zu. »Und …?«

»Ich hab meine Schwester nie verstanden, aber als sie mit Alexander ankam, da war mir klar, dass sie klüger ist, als ich dachte. Immerhin hat er es weit gebracht, wen kümmert es da, dass sich Hochbrücks Familie vorher nie groß mit Ruhm bekleckert hat? Sein Vater war Schuhmacher und seine Mutter hat sich als Magd verdingt. Anfangs hat Alma ihn geliebt, das glaube ich schon.« Er nickte widerstrebend. »Dann plötzlich war ihr nichts mehr gut genug. Da wollte sie die Kinder ins Internat schicken, damit sie die richtigen Leute kennenlernen und fing an, irgendwelchen Kunstkram zu produzieren. Und Alexander war immer so geduldig mit ihr … ich vermisse ihn so!« Er ließ sich auf das Eisenbett fallen, das mit einem lauten Quietschen unter ihm nachgab.

»Was ist an dem Tag passiert, als er gestorben ist?«, fragte Carla.

Ruckartig setzte er sich wieder aufrecht hin. »Warum? Was hat das damit zu tun, dass Alma ihm was anhängen will?«

Diese Frage war viel zu früh, viel zu direkt, fand Wally, sie mussten ihm mehr Zeit geben, ihn in Sicherheit wiegen. »Genau«, setzte sie an, doch Carla grätschte schon wieder dazwischen: »Es geht das Gerücht, dass er deine Ideen gestohlen hat.«

Wie war sie denn darauf gekommen? Weil er neulich im Drogenrausch das Modell zertrampelt hatte? Gar nicht mal so übel.

»Unsinn!«, sagte Klaus, klang aber deutlich weniger überzeugend als eben gerade noch, als er über Hochbrücks Treue gesprochen hatte.

»Du kannst uns alles sagen, es dir einfach von der Seele reden«, Carlas Stimme war nicht nur sanft, sondern geradezu einlullend. »Meistens geht es einem danach sehr viel besser.«

Klaus nahm eine von den Wasserflaschen, die neben seinem Bett stand und trank sie in gierigen Zügen leer, ohne ihnen etwas anzubieten. Carla suchte Wallys Blick und nickte ihr unmerklich zu, offensichtlich waren sie sich ausnahmsweise mal einig.

»Wer wird denn jetzt dein Vormund?«, fragte Wally.

Er warf die leere Flasche hinter sich auf das Bett und zuckte mit den Schultern.

»Den habe ich auch nur Alma zu verdanken, von mir aus kann sie im Knast verrotten.«

»Und was wird dann aus Mathilda und Gregor?«, fragte Carla.

»Wie soll ich das wissen? Denkt ihr, ein Mann, der unter Vormundschaft steht, wird auf Kinder losgelassen? Außerdem kommen die zwei ganz nach ihrer Mutter, hochnäsige, kleine

Rotzgören, die sich für was Besseres halten. Mathilda gibt die verhuschte kleine Prinzessin und Gregor hat nur Unsinn im Kopf, dem würde eine Tracht Prügel hin und wieder nichts schaden.«

Während Klaus redete, knüllte seine rechte Hand die Wolldecke von seinem Bett zu einem kleinen Ball zusammen und strich das dann wieder glatt, wie automatisiert, ohne hinzuschauen, wieder und wieder. Er war offensichtlich so aufgewühlt, dachte Wally, dass sie jetzt ihre Geschütze abfeuern konnten.

»Alexander hat dich reingelegt!«, sagte Wally und sah Carla auffordernd an.

»Alexander hat dich benutzt!«, sekundierte Carla.

»Alexander hat jeden benutzt, um voranzukommen. Doch dich hat er zu einer Witzfigur erniedrigt«, sagte Wally.

»Ach was«, widersprach Carla so vehement, dass Wally zusammenzuckte. Was war das denn jetzt wieder?

Da redete Carla auch schon weiter. »Keine Witzfigur, du warst für ihn ein Niemand. Jemand, den er gut manipulieren konnte.«

»Macht über andere, daran hat er sich am liebsten aufgegeilt!«, ergänzte Wally, während Klaus unter ihren Worten immer weiter in sich zusammensank, als wären es Prügel.

»Er kriegt das Bundesverdienstkreuz!« Der Gedanke schien ihn etwas aufzurichten.

»Dann *muss* er natürlich einer von den Guten sein«, Wally konnte kaum an sich halten. Was für ein Idiot! »Unbedingt, damit steht er in einer Reihe mit Diktatoren und Mördern wie Peron, Vargas, Battista oder Tuuiljo Molina. Selbst Nazis wie Reichssportminister Karl Ritter von Halt oder Rassenexperten wie Hans Globke gehen in der Bundesrepublik nicht leer aus. Im Westen ist man sehr offen, was die Verleihung von Orden angeht.«

Carla warf ihr einen merkwürdigen Blick zu, offensichtlich war sie überrascht.

»Du kennst dich ja gut aus, mit Orden«, murmelte sie so leise, dass Wally nicht sicher war, ob sie das richtig verstanden hatte. Da wendete sich ihre Schwester schon wieder Klaus zu.

»Du hast ihn geliebt!«, stellte sie sanftmütig fest. Aha, jetzt also die Verständnisvolle spielen, um ihn zu knacken?

»Ich bin doch kein Schwuler!«, protestierte Klaus kaum hörbar.

»Natürlich nicht«, beschwichtigte ihn Carla sofort. »Das war eine echte Männerfreundschaft, platonische Liebe, ein wahrer Männerbund! Goethe und Schiller, Hegel und Hölderlin …« Carla warf ihr einen hilfesuchenden Blick zu.

»Dick und Doof!«, ergänzte Wally.

Carla zog die Augenbrauen hoch und Wally beeilte sich hinzuzufügen: »Kandinsky und Klee, Marx und Engels, Winnetou und Old Shatterhand.«

»Genau!« Klaus nickte erleichtert.

»Oh, ja, was für ein selten edler Bund«, sagte Wally und schoss den tödlichen Pfeil ab. »Eine gleichberechtigte Freundschaft voller Respekt, in der einer den Vormund für den anderen gibt und dem schutzbefohlenen Drogensüchtigen dann Grundstücke abgaunert, um sie mit Ideen zu bebauen, die er ihm auch noch gestohlen hat!«

»So war das nicht!«

»Nein?«, sagte Wally und als Klaus sie mit feuchten Augen ansah, fügte sie schnell noch hinzu: »Vielleicht nicht von Anfang an. Aber irgendwann ist es ein bisschen aus dem Ruder gelaufen.«

»Du hast es nicht bemerkt, eben weil du ihn geliebt hast«, sagte Carla.

Klaus fing an zu schluchzen und dann brach es nur so aus ihm heraus. Er lechzte danach zu reden, wahrscheinlich wollte er Vergebung. Am Ende wollten alle Vergebung, alle sehnten sich letztlich doch nur nach einer einzigen Sache: Sie wollten geliebt werden. Und das machte jeden berechenbar. Wally zog das Notizbuch, das sie aus Carlas Büro hatte mitgehen lassen, aus ihrer Handtasche, um Klaus' Geständnis wortgetreu mitzustenografieren.

Carla wirkte erfreut, verdeckte aber eine Hand mit der anderen und deutete mit ihrem Kopf unmerklich zu Klaus hinüber. Wally verstand, Carla hatte recht, besser, er bekam das nicht mit. Sie schirmte mit der Handtasche den Block auf ihrem Schoß ab.

Er erzählte ihnen, wie sich ihre Freundschaft nach Alexanders Heirat mit Alma entwickelt hatte. Wie Alexander ihn ermutigt hatte, jede auch noch so verrückte Architekturidee aufzuschreiben, wie er ihm einen Job als Assistent an der Uni beschafft hatte, wie er ihm anbot, zusammen mit ihm als Architektenteam aufzutreten, damit Klaus auch die Beziehungen von Alexander nutzen konnte. Und als Klaus rückfällig wurde, und Alma ihn am liebsten weggesperrt hätte, war es Alexander gewesen, der ihm angeboten hatte, sein Vormund zu werden, wenn er nur einen Entzug machte. Was für ein Glücksfall hatte er gedacht, niemand auf der ganzen Welt wäre ihm lieber gewesen als sein väterlicher Freund. Nachdem sie einen weiteren Wettbewerb gewonnen hatten, der allein auf den originellen Entwürfen von Klaus beruht hatte, waren sie ausgiebig feiern gewesen und Alexander hatte dafür gesorgt, dass genug Pervitin und Alkohol vorhanden war. Klaus wurde erneut rückfällig und brauchte Geld. Generös bot ihm Alexander an, ihm seine Grundstücke abzukaufen, sie hatten sogar Witze darüber gemacht, dass auf diese Weise alles in der Familie bliebe. Und dann hatten sie bei der Ausschreibung für den Breitscheidplatz mitgemacht und den Zuschlag bekommen. An dem Tag, an dem Alexander gestorben war, hatten sie das bei einem ewig langen Mittagessen ausgiebig begossen. Sie wollten noch ein bisschen weiterfeiern, mit einer Riesenflasche Schampus. Sie waren hoch in Alexanders Büro gegangen. Während Alexander die Gläser aus dem Schrank holte, war Klaus' Blick auf das Deckblatt der Unterlagen zur Einreichung gefallen. Und er musste entdecken, dass sein Name wieder nur als studentische Hilfskraft geführt wurde, als Assistent. Dabei hatten sie vereinbart, dass sie diesmal Partner sein würden. Gleichberechtigte Partner. Es traf ihn tief, er war sicher, dass es eine Erklärung dafür geben musste und er fragte Alexander danach.

Erschöpft hielt Klaus inne und griff nach einer Wasserflasche.

Wally wagte es nicht, Carla anzusehen oder einen Laut von sich zu geben und hoffte, er würde weiterreden.

»Ich habe ihn also gefragt, warum mein Name nicht wie vereinbart als Teampartner auf der Einreichung steht und er hat einfach nur gelacht, als hätte ich einen schlechten Witz gemacht. Als ich nicht mitlachen konnte, wollte er wissen, ob ich denn plötzlich von allen guten Geistern verlassen sei? Wie ich denn auf die Idee käme, dass er den Namen einer drogensüchtigen, impotenten kleinen Schwuchtel auf einen seiner preisgekrönten Baupläne schreiben würde?«

Wally kam kaum mit dem Mitschreiben hinterher und war froh, als er eine Pause machte. Sie blickte zu Carla hoch, die sehr bleich war und mitfühlend murmelte: »Wie entsetzlich verletzend das gewesen sein muss …«

Klaus lachte bitter. »Als hätte er mir den Boden unter den Füßen weggezogen. Als wäre ein Schalter in meinem Kopf umgelegt, ich wollte ihn nur noch schlagen. Ihm das Lachen aus seinem Gesicht prügeln. Zuerst hat Alexander immer noch weitergelacht. Er ist ja viel größer und kräftiger, doch dann warf Alexander mich raus! Er mich! Da habe ich die Schampusflasche genommen und bin damit auf ihn los, er ist zu der Eisentreppe gelaufen, die runter ins Wohnzimmer führt. Ich bin hinterher und gerade als ich zuschlagen wollte, rutschte Alexander aus, verlor das Gleichgewicht und stürzte seine Architektentreppe hinunter. Blutete am Kopf, lag da wie tot.« Er rieb seine roten Augen, als könnte er die Erinnerung an diesen Anblick so auslöschen. »Als wäre wieder Krieg, als hätte ich ihn erschossen. Alles verschwamm, ich geriet in Panik, betrunken, voll mit Pervitin, und wusste nicht, was ich tun sollte.«

»Natürlich, das wäre jedem so gegangen«, sagte Carla, woraufhin er seine Hände von den Augen nahm und sie dankbar ansah.

Vielleicht war es wirklich ein Unfall, überlegte Wally. Aber er hatte nicht nachgeschaut, ob Alexander noch lebt und keine Unfallhilfsstelle angerufen, das war in jedem Fall unterlassene Hilfeleistung. Carla hatte also recht gehabt. Alma war unschuldig. Mathilda war erst recht unschuldig.

»Und was ist dann passiert?«, fragte Carla.

»Wie in Trance hab ich die Gläser im Waschbecken abgespült, dann plötzlich hörte ich, wie die Haustür aufging und auf einmal sind meine restlichen Sicherungen durchgebrannt. Ich wollte nur noch weg. Hätte es nicht ertragen, Alma neben seiner Leiche zu sehen. Hab mir die Flasche geschnappt und bin über die Außentreppe durch den Garten abgehauen. Danach ist alles nur noch verschwommen, ich erinnere mich an nichts mehr, auch nicht daran, wie ich nach Hause gekommen bin.«

Er schlug die Hände vors Gesicht, kippte nach hinten auf das Bett, drehte sich zur Seite, zog seine Knie an und begann, bitterlich zu schluchzen. Carla stand auf, setzte sich neben ihn auf das Bett und griff nach seiner Hand. Er umklammerte sie wie eine Rettungsleine. Carla sah aus, als würde sie auch gleich in Tränen ausbrechen.

Rührend und völlig nutzlos. Wally packte den Block in ihre

Tasche. Selbstmitleid war genauso verfehlt wie Carlas Mitgefühl. Wally wusste, dass Carla sie herzlos finden würde, doch wozu wäre Mitgefühl hier schon gut?

Sie gaukelte Klaus vor, er wäre mit all dem nicht allein, dabei war er allein verantwortlich für seine Sucht, es war seine Entscheidung, nicht aufzuhören. Der Krieg war vorbei. Viele hatten Schlimmes erlebt. Ja, das war schwer, aber was war denn verdammt noch mal einfach? Wozu ihm Mitgefühl vorspielen, wenn Carla doch klar sein musste, dass sie das, was er ihnen verraten hatte, benutzen würden, um Alma freizubekommen, allein schon wegen der Kinder?

Wally stand auf, sie brauchte dringend frische Luft.

»Du musst dir das von der Seele reden«, flüsterte Carla Klaus zu. »Du wirst dich viel besser fühlen.«

»Ich war so feige ...«, murmelte Klaus und setzte sich schniefend auf. »Ich hätte zu ihm laufen müssen, ihn ins Krankenhaus bringen sollen, ihn beatmen ...«

Jämmerlich. Natürlich hatte auch er in diesem Moment nur an sich gedacht, in einer Krise dachte doch jeder nur an sich, und alle, die etwas anderes behaupteten, belogen sich selbst. Klar, darüber lag dann schon eine dünne Schicht von etwas, das Wally an guten Tagen Menschlichkeit und Anstand nennen wollte, an anderen einfach nur Angst vor Strafe.

»Was geschehen ist, kannst du nicht mehr ändern, aber du könntest dich jetzt ehrenvoll zeigen!«, sagte Carla.

Klaus lachte ungläubig auf.

»Du könntest das retten, was Alexander am meisten bedeutet hat.«

Unmöglich, dachte Wally zynisch, Alexanders gewaltiges Ego war ja tot. Aber sie musste sich eingestehen, dass Carla gar nicht so ungeschickt war.

»Die Ausschreibung vom Breitscheidplatz?« Klaus wirkte nun wieder klarer.

»Nein, seine Kinder!«

»Mit denen verbindet mich nichts.«

»Trotzdem wäre es ein letzter Liebesdienst für ihn. Würde Alexander wollen, dass sie in einem Waisenhaus aufwachsen müssen?«

»Nein«, murmelte er und sah von Carla zu Wally. »Und wie könnte ich das schaffen?«

»Wir gehen zur Polizei und du erzählst denen, wie der Unfall passiert ist«, sagte Wally.

»Glaubt *ihr* mir denn?«, fragte er.

»Ja!«, sagte Wally wie aus der Pistole geschossen, und war verblüfft, als ihr klar wurde, dass sie und Carla völlig synchron geantwortet hatten.

»Ich denk drüber nach!«, sagte Klaus.

Klar, dachte Wally. Und wie er nachdenken würde und natürlich würde er das mit seinen besten Freunden diskutieren, mit Bruder Pervitin und Kumpel Alkohol.

»Ich möchte jetzt allein sein!« Klaus deutete matt zur Tür. »Fragt mich morgen noch mal, ich lass mir das alles durch den Kopf gehen.«

Schweigend verließen sie seine Wohnung. Im Flur sah Carla auf ihre Armbanduhr und wurde blass. »Mist!«, stöhnte sie und fing an, die Treppen so schnell nach unten zu rennen, dass Wally kaum mitkam.

»Wir müssen über Klaus reden!«, rief ihr Wally hinterher und scheuchte eine senfgelbe Katze aus dem Weg. »Darüber, was wir mit seinem Geständnis machen!«

Ohne sich zu ihr umzudrehen, rief Carla: »Ja, müssen wir. Am besten du tippst das schon mal ab, falls du tippen kannst!«

Sogar rasend schnell, aber sie war definitiv nicht Carlas Tippse!

»Reden wir später, geh du mit den Kindern Eis essen, ich

muss zu Sally, die hasst es zu warten.« Ihre Schwester stürmte davon.

Als Wally endlich unten vor dem Haus stand, konnte sie nur gerade noch sehen, wie ihre Schwester vor in die Kösliner Straße einbog. Leise vor sich hin fluchend, rannte sie hinter ihr her.

»Warte doch!«, japste Wally, als sie es geschafft hatte. »Warum sollte ich das abtippen?«

Carla, die offensichtlich Ausschau nach einem Taxi hielt, musterte sie überrascht. »Ist doch klar, das werden wir morgen mitnehmen und ihn unterschreiben lassen!«

Auf der gegenüberliegenden Seite bremste ein Taxi, drehte und fuhr auf Carla zu. Ihre Schwester hastete ohne ein weiteres Wort zu dem Auto, stieg ein und verschwand. Jede Wette, dass Klaus das niemals unterschreiben würde.

Kapitel 34

Als Carla vor dem *Café Schilling* am Kurfürstendamm aus dem Taxi stieg, sah sie gerade noch, wie Sally das Café verließ und Richtung Norden stapfte. Sie rannte zu ihr hin und entschuldigte sich wortreich.

»Ich werde nicht gern verplatzt!«, sagte Sally.

Versetzt, dachte Carla, unterdrückte aber den Impuls, sie zu verbessern und lobte stattdessen Sallys Fortschritte im Deutschen. Sie erklärte ihre Verspätung mit Überraschungen bei einem schwierigen Fall und erinnerte Sally vorsichtig daran, dass sie auch schon mal von derartigen Ermittlungen profitiert hatte. Schließlich ließ Sally sich erweichen zurückzugehen und sich bei Berliner Himmelstorte Carlas Fragen zumindest anzuhören. Natürlich drinnen, bloß nicht auf der Terrasse, Sally waren Insekten noch verhasster als Kommunisten.

Nachdem Sally ein Stück Kuchen und ein Kännchen Kaffee verdrückt hatte, war sie bereit, Carlas Fragen zu beantworten. Ja, es gab sogar diverse Motorradclubs von Soldaten, sie gehörte jedoch keinem an, weil Frauen theoretisch zwar Mitglied werden durften, aber de facto nicht gern gesehen waren. Trotzdem hatte Sally eine Idee, wie sie diesen Bobbs finden könnte.

In den Turner Barracks am Grunewald, in der die Panzerdivision untergebracht war, gab es einen Mann, der Carla vielleicht weiterhelfen konnte. Jackof, sie würde einen Kontakt herstellen.

Carlas Puls ging schneller. »Hast du gerade Jakob gesagt oder hab ich das richtig gehört – Jackof?«, hakte sie nach. Vielleicht hatte Sally nur genuschelt, immerhin hieß jeder Dritte in der Army Jim oder Jack.

»Yes, Jack-of, absolutely. Den kennen alle Bobber! So nennen sie den besten Schrauber der Army. Den Mann sprichst du an, wenn du Probleme mit deiner Maschine hast, bei denen dir niemand anderer helfen kann, oder wenn du ein Ersatzteil brauchst, dass eigentlich nirgendwo auf der Welt zu haben ist. Er kann alles und beschafft alles, es grenzt an ein Wunder. Neulich hat er für Major Bixby Ersatz für eine Ventildeckeldichtung gebastelt, den er meiner Meinung glatt patentieren lassen könnte.«

»Ist Jackov ein russischer Name?«

Sally lachte schallend. »Nein, ganz falsch. Da liegst du so was von daneben. Nein, das ist ein Nickname, ein Zeichen von allergrößter Bewunderung, es kommt von Jack of all Forces!«

Carla sah sie fragend an, ihr Englisch war nicht übel, aber sie hatte keine Ahnung, was das bedeuten sollte.

»So nennt man einen Allrounder«, erklärte Sally. »Und er ist ein Genie, das ein Motorrad nur anschauen muss, um zu wissen, wo welche Schraube locker ist.«

Ein Tausendsassa also, dachte Carla und stellte sich eine Sekunde lang vor, wie sie versuchte, Sally diesen Ausdruck wörtlich zu übersetzen. »Kennst du den Mann persönlich?«

Sally schüttelte den Kopf. »Bisher nicht, aber wenn eine von meinen drei Maschinen verdächtige Geräusche machen würde, wäre er meine erste Wahl.«

»Was weißt du sonst noch über ihn?«

»Soweit mir bekannt ist, hat er noch nie jemanden über den

Tisch gezogen, obwohl er das leicht tun könnte. Scheint wirklich einer von den Guten zu sein.«

»Kennst du noch mehr bei der Army, die Bobbs oder Jackof genannt werden?«

»Nein, es gibt nicht viele, die so ein Händchen haben. Das ist wirklich was ganz Besonderes, eine Gottesgabe!«

Das musste einfach der richtige Mann sein – die Brandwunde am Handgelenk kam vielleicht von einer Reparatur, die er gemacht hatte.

»Weißt du zufällig, woher Jackof stammt?«

»Ja, das weiß ich zufällig sogar ganz genau.« Sally griff nach ihrer Kaffeetasse und tat überrascht. »Oh, leider leer.«

»Nun spann mich doch nicht so auf die Folter!«

Sally setzte die Tasse bedächtig ab.

»Bestell alles, was du willst! Oder spielst du nur Spielchen mit mir?«

»Sekt«, Sally grinste vielsagend und als Carla nickte, winkte sie die Kellnerin heran. Carla bestellte einen Piccolo Henkell Trocken, woraufhin Sally missbilligend schnaubte. Sie würde doch hier nicht allein trinken! Carla gab sich begeistert und orderte trotz der immensen Kosten eine große Flasche.

Sally nickte befriedigt und erlöste Carla: »Er stammt aus Atlanta, Georgia.«

Atlanta! Volltreffer, daran hatte sich Ingrid erinnert. Und jetzt war Carla auch klar, warum Sally das so genau wusste. Atlanta war die Stadt von Scarlett O'Hara, Sallys Lieblingsheldin. Sally war davon überzeugt, wenn Scarlett heute leben würde, dann würde sie mit einem Motorrad durch die Sahara brausen und eine Kette von unglücklichen Wüstenprinzen mit gebrochenen Herzen hinter sich herziehen.

»Und sieht Jackof auch aus wie Rhett Butler?«, fragte Carla. Dieser Mann war definitiv der gesuchte Bobbs. Alles schien zu passen.

»Ich habe ihn leider noch nie getroffen, er geht wohl nicht in Clubs. Aber ich glaube nicht, dass er unansehnlich oder klein ist, dann hätte ich Witze über ihn gehört und sein Nickname wäre anders: Jackyshortof oder Shrimpof …«, Sally kam richtig in Fahrt, »Nastyjackof …«

Carla unterbrach Sally. »Und kennst du seinen richtigen Namen?«

»Jack Johnson.«

»Du machst Witze, oder?« Dieser Nachname war fast so häufig wie Meier und Schmidt in Deutschland. Selbst wenn Ingrid den gewusst hätte, wäre Carla allein damit nicht viel weitergekommen. Gut, dass sie bei ihrer Suche über Bobbs gegangen war. Alles, was Sally erzählt hatte, deutete auf den richtigen Mann hin. Es müsste schon mit dem Teufel zugehen, wenn dieser Johnson nicht Ingrids GI wäre.

Die Kellnerin kam und öffnete publikumswirksam den Sekt, was Carla besonders unangenehm war, während Sally am liebsten gesehen hätte, wie der Korken bis an die Decke knallt. Sie stießen an, Sally stürzte das halbe Glas herunter und seufzte genießerisch, während Carla nur nippte. Sie brauchte einen klaren Kopf.

»Hat Johnson Familie?«

»Nicht, dass ich wüsste.«

»Könntest du mit ihm einen Termin in meinem Büro vereinbaren und so tun, als würdest du ihn dort treffen wollen?«

»Was hast du denn mit ihm vor?« Sally goss sich nach und lehnte sich zurück. »Ich kann es mir nicht leisten, eine Koryphäe, deren Hilfe ich vielleicht noch mal brauche, zu verärgern. Das würde sich bei den Jungs schnell rumsprechen.«

»Aber vielleicht rettest du sein Leben – er hat zu meiner Klientin gesagt, sie und er wären füreinander bestimmt …«

Sally seufzte, aber Carla war nicht sicher, ob aus romantischem Mitgefühl oder aus Ungeduld.

»*Füreinander bestimmt*«, wiederholte sie und versuchte Sallys Blick festzuhalten. »Und meine Klientin ist keine sentimentale Närrin, sondern eine kluge, berufstätige Frau, wie du, die mit beiden Beinen im Leben steht.«

Sally zuckte mit den Schultern und lächelte etwas merkwürdig. Carla konnte sich keinen Reim darauf machen, womöglich nur der Sekt?

»Stimmt irgendwas nicht mit ihm?«

»Wenn Jackof das so zu ihr gesagt hat, dann hat er das sicher auch so gemeint, jedenfalls nach allem, was ich über ihn gehört habe.« Sally sah durch die großen Fenster nach draußen. »Wie werden doch alle zu Närrinnen, wenn es um Männer geht«, murmelte sie.

»Was willst du denn damit andeuten? Ist das seine Masche? Sagt er das zu jeder?«

»Nein! So einer ist er nicht.« Sally wendete sich ihr wieder zu und das war direkt, ohne jedes Zögern gekommen. Aber was war es denn dann?

»Gibt es Gerüchte?«, begann Carla vorsichtig. »Ist er an Frauen vielleicht nicht interessiert?«

»No swishy men in the US-Army!« Sally funkelte sie empört an und schüttelte den Kopf.

Carla schluckte alles herunter, was ihr auf der Zunge lag. In Sallys Welt waren Küsse nur zwischen Mann und Frau erlaubt, und auch nur dann, wenn die Liebenden die gleiche Hautfarbe hatten. Darüber waren sie bei dem Fall damals in einen Streit geraten, der böse eskaliert war. Vater hatte die Wogen glätten müssen.

»Wenn du das Treffen vereinbarst, dann stünde ich sehr tief in deiner Schuld!«, sagte sie daher schnell, um ihren Fauxpas wiedergutzumachen.

»Okay, gute Detektivarbeit ist teuer. Und man weiß nie, wann man sie brauchen kann.«

»Außerdem würdest du einer großen Liebe auf die Sprünge helfen.« Carla tat so, als würde sie einen Pfeil in Sallys Herzgegend abschießen.

»Aber was, wenn das schiefgeht?« Sally trank mit einem wohligen Schaudern ihr Glas leer und goss sich wieder nach.

»Unmöglich! Wenn die beiden sich in ihren Gefühlen geirrt haben, sind sie frei, sich neu zu verlieben und wenn sie wirklich füreinander bestimmt sind, dann hast du ihnen das große Los beschert.«

»Happy End!«

»Genau!«

»Apropos happy, ich brauche noch ein Stück Himmelstorte, während ich darüber nachdenke.«

Carla bestellte eilfertig alles, was Sally sich wünschte.

Eine Stunde später war Sally satt und der Sekt ausgetrunken. Carla war nun doch etwas angeschickert, aber sie hatten einen Plan. Sally würde Jack Johnson anrufen und ihn um seine Hilfe bitten und durchblicken lassen, dass er einem ihrer Vorgesetzten damit einen großen Gefallen tun würde. Doch dazu müsste er bereit sein, in Carlas Büro zu kommen. Sally wollte das zuerst nur unter der Bedingung machen, dass sie im Nebenzimmer das Zusammentreffen der Liebenden belauschen durfte. Ganz offensichtlich erwartete sie sich davon einen besonderen Kick, denn irgendwas daran schien sie innerlich sehr zu amüsieren. Carla gelang es nicht herauszufinden, was das war, und sie schaffte es nur mit Mühe und erst nach noch zwei Schnäpschen, ihr diese Idee auszureden. Sie einigten sich darauf, den Termin auf den kommenden Mittwoch um 17 Uhr zu legen. Soweit Sally wusste, war da in den Turner Barracks ein Filmabend geplant. ›Die glorreichen Sieben‹. Aber vielleicht kannte Jackof den Film ja schon und war neugierig genug, um zu kommen. Sally würde ihm eine Ausgeherlaubnis für zwei Stunden besorgen. Natürlich musste

Carla ihr versprechen, dass sie ihr dann bei einem ausführlichen Abendessen im *Ritchies* kein einziges Detail dieser Liebesgeschichte unterschlagen würde.

»Würdest du darauf wetten?«, fragte Sally schon beim Rausgehen.

»Worauf?«

»Dass die zwei zusammenkommen und heiraten.«

»Das wäre unethisch!«

»Oder feige!« Sally hielt ihr die Hand zum Einschlagen hin, aber Carla schüttelte den Kopf. Ihre Klientinnen waren doch keine Rennpferde.

»Ihr seid komisch, ihr Deutschen, wem würde unser Spaß denn wehtun?«

Wally hätte sicher längst eingeschlagen, überlegte Carla. Lulu sowieso. Die hätte natürlich darauf gewettet, dass es schiefgeht. Verliebt sein war für ihre Tante nur ein kurzzeitiges hormonelles Verrücktspielen des Körpers, gänzlich ungeeignet als Kriterium für lebenslange Verbindungen.

»Nicht alle Deutschen sind so, du hast dir einfach nur die Falsche ausgesucht«, sagte Carla, und es klang selbst in ihren Ohren erbärmlich fade.

Nachdem sie sich verabschiedet hatten, dachte sie darüber nach, warum ihr dieses heiter Aufgeschlossene so schwerfiel. Leichtfüßig war sie auch schon vor der Sache mit Mutters Bein nie gewesen. Manchmal kam sie sich vor wie ein Vogel im Käfig. Ja, es fehlte ihr an nichts, sie konnte singen, alles sehen, hören und riechen, aber eben nicht frei fliegen. Schlimm daran war nur, dass niemand eine Mauer um sie gebaut hatte, sie wusste, dass nur sie selbst diese Gitterstäbe aus Regeln und Neins beiseiteschieben konnte. Sie wusste nur nicht, wie. Sie beneidete Ingrid und Wally, denn es schien ihr, als könnten die zwei überall hinfliegen und wahrscheinlich war ihnen nicht mal bewusst, wie frei sie waren!

Gott, was für Hirngespinste, das lag am Sekt. Zeitverschwendung! Leute, die zu viel über sich selbst grübelten, schnitten sich eines Tages ein Ohr ab.

Natürlich wünschte sie sich, dass Ingrid und Jackof wirklich zusammenkämen. Irgendwie wäre dann alles möglich, selbst für sie. Doch tief in ihrem Inneren spürte sie, dass Sally ihr irgendein Detail über Jack Bobbs Johnson verschwiegen hatte. Aber was? Es musste etwas Heikles sein, denn Sally nahm ja sonst kein Blatt vor den Mund. War Johnson womöglich in Korea verwundet worden und gar nicht mehr in der Lage, die Ehe zu vollziehen? Hatte er aus diesem Grund keine Familie und war er Ingrid vielleicht nur deshalb so zurückhaltend vorgekommen?

Kapitel 35

Am nächsten Morgen knallte Carla den Hörer auf die Gabel und sah zu Wally, die vor ihr auf dem Rattanstuhl saß und gerade den Monsteraschenbecher in Position brachte. Immer noch nicht entsorgt, schoss es ihr durch den Kopf, was sie nur noch mehr verärgerte.

»Dieser Stratmann hat sein Anwaltsexamen offensichtlich im Lotto gewonnen. Oder wie ist es sonst zu erklären, dass ihn diese erfreulichen Nachrichten nicht völlig begeistern? Wir liefern ihm ein Geständnis von Klaus frei Haus und es interessiert ihn nicht.«

»Der bangt doch nur um sein Honorar!« Wally zündete sich eine Zigarette an. »Was hast du denn erwartet?«

»Dass er Klaus vorladen lässt, der dann eine eidesstattliche Aussage machen muss und Alma umgehend freigelassen wird.« Carla erhob sich, glättete ihren Rock und fing an, vor den Fenstern hin und her zu laufen. »Glasklar!«

»Bis jetzt ist das doch für ihn nur ›Hörensagen‹, oder? Er weiß nicht, ob das stimmt, was du ihm erzählt hast! Immerhin ist er Aaan-waalt!«, sagte Wally und blies Rauchkringel in die Luft, so konzentriert, als gäbe es nichts Wichtigeres auf der Welt.

»Jajaja.« Sie blieb vor Wally stehen. »Gib mir auch eine Zigarette!«

Ihre Halbschwester holte eine Zigarette aus der Elefantendose und reichte sie ihr. Gierig inhalierte Carla den Rauch.

»Danke. Also, wenn Alma meine Klientin wäre, würde ich nach jedem Strohhalm greifen, um sie rauszuholen. Ich hätte Grieser persönlich angerufen und dem Staatsanwalt Dampf gemacht.« Sie blies den Rauch wieder aus. »Genau, so machen wir das, wir müssen den Hebel anders ansetzen – beim Grieser! Ich muss Lulu anrufen!«

Carla setzte sich wieder und wählte die Nummer ihrer Tante.

»Wäre es nicht besser, Klaus zu bitten, die abgetippten Seiten zu unterschreiben und damit dann zu Grieser und Stratmann zu gehen?«

Wally schob einen Stapel Blätter zu ihr hin, der bisher Carlas Aufmerksamkeit entgangen war. »Konnte heute Nacht nach dem Eden nicht schlafen und hab's noch schnell abgetippt.«

Carla klemmte den Hörer unters Kinn und betrachtete das erste Blatt. Tatsächlich, Wally hatte wortgetreu Klaus' Aussage mitstenografiert und fehlerfrei abgetippt. Eine unterschriebene Aussage würde Grieser nicht nur beeindrucken, er musste dann auch handeln. Sie legte den Hörer wieder auf, obwohl es schon bei Lulu klingelte. Eins nach dem anderen.

»Woher kannst du eigentlich stenografieren und tippen? Hast du Mutter nicht gesagt, du wärst Friseuse gewesen und Sängerin und Tante Lulu und mir hast du von den bunten Plastiktelefonen mit dem Riss erzählt und Bardame bist du auch noch ...«

»Ich bin eben ein Tausendsassa! Steno war bei uns Schulfach, genauso wie Russisch.«

Das Telefon schrillte. Carla nahm ab. Es war Lulu, die wissen wollte, ob sie gerade angerufen hatte, denn genau das hätte sie auch gerade tun wollen. Es würde sie nicht wundern, denn zwischen ihnen sei ja diese besondere Verbundenheit und daher würden sie auch ständig diese Synchronizität erleben.

Für diese esoterischen Sachen hatten sie jetzt keine Zeit, sie unterbrach Lulus Ausführungen. »Ich brauche ganz dringend deine Hilfe, wegen dem Grieser. Kannst du uns noch einen Termin bei ihm besorgen?«

Lulu war zwar etwas beleidigt, weil Carla so unhöflich war, doch sie versprach, sich darum zu kümmern. Bevor sie sich verabschiedete, sagte sie noch mit ihrer pompösen Drama-Stimme, dass die Büchse der Pandora geöffnet sei, aber jeder eben nur das zu sehen imstande war, was sein Herz sehen wolle. Ihre geliebte Nichte sei ja bekannt für ihr gutes Herz. Als Carla hochsah, funkelten Wallys blaue Augen so belustigt, als hätte sie gerade einen guten Witz gehört und wäre nur zu vornehm, um laut zu lachen.

»Gehen wir zu Klaus«, sagte Carla daher schnell. »Aber vorher muss ich erst noch Ingrid anrufen und ihr mitteilen, dass sie am Mittwochabend die wichtigste Verabredung ihres Lebens haben wird.«

Überrascht hoben sich Wallys perfekte Augenbrauen. Als Carla gestern nach der Sektorgie mit Sally nach Hause gekommen war, war Wally schon auf dem Weg ins Eden gewesen. Und beim Frühstück heute morgen hatte Mutter sich über die Sache mit den eingestellten Passierscheinbüros empört und beschlossen, den ersten Leserbrief ihres Lebens an die *Berliner Zeitung* zu schreiben, weil sie es so skandalös fand, dass die arme Cousine Wally nun ihre Familie und Freunde im Osten gar nicht mehr besuchen konnte. Diensteifrig hatte Wally angeboten, Mutters Diktat aufzunehmen, was ihr ein entzücktes Lachen entlockt hatte, so süß und klebrig wie Karamell, das einem Löcher in gesunde Zähne fraß und manchen auch ins Herz.

Einen Moment lang war es Carla so vorgekommen, als wollte ihre Mutter Wally umarmen, und nur ihre Gegenwart würde sie davon abhalten. Mutter hatte Vater nicht mal umarmt, damals, als er 48 aus der amerikanischen Kriegsgefangenschaft in Italien zurückgekommen war. Kurz vorher war das mit ihrem Bein passiert. Würde Mutter Wally immer noch so mögen, wenn sie wüsste, wer Wally war? Schämte Wally sich kein bisschen über dieses Schmierentheater, das sie ihrer Mutter vorspielte?

Carla hatte Termine vorgeschoben und war hinunter ins Büro gegangen, um Stratmann anzurufen.

»Dann hat sich dein Treffen mit dieser Sally also gelohnt?«, fragte Wally in ihre Gedanken.

Bekam Wally diese Untertöne wirklich nicht mit oder registrierte sie die ganz genau und entschied sich dafür, sie lieber zu ignorieren? So musste sich wahre Freiheit anfühlen, dachte Carla.

»Warum starrst du mich so an? Habe ich was an der Nase?«, fragte Wally.

»Nein, nein. Und ja, mein Gespräch mit Sally war erfolgreich«, sagte Carla leichthin, als wäre das nichts Besonderes. »Sehr wahrscheinlich können wir schon übermorgen ein Treffen zwischen Ingrid und Bobbs arrangieren.«

»Na da brat mir einer 'n Storch! Das freut mich für die Niki, das gönn ich ihr!« Wally drückte die Zigarette aus, sprang auf und fing gut gelaunt an zu singen: *»Kauf dir einen bunten Luftballon, hellblau, lila oder grün.«* Es klang schräg, sie tanzte um den Rattanstuhl herum und riss die Augen auf, was wohl Verliebtsein ausdrücken sollte.

»Und er wird dich, eh du's denkst, zum Lohn in das Land der Träume ziehn.

Über Wolken, wo die Sonne wohnt, und der blaue Himmel lacht,

Märchenschloss gleich hinterm Mond, wo ein Prinz dich traumhaft glücklich macht.«

Wally verteilte Küsschen in die Luft, knickste und setzte sich wieder.

Hatte sie vielleicht mit Mutter auch ein paar Pfefferminzlikörchen gebechert?

»Ein selten dämlicher Film!«, sagte Carla. »Seichte Eisrevue mit lächerlichem Liebesdrama. Singen ist nicht so wirklich deine Stärke, oder?«

»Vielleicht nicht, aber wen schert's?« Wally tupfte sich etwas Schweiß von der Stirn.

Aha. Carla musste zweimal hinschauen. Wally benutzte ein Taschentuch ihres Vaters. Weißer Baumwollbatist bestickt mit einer kleinen Nachtigall und den Buchstaben *K-O-K*. Karl-Otto Koslowsky. Seit Vaters Tod hatte niemand die Taschentücher auch nur anrühren dürfen.

Wally faltete es zusammen und steckte es wieder in ihre Rocktasche. »Du gehst natürlich nur ins Kino, um dich zu bilden und bei existenzialistischen Schwarzweißfilmen über die grausame Langeweile und Sinnlosigkeit des Lebens zu weinen. Tja, jeder ist seines Glückes Schmied. Es freut mich jedenfalls für Niki. Sie ist eine sehr bemerkenswerte Frau.«

»Niki?«

»So will die Ingrid doch genannt werden.« Wally zwinkerte ihr zu. »Ich hätte jedenfalls nicht gedacht, dass du Bobbs bei fast 6000 Soldaten im *Berlin Command* so schnell finden würdest.«

Manche Komplimente waren nichts anderes als schlecht maskierte Beleidigungen.

Kommentarlos rief Carla Ingrid Niemöller an, die so schnell abnahm, als würde sie neben dem Telefon campieren. Ingrid war außer sich und wollte immer wieder wissen, ob Carla das ernst meinte. Als ihr bewusst wurde, dass dieser Ernst schon übermorgen stattfinden würde, legte sie mit der Frage auf, wo sie denn jetzt so schnell einen Friseurtermin herbekäme, und wo das richtige Kleid, und einen Hut und … dann klickte es nur noch in der Leitung.

»Jetzt müssen wir zu Klaus.« Carla erhob sich, schob die abgetippten Seiten in eine Mappe und dann in ihre Handtasche. Sie griff nach ihren Handschuhen. »Los, komm schon.«

Wally warf einen Blick nach draußen, wo es schon wieder nieselte, zog mit einem Seufzen ihren Sommertrenchcoat an, den mit der eingenähten Geheimtasche. Mit den seltsamen Orden und Münzen und den Passierscheinen. Carla würde schon noch herausfinden, was es damit auf sich hatte. Während sie nach unten liefen, wollte Carla wissen, wie das Eisessen mit Katrin und ihren Brüdern gewesen sei.

»Ich dachte schon, du fragst nie.«

»Du musstest ja so dringend das Diktat von meiner Mutter aufnehmen und ich hatte Fälle zu klären!« Carla nickte der Pallutzke zu, die gerade mit angewiderter Miene eine bräunliche Pfütze im Hausgang aufwischte. Als sie Wally entdeckte, ließ sie den Lappen mit einem lauten Platschen in den Emailleeimer fallen, stellte den Schrubber zur Seite und eilte zu ihnen.

»Fräulein von Tilling, also det hätt ick ja nie nich …, also der *Elsterglanz* dit is ne Wucht! Nu hamm wa die strahlendsten Klingelschilder in janz Charlottenburg!«

»Das freut mich. Jederzeit immer gern!«, sagte Wally.

Carla beneidete sie um die elegante Nonchalance, mit der sie dann einfach so an der Pallutzke vorbeiging, so als wäre alles gesagt.

»Elsterglanz?«, fragte Carla, als sie raus auf den Bürgersteig traten. Das Nieseln hatte gerade aufgehört, aber das Kopfsteinpflaster glänzte noch feucht in der Sonne und es roch nach Sommerregen.

»Das ist ein Poliermittel, eigentlich was für Trabis, aber damit kriegst du jedes Metall zum Glänzen.«

»Also auch noch Putzfrau gewesen?« Sie setzten sich Richtung Kudamm in Bewegung.

»Allet!« Wally lächelte in sich rein, als wäre das ein großartiger Witz.

»Auch Eisverkäufer?«

»Ne, dit nu grade nich«, sagte sie dann wieder ernster. »Deine kleine Katrin hat sich geweigert, mit mir Eis zu essen. Sie war tödlich beleidigt, weil du nicht da warst. Den Jungs war dit egal, die haben Unmengen von Eis vertilgt und versucht, sich dabei wie Gentlemen zu benehmen. Wusstest du, wie diese Orgelpfeifen heißen?«

»Katrin nennt sie meistens nur die Abscheulichen. Oder nach Buchstaben T und B, AB eins und AB zwei.«

»Und du hast nie nachgefragt?«

»Doch!« Bei der Erinnerung daran musste Carla lachen. »Laut Katrin steht T für tyrannischer Tölpel, B für blöder Bastard, AB eins für abscheulicher Barbar und AB zwei für aalglatte Bestie.«

»Wie hast du dir all diese Beleidigungen so gut gemerkt?« Wally wirkte ehrlich erstaunt.

»Training. Lass uns ein Taxi nehmen. Je eher wir bei Klaus sind, desto besser.«

»Wie du willst. Nur falls es dich interessiert, die Jungs heißen Abdiel und Abraham, Timon und Barnabas. Deine Katrin ist gar keine Katrin, sondern eine Batseba.«

»Ich habe mehrfach gehört, wie ihre Mutter sie Katrin ruft!«

Wally zuckte mit den Schultern. »Die kleine Göre ist eben stur und reagiert nur noch auf Katrin. Wieso weißt du das nicht? Ich dachte, du und Katrin, ihr wärt Freunde.«

»Die Familie ist erst vor einem Jahr hergezogen.«

»Wat denn, so lange schon? Und nie mit der Kleinen über die Brüder geredet? Was die Eltern machen und so wat allet?«

»Soweit ich weiß, gibt's nur eine Mutter, und die hat genug um die Ohren!«

Mutter, die Pallutzke, Niki alias Ingrid und jetzt auch noch Katrins Familie – wanzte Wally sich wirklich an alle in ihrem Umfeld ran oder kam ihr das nur so vor? Nachtigall ick hör dir trapsen …

»Außerdem kann bei uns jeder seine Kinder taufen, wie er will. Das hier ist kein Überwachungsstaat, hier herrscht Religionsfreiheit.«

»Pech für die Kinder!«, sagte Wally trocken.

»Vielleicht«, Carla zuckte mit den Schultern. »Niemand möchte gern als Batseba in die Schule gehen. Ich erinnere mich an eine Lioba in meiner Klasse, sie wurde Liobarsch gerufen, weil sie so einen dicken Hintern hatte. Alle haben sie ausgelacht. Kinder hassen Kinder, die anders sind.«

»Ein Grund mehr, sich um seine Nachbarn zu kümmern, das hat doch nichts mit nem Überwachungsstaat zu tun.«

»Nenn es, wie du willst, ich mag Katrin, hab ihre Puppe gerettet und nachdem ich gemerkt habe, wie sehr sie unter ihren Brüdern leidet und dass niemand sich wirklich um sie kümmert, hab ich mich mit ihr angefreundet. Ihr Bücher besorgt, ihr zugehört. Unter gar keinen Umständen würde ich das Kind über seine Familie aushorchen. So was gehört sich nicht.« Sie hatten den Taxistand erreicht und stiegen ein.

Als sie nach fünf Minuten von der Kösliner Straße in die Seitenstraße zu Klaus einbogen, fing es wieder an zu nieseln.

»Freudentränen!«, sagte der Taxifahrer. »Heute ist schon wieder ein Vopo-Wachtmeister aus Treptow zu uns rüber. Dit ist doch allet Mumpitz, die Mauer hält keene Woche mehr. Die können doch nich een janzes Volk wegsperren.«

»Hmm«, sagte Wally.

Wegsperren … Carla dachte an Alma und ihre Kinder. Freudentränen. Was, wenn Klaus sich weigern würde zu unterschreiben?

Kapitel 36

Wally stieg aus, während Carla das Taxi bezahlte. Sie streckte sich, hielt ihr Gesicht in den feinen Regen und gähnte herzhaft. Himmel, war ihre Schwester heute wieder energiegeladen! Aber die hatte auch nicht nach einer Schicht im Eden noch zwei Stunden an Klaus' Bericht getippt. Erstaunlich, wie eingerostet ihre Finger waren, sie hatte Klaus bei seiner Beichte kaum folgen können und sich dann beim Abschreiben ständig vertippt. Das kam davon, wenn man nur noch mündlich Bericht erstatten musste. Aber gelernt war gelernt, wie beim Fahrradfahren kam dann alles schnell zurück. Das Diktat von Ida eben war nur so geflutscht. Carlas Mutter konnte sehr gut zum Ausdruck bringen, was sie wollte. Genau wie Frieda. Die beiden zusammen bei einem Tässchen Kaffee, ihre Mundwinkel fingen an zu zucken. Ida wäre noch mit höflicher Konversation beschäftigt, da würde Frieda ihr schon zu dem »appen Bein« gratulieren. *Die reinste Geldmaschine*, würde sie sagen. *So eine wie du hat mir in meinem Eta-bliss-mang gefehlt*, Frieda redete immer nur von ihrem Etablissement. Dann würde sie der verdutzten Ida von den Freiern erzählen, die es antörnte, wenn Frauen Körperteile fehlten. Krüppelböcke nannte sie die, ohne sie zu verurteilen. Frieda fand an keiner Lust etwas verwerflich, solange niemand gegen seinen Willen zu etwas gezwungen wurde. Was für ein Unsinn, dachte Wally, der Schlafmangel wahrscheinlich.

Obwohl sich die beiden so ähnlich waren, würde es natürlich nie zu so einem Gespräch kommen. Ida würde ihr bitteres Lächeln aufsetzen und in raumfüllendes Schweigen verfallen. Es imponierte Wally, wie gut Ida von ihrem Rollstuhl aus diesen kalten Krieg mit ihrer Tochter dominierte, aber sie fragte sich schon, wann und warum der angefangen hatte.

Carla steckte ihren Geldbeutel ein und hielt ihre reichlich große Handtasche zum Schutz vor dem Nieselregen über ihren Kopf. »Wirklich eine gute Idee von dir, das abzutippen. Aber wir brauchen einen Plan B – was, wenn Klaus nicht unterschreiben will, was, wenn er es sich nicht anders überlegt hat? Wie können wir Druck auf ihn ausüben?«

Druck ausüben … hatte Carla sie dabei gerade wissend von der Seite angesehen, oder bildete sie sich das nur ein? Druck ausüben … Carla hatte sicher keine Ahnung, was es da für Möglichkeiten gab.

Sie durchquerten das Vorderhaus, wo ihnen ein paar Steppkes in kurzen Lederhosen mit Murmelnetzen in den Händen entgegenpolterten. Abrupt blieben die fünf stehen und musterten sie neugierig. Wally zwinkerte ihnen verschwörerisch zu und schwang die Hüften, weil es ihr gefiel, die Rotzlöffel durcheinanderzubringen. Zwei wurden rot, die anderen raunten sich kichernd was zu und schwenkten verlegen ihre kleinen Murmelnetze. Dann wurde einer mutiger und schließlich rannten alle johlend neben ihnen her, quer durch den menschenleeren Innenhof.

Resolut blieb ihre Schwester stehen und schüttelte missbilligend den Kopf. »Wally, lass das! Und ihr verschwindet, ihr müsstet doch längst in der Schule sein! Die Ferien sind vorbei! Wer Schule schwänzt, bleibt dumm!« Als die Bengel keine Anstalten machten zu gehen, klemmte sie ihre Handtasche unter den linken Arm und peitschte mit der Hand ihre Worte durch die Luft: »Los, Los, Los!« So lange bis einer nach dem anderen einknickte und schließlich alle raus auf die Straße rannten.

»Lass denen doch ein bisschen Spaß! Glaubst du im Ernst, die gehen jetzt in die Schule?«

»Hoffentlich!«

»Träum weiter!«

»Du bist so dermaßen verantwortungslos und zynisch!« Carla verdrehte die Augen und sah nach oben, als wäre von dort Hilfe zu erwarten.

»Oh Gott!«, stöhnte Carla dann auch glatt.

Was war denn nun wieder? Fliegende Schulschwänzer?

Carla legte ihren Kopf weit in den Nacken, kniff die Augen zusammen und rannte dann ins Haus, erst von dort rief sie: »Komm. Wir müssen uns beeilen!«

Perplex blickte Wally nach oben. »Mist!« Sie stürmte Carla hinterher.

Mist, Mist, Mist! Während sie die Treppen hochhetzte, hoffte sie, dass der Mann, der da oben auf dem eingestürzten Dachstuhl so nah an der Kante stand, nicht Klaus war, sondern ein anderer Mann im Anzug mit rötlichen Haaren. Unwahrscheinlich. Nüchtern hätte Klaus wohl kaum genug Courage, aber vielleicht war er vollgepumpt mit Drogen? Carla hatte recht! Auf keinen Fall durfte er springen, bevor er unterschrieben hatte. Bilder wirbelten durch ihren Kopf, Klaus kreiselnd nach unten fallend auf Berge von Flokatis, mit Mustern aus blutigen Kinderhänden. Auch wenn Alma sie belogen hatte, musste das Elend der Kinder ein Ende haben.

In welchem Stockwerk waren sie jetzt? Sie musste schneller sein! Schweiß tropfte salzig über ihre Augenbrauen. Sie fing an zu keuchen. Verdammte Treppen, verdammte Schuhe, verdammter Klaus!

Schließlich erreichte sie schwer atmend den fünften Stock, und sah, dass Carla schon draußen auf dem Dach war, wo sie sich über Schutt, kaputte Ziegel und zerborstene, in die Luft ragende Dachpfosten einen Weg zu Klaus suchte. Er stand so nah am Abgrund, dass Wallys Herzschlag einen Moment aussetzte. Schnell trat sie auch auf das Dach, wo der nun wieder stärkere Regen sie sofort abkühlte. Gleichzeitig verwandelte er Schutt und Staub in eine glitschige Masse und Wally musste höllisch aufpassen, nicht auszurutschen.

»Klaus!«, rief Carla, als sie nur noch um Armeslänge von ihm entfernt war.

»Nicht näher kommen!«, sagte Klaus und rückte gefährlich schwankend von ihr ab.

Verdammt, sie mussten das anders machen.

Carla blieb stehen. »Du hast doch den Krieg nicht überlebt, um jetzt dein Leben wegzuwerfen!«

»Und das weißt du so gut, weil du an der Front warst und in genau meiner Lage bist?« Klaus geriet ins Rutschen und taumelte so nah an den Rand, dass Wally nach Luft schnappte.

Carla hörte sie, drehte sich zu ihr, suchte ihren Blick und nickte ihr zu. Was wollte sie sagen? Dass sie das Reden übernehmen sollte? Keine gute Idee. Nach Wallys Erfahrungen waren entschlossene Selbstmörder nicht zu stoppen. Und das war auch ihr gutes Recht. *Den Tod bestimme jeder nach seiner eigenen Wahl*, ein tröstlicher Gedanke von Seneca fand Wally. Aber jetzt hier mit einem Menschen an der Dachkante schrie alles in ihr: Vergiss den blöden Seneca und rette den Mann. Klaus sollte leben! Das war alles, was sie wollte, und wenn es das Letzte wäre, was sie tun würde, sie mussten Klaus retten.

»Ich verstehe, dass du dich gerade fürchterlich fühlst …«, sagte Carla sanft zu ihm.

»Ach ja? Du? Was genau verstehst du schon?« Klaus troff nur so vor Ironie.

»Ich verstehe, wie sehr du leidest und dass es dir so vorkommt, als gäbe es nur diese eine Möglichkeit deinen Schmerz zu beenden.«

Carla klang vollkommen aufrichtig. *Sehr gut*, dachte Wally, *rede weiter, während ich mich von der anderen Seite an ihn heranschleiche.*

»Schluss mit dem weinerlichen Gefasel!« Klaus lachte gequält. *»Jeder, der Ruhm haben will, muss sich beizeiten von der Ehre verabschieden und die schwere Kunst üben, zur rechten Zeit zu gehen.«*

»Und du denkst, Nietzsche würde das hier für deine rechte Zeit halten?«, fragte Carla, während auch sie sich zentimeterweise näher an ihn heranschob.

Vergiss doch diesen syphilitischen Nietzsche, dachte Wally, sei kein Idiot, wirf dein Leben nicht weg! Hilf mit, Almas Unschuld zu beweisen! In diesem Moment blieb sie an einem Nagel oder Splitter hängen. Sie unterdrückte ein Stöhnen, gleichzeitig tropfte etwas an ihrer Wade entlang. Unwichtig, nur noch ein paar Zentimeter, dann konnte sie ihn erwischen, solange er sich weiter auf Carla konzentrierte. Wally bewegte ihre Hand pantomimisch wie den Schnabel einer schnatternden Gans in Carlas Richtung, in der Hoffnung, dass sie dann weiterreden würde.

Carla nickte ihr kaum merklich zu. Gut.

»Klaus, für deinen Ruhm musst du erst noch kämpfen, vorher kannst du noch gar nicht gehen!«, sagte Carla. »Du kannst den Breitscheidplatz bauen, es waren deine Pläne, deine Ideen, die den Zuschlag bekommen haben!«

Gutes Argument, fand Wally, doch Klaus blieb stumm.

Plötzlich ging ein Ruck durch seinen Körper und er trat entschlossen den einen Schritt vor ins Leere.

Wally stürzte sich auf ihn, erwischte ihn, riss ihn zurück, doch er schüttelte sie ab, dabei taumelte er nach hinten, stolperte ein, zwei Schritte rückwärts und brach mit einem nur ganz leisen Knacken im Dach ein und verschwand.

Oh nein! Wally hastete zu der Stelle, kniete sich vorsichtig hin, ignorierte das Pochen in ihrer Wade und sah nach unten. Gott sei Dank, Klaus war höchstens einen halben Meter tief gefallen und zwischen Wäscheleinen in einer Art Trockenboden gelandet. Sie hörte ihn abwechselnd fluchen und stöhnen, also hatte er in jedem Fall überlebt und auch nichts am Kopf abgekriegt, denn er konnte fehlerfrei die Worte »verdammte, elende Weibsbilder« aussprechen.

»Wie kriegen wir den da nur wieder raus?«, Wally richtete sich ächzend auf und sah zu Carla hinüber. Die stand auf der anderen Seite am Rand des Lochs, in das Klaus gestürzt war, ihr Gesicht weiß wie ein Haufen Federn im Schnee, ihre Augen nur mehr kohlenkellerdunkle Risse und sie zitterte. »Da, das ...«, sagte sie und sah zu Wally, dann verdrehten sich ihre Augäpfel.

»Nein!«

Wally rannte zu ihr hin, achtete nicht länger auf Balken und Nägel, rutschte mehr, als sie rannte. »Nein, Carla, reiß dich zusammen, nicht!«

Ihre Schwester war nicht mehr ansprechbar, Carla schloss die Augen, schwankte, breitete die Arme aus, als wollte man sie kreuzigen, Tränen rollten über ihre Wangen, dann erlosch alles Leben in ihrem Gesicht und sie kippte nach hinten. Wally sprang mit einem letzten großen Satz vor, um zu verhindern, dass Carla zu Klaus hinunterstürzte, bekam sie gerade noch am Arm zu fassen, riss sie zurück und geriet dabei selbst aus dem Gleichgewicht. Sie fielen beide um und knallten nebeneinander auf den Rücken. Etwas Spitzes bohrte sich durch ihren Trenchcoat hindurch tief in Wallys rechte Schulter, der Geruch von Moder und rostigem Eisen stieg ihr in die Nase, vermischte sich mit dem leicht pudrigen Duft von Carlas Haaren, die sich gelöst hatten und wie ein Heiligenschein um ihren Kopf ausgebreitet waren.

Wally rang nach Luft und betrachtete ihre bleiche und reglos daliegende Schwester. Auch von Klaus war nun nichts mehr zu hören. Atmete sie? Es war still, viel zu still. Nicht mal eine verdammte Taube war zu hören. »Carla?«, fragte sie, nur um zu prüfen, ob sie sich beim Hinfallen die Ohren verletzt hatte, offensichtlich nicht, denn immerhin hörte sie ihre Stimme. Wally richtete sich vorsichtig auf, spürte in ihren Rücken hinein, da steckte etwas unterhalb ihres linken Schulterblattes, etwas, das den Rücken blockierte, es fühlte sich seltsam an, aber sie konnte den rechten Arm bewegen, auch ihre Füße und die Beine.

Gut.

Sie wandte sich Carla zu. Weggetreten wie Dornröschen. Wally unterdrückte den Impuls, Carlas Wange zu berühren, stattdessen fühlte sie deren Puls. Flach und schnell, weit über hundert. Ein Schock? Sie sollte ihre Beine hochlagern, aber das war hier zu gefährlich. Sie mussten hier weg und sich schnellstens um Klaus kümmern.

»Carla!«, sagte sie und rüttelte sie sachte »Carla!« Warum war ihre Schwester so derart aus den Latschen gekippt? Sie war doch sonst so zäh. Eben noch im Gespräch mit Klaus hatte sie klar, stark und sehr bestimmt auf sie gewirkt. Ob sie vielleicht schwanger war, womöglich von diesem Bruno?

»Carla!«, sie rüttelte jetzt stärker. Als sie immer noch nicht reagierte, schlug Wally ihr auf die Wange. Vielleicht fester als nötig.

Carlas Lider zuckten sofort, dann öffnete sie ihre Augen und starrte Wally an, wie eine ihr unbekannte außerirdische Spezies.

»Was?«, fragte Carla und schluckte, als wäre ihr Mund voller Staub. »Wo?«, dann färbte sich auch ihre andere Wange plötzlich knallrot, offensichtlich erinnerte sie sich.

»Oh Gott, es tut mir leid!«, wimmerte sie, Tränen kullerten aus ihren Augen. »So, so leid!« Sie zog die Beine eng an ihren Körper und umfasste ihre Knie, machte sich klein wie ein Ball.

Wally merkte, wie ihr Hals eng wurde. Was war hier los? Was sollte sie tun? Am besten zuerst nach Klaus schauen, sie robbte vorsichtig und unter Schmerzen in der Schulter zu dem Loch und spähte nach unten. Einer seiner Arme war seltsam verdreht, er hatte die Augen geschlossen und reagierte nicht auf ihre Rufe. Beunruhigend. Was, wenn er sich einen Milzriss zugezogen hatte? Dann würde er innerlich verbluten. Wenigstens war um ihn herum kein Blut zu sehen, sein Schädel war also wohl noch intakt.

Sie rief seinen Namen, einmal, zweimal, aber die Einzigen, die darauf reagierten, waren ein paar Tauben, die heranflogen und sich so laut gurrend an den Rand des Lochs setzten, als hätte Klaus sich schon in einen Haufen fetter Würmer verwandelt.

Wally kroch zurück zu Carla. Jedes Mal, wenn sie den rechten Arm anhob, um sich vorwärtszuschieben, schoss ein brennender Schmerz durch ihren Rücken. Als würde ein spitzes Messer in der Schulter stecken. Ihre Schwester lag immer noch da, unverletzt und zusammengerollt wie ein Igel.

»Carla!« Wally rüttelte sie unsanft. »Komm endlich zu dir! Wir haben keine Zeit!«

Langsam löste Carla die Hände von den Beinen und richtete sich auf. Sie wischte mit der Handfläche über die tränenfeuchten Wangen und schniefte. »Entschuldige bitte, tut mir leid.«

»Reden wir später, jetzt müssen wir Hilfe holen und Klaus in ein Krankenhaus bringen lassen. Kannst du aufstehen?«

»Ja.« Carla beugte sich vor und versuchte sich aufzurichten, wurde aber wieder leichenblass und sank zurück. Oh nein, bloß nicht noch eine Ohnmacht!

»Reiß dich zus ...«, fing sie an, doch da sagte Carla schon etwas, erst nur flüsternd, dann lauter. Sie peitschte sich damit an, wurde Wally klar und versuchte die Worte zu verstehen, mit denen Carla sich antrieb. »Unterschrift!« und »Alma retten!«. Schließlich stand sie vor Wally und warf sich mit einem tiefen Atemzug in Positur wie eine kampfbereite, aber erbärmlich zitternde Amazone.

Zäh, dachte Wally, der gerade selbst schwummrig wurde. Was auch immer das in ihrer Schulter war, es brannte nun auch, wenn sie sich nicht bewegte, und es pochte verdächtig.

»Meine Tasche?«, fragte Carla und hob dann erst den Blick hin zu dem Loch, das sich unter Klaus aufgetan hatte, wurde wieder blass, wollte nicht dorthin sehen, schauderte und senkte den Kopf.

»Du bist auf sie drauf gefallen.« Wally zeigte neben Carlas Füße. Carla hob die Tasche auf und entspannte sich etwas.

»Und was ist mit dir?«, fragte ihre Schwester dann. »Ich erinnere mich an nichts, was ist passiert, bist du auch gestürzt?«

»Du hast mich mitgerissen. Es geht schon, aber schau mal ...«, Wally drehte ihr den Rücken zu. »Was ist da an meiner Schulter?«

Carla gab ein Geräusch von sich, das Wally nicht einschätzen konnte, war das ein Prusten oder Kichern? Wurde sie nun auch noch hysterisch oder hatte ihr Kopf doch was abgekriegt?

Tatsächlich kicherte Carla.

Wally drehte sich zu ihr um und unterdrückte ein schmerzhaftes Aufstöhnen. Carla schien unter Schock zu stehen, schon wieder liefen Tränen über ihr Gesicht und dazu lachte sie wie eine Verrückte.

»Was?«, blaffte Wally. »Reiß dich verdammt noch mal endlich zusammen!«

»Das … ist …«, sie wurde ernst, »… vielleicht wirklich ein Zeichen des Himmels!«

»Fühlt sich anders an, eher höllisch.«

»Du wirst es nicht glauben«, Carla biss sich auf die Lippen, »aber es steckt ein Kreuz mit einem Jesus dran in deiner Schulter. Du musst auf den Nagel gefallen sein, mit dem das Ding an der Wand befestigt war.«

»Wo sollte das denn her sein?«

»Keine Ahnung.« Carla hielt inne. »Obwohl, als Lulu mich neulich hergebracht hat, da hat sie mich nicht nur vor dem Viertel hier gewarnt, sondern auch erwähnt, dass hier mal eine dubiose katholische Sekte gehaust hat.«

»Veralberst du mich?«

Sie schüttelte den Kopf. »So was würde mir nie einfallen, es ist dermaßen absurd …«

»Fast so absurd wie eine Detektivin, die einfach umkippt.«

»Wir müssen Klaus in ein Krankenhaus bringen!« Carla ignorierte Wallys Anspielung. »Den Jesus kann nur ein Arzt abnehmen, womöglich könnten dabei Blutgefäße verletzt werden. Bleib du bei Klaus, versuch mit ihm zu reden, und bewege dich am besten gar nicht, ich suche ein Telefon und hole Hilfe.«

Wally konnte nur noch nicken, in ihrem Rücken fühlte es sich gerade an, als ob jemand eine Ladung Pfeile in ihrer Schulter gesprengt hätte. Jesus im Kreuz, na, hoffentlich blieb da keine hässliche Narbe. Wer wollte schließlich schon ein unveränderliches Kennzeichen an seinem Körper?

Kapitel 37

Eine Stunde später war es Carla mithilfe der Schulschwänzer gelungen, einen Arzt in der Nähe zu finden und Klaus vom Dach runterzuschaffen. Der Arzt hatte einen Krankentransportwagen für Klaus gerufen und Wally auch mitgenommen, weil das Ding in ihrer Schulter mit einem Skalpell und unter einem Mikroskop entfernt werden sollte. Wally war mittlerweile sehr blass und zu schwach, um zu protestieren.

Klaus war bis zur Abfahrt nicht wieder zu sich gekommen, was der Arzt jedoch eher auf seinen Drogenkonsum zurückführte als auf innere Blutungen.

Nachdem die Ambulanz abgefahren war, versuchte Carla die Jungs schnell loszuwerden, weil sie noch einmal in Klaus' Wohnung gehen wollte und keine Zeugen gebrauchen konnte. Sie bedankte sich bei jedem der Jungen mit einem Handschlag und einer Mark, dabei schlug sie vor, das Geld am besten gleich für ein Eis auszugeben.

»Nee!«, der Älteste verdrehte die Augen und sah Carla an, als wäre sie nicht ganz bei Trost. »Na, det wär ja dämlich.« Er wedelte vor ihrem Gesicht mit seinem kleinen Murmelnetz. »Wenn wir dit allet zusammentun, können wir uns die besten Klicker koofen und endlich gegen die Kösliner Blödmänner antreten.«

»Hört sich gut an!«, sagte Carla, die die Jungs unbedingt loswerden wollte.

»Und wisst ihr was, diesen Plan finde ich so clever, dass ich jedem von euch noch zwei Groschen für Eis gebe, aber nur, wenn ihr mir versprecht, ab morgen wirklich in die Schule zu gehen.«

Die fünf rotteten sich zu einem kleinen Kreis zusammen und tuschelten, dann kam der Älteste auf sie zu. »Abgemacht.« Er hielt die Hand auf.

»Ehrenwort?«, fragte Carla.

»Großes Indianerehrenwort!«, sagte er ernst und streckte seine Hand wie zum Schwören in die Luft und alle seine Kumpels nickten dazu.

Carla war froh, dass sie genug Kleingeld in ihrer Tasche hatte, Regel Nummer sieben: nicht nur genug Zigaretten, sondern auch immer genug Bares dabeihaben. Man wusste nie, wann Trinkgeld von Nutzen sein konnte.

Sie wartete, bis die Jungs um die nächste Ecke verschwunden waren, dann lief sie zurück in Klaus' Wohnung und verbot sich jeden Gedanken an das, was vorhin auf dem Dach passiert war.

Sie konzentrierte sich auf die Tatsachen: Ihre Strümpfe waren ruiniert, die Hände schmutzig, ihr Haar wirr und sie hatte ein paar blaue Flecken am Rücken, aber weiter war nichts passiert. Sie war unverletzt, hatte sich wieder im Griff und ihr peinlicher Zusammenbruch war vorüber. Dumm nur, dass Wally den miterlebt hatte, aber der schuldete sie nun wirklich keine Erklärung. Jetzt galt es nach vorne zu blicken und Alma aus der Haft rauszuholen. Ihre Klientinnen bezahlten schließlich für ihre Arbeit, nicht für Zustände.

Es war die Hoffnung auf einen Abschiedsbrief, die sie wieder nach oben trieb. Viele Selbstmörder hinterließen einen Brief, in dem sie sich erklärten. Vielleicht hatte Klaus doch so viel Anstand gehabt, die Kinder von Alexander darüber aufzuklären, was passiert war. Um zu verhindern, dass sie im

Glauben aufwuchsen, ihre Mutter hätte den Vater ermordet. Womöglich war er heute morgen aber auch nur einem Impuls gefolgt, einer Stimme, die sein drogenumnebeltes Hirn hartnäckig wispernd aufs Dach gelockt hatte, wo die Stimme ihm versprach, dass er sich dort wie im Flug mit Alexander wieder vereinen konnte.

Die Tür zu seiner Wohnung war nicht verschlossen, alles wirkte unberührt.

Penibel ordentlich.

Das sprach für einen geplanten Akt. Wenn er einer spontanen Regung gefolgt wäre, hätte er das Bett doch nicht abgezogen, Laken und Bezüge ordentlich wie bei der Armee zusammengefaltet. Neben dem Bett stand ein Koffer, sonst lag nichts mehr auf dem Boden. Vom Bett lief sie zu den beiden Tischen – nichts. Aber auf der altmodischen Kirschholzkommode unter dem Fenster lag etwas. Carlas Herz schlug schneller, als sie darauf zuging, denn im Näherkommen wurde ihre Vermutung bestätigt: Es war ein Kuvert. Der Umschlag war aus dickem cremefarbigem Papier, bedruckt mit den goldenen, ineinander verschlungenen Initialen *KvS*.

Adressiert war er handschriftlich mit *Zu Händen Frau Hannika*. Wer war denn das? Warum einen Brief an diese Frau? Eine Anwältin? War das sein Testament?

Das Kuvert war ordentlich zugeklebt. Sie betastete den Inhalt, er fühlte sich dick an, da waren definitiv mehrere Seiten drin. Erforderte ein Testament so viele Seiten? Nein, das musste einfach eine Erklärung sein. Aber wieso war das nicht an Alma gerichtet, sondern an Frau Hannika?

In Klaus' Wohnung gab es weder Herd noch Wasser, also keine Möglichkeit, den Umschlag über Wasserdampf zu öffnen. Sie musste ihn mitnehmen. Fürs Erste würde ihn hier sowieso niemand vermissen.

Sie beeilte sich, zurück in die Grolmanstraße zu kommen,

ignorierte den schmerzenden Rücken und brauchte nun sehr viel mehr Willenskraft, um die aufsteigenden Bilder vom Dach zurückzudrängen. Konzentrierte sich auf Alma, die sie angefleht hatte, ihr zu helfen. Die malende Mathilda tauchte auf, mischte sich mit den ungarischen Blumenstickereien auf dem Bett des Gärtners und dann unvermittelt das Kreuz auf Wallys Schulter. Tante Lulu würde darin natürlich ein Zeichen sehen, das Schicksal hatte Wally für ihre Lügen ans Kreuz genagelt. Nur gerecht für eine Betrügerin, die den Ruf ihres Bruders ruinieren und Carlas Leben zerstören wollte.

Carla glaubte nicht an Zeichen, aber sie erinnerte sich an die geheime Tasche in Wallys Trenchcoat. Dieser Mantel war nun auch ruiniert.

Im Büro angekommen, wusch Carla sich Hände und Gesicht und richtete ihre Frisur, ohne sich in die Augen zu schauen. Sie zog frische Strümpfe an und eine saubere Ersatzbluse, die sie im Büro deponiert hatte. Dann setzte sie Wasser auf, nahm das vielversprechend dicke Kuvert, stellte sich neben die Herdplatte und wartete, dass das Wasser anfing zu kochen. Sie starrte in den Kochtopf und sah, wie sich auf dem grauen Metallboden silberne Bläschen bildeten, hörte das leise Brodeln, konnte den Blick nicht von den Bläschen wenden, wie sie größer und heller wurden, aufstiegen, platzten und brodelten und plötzlich war alles wieder da …

Vor sich hin glucksend rannte sie allen anderen davon.

Geschafft!

Keuchend drückte sie den kleinen Fallschirm wie einen Schatz an ihre magere Brust, stopfte ihn unter die viel zu große Bluse, die ihre Mutter aus einer alten Samtgardine zu ihrem achten Geburtstag genäht hatte. Ihre kurzen Beine stürmten voran, beflügelt von ihrem Glück wurde sie schneller als je zuvor in ihrem Leben. Niemand würde ihr das wegnehmen!

Geschafft, geschafft, geschafft!

Sie fand einen Rhythmus, den sie durchhalten würde, von Tempelhof bis zurück nach Charlottenburg. Zwei Stunden hin und zwei Stunden zurück. Aber es hatte sich gelohnt. Morgen würde ihre Mutter einen glücklichen Geburtstag feiern. Weil Carla ihr etwas zu bieten hatte. Etwas Wertvolleres als eines ihrer Bilder, ein richtiges, ein sinnvolles Geschenk. Natürlich würde sie es in eines ihrer Blumenbilder wickeln, das schönste mit den Glockenblumen würde sie opfern, nur um sie noch mehr zu überraschen.

Mutter würde staunen. Dann würde sie zum ersten Mal sagen: »Carla, das hast du gut gemacht!« Sie würde ihr einen leichten Kuss auf den ganz besonders ordentlich gekämmten Scheitel geben. Na ja, womöglich nicht gleich einen Kuss, aber ihr Gesicht würde lächeln! Wenn Carla auch sonst in jeder Hinsicht eine Enttäuschung war, diesmal wäre Mutter angetan.

Schon zweimal war Carla heimlich zum Flughafen Tempelhof gelaufen, weil sie von den Rosinenbombern gehört hatte, es aber einfach nicht glauben konnte. Es klang zu märchenhaft. Doch es hatte gestimmt, einige der Piloten warfen aus ihren Flugzeugen kurz vor der Landung kleine Fallschirme mit Süßigkeiten ab. Extra für die Kinder! Der Pilot, der damit angefangen hatte, wackelte kurz vor der Landung mit den Tragflächen, dann warf er die süßen Fallschirme ab und man musste rennen. Musste überlegen, wohin der Wind sie treiben würde.

Carla hatte das genau beobachtet, denn sie wollte, sie musste es heute endlich schaffen, so eine Rosinenbombe zu fangen. Statt Brennesselsuppe würde es an Mutters großem Tag morgen zum Muckefuck auch Schokolade geben.

Natürlich war Carla nicht allein, und nachdem sie einen Fallschirm ergattert hatte, jagte ein Rudel anderer Kinder hinter ihr her, wollte, dass sie mit ihnen teilte, aber sie brauchte alles, durfte sich nichts wegnehmen lassen, musste ihnen entkommen.

Ihre Zöpfe peitschten die Schultern, die Füße brannten in den viel zu großen Sandalen, scheuerten Blasen an ihre Fersen, aber das war ein guter Schmerz, der sie wachsam hielt.

Schweiß tropfte aus allen Poren, ruinierte ihre kratzige Bluse, ihr Herz hämmerte, aber sie lachte den ganzen Weg über, weil sie daran dachte, wie Mutters Gesicht zufrieden aussehen würde. Sie umschiffte vorsichtig zwei gefährliche Ecken, an denen große Jungs das Sagen hatten und verschnaufte erst einen Moment, als sie in der Pestalozzistraße angekommen war.

Ein Fehler.

Zu spät bemerkte sie vorne an der Ecke zur Grolmanstraße die Gripstoten. Blonde Hünen mit Händen wie Klobrillen und nicht mehr ganz richtig im Kopf, seit die Zwillinge als Zweijährige am Tag vor Kriegsende in ihrem Keller mit der ganzen Familie verschüttet worden waren. Erst nach einem Tag und einer Nacht hatte man die beiden als Einzige lebend aus den Trümmern geborgen. Die Müllerzwillinge nahmen Wegzoll von jedem, der kleiner war als sie selbst, also eigentlich von jedem, sogar von Erwachsenen, und schlugen so erbarmungslos zu, als wären ihre Gefühle in dem Keller mitbegraben worden.

Panisch flüchtete Carla in den nächsten Keller in der Pestalozzistraße. Doch es war zu spät, sie saß in der Falle. In dem Keller war sie zwar sicher, denn die Gripstoten betraten niemals einen, aber die beiden warteten einfach draußen, neben einem Haufen Gerümpel, bis Durst oder Angst sie zum Herauskommen zwingen würde. Sie konnte nur hoffen, dass ein anderes, lohnenderes Opfer auftauchen würde.

Es dauerte eine Ewigkeit, bis sie hörte, wie Mutter draußen

nach ihr rief. Mit diesem langen wütenden Kaaaa, bei dem Carla anfing zu zittern. Es stand für k-ein Essen, k-ein Rausgehen, k-eine Gnade. Trotzdem lief sie die Kellerstufen hoch und spähte nach draußen. Mutter würde sie bestrafen, aber nur aus Liebe. Mutter war besser als die Gripstoten.

»Ich bin hier!«, rief sie und sah, wie Mutter sich in der Dämmerung vor den beiden Kerlen aufbaute, eine Laterne vor ihnen hin- und herschwenkte und ihnen androhte, die Polizei zu holen, was die jedoch kein bisschen kratzte.

Sie lachten mit einem hässlichen Keckern und schlugen ihrer Mutter brutal gegen die Brust. Die Laterne ging zu Boden, zerbrach und fiel zusammen mit ihrer Mutter in das Gerümpel neben dem Hauseingang. Carla rannte raus zu ihr, doch – plötzlich gab es ein dumpfes Geräusch und ihre Mutter war verschwunden, wie im Nichts. Sogar die Gripstoten standen völlig perplex da.

Carla kniff die Augen zusammen, aber es war, als wäre Mutter in einem Meer untergetaucht. Die auslaufende Laterne entzündete herumliegende Papierfetzchen, Flämmchen loderten hoch, die Gripstoten rannten davon. Carla stürmte dorthin, wo eben noch ihre Mutter gewesen war und entdeckte, dass sie eingebrochen war, unter dem Gerümpel verbarg sich ein Bombenkrater. »Mutti?«, rief sie nach unten.

»Das ist ganz allein deine Schuld!«, brüllte ihre Mutter, also anscheinend unverletzt. »Eine schmutzige Faulenzerin, die Strafe Gottes für meine Sünden, aber Herr im Himmel, habe ich nicht endlich genug bezahlt? Sieh zu, dass du mich hier rausholst!«

Das Feuer hatte Nachbarn alarmiert, einige rannten herbei, um es auszutreten, und halfen Mutter aus dem Bombenkrater.

Zu Hause zwang Mutter Carla sich genau zu betrachten, was ihr Ungehorsam angerichtet hatte: An Mutters linkem Bein waren hässliche Schürfwunden und in ihrem rechten Fuß steckte die Ecke von einer grünen Kachelofenfliese. Wegen der großen Hitze war Mutter bei ihrer Suche nur in Schlappen herumgelaufen.

»Für einen Arzt haben wir kein Geld, weil ich einen elenden Nichtsnutz zur Tochter habe. Treibt sich den ganzen Tag herum, anstatt mir zu helfen. Sieh nur her, was für eine Wunde in meinem Fleisch du bist!«

Die Fliesenecke operierte ihre Mutter mit einer Nagelschere heraus. Die Splitter sammelte sie in dem großen Muranoglasaschenbecher. Immer wieder zuckte sie zusammen, unterdrückte ein Stöhnen, während Schweißperlen in ihre Augen tropften und sie jede Minute blasser wurde. Schließlich kippte sie Jod auf die Fleischwunde, was den Anblick für Carla nur noch grausiger machte.

»Es tut mir so leid!«, flüsterte sie immer wieder, während sie sich fragte, wie sie je darauf gekommen war, dass eine Idee von ihr zu etwas Gutem führen würde. Regeln waren dazu da, dass man sie befolgte.

Nachdem Mutter fertig war, musste Carla sich vor sie stellen, um sich Ohrfeigen abzuholen.

»Respekt!«, herrschte Mutter sie an. Schlug links. »Zollen!« Schlag rechts. »Seinen Eltern gehorchen!« Schlag links. »Was bildest du dir ein, wer du bist!« Schlag rechts.

Dann packte sie Carla an den Haaren, zerrte sie im Sitzen noch näher an sich heran und schrie sie an: »Wo hast du dich den ganzen Tag über herumgetrieben?«

Carla erklärte es, zog dann den zerdrückten Fallschirm mit ihrer Beute aus der Bluse und reichte ihn ihr.

Hoffte.

Hoffte.

Hoffte.

Voller Verachtung warf Mutter den Fallschirm auf den Tisch. »All diese Schmerzen für so ein bisschen Kaugummi?«

Ihre Stimme vereiste Carlas Brust, ihr Puls erstarrte, sie bekam keine Luft. Sie hätte es wirklich besser wissen müssen.

Mit spitzen Fingern packte ihre Mutter das Päckchen aus: einen Hersheyriegel, grellgelber Kaugummi und ein dunkelbraunes Tütchen über und über bedruckt mit dem kleinen Buchstaben *M*. »Du warst ungehorsam, für das?«

»Es tut mir leid«, flüsterte sie und verachtete sich, weil ihr trotzdem das Wasser im Mund zusammenlief. »Es tut mir wirklich sehr leid.«

Und da hatten sie beide noch nicht gewusst, dass Mutters Fuß sich entzünden und eine Blutvergiftung das Bein so weit zerfressen würde, dass es oberhalb vom Knie abgenommen werden musste.

Aber natürlich hatte keine von ihnen all das jemals vergessen.

Kapitel 38

Telefonklingeln schleuderte Carla zurück in die Gegenwart. Das Wasser im Topf war fast verkocht, der Umschlag längst offen.

Sie schaltete den Herd aus, nahm den Umschlag und ging zum Telefon. Sie hatte den Hörer noch nicht am Ohr, da legte ihre Tante schon los.

Lulu war es gelungen, Grieser auf ein Feierabendbier einzuladen, wobei es beim Grieser ja nie bei einem Bier bliebe, sondern eher auf reichlich Wein, Weib und Gesang rauslaufen würde. Und es wäre außerordentlich nützlich, wenn Carla nicht wie eine trauernde Witwe zu dem Treffen käme, sondern sich ein bisschen rausputzen würde. Lulu konnte ihr diesmal leider nicht unter die Arme greifen, denn sie musste überraschend zu einem Vorsprechen. Trudi hatte da was Vielversprechendes eingefädelt.

Unter die Arme greifen? Grieser hatte Carlas Oberschenkel geknetet, die Arme von Lulu hatten ihn deutlich weniger interessiert.

Grieser wäre zwar skeptisch, jedoch bereit, sich die unglaublichen Enthüllungen anzuhören, die Lulu ihm versprochen hatte. Carla durfte ihn bloß nicht enttäuschen. Mit einem fröhlichen toi, toi, toi legte sie auf.

Nicht enttäuschen … Carla lächelte maliziös, damit kannte sie sich aus.

Sie nahm die Schultern zurück, wischte über ihre Augen und musterte den Umschlag. Sie gab sich einen Ruck und zog vorsichtig den Inhalt heraus: ein zusammengefalteter Bogen mit Wasserzeichen, in dem sich zweihundert Mark in Zwanzigern befanden. Auf den ersten Blick war klar, dass die handschriftliche Notiz auf der Vorderseite zu kurz war, um eine Erklärung zu beinhalten. Enttäuscht las sie, was er geschrieben hatte.

Berlin, den 28.8.1961

Sehr geehrte Frau Hannika,

anbei finden Sie die Miete für September plus eine kleine Gebühr für eventuelle Unannehmlichkeiten. Die Möbel in meiner Wohnung können Sie gern behalten oder verkaufen. Die Kommode und die beiden Stühle haben einigen Wert.

Mit finalem Gruß

Klaus von Stellmark

Das war alles?

Fassungslos drehte Carla das Papier hin und her. Nichts. Am liebsten hätte sie den Brief in Einzelteile zerfetzt, aber sie beherrschte sich. Was für ein Mann plante seinen Tod, dachte voller Edelmut an seine Mietschulden, nicht aber an die Menschen, denen er Leid zugefügt hatte? Sie warf den Brief auf ihren Schreibtisch und fing an, vor den Fenstern auf und ab zu gehen.

Was für eine vertrackte Situation! Der eigentliche Täter war tot und hatte selbst im Tod weitere Opfer hinterlassen. Zuallererst Mathilda, dann Alma. Mathilda und ihr Bruder brauchten die Mutter, die würde aber nur aus der Haft entlassen, wenn Klaus eine Aussage machte. Und offensichtlich wollte er nicht öffentlich zu dem stehen, was er ihnen erzählt hatte. Lieber brachte er sich um, als über seine Demütigung offen zu reden.

Carla ging zur Garderobe und holte die getippte Aussage

von Klaus aus ihrer Handtasche. Bis auf ein paar Knicke unversehrt.

Hier stand die Wahrheit, das konnten Wally und sie bezeugen. Alexanders Tod war ein Unglück. Unfälle passierten und niemand sollte dafür lebenslang bestraft werden.

Sie setzte sich wieder an ihren Schreibtisch und starrte auf Klaus' Notiz.

Grieser wartete auf neue Enthüllungen.

Welche mit Hand und Fuß.

Ihre rechte Hand nahm einen weichen Bleistift, ohne dass sie sich bewusst dafür entschieden hätte, die linke zog den Zeichenblock heraus, auf dem sie auch die Medaille und die Münzen von Wallys geheimer Trenchcoattasche abgemalt hatte.

Sie schlug eine neue Seite auf, dann musterte sie Klaus' Zeilen noch genauer. Unterschrift, Ort und Datum. Fuhr mit dem Finger die Buchstaben nach. Klar und schön geschwungen, große Oberschlaufen, ein makellos proportionales S.

Die Geschichte war ganz einfach. Er hatte das noch auf dem Dach unterschrieben, bevor er bewusstlos wurde. Für Mathilda. Falls er wieder zu sich käme, und das abstreiten würde, wem würde man mehr glauben, einem Süchtigen mit einem toten Vormund oder einer jungen Frau, einer Ex-Jurastudentin mit klarem Verstand? Selbst wenn er leugnen würde, wäre seine Aussage dann in der Welt. Wally konnte bezeugen, dass er genau das gesagt hatte, immerhin war sie dabei gewesen und hatte alles aufgeschrieben.

Falls Grieser das unter den Tisch fallen ließe und Stratmann weiter mauerte, konnte Carla die unterschriebene Aussage über Nepomuk an die Presse lancieren. Alma musste frei gelassen werden, das Elend der Kinder ein Ende haben.

Aber dazu musste sie eine Straftat begehen.

Ungehorsam sein.

Es war an der Zeit, etwas zu riskieren.

Was konnte schon passieren?

Niemand würde ein Bein verlieren.

Nein, wenn das aufflog, wäre es nur das Ende von Nachtigall & Co.

Carla setzte die Spitze auf das Papier und begann mit dem K.

Es fiel ihr erstaunlich leicht.

Kapitel 39

»Nelly, was machst du nur für Sachen!« Edgar humpelte herein und wedelte mit einem viel zu großen Strauß weißer und roter Nelken, nickte den vier anderen Damen, die ihn aus ihren Betten geradezu angafften, mit einem strahlenden Lächeln zu.

Wally fühlte sich schlagartig besser. Nicht nur, dass sie den linken Arm nicht bewegen durfte und stillhalten sollte, sie hatte sich auch den ganzen Vormittag unappetitliche Details über Blasen, Nieren- und Gallensteine anhören müssen. In keiner anderen Abteilung sonst war in der Westend-Klinik ein Bett frei gewesen.

»Du kommst wie gerufen. Danke für die Blumen, die nehmen wir gleich mit nach Hause. Hilf mir beim Anziehen, ich muss hier raus!«

»Wie mir scheint, haben wir beide gerade ne schwere Pechsträhne!« Edgar trat an Wallys Bett, küsste sie auf die Stirn, musterte den fest bandagierten Arm und die ruhiggestellte Schulter und schüttelte den Kopf.

»Du bleibst schön hier liegen! Ich suche mal eben ne Schwester wegen dem Gemüse, nicht weglaufen!« Er humpelte aus dem Zimmer mit einer galant angedeuteten Verbeugung zu den anderen Krankenbetten hin.

»Kiek ma einer an, ist det Ihrer?«, fragte die Niere.

»Nee, der ist doch viel zu klein!«, mischte sich die Galle ein.

»Also, den würd ick schon ...«, sagte die Blase und fing an zu lachen, hörte aber mit schmerzverzerrtem Gesicht sofort wieder auf.

Da kam Edgar schon wieder zurück mit einer Vase in der Hand, und einer grimmig aussehenden Schwester im Schlepptau.

»Sie dürfen noch nicht raus!«, rief sie schon, als sie noch weit von Wallys Bett entfernt waren. »Gleich kommt der nächste Tropf dran, oder wollense ne hübsche Blutvergiftung mit nach Hause nehmen?«

»Mit geht's gut. Ich möchte gehen! Der Doktor hat gesagt, das war Glück im Unglück und die Schulter wird schon wieder.«

»Der Herr hatte natürlich seine schützende Hand über Ihnen«, sagte die Schwester und der gesamte Krankensaal fing an zu kichern. Verblüfft sah Edgar sich um.

Die Schwester griff sich die Akte, die an Wallys Bett hing. »Immerhin haben Sie eine Seele für ihn gerettet!«

Schützende Hand? *Dann hätte er mich gar nicht erst in das elende Ding fallen lassen sollen*, dachte Wally schlecht gelaunt. Und vor allem nicht noch in dieses Lehrkrankenhaus bringen sollen. Denn man hatte sie nicht sofort operiert, nachdem sie mit Klaus angekommen war, sondern ewig warten lassen. Ihr wurden Schmerzmittel verabreicht, damit ihr kurioser Fall dann Stunden später den Studenten vorgeführt werden konnte, die dann Vorschläge zur Entfernung von diesem Kreuz hatten machen dürfen. Ja, man hatte sie vorher gefragt, aber es war klar, dass man ihr Einverständnis erwartete. Und sie hatte die Wahl gehabt, sich zu weigern und damit noch mehr aufzufallen, oder den Mund zu halten und alles über sich ergehen zu lassen.

Die Schwester kam näher, runzelte die Stirn, befühlte Wallys Stirn. »Das gefällt mir nicht, da müssen wir gleich mal

Fieber messen. Womöglich haben wir es ja auch mit einer Kryptokokkose zu tun«, sagte sie höchst befriedigt von der Aussicht Katastrophen zu überbringen. »Taubendreck!«

Wally stöhnte laut.

Edgar berührte die Schwester zart am Arm. »Würden Sie so kulant sein und mir vorher noch fünf Minuten mit Ihrer Patientin geben? Ich verschwinde danach dann sofort.«

Nicht mal er konnte der borstigen Schwester ein Lächeln entlocken, aber immerhin nickte sie. »Drei Minuten.«

»Vermutlich sterbe ich, wenn du auch nur ne halbe Minute überziehst«, Wally griff mit der unverletzten Hand nach den Zeitungen und musterte die Titel. »Was schicken die uns General Clay nach Berlin, warum denn das jetzt?«, fragte sie.

Edgar entzog ihr die Zeitung, was Wallys Mitpatientinnen noch neugieriger zu ihnen starren ließ.

»Edgar, ich wollte das gerade lesen.«

»Warte! Schau lieber das hier … wir sind raus!«, flüsterte er ihr zu, schlug die Seite drei auf und zeigte auf die Überschrift. *Bundesverdienstkreuz für Hochbrück wird posthum verliehen.*

Wally überflog den Artikel. Wie jetzt? Die Polizei war dank der Aussage von Hochbrücks Schwager zu dem Schluss gekommen, dass Hochbrück durch einen Unfall gestorben war?

Wann war das denn passiert? Soweit sie wusste, war Klaus immer noch unten in der Psychiatrie und dort waren Besucher nicht zugelassen, oder wurden für die Polizei Ausnahmen gemacht? Interessant, dem musste sie unbedingt auf den Grund gehen.

Sie las weiter. Alma von Hochbrück wurde mit einer Entschuldigung aus der Haft entlassen und würde zusammen mit den Kindern nächste Woche in Bonn für ihren Mann den Orden aus der Hand von Bundespräsident Lübke entgegennehmen. Typischer Bürokratenumweg, wo Lübke laut der BZ doch morgen sowieso hier in Berlin erwartet wurde.

Edgar wischte über seine Glatze. »Biste auch froh jetzt, oder?«

»Wir waren doch nie in Gefahr, haben nichts Schlimmes getan!«

»Und das hier ist ein Geschenk von Irina und Jutta.« Er reichte ihr eine Tüte. Wally griff hinein und berührte zarten Stoff, sie zog es raus. Ein hauchdünnes, rosafarbenes Babydoll-Oberteil mit Spitzen und das dazu passende Perlon-Pumphöschen.

Die Galle gegenüber gab ein begeistertes »Ohh« von sich, und die anderen kicherten.

Wally musste trotz ihrer schlechten Laune lachen. »Na, da brat mir doch einer nen Storch.« Sie drapierte den Chiffon über der festbandagierten Schulter. »Die Schwester hilft mir bestimmt gern beim Umziehen.« Sie wedelte ihren Bettnachbarinnen damit zu. »Oder nee«, Wally grinste, »dit macht vielleicht doch besser gleich der Herr Doktor!«

Jetzt lachten alle.

»Hat Irina selbst genäht, soll ich dir sagen. Und Grüße vom Boss. Er lässt dir ausrichten, dass für dich immer ein Platz im Eden frei ist. So wie das aussieht, dauert es ja wohl noch, bis du wieder Bier zapfen kannst. Dein schottischer Freund hat auch nach dir gefragt. Ich hab ihm noch nichts gesagt, wusste nicht, ob du wolltest, dass er hier auftaucht?«

»Gut gemacht. James liebt vor allem sein eigenes Wohlbefinden, sag ihm, ich wäre verreist. Sonst fühlt er sich noch schlecht, weil er nach Ausreden suchen muss fürs ›leider nicht kommen können‹. Außerdem bleibe ich keinen Tag länger hier. Ich werde mich auf eigene Verantwortung entlassen.« Sie hielt inne, musste sich wieder daran erinnern, dass sie ja keine eigene Wohnung mehr hatte und es auch keine Frieda gab, die sie mit ihrem stoischen Gleichmut wieder aufrichten würde. Sie musste bei Nachtigall & Co. unterkriechen. Wie Ida wohl auf ihre Verletzung reagieren würde – mitfühlend oder abweisend? Eigentlich war Wally ziemlich sicher, dass man ihr nun den Umzug in das Gästezimmer gestatten würde. Immerhin hatte sie Klaus *und* Carla gerettet. Womöglich war Carla das gar nicht klar. Die war auf dem Dach nicht mehr sie selbst gewesen.

»Bleib lieber so lange hier, wie es nötig ist. Adele hat sich mal die Schulter verletzt, als sie aus der Anstalt weglaufen wollte und an einem Zaun hängen geblieben ist.« Edgar schauderte bei dem Gedanken daran. »Und seitdem hat sie bei jedem Wetterwechsel schlimme Schmerzen.«

»Das tut mir leid. Danke dir für alles, aber du solltest jetzt gehen, sonst kriege ich noch echten Ärger mit dieser Schwester.« Sie hob die Hand mit dem Babydoll und zeigte mit einem Wedeln hinter Edgar, wo wirklich schon die Schwester mit einem Thermometer in der Hand stand und missbilligend den Kopf schüttelte.

Er drehte sich um, nickte zur Schwester, drehte sich zurück zu Wally, beugte sich zwinkernd über sie und flüsterte ihr ins Ohr. »Is jut, melde dich, wenn du wat brauchst.«

Eine halbe Stunde später war klar, dass sie tatsächlich Fieber hatte und sich deshalb auf keinen Fall selbst entlassen durfte, weil sie womöglich was Ansteckendes hatte, was Wally für völligen Blödsinn hielt. Aber sie konnte es nicht riskieren, sich noch unbeliebter zu machen und durfte dann wenigstens telefonieren. Dazu wurde sie sogar vom Tropf befreit, damit sie zum Münztelefon neben der Cafeteria in den Eingangsbereich fahren konnte.

Sie rief Carla an, die versprach sie morgen zu besuchen, heute würde sie es nicht mehr schaffen, weil sie gleich mit Bruno Alma aus dem Gefängnis holen würde. Vielleicht würden sie auch noch die Kinder vom Waisenhaus abholen und alle in die Villa bringen. Und abends wäre ja dann das Treffen von Ingrid und Bobbs.

»Schade, dass ich da nicht dabei sein kann. Ich habe in der Zeitung gelesen, dass Klaus nun doch ausgesagt hat.«

»Ja«, sagte Carla knapp. »Ist noch was?«

»Diese 180-Grad-Wendung bei Klaus wundert mich.«

»Wunder trifft es gut.«

»Du weißt schon, dass man eine gefälschte Unterschrift nachweisen kann.«

»Und?«

»Das ist strafbar.«

»Was du nicht sagst. Strafbare Handlungen sind ja eher dein Metier!«

»Was ist da oben auf dem Dach mit dir passiert?«

»Ich besuche dich morgen.«

»Du sollst mich nicht besuchen, sondern hier rausholen. Ich kann doch bei euch wohnen bleiben, oder?«

»Alles andere würde Mutter für sehr« – Carla gab einen merkwürdigen Laut von sich – »unchristlich halten.«

»Wie witzig. Ich bin schließlich nur hier gelandet, weil ich dich da oben gerettet habe.«

»Wir sehen uns morgen!« Carla legte auf, ohne Danke zu sagen.

Das passte überhaupt nicht zu ihr, was war denn nur in sie gefahren? An Wunder glaubte Wally auf gar keinen Fall, an Recherchen schon.

Zehn Minuten später und zehn Mark ärmer saß sie am Bett von Klaus. Potenzielle Selbstmörder kamen offensichtlich eher in den Genuss von Einzelzimmern. Sein linkes Bein war vom Knie bis zum Fußgelenk eingegipst. Offensichtlich hatte er sich das Schienbein gebrochen.

»Nelly?«, verblüfft starrte er auf ihre verletzte Schulter, dann verfinsterte sich sein blasses Gesicht und er zeigte zu der Berliner Zeitung auf seinem Nachttisch. »Ich werde euch verklagen, dich und deine Freundin!«

»Weil wir dich daran gehindert haben, vom Dach in den Hinterhof zu springen, wo deine Leichenteile sich ganz prächtig zwischen den Wäscheleinen und den Murmeln der Kinder verteilt hätten?«

»Verachte mich ruhig. Wenn ich mit euch fertig bin, werden wir sehen, wer zuletzt lacht!«

»Ich weiß nicht, wovon du redest.«

»Ach nein? Im Vertrauen hatte ich euch von dem Abend erzählt, ganz sicher habe ich nie eine Aussage unterschrieben.«

»Du warst doch gar nicht ganz bei dir, kannst du dich denn an alle Details erinnern?«

»Ich werde einen Grafologen beauftragen.«

»Für jemanden, der eben noch sterben wollte, bist du erstaunlich kampflustig.«

»Vielleicht habt ihr noch mehr Dokumente in meinem Namen gefälscht!«

»Immerhin ist es die Wahrheit«, sagte sie. Carla hatte also gelogen.

»Die Wahrheit, die zwischen den Zeilen in diesem Artikel rausblitzt, ist, dass mich alle für Alexanders Mörder halten.« Klaus starrte auf einen Punkt hinter Wallys Kopf.

»Wolltest du sterben, weil du dich insgeheim selbst für seinen Mörder hältst?«

Er wendete sich ihr zu und sah ihr direkt in die Augen. »Ich war verwirrt, jetzt bin ich wieder ganz klar und ich werde das so nicht auf mir sitzen lassen.«

»Wahr ist, dass deine Seele im Krieg und durch die Drogen blind und taub geworden ist. Diesen Alexander, den du so verehrst, hat es überhaupt nie gegeben.«

»Und du kennst ihn woher?«

»So wie er dich ausgelacht hat, hat er über alle gelacht und jeden benutzt. Er hat Alma und dich betrogen und er hat ...« Wally biss sich auf die Zunge, sie musste Mathildas Geheimnis schützen, »… jeden missbraucht, der von ihm abhängig war. Er wird niemandem fehlen.«

»Mir schon.«

Wally strich über Klaus' Arm. »Du wirst nur gesund, wenn du dir vergibst, dass du dieses schillernde Monster geliebt hast, sonst ist das Einzige, was in deinem Leben dann noch schillert, das Eis in deinem Herzen.«

Kapitel 40

Manchmal musste entscheiden, ob du Gentleman oder Freund sein möchtest«, sagte Bruno, als er wenig später aus dem Taxi stieg und Carla die Autotür aufhielt. »Entschuldige also, wenn ich dich heute als dein Freund frage, was passiert ist. Und ich rede nicht von dem Abenteuer auf dem Dach und dem Kratzer an deinem Arm. Du siehst trotz Lippenstift und deinem wirklich entzückenden Kleid aus wie ne Schwindsüchtige im Todeskampf.«

»Na, vielen Dank auch!«, sagte sie. »Frauensachen!«, fügte sie hinzu, um ihn zu bremsen. Das funktionierte bei Männern immer. In den letzten beiden Nächten hatte sie kein Auge zugetan, obwohl am Ende alles nach Plan gelaufen war. Grieser hatte nach dem reichlichen Essen eingewilligt, dafür zu sorgen, dass die Aussage von Klaus offiziell anerkannt wurde. Allerdings musste ihm Carla versprechen, dass Klaus nach seiner Genesung persönlich auf die Wache käme, um noch einige offene Fragen zu beantworten. Sie heuchelte großes Bedauern darüber, dass Klaus unglücklicherweise erst mal seinen Entzug durchstehen musste. Sie musste Grieser mehrfach daran erinnern, dass er als Ehrenmann ganz sicher die Gattin von einem Bundesverdienstkreuzträger nicht einen Tag länger als nötig in Haft behalten würde. Schließlich war sie die Mutter seiner Kinder und deren Wohl lag ihm doch sicher am Herzen. Zumal ja nun feststand, dass die beiden durch einen Unfall zu Halbwaisen geworden waren.

All diese Lügen waren ihr wegen Mathilda erstaunlich leicht von den Lippen gekommen. Doch in der Nacht hatten sie sich gerächt. Sie sah sich wegen Paragraph § 267 Urkundenfälschung jahrelang in der stinkenden Haftanstalt, in dem Raum mit den flackernden Neonröhren, wo Stratmann und sie mit Alma geredet hatten. Wer würde sich dann um Mutter kümmern? Selbst wenn sie mit nur einer kurzen Freiheitsstrafe davonkäme – was nicht zu erwarten war, denn immerhin ging es um eine wichtige Aussage in einem Mordfall –, würde man ihr die Lizenz für die Agentur Nachtigall abnehmen. Detektive brauchten ein einwandfreies Leumundszeugnis. Und sie hatten keinerlei finanzielle Reserven.

Während sie schlaflos durch die Wohnung stromerte, immer darauf bedacht nur ja nicht Mutter zu wecken, wurde ihr klar, dass es nur zwei sichere Lösungen für ihr Problem gab. Nummer eins: Klaus blieb für immer süchtig und Nummer zwei: es gelang ihm doch noch, sich das Leben zu nehmen. Als ihr klar wurde, was da in ihr vorging, wurde ihr schwindelig. Sie taumelte noch zum Büffetschrank im Wohnzimmer und goss sich einen ordentlichen Schluck Berliner Luft ein. Es musste eine andere Alternative geben! Vielleicht konnte sie es mit Wallys Hilfe schaffen, ihn davon zu überzeugen, dass er wirklich unterschrieben hatte, immerhin war seine Aussage wahr. Dazu müsste sie Wally einweihen und das wollte sie unter keinen Umständen. Wegen Alma und Mathilda. Nein, dieses Geheimnis musste sie für sich behalten, damit Wally sie nicht in der Hand hatte.

Tagsüber schaffte sie es, sich mit Arbeit von diesem Gedankenkarussell abzulenken, doch sie zuckte bei jeder weit entfernten Polizeisirene zusammen, in der Erwartung, sie käme gleich näher und Grieser würde sie dann unter den klatschsüchtigen Augen der Pallutzke in Handschellen abführen. Und diese Vision hatte sie im Viertelstundentakt, weil durch den Besuch des Bundespräsidenten ganz Berlin unter Hochspannung war und viel mehr Polizei unterwegs war als sonst.

»Frauensachen?«, hakte Bruno mit einer samtweichen Stimme so sanft nach, dass Carla am liebsten in Tränen ausgebrochen wäre und nur noch nicken konnte.

»Das tut mir leid. Sollen wir in einer Apotheke anhalten? Brauchst du auch etwas gegen Kopfschmerzen?«

»Nein, danke.« Es fühlte sich mies an, ihn anzulügen.

»Ich habe drei ältere Schwestern, da kenne ich mich mit allen Details rund um den weiblichen Zyklus aus.«

Röte schoss in ihre Wangen. Noch nie in ihrem Leben hatte sie mit irgendwem über »den weiblichen Zyklus« geredet, außer dieses eine Mal, als Mutter ihr die nötigen Utensilien gezeigt und hinzugefügt hatte, dass sie sich ab sofort besser von Männern fernhalten sollte.

»Hast du Krämpfe?«, fragte Bruno interessiert.

»Nein! Es ist alles in Ordnung! Ich habe nur nicht gut geschlafen.«

»Verstehe. Gib mir einfach Bescheid, wenn ich etwas Gutes für dich tun kann. Du darfst auch mal schwach sein.«

Carla schluckte und starrte aus dem Fenster. Er lag total falsch, was wusste er denn schon! Natürlich musste sie stark sein, schon seit ewig! Und nur deshalb konnten sie Alma jetzt aus dem Gefängnis holen.

Sie betrachtete ihn von der Seite, so ein Bär in dieser schwarzen Lederjacke und doch so sanft. Er bemerkte ihren Blick, nahm die Hand von der Kupplung, legte sie auf Carlas und streichelte behutsam über ihre Spitzenhandschuhe.

»Ich weiß, du bist eine starke Frau, aber niemand muss immer auf dem Kriegspfad sein.«

Als sie nicht reagierte, umschloss er mit seiner Hand wieder die Kupplung, die dadurch plötzlich wie ein Kinderspielzeug wirkte. So sicher und geborgen.

Carla unterdrückte den Impuls, ihre Hand auf seine zu legen, sich an ihm festzuhalten und sah nach draußen, wo gerade schon wieder eine Polizeistreife neben ihnen herfuhr.

Bruno, der offensichtlich gemerkt hatte, dass Carla nicht über sich reden wollten, fing an zu erzählen, dass er nachher seine erste Präparationsstunde in der Anatomie haben würde. Und wie sehr ihm der Gedanke daran zu schaffen machte. Was, wenn ihm schlecht wurde? Er wusste von einem Kommilitonen, der sogar umgekippt war!

Erleichtert über diesen Themenwechsel verriet sie ihm, dass sie in der Anatomie am schlimmsten diesen durchdringend süßlichen Geruch von Formalin fände. Ihr hätte Pinimenthol unter der Nase immer gut geholfen. Er war so verblüfft, dass er bremste, anhielt und wissen wollte, was in aller Welt sie denn mit Leichen zu tun hatte?

»Vater hat einen Freund, der ist Anwalt und der kennt einen Gerichtsmediziner und der hat mir erlaubt, bei ihm zu hospitieren.«

»Aber warum denn das?« Er musterte sie so begeistert, als hätte er an einem sowieso schon guten Tag gerade entdeckt, dass er auch noch im Lotto gewonnen hatte.

»Weil ich verstehen will«, sagte sie.

»Was verstehen?«

»Zusammenhänge …«

»Inwiefern?«

»Verletzungen, jeder blaue Fleck, egal ob durch einen Unfall oder durch kriminelle Taten, erzählen Geschichten und je mehr von diesen Geschichten ich kenne und erkenne, desto besser kann ich Fälle aufklären. Ich hatte ja angefangen, Jura zu studieren, habe aber gemerkt, dass mich Rechtsmedizin viel mehr fasziniert.«

»Du könntest doch immer noch anfangen zu studieren, du bist noch jung!«

»Mutter ist schwerbehindert und muss versorgt werden, mein Vater hat leider nicht ausreichend für sie vorgesorgt.« Womöglich, dämmerte Carla erst jetzt, lag das nicht nur an seiner Rosinenbomber-Mentalität, sondern daran, dass er zwei Familien hatte versorgen müssen.

»Wir sind schon da, schade, darüber müssen wir uns noch mal unterhalten! Ich warte draußen auf euch. Ins Gefängnis geh ich nich mit rinn, dit macht mir schlechte Laune.«

Im Gebäude konnte Carla Alma nirgends entdecken. Sie suchte nach einer Information und fand nur einen humpelnden, aber hochmotivierten Hausmeister, der ihr erklärte, dass es bei Entlassungen immer mal zu Verzögerungen kommen konnte.

Schlecht, dachte Carla: Bruno musste in die Anatomie und sie hatte anschließend eine Verabredung mit Ingrid und Jack. Dann musste Alma die Kinder später doch allein holen.

Der Hausmeister zeigte auf die Holzbank am Eingang und versprach, sich schlauzumachen.

Carla saß wie auf Kohlen. Warum dauerte das denn so lange? War ihr Grieser womöglich doch auf die Schliche gekommen und Alma musste es nun büßen? Um sich abzulenken, zog sie ihr Notizbuch heraus und fing an, vor sich hin zu kritzeln und schon nach wenigen Minuten hatte ihr Bild sie gefangen genommen. Sie malte ein Zimmer mit Legosteinen und herumliegenden Zinnsoldaten. Gregors Zimmer.

»Fix und Foxi, na kiek einer an!«, sagte der gut gelaunte Hausmeister und tippte auf ihre Schulter. Sie war so vertieft, dass sie ihn einen Moment lang verständnislos ansah, dann schlug sie den Block zu und steckte ihn in ihre Handtasche.

»Der Anwalt der Frau war nicht aufgetaucht, gab ’n paar

Telefonate, aber jetzt darf se auch so raus«, sagte er und deutete mit dem Kopf leicht hinter sich, wo Türenknallen und Schlüsselbundklirren zu hören waren.

Dann schlurfte Alma begleitet von einer Wachbeamtin auf sie zu. In den schmutzigen Kleidern, mit dem hängenden Kopf voll wirrem Haar und mit der schicken Uli-Richter-Tüte in der Hand sah sie aus wie eine Bettlerin, die man gerade beim Stehlen erwischt hatte.

Als sie Carla entdeckte, hob sie den Kopf, nahm die Schultern zurück und eilte ihr entgegen. Direkt vor ihr blieb sie abrupt stehen und musterte sie misstrauisch.

»Was hast du getan? Man hat mir nur gesagt, dass ich gehen darf und die Anklage fallengelassen wird. Stratmann ist gar nicht mehr aufgetaucht ... Hast du«, sie senkte ihre Stimme zu einem Flüstern ab »... Mathilda verraten?«

»Natürlich nicht!« *Nur meine Integrität*, dachte Carla, aber das fühlte sich gerade nicht mehr so fatal an. »Deine Tochter ist doch vollkommen unschuldig!«

Alma seufzte erleichtert, ihre veilchenblauen Augen füllten sich mit Tränen, sie trat einen Schritt auf Carla zu und umarmte sie fest. Carla spürte, dass Alma am ganzen Körper zitterte, und das versöhnte sie mit allem, was sie und Wally in diesem Fall getan hatten.

»Alles wird wieder gut!«, sagte Carla und hoffte, dass Alma das wirklich hinkriegen würde.

»Danke!« Alma drückte sie noch fester. »Ich weiß, ich dufte nicht gerade wie eine Sommerwiese, aber ich muss das einfach tun. Wie kann ich dir nur jemals danken?«

»Indem du zügig meine Rechnung bezahlst!«, sagte Carla mit einem Lächeln. Als Witwe verfügte Alma ja wieder über ihr Geld.

Alma ließ sie los und trat zurück. »Das werde ich. Und jetzt verrate mir, wie hast du es geschafft, mich hier rauszukriegen?«

»Dein Bruder Klaus hat in einem wachen Moment eine Aussage gemacht und der Polizei erzählt, wie Alexander nach einem Streit mit ihm reichlich betrunken seine schicke Architektentreppe im Haus runtergefallen ist.«

»Und dem glauben sie?« Alma zog ihre Augenbrauen hoch. »Natürlich, weil er ein Mann ist!«

»Vielleicht eher, weil er kein so starkes Motiv hat wie du. Er erbt ja nichts!« Das war gelogen, denn Alexander hatte ihn nach Strich und Faden betrogen, da wäre Rache durchaus ein Motiv.

»Alle sind davon überzeugt, dass er die Wahrheit sagt und einiges deckt sich mit den Aussagen von anderen Zeugen. Ganz offensichtlich war dein Mann schon tot, als Mathilda nach Hause kam. Sie hat also wirklich nicht das Geringste damit zu tun.«

Alma richtete sich auf. »Oh mein Gott, ich hätte ihr glauben müssen!«

»Du wolltest sie nur beschützen.«

»Aber damit habe ich alles offensichtlich viel schlimmer gemacht!« Alma wollte, dass sie ihr widersprach, aber dazu fühlte Carla sich nicht in der Lage.

»Jetzt bist du ja draußen und kannst nach Hause zu deinen Kindern. Eigentlich wollte ich mit dir zusammen die Kinder abholen und euch dann nach Dahlem bringen, aber das schaffen wir nicht mehr. Aber nach Hause bringen wir dich.«

»Mir gefällt das viel besser so. Die Kinder sollten mich in diesem Aufzug wirklich nicht sehen. Ich möchte ihnen frisch gewaschen und perfekt angezogen begegnen, nur so können sie spüren, dass ihre Welt nun wieder in Ordnung ist!«

Carla bezweifelte, dass man die Welt allein durch frische Kleider in Ordnung bringen konnte, aber es war bestimmt kein schlechter Anfang.

Kapitel 41

Auf den Glockenschlag genau um 17 Uhr klingelte Jack. Carla ließ den großen breitschultrigen Mann eintreten. Die eindrucksvolle Ausgehuniform saß wie eine zweite Haut an seinem muskulösen Körper. Mit einem knappen Nicken legte er die Hand an seine hohe Stirn und salutierte salopp.

Ihr Büro wirkte plötzlich zu klein und wie aufgeladen von männlicher Energie und pulsierend guter Laune. Carla unterdrückte den Impuls, sich an den Kopf zu greifen, alle Klammern aus dem Knoten herauszuziehen und ihrem Haar mit einem lockeren Schütteln die Freiheit zurückzugeben.

Er sah sich um und wirkte überrascht, dass niemand sonst anwesend war. »So where is your boss?«

Seine Stimme, ein volltönender Bariton, vibrierte durch das Büro, erinnerte Carla an Dean Martin und das brachte sie dazu, ihm diese Frage zu verzeihen. Alles in ihr wollte ihn anlächeln. Sie verriet ihm, dass er dem Boss der Agentur Nachtigall bereits gegenüberstand.

Jack stutzte, dann weiteten sich seine aschgrauen Augen und wirkten plötzlich viel blauer. »So sorry!«, ein Schatten huschte über sein Gesicht. »This war produced so many widows.«

Was wollte er denn damit sagen? In den Augen ihrer Mutter war sie zwar ein spätes Mädchen, aber er musste doch sehen, dass sie keine Kriegswitwe sein konnte!

Sie bot ihm Kaffee und Zigaretten an, die er freundlich dankend ablehnte, weil er nicht rauchte, einen Kräutertee hingegen würde er sehr gern trinke, wenn es denn keine Umstände machte. Wie ein Gesundheitsapostel sah er nun wirklich nicht aus. Überrascht bat ihn Carla, Platz zu nehmen, lief in die Küche und hoffte, dass sie irgendwo noch einen Pfefferminztee finden würde.

Sie war dankbar, ihre Gedanken kurz sortieren zu können. Attraktiv hatte Ingrid ihn ja schon beschrieben, aber mit keiner Silbe hatte sie erwähnt, dass Jack eine so aufregende Mischung aus Johnny Weissmüller und Burt Lancaster war. Schwer vorstellbar, dass dieser Mann unverheiratet war und nicht an jedem Finger seiner Hand eine Freundin hatte.

Sie brachte ihm den Tee, den er mit einem deutschen »Danke« so huldvoll entgegennahm wie ein Weinliebhaber einen Chateaux Margaux von 1928. Er atmete den Dampf ein, nickte und wollte wissen, warum er hierher zitiert worden war. Ein Geheimauftrag? Hatte es etwas mit der Mauer zu tun? Sollten Bobber dort aufgestellt und als Sprengfallen präpariert werden?

Carla schauderte. Über so was redete man bei der Army? Sally würde nicht wollen, dass er sich hier verplapperte, sie warf den Plan über Bord, mit dem sie ihn langsam an das Thema heranführen und nach seinem persönlichen Hintergrund hatte aushorchen wollen.

Sie schob ihm das Foto hin, das Ingrid mit ihrer Marilyn-Monroe-Perücke bei der Preisverleihung zeigte und wartete voller Spannung. Würde er sie verständnislos ansehen, weil er seither schon wieder Dutzend andere Fräuleins mit seinem Charme betört hatte?

Während Carla noch darüber nachdachte, wie sie Ingrid das am besten erklären würde, brach schon ein Sturm los.

Ein Sturm der Begeisterung.

Jack küsste das Foto.
Allen Ernstes?
Dieser Mann küsste ein Foto?
Dann rief er: »Praise the Lord!« Er sprang auf, rannte um den Schreibtisch herum, riss Carla aus ihrem Stuhl hoch, drückte sie begeistert an sich und umhüllte sie mit einer Wolke von holzig frischem Aftershave und Appretur, bevor sie auch nur einen einzigen Ton hervorbringen konnte. Jack war nicht mehr zu bremsen, es sprudelte so schnell aus ihm heraus, dass Carla nicht ganz sicher war, ob sie alles richtig verstand: Diese wundervolle einzigartige Frau war die Frau, von der er immer geträumt hatte, die Frau, die Gott für ihn vorgesehen hatte. Ein Wunder! Genau so, wie er es Billy Graham so oft hatte sagen hören. »Wenn du deine Seele Gott anvertraust, bist du eingeladen, an all den schönen Wundern teilzuhaben, die er für dich bereithält!«
Billy Graham, den Namen hatte sie in jedem Fall richtig erkannt, denn sie wusste genau, von wem die Rede war. Billy Graham war quasi der Elvis Presley der evangelikalen Erweckungsprediger! Sie erinnerte sich gut an einen Streit, den ihre Eltern wegen ihm gehabt haben. Es war kurz nach ihrem fünfzehnten Geburtstag gewesen, als ihr Vater den Auftrag bekommen hatte, für Grahams Personenschutz zu sorgen. Graham trat im völlig ausverkauften Olympiastadion in Berlin auf und die Berliner Polizei wollte oder konnte nicht genug Personal für seine Sicherheit bereitstellen. Mutter fand diesen Auftrag geradezu peinlich, so als würde Vater einen Mafiaboss beschützen. Deshalb hatte er Carla erzählt, dass Idas Vater und Großvater um die Jahrhundertwende genau so angefangen hatten, mit privatem Wach- und Personenschutz. Aus derartigen Aufgaben hatte sich Anfang des Jahrhunderts das Gewerbe der Privatdetekteien in Berlin überhaupt erst entwickelt. Großvater Nachtigall hatte hauptsächlich mit Perso-

nenschutz für Filmstars in Babelsberg sein Geld verdient. Und immer wieder Anekdoten erzählt, seine liebsten drehten sich darum, wie er Josephine Baker durch das nächtliche Berlin begleitet hatte. *Die* Josephine Baker.

Jack war mittlerweile ganz still geworden. Geradezu andächtig betrachtete er Ingrids Foto.

Billy Graham also. Das war es, was Sally vor ihr verschwiegen hatte. Und das war die Erklärung dafür, warum Jack Ingrid auf dem sonst so ausgelassenen Volksfest nicht bedrängt hatte! Billy Graham war erzkonservativ, Sex vor oder außerhalb der Ehe war verpönt, die Familie heilig und Abtreibung eine tödliche Sünde. Wie würde Jack da auf Ingrids Arbeit reagieren? Und auf ihre Lügen? Sie sah zu Jack, der jetzt vor ihrem Schreibtisch hin und her marschierte und in seiner Aufregung nur noch hinreißender wirkte. Es kostete ihn Mühe, langsam und deutlich zu sprechen, aber es war ihm anzumerken, wie wichtig es ihm war, dass sie ihn verstand.

Nach dem Volksfest hatte er Niki aufsuchen wollen, aber nicht finden können. Denn es gab keine Niki Müller in der Ottostraße. Offensichtlich waren ihre Personaldaten beim Wettbewerb falsch aufgeschrieben worden. Und wo in Berlin hätte er anfangen sollen zu suchen? Erst hatte er es als Zeichen von Gott interpretiert, geglaubt, Gott würde nicht wollen, dass sie zusammenkommen. Aber dann war er in sich gegangen und ihm war klar geworden, wie falsch er gelegen hatte, denn all das war nur eine Prüfung Gottes. Es war seine heilige Pflicht, standhaft zu bleiben und zu warten. Voller Inbrunst hatte er Gott jeden Tag angefleht, ihm den Weg zu dieser Frau zu zeigen und nun waren seine Gebete erhört worden!

Ja, dachte Carla, weil Ingrid nicht nur gebetet, sondern Himmel und Hölle in Bewegung gesetzt und einiges an Geld ausgegeben hatte!

Es klingelte an der Tür.

Ingrid war viel zu früh!

Carla entschuldigte sich, bat ihn einen Moment um Geduld und schnappte ihren Schlüssel, um Ingrid draußen im Flur auf das vorzubereiten, was sie in ihrem Büro erwarten würde.

»Ist er da?«, flüsterte Ingrid, die unter ihrem perfekten Make-up ungewohnt blass wirkte. Das schulterfreie gepunktete weißblaue Kleid mit der engen Corsage und einem weit schwingenden Petticoat betonte ihre schlanke Figur, wirkte gleichzeitig verführerisch und edel. Lediglich ein Kreuz im Ausschnitt hätte sie für Jack noch perfekter machen können.

»Ja, er ist da.« Carla nickte ihr beruhigend zu. »Sie sehen wunderbar aus!«

»Haben Sie ihm schon alles erzählt?«

»Noch nicht.«

»Ich habe Angst«, flüsterte Ingrid und griff nervös nach Carlas Hand, wie nach einer Rettungsleine. »Was denken Sie, wird er mir vergeben, dass ich ihn so belogen habe?«

»In jedem Fall ist er sehr christlich ...«, sagte Carla. Ingrids Hand war kalt und feucht. »Wir sollten reingehen, er freut sich sehr auf Sie. Reden Sie einfach frei von der Leber weg.«

Sie nickte Ingrid zu und zog sie mit sich in ihr Büro.

Jacks Blick fiel auf Ingrid, die stocksteif dastand und aussah, als würde sie gleich umkippen. Carla hielt die Luft an.

»Jack!«, flüsterte Ingrid und setzte an: »I am so sorry ...«

Einen Moment lang wirkte er irritiert, musterte sie ungläubig, dann rannte er zu ihr hin, drückte sie an sich und wirbelte sie herum. Dankte Gott für sein Schicksal. Es sprudelte nur so aus ihm heraus. Ja, etwas an ihr wäre anders, aber es sei wirklich sie, seine Niki! Halleluja! Die Frau, die Gott für ihn bestimmt hatte.

Nach ihrer ersten Verblüffung entspannte sich Ingrid und fing an zu lächeln.

Es wurde sehr deutlich, dass ihm ihre Haarfarbe egal war,

die falsche Adresse hielt er für ein Versehen, ihr Wiedersehen hingegen für ein Zeichen Gottes.

Dass ihr Name anders war und sie lieber Niki genannt werden wollte als Ingrid, verstand er sofort. Er war auch viel lieber Bobbs als Jack. Dass sie keine Stewardess war, empfand er als große Erleichterung, schließlich war das ein gefährlicher und doch eher unsittlicher Beruf. Dieses Missverständnis schob er auf die Sprachbarriere zwischen ihnen.

Ingrid setzte an, ihm zu erzählen, womit sie wirklich ihr Geld verdiente. Sie räusperte sich und erklärte, dass sie Pharmavertreterin war. Doch noch bevor sie zu Ende reden konnte, unterbrach er sie und sah auch darin nur wieder ein Zeichen für die unendliche Güte Gottes. Er gratulierte ihr zu einer Arbeit, die dafür sorgte, dass Menschen keine unnötigen Schmerzen erleiden müssen. Aspirin und so was.

Carla fragte sich, ob es an ihr war, hier etwas klarzustellen, aber Ingrids flehende Blicke ließen sie stumm bleiben. Schließlich bezahlte Ingrid ihre Rechnung, nicht Jack.

Jack bemerkte nichts davon, weil er gerade wieder Gott dankte, denn seine Niki würde sich später als Mutter so gut mit Medizin auskennen, dass seine Kinder immer gut versorgt wären. Seine Frau würde nie arbeiten müssen und natürlich würde er dann auch die Armee verlassen und in seiner geliebten Gemeinde in Atlanta eine Bobber-Werkstatt aufmachen. Und er war entzückt zu hören, wie viel besser ihr Englisch schon geworden war.

Ingrid strahlte mittlerweile genauso wie Jack.

Aber eine Frage hatte er noch, sagte er. Eine wichtige Frage, die er ihr damals schon hätte stellen sollen. Ingrid wechselte einen nervösen Blick mit Carla.

Jack nahm Ingrids Hand und sah ihr ins Gesicht.

»Glaubst du an das Wort der Bibel?«

Als Ingrid verblüfft zögerte, fuhr er eindringlich fort.

»Glaubst du daran, dass wir Menschen zur Sünde verdammt sind?«

Gerade wollte Ingrid antworten, da redete er schon weiter und wurde immer drängender.

»Glaubst du, dass unsere einzige Chance auf Erlösung der Glaube an unseren wiederauferstandenen Erlöser ist? Glaubst du an den Himmel mit Straßen aus Gold und Perlen und Bäumen, die jeden Monat eine andere Frucht tragen? Und an die Flammen der Hölle, in der noch viel Schrecklicheres geschieht, als wir es uns je vorstellen könnten?«

Carla hielt unwillkürlich die Luft an. Wie würde die Ingrid, die sie bisher kennengelernt hatte, denn darauf reagieren?

»Ja«, sagte Ingrid mit einem strahlenden Lächeln. »Ja, genau das glaube ich.«

»Halleluja!«, Jack gab ein glucksendes Geräusch von sich und küsste ihre Hand.

»Ich denke, wir gehen jetzt zusammen auf einen Drink!« Ingrid nickte Carla zu, konnte ihr aber nicht in die Augen sehen. »Danke, Fräulein Koslowsky, für alles. Schicken Sie mir Ihre Endabrechnung.«

Jack schlug die Fersen aneinander, verbeugte sich zu Carla hin und reichte Ingrid seinen Arm. Zusammen liefen sie die Treppen nach unten.

Was für ein schönes Paar.

Carla schloss die Tür hinter ihnen und seufzte. Konnte eine Ehe gelingen, wenn man dazu sein bisheriges Leben verleugnen und vollkommen hinter sich lassen musste? Oder würde sich dieser Traum sehr schnell in Luft auflösen, weil er nur auf einer hormonell bedingten Fata Morgana beruhte?

»Nobody's perfect!«, hatte Billy Wilder zu ihr gesagt und damit auf den Schlusssatz in seiner Komödie ›Manche mögen's heiß‹ angespielt. Ingrid machte sich für Jack perfekt, würde ihr ganzes Leben für ihn aufgeben, sich ihm und seinen Regeln unterwerfen, dabei hatte sie doch so gern frei sein wollen! Nun würde sie zwar von ihm Niki genannt werden, aber ganz sicher nicht das Leben einer Aktionskünstlerin führen.

Überrascht merkte Carla, dass sie tatsächlich gern wüsste, was Wally zu Jack und Ingrid sagen würde.

Kapitel 42

Eine Stunde später hatte sie Sally erzählt, wie das Treffen der beiden verlaufen war und die Abrechnung zu Ingrids Fall fertig gemacht. Sie griff zum Telefon, um sich bei Lulu zu bedanken. Ohne Lulus Hilfe hätte das mit Grieser nicht so schnell geklappt. Aber es ging niemand ans Telefon. Womöglich hatte sie wirklich eine Filmrolle bekommen? Gerade als sie den Hörer zurück auf die Gabel legte, klopfte es an der Tür.

Das klang nach Katrin.

Sie öffnete ihr und begrüßte sie. Keine Antwort.

Katrin schlurfte schweigend und mit hängendem Kopf zu ihrem Schreibtisch, wo sie sich in den Rattanstuhl lümmelte und einen ihrer Zöpfe in den Mund schob. Batseba, dachte Carla, war wirklich ein unpassender Name für dieses Mädchen!

»Möchtest du was trinken, oder Kekse?«, fragte sie beunruhigt, so schwunglos hatte sie Katrin noch nie erlebt. »Was hast du denn?«

»Nichts!«

»Was verschafft mir dann die Ehre deines Besuches?«

Schweigen.

»Nun komm schon!«

»Du warst nich mit uns Eis essen!«, platzte es endlich aus ihr heraus. »Du hast nüscht dafür gesorgt, dit die Abscheulichen mit dem Bobber ne Runde mitfahren dürfen! Die ham mich verkloppt und die Blonde ist jetzt auch noch deine neue Freundin! Du bist sooo blöd geworden!« Katrin hob langsam den Kopf, ließ die Schultern aber hängen, als laste das ganze Elend der Welt auf ihr.

Carla sprang auf, lief um den Schreibtisch, ging vor Katrin in die Hocke und nahm eine Hand. »Du hast recht, ich war sehr dumm. Ich hätte meine Versprechen halten müssen! Das ändern wir gleich!« Sie erhob sich und rief bei Bruno an. Glücklicherweise war er schon zurück aus der Anatomie und versprach, morgen nach seiner Vorlesung gegen Abend mit den Jungs eine Runde zu fahren. Carla erinnerte ihn daran, dass sie morgen Vormittag Wally aus dem Krankenhaus abholen wollten. Als Bruno sie fragte, ob es ihr denn nun wieder besser ginge, verabschiedete sie sich schnell mit dem Hinweis, dass sie nicht allein war.

Katrin wirkte kein bisschen beeindruckt. »Ma sehn, ob der wirklich kommt, vielleicht schickt der ja auch nur ne Vertretung mit nem Holztretroller!«

»Es tut mir wirklich leid, dass ich euch versetzt habe, aber es war wichtig. Ich dachte, ihr fändet es besser mit Wally zu gehen als gar nicht.«

»Bin ick vielleicht wie die Abscheulichen?«

»Natürlich nicht. Aber Wally ist doch gar nicht soo übel, oder?«

»Hmm.«

»Es tut mir leid!«

Keine Reaktion.

»Wirklich!« Jetzt reichte es Carla langsam.

»Willste wissen, was ich über die Blonde rausgekriegt habe?«

»*Die Blonde* liegt übrigens verletzt im Krankenhaus, weil sie einen Mann davon abgehalten hat, vom Dach zu springen.«

Und mir hat sie auch geholfen, dachte Carla. »Und wer ein Leben rettet, rettet die ganze Welt.«

»Wie, weil die jetzt ne Heldin is, willste dit lieber nich wissen, oder was?«

»Doch natürlich!«

»Die war auf einem Treffen.«

»Was denn für ein Treffen?«

»Na, von Mamas neuem Freund, bei den Zeugen Jehovas!« Katrin verdrehte die Augen, ob Carlas Stutzigkeit.

»Ist das verboten?«

»Nee, aber komisch, oder? Wer geht denn da freiwillig hin? Und manchmal macht sie mit Kreide so Striche an so ne Telefonzelle. Immer an die gleiche übrigens.«

»Aha.«

»Und am Viktoria-Luise-Platz hat sich die Blonde im Park auf ne Bank gesetzt, Fotos von dem Springbrunnen gemacht und dann ne Zeitung mit nem Päckchen drin liegen lassen. Ich dachte, sie hättet vergessen und wollte gerade schon hin, da kam einer und hat et mitgehn lassen.«

»Und lass mich raten, der trug Hut und Trenchcoat«. Carla grinste amüsiert. »Das klingt, als hättest du ein paar sehr schlechte Spionagefilme gesehen.«

Katrin stöhnte. »War ja klar, det du mir nich gloobst!«

»Bist du sicher, dass Wally dich nicht bemerkt hat? Vielleicht wollte sie dir einen Streich spielen! Du bist ihr bisher immer aufgefallen, wenn du ihr gefolgt bist.«

»Nicht diesmal. Beschatten kann ich jetzt ausm Effeff.«

»Weißt du, was in dem Päckchen war?«

»War in ner Butterbrottüte. Nich groß, wie so ne Packung Aspirin vielleicht.«

»Vielen Dank, sehr interessant, ich werde mir das alles durch den Kopf gehen lassen. Magst du vielleicht jetzt gleich ein Eis mit mir essen gehen?«

»Nö.«

»Es geht hier doch gar nicht um mich, irgendwas ist doch?«

»Du denkst ja, ich erzähl nur Bockmist.«

»Nein, tu ich nicht. Wir wissen nur nicht, warum Wally sich so verhält und sollten keine voreiligen Schlüsse ziehen.«

»Und was ist damit: Sie war dort, wo dein Freund, der Kerl mit dem Bobber, wohnt.«

»Bei Bruno? Der ist nicht mein Freund«, sagte Carla wie aus der Pistole geschossen, aber das komische Gefühl in ihrer Mitte fühlte sich anders an. Das Bild von seiner kräftigen Hand mit den goldenen Härchen auf der Kupplung tauchte ungebeten auf. Wie wenig sie über Bruno wusste, er lebte irgendwo in der Nähe vom Fehrbelliner Platz. Katrin war Wally also bis dorthin gefolgt? Und hatte Wally wirklich zu ihm gewollt? In der Gegend wohnten ja jede Menge Leute.

»Hat sie sich denn mit ihm getroffen?«

»Wes ick nich. Aber sie hat seim Hausmeister ’n Trinkgeld verabreicht. Hättse nich machen müssen, der hätt alles für sie jemacht. Wie die Abscheulichen, die wollten se nachm Eis dann gleich heiraten.« Sie verdrehte ihre Augen. »Die sind halt auch dumm. Issn falscher Fuffziger, deine Wally!«

Katrin wartete einen Moment und als Carla nicht reagierte, stand sie auf und wirkte irgendwie noch enttäuschter als vorhin.

»Also mir ist gerade sehr nach einem Bananensplit mit viel Schokoladenstreuseln, aber allein machts keinen Spaß, nu komm doch mit!«, bat Carla.

Katrin zuckte mit den Schultern.

»Bist du nur meine kluge Detektivassistentin oder sind wir Freundinnen? Irgendwas ist doch im Busch?«

»Hab’s schon gesagt. Mama hat ’n neuen Freund.« Katrin sank in sich zusammen. »Er will, dass sie wieder zurück zur

Gemeinde kommt, dabei sind sie doch schon lange vor Papas Tod dort weg.«

»Und du willst da nicht mehr hin.«

»Nee.«

»Magst du ihn denn?«

»Er mag am liebsten Wein, den hat er auch viel lieber als mich und die Abscheulichen.«

»Ist er streng?«

Sie stand auf. »Ich glaub, ich will jetzt doch 'n Eis.«

Carla nickte und erklärte ihr, dass sie vorher noch Lulu anrufen musste, aber Lulu war wieder nicht zu Hause.

Zusammen bummelten sie eine gute halbe Stunde durch den lauen Spätsommerabend vor zum Henriettenplatz zum Eis-Henning, das bis um zehn Uhr abends offen hatte. Katrin schwieg die ganze Zeit.

Schon von Weitem sah Carla Ingrid und Jack an einem der Tische sitzen, Händchen haltend und in lebhafter Unterhaltung. Wie ein Werbefilm für Liebesglück.

»Denkst du, dass alle Kommunisten verdammt sind?«, fragte Katrin, nachdem sie saßen und bestellt hatten.

Perplex starrte Carla sie an, was hatten denn heute nur alle mit der Verdammnis? Vollmond war doch schon seit drei Tagen vorbei.

»Wie kommst du denn auf so was?«

»Warum antworten Erwachsene nie direkt?«

»Jeder sollte denken dürfen, was er will, niemand ist verdammt wegen dem, was er denkt.«

»Mamas Neuer ist aus dem Osten. Ist wegen der Mauer durch die Kanalisation abgehaun. Mama glaubt, er ist ein Held. Aber er quakt die ganze Zeit nur rum, det es 'n Fehler von ihr war, die Zeugen zu verlassen, und dit wir alle in die Hölle kommen werden, wenn sie nicht zurückgeht.« Lustlos stocherte sie in ihrem Bananensplit herum.

Das war noch nie vorgekommen.

»Er sagt, die Kommunisten im Osten sind böse Teufel, weil die Zeugen da schlimmer verfolgt werden als bei den Nazis. Wenn das stimmt, dann muss ich ja auch glauben, wenn er sagt, dass jeder, der nicht zu den Zeugen gehört, verdammt ist, und mit Verdammten wie dir darf ich nicht mehr reden.« Sie stach mit der Kuchengabel auf die Banane ein, als wäre die an allem schuld. »Und ab sofort müssen wir alle zweimal in der Woche nach der Schule noch in die Bibelschule gehen. Das wars dann mit Assistentin!«

Diesen Mann kann ich auch nicht leiden, dachte Carla. »Mach dir keine Sorgen, wir finden einen Weg.«

»Glaubst du denn, dass du verdammt bist?«

»Nein«, begann sie, schob das Bild von der grünen Kachel im Fuß ihrer Mutter vor ihrem inneren Auge schnell weg. An deren Stelle blitzte dann der gelbe Kaugummi auf, als wäre der ihr Blutzoll.

»Nein!«, wiederholte sie lauter. »Ich bin nicht verdammt, das ist völliger Unsinn!«, sagte sie. »Allerdings ... krieg ich verdammt schlechte Laune, wenn du nicht endlich dein verfluchtes Eis verputzt.«

Katrin sah sie erstaunt an. Noch nie hatte Carla in ihrer Gegenwart geflucht. Katrin fing an zu kichern, häufte Eis auf den Löffel, verschluckte sich und lachte dann nur noch mehr. Endlich benahm sie sich wieder wie eine Elfjährige.

Carla zischte leise noch mal »verdammt!« und zwinkerte Katrin zu. Einerseits war sie erleichtert, andererseits fühlte sie sich nicht wirklich wohl dabei. Wie wollte sie denn so ein Versprechen halten? Und was war dran an dem, was Katrin ihr über Wally erzählt hatte?

Kapitel 43

Am nächsten Morgen stand Carla früh auf, um das Gästezimmer für Wally vorzubereiten, denn das war voller Gerümpel. Aber sie musste entdecken, dass ihre Mutter das alles schon erledigt hatte und es offensichtlich kaum erwarten konnte, dass die »arme, arme Wally« hoch in die Wohnung zog. Sie hatte ihr die gute Leinenbettwäsche, die mit der eingestickten blauen Nachtigall, gegeben und über all die Kisten mit Vaters Sachen mehrere Tischdecken gebreitet. Die Kartons standen seit seinem Tod an der Wand entlang, wie ein hässlicher vertikaler Schrein aus Pappmaché, weil niemand sich davon trennen wollte.

Beim Frühstück erinnerte Mutter sie daran, unbedingt genug Schmerzmittel aus der Apotheke mitzubringen, denn sie wüsste im Gegensatz zu ihrer ahnungslosen Tochter, wie sich Schmerzen anfühlten. Dann machte sie sich leise summend daran, einen Kuchen zu backen.

Summend!

Den berühmten Nachtigall-Nusskranz, den es seit Vaters Beerdigung nicht mehr gegeben hatte. Auf Carlas erstauntes Nachfragen, wo sie denn all die Zutaten herbekommen hatte, erzählte Mutter, dass die Pallutzke das für sie erledigt hatte, *die* hatte gefragt und half ja immer gern.

Telefonklingeln verhinderte glücklicherweise den unfreundlichen Kommentar, den Carla schon auf der Zunge hatte.

Es war Alma, die, wie unter Strom stehend, sofort ohne Punkt und Komma lossprudelte. Sie wollte unbedingt Carla und Wally zum Kaffee einladen, sie musste ihnen einfach noch mal ausführlich danken. Außerdem hatte Mathilda für sie auch eine kleine Überraschung. Dann zögerte Alma, plötzlich wieder die unsichere Frau von früher. *Jetzt kommen wir zum eigentlichen Punkt*, dachte Carla.

Es hätte sich eine Reporterin von der ›Constanze‹ angekündigt, die über Alma eine Geschichte machen wollte, eine »Homestory«, hier legte sie eine Pause ein, wahrscheinlich, damit Carla nachhaken konnte. Carla musste innerlich grinsen, denn sie wusste von Mucki, dass damit ein Artikel über Prominente in ihrem Zuhause gemeint war, und von Sally hatte sie gehört, dass es eins von den Worten war, die im Englischen so niemand verwendete. Genauso wie ein Oldtimer im Englischen kein altes Auto war, sondern ein älterer Mensch, oder ein Veteran.

Sie konzentrierte sich wieder auf Alma, die gerade zugab, dass sie sehr nervös war, aber die Idee gehabt hätte, der Reporterin von Nachtigall & Co. vorzuschwärmen, denn sie verdankte ihnen ja ihre Freilassung. Ein bisschen Reklame wäre doch bestimmt nützlich? Die Reporterin war begeistert und wollte unbedingt auch Fotos ihrer Heldinnen machen. Sie hoffte, dass Carla das recht war, immerhin hatte die ›Constanze‹ mehr Leserinnen als alle anderen Frauenzeitungen zusammen.

In diesem Fall musste Mutters Nusskranz eben noch ein bisschen warten, dachte Carla und versprach Alma, in jedem Fall zu kommen. Wally musste sie natürlich erst noch fragen, weil deren Gesundheitszustand vielleicht noch zu labil war.

Sie verabschiedete sich von Alma, teilte Mutter mit, dass sie nicht wusste, wann sie zurück sein würden, und machte sich auf zum Bus. Bruno wäre gern gekommen, aber er musste

»ordentlich malochen«, damit er heute Abend mit den Steppkes Bobber fahren konnte. Für den Rückweg mit Wally wollte sie sich dann ein Taxi gönnen.

Als sie im Krankenhaus ankam, wartete Wally schon in der Eingangshalle auf sie. Sie wirkte viel schmaler und sehr blass, wegen der zartvioletten Ringe unter ihren Augen. Aber vielleicht kam es ihr auch nur so vor, weil sie Wally noch nie ohne Lippenstift gesehen hatte. Selbst als mittelalte Psychologin hatte sie nicht darauf verzichtet.

»Geht es dir denn auch gut genug?«, fragte Carla.

»Jepp, nichts wie raus hier!« Wally nickte ihr zu. »Aber vorher müssen wir reden, wegen Klaus!«

»Warum?« Und schon fing ihr Puls an zu rasen. Kalter Schweiß trat ihr auf die Stirn. Würde sie das bis ans Ende ihrer Tage verfolgen? Dann musste sie lernen, damit besser umzugehen. Klaus wegatmen, das Wort Klaus immer in ein Bild von Mathilda umdenken.

»Sie werden Klaus in Gott weiß was für eine Einrichtung schicken, weil er mit seinem Schienbeinbruch nicht zurück in seine Wohnung kann.«

»Der Mann wollte sterben, da dürfte eine *Einrichtung* sein kleinstes Problem sein!«

Wally musterte sie erstaunt. »Du bist doch sonst nicht so gefühllos. Als seine Lebensretterin kommt es mir vor, als wäre ich irgendwie für ihn verantwortlich. Könnten wir nicht Alma fragen, ob er für ein paar Tage zu ihr darf? Immerhin hat seine Aussage ihre Freilassung bewirkt.«

»Du bist nicht verantwortlich, er ist der Süchtige und Alma muss sich erst mal um ihre Kinder kümmern.«

Wally betastete ihre Schulter und zwang Carla, ihr in die Augen zu schauen.

»Sollten wir uns nicht lieber um Klaus kümmern, bevor er auf dumme Ideen kommt?«

Da hatte sie verdammt noch mal recht, aber wie sollte das denn gehen? »Er hasst seine Schwester doch, oder nicht?«

»Ich habe mit ihm gesprochen und glaube, wenn Alma ihn hier besuchen und es ihm anbieten würde, könnte das klappen. Sie schuldet dir was, immerhin hast du dafür gesorgt, dass sie entlassen wurde.«

»Gut, dann fahren wir doch gleich zu ihr!« Carla zwang sich zu einem Grinsen.

Überrascht zog Wally die Augenbrauen hoch. »Ich dachte, ich müsste dich erst lange überreden!«

»Alma hat uns eingeladen, mit ihr und den Kindern zu feiern. Und eine Reporterin wird auch da sein. Vielleicht hilft das Alma dabei, sich edelmütig zu zeigen.«

»Jetzt, wo sie nicht mehr im Knast ist, spielt sie gleich die lustige Witwe?«

»Warum denn nicht? Sie muss ihren Ruf wieder reinwaschen, dafür sorgen, dass nichts an ihr hängen bleibt und sie in der Öffentlichkeit als Märtyrerin, als Opfer der inkompetenten Behörden dasteht, auch wegen der Kinder.« Carla grinste. »Und ein bisschen Reklame würde Nachtigall & Co. ausgesprochen guttun! Wir brauchen neue Aufträge!«

Kurz darauf erreichten sie die Villa in Dahlem.

Alma öffnete die Tür. Nicht wiederzuerkennen. Fein gemacht für die Presse. Das kupfergrüne Etuikleid bildete zusammen mit der großen Perlenkette einen schmeichelhaften Kontrast zu dem roten, nun wieder tadellos ondulierten Haar. So hätte sie auch den Bundespräsidenten mitsamt dem Bundesverdienstkreuz empfangen können.

»Wie schön, dass ihr kommen konntet!« Alma klang etwas atemlos, trat vor, umarmte Carla und betrachtete den Schulterverband von Wally mit einem leisen Schaudern. »Es tut mir so leid, dass das passiert ist! Mein Bruder ist wirklich ein Verrückter. Kommt doch rein!«

Alma führte sie durch das penibel aufgeräumte Wohnzimmer auf die Terrasse, wo sie den Tisch gedeckt hatte wie zu einer englischen Teeparty. Weißes Porzellan mit Goldrand, Stoffservietten in silbernen Ringen, Cremetörtchen, Gurkensandwiches, Scones und Marmelade.

»Setzt euch doch, was wollt ihr denn trinken?«, fragte sie.

»Champagner …«, murmelte Wally und ließ sich mit einem Seufzen in einen Korbstuhl sinken.

»Den hätte ich auch da, aber ich wusste nicht, ob die Reporterin das vielleicht falsch verstehen könnte. Vielleicht wirkt das zu fröhlich, immerhin bin ich ja Witwe …?« Alma sah von Wally zu Carla.

Wally fing an schallend zu lachen. »Und ist das nicht das Beste, was dir passieren konnte?« Alma wechselte mit Carla einen Blick, dann fing Alma an zu kichern und schließlich saßen sie alle drei um den Kaffeetisch und lachten. Erst als Wally sich mit einem leisen Stöhnen an die Schulter griff, verebbte das Lachen und alle wurden wieder ernst.

»Tut mir leid, ich hätte nicht …«, sagte Alma und strich eine Haarsträhne hinter ihr Ohr. »Das war unangemessen.«

»Wird das hier so was wie ›Zuhause bei den reizenden Kennedys von Berlin‹?«, fragte Wally und deutete auf die üppige Tafel. Sie griff ungeniert nach einem der Cremetörtchen und verschlang es mit zwei Bissen. »Hmm, himmlisch!«, sagte sie mit vollem Mund.

»So was in der Art. Alexander war natürlich kein Politiker und ich bin nicht Jackie und sie ist natürlich keine Witwe.« Alma lächelte dezent. Wieder ganz die irische Feenkönigin.

»Aber ich glaube, sie hat auch problematische Brüder. Können wir mal über Klaus reden?«, fragte Wally.

»Muss das sein?« Alma sah fragend zu Carla, die nickte.

»Na, du willst der Reporterin doch eine heile Familie vorspielen?«, fragte Wally gerade.

»Was soll das denn heißen?« Almas Lächeln erstarb. Hilfesuchend wandte Alma sich an Carla. »Ihr werdet denen doch nicht erzählen, was Alexander Mathilda angetan hat?«

»Natürlich nicht!«, sagte Carla.

»Da fällt mir ein ... Moment, ich muss euch noch was geben, bevor die Reporterin kommt.« Sie verschwand im Wohnzimmer und war viel schneller zurück als erwartet. Sie hatte in jeder Hand ein großes Blatt Papier.

»Mathilda hat das für euch gemalt. Als Überraschung.« Sie überreichte den beiden die Bilder. »Schön, oder? Ich schau mal eben nach dem Kaffee, bin gleich wieder da.«

Mit einem Lachen zeigte Wally Carla die Zeichnung von Mathilda. »Sieht lustig aus, aber hast du ne Ahnung, was das sein soll?«

Carla betrachtete Wallys Bild. Es zeigte das Gesicht einer Frau mit kurzen Haaren, die tatsächlich an Wally erinnerte, aber die Frau hatte riesige Eselsohren. Carla überlegte, dann ging ihr ein Licht auf. »Ich glaube, das sollst du sein, nachdem du die Zauberfeigen vom kleinen Muck gegessen hast und dir Lügenohren gewachsen sind.«

»Bemerkenswerte Chimärisation ...«, sagte Wally und lächelte. Carla wusste immer noch nicht, ob es das Wort in der Pädiatrie wirklich gab. Aber bevor sie Wally fragen konnte, deutete die schon auf das Bild in Carlas Hand.

»Da brat mir einer einen Storch, was soll das denn sein?« Aufmerksam studierte Wally die Zeichnung. Das Papier war voll waagrechter Linien, bunt und eng an eng, nicht mit dem Lineal gezogen, sondern freihändig, was die Linien vibrieren ließ. »Sieht aus wie ein lebender Teppich!«, sagte Wally, während Carla seltsam berührt von Mathildas eigenartiger Farbauswahl war. Ein flammender Wechsel von Rot, Rosa, Grün, Lila, Gelb und Orange. Dunkle Farben kamen gar nicht vor.

Alma brachte die Kaffeekanne, die in einem dick gepolsterten Warmhaltehuhn steckte, und stellte sie auf der üppigen Kaffeetafel ab, betrachtete ihr Werk, seufzte zufrieden und wendete sich dann zu Carla und Wally, die sie mit den Bildern in der Hand fragend anblickten.

»Mathilda hat mir erklärt, das Bild mit den Ohren wäre die Tante Wally als Lügen-Prinzessin. Das andere wäre Tante Carlas geheimes Herz, aber ich habe keine Ahnung, was das bedeuten soll.«

Es klingelte an der Tür. »Das ist sicher die Reporterin. Carla, kannst du die Kinder herholen? Sie sind irgendwo im Garten.« Alma stockte. »Ich kann mich doch auf euch verlassen?«

»Absolut!«, sagte Carla, stand auf und lief nach hinten in den Garten zu der Schaukel und dem Sandkasten, aber da war niemand zu entdecken. Sie ging um das Haus herum auf die andere Seite.

»Mathilda?«, rief sie. »Gregor?«

»Tante Carla! Wir sind hier!« Mathilda saß mit ihrem Bruder auf der Außentreppe, die in Alexanders Büro führte, sie sprang auf und winkte ihr so begeistert zu, dass ihr zartgelbes Batistkleidchen anfing, hin und her zu schwingen. Carlas Blick blieb an der kleinen Hand hängen, die im Sonnenlicht hell und schnell hin und her flirrte, wie ein fliegender Kolibri.

Der Abdruck auf dem Flokati. Carla blinzelte ein paarmal, um dieses Bild zu verscheuchen. Das war vorbei. Sie winkte ausgelassen zurück und fragte sich, was Gregor da so faszinierte, dass er ihr nicht mal den Kopf zudrehte, obwohl er sie viel besser sehen konnte, denn Gregor saß ganz oben auf der Treppe und Mathilda stand weiter unten.

Je näher sie kam und je länger sie die beiden betrachtete, desto mehr breitete sich ein merkwürdiges Gefühl in ihrem Brustkorb aus.

»Was macht ihr denn da?«

Sie hatte die Treppe erreicht, stieg ein paar Stufen hoch und stellte sich neben Mathilda.

»Wir spielen Monsterjagd.« Mathilda nickte ihrem Bruder zu. »Los!«

Gregor ließ eine dicke blaue Murmel von oben fallen und sah zu, wie sie von Stufe zu Stufe kullerte. Drei Stufen über Mathilda blieb sie liegen.

Carla wurde schwindelig.

Monsterjagd.

Plötzlich ergab alles einen Sinn: Alexander war auf seiner Treppe ausgerutscht. Das Ding, das von der Treppe auf den Boden gefallen war, als sie die Kleider für Alma gesucht hatten. Das halbvolle Murmelglas in Mathildas Zimmer.

Der Junge, der seinem Vater immer diese Streiche gespielt hatte.

Sie hatten das nie hinterfragt.

Keine Streiche, Notwehr.

Gregor stieg herunter, hob die Murmel auf und legte sie wieder zu den anderen in das kleine Netz. In dem Konfirmandenanzug mit weißem Hemd und schwarzer Fliege sah er aus wie eine Miniaturausgabe von Alexander, sogar der schiefe Pony und das Pflaster passten irgendwie.

»Am besten klappt es mit den kleinen.« Er lief weiter zu Mathilda. »Ist wie mit David und Goliath«, erklärte er und legte besitzergreifend den Arm um die Schultern seiner Schwester.

Voller Stolz lächelte er Carla an. »Und David gewinnt.« Wie zur Bestätigung drückte er Mathilda stürmisch an sich. Als sie daraufhin anfing, glücklich zu kichern, legte er seinen Zeigefinger senkrecht über ihre Lippen und flüsterte ihr so laut ins Ohr, dass Carla es auch hören konnte: »Unser Geheimnis für immer und ewig!«

»Für immer und ewig«, wiederholte Mathilda und nickte ernst. »Unser Geheimnis.«

Gregor suchte Carlas Blick und hielt ihn fest.

Stark und wissend.

Sie hatte das eigenartige Gefühl, den Boden unter ihren Füßen zu verlieren.

Er reichte Carla das Netz mit den Murmeln. »Für dich!«

Nachtigall, ick hör dir trapsen ...

Meistens kann ich nicht genau sagen, wie ich auf die Ideen zu meinen Romanen gekommen bin, denn oft ist es ein eher langwieriger Prozess. Doch die Idee zu dieser Serie fand ihren Weg zu mir auf einem sehr ungewöhnlichen Weg und das möchte ich Ihnen nicht vorenthalten ...

Wussten Sie, dass Berlin mit 1300–1500 Exemplaren als Hauptstadt der Nachtigallen gilt? Diese Königin der Nacht ist bei Tag ein unscheinbarer graubrauner Vogel, der nur schwer in den Hecken zu entdecken ist. Die Nachtigall beherrscht im Schnitt 180 Strophen – nur zum Vergleich: Eine Meise zwitschert im Schnitt gerade mal 6 Strophen. Außerdem lernt die Nachtigall, inspiriert von ihrer Umgebung, jedes Jahr noch neue dazu.

Sie gilt nicht nur als Frühlingsbote, ihr Gesang wird als poetische Verkörperung der Seele und der Liebe betrachtet, aber auch der des nahenden Todes.

Im Märchen von Oscar Wilde ›Die Nachtigall und die Rose‹ opfert die Nachtigall ihr – im wahrsten Sinne des Wortes – Herzblut für einen verliebten Studenten, zeigt sich hilfsbereit bis zum Tod. Doch ihr Tod ist umsonst, das Geschenk wird nicht wertgeschätzt.

Damals war ich im frühlingshaften Berlin für Recherchen zu meinem Radio-Free-Europe-Roman ›Fräulein Kiss träumt von der Freiheit‹ unterwegs. Dabei besuchte ich auch das AlliiertenMuseum in der Clayallee, wo es unter anderem eine

Ausstellung zum Thema Berliner Luftbrücke gab. Zu sehen waren viele Fotos von hungrig und verletzt wirkenden Kindern und Porträts des berühmten Rosinenbomberpiloten Gail Halvorsen.

Am nächsten Tag durchwanderte ich Fluchttunnel, die kurz nach dem Bau der Mauer bzw. während des Kalten Krieges entstanden sind. (Großartig und sehr empfehlenswert die Führung M des Vereins: www.berliner-unterwelten.de!)

Während dieser Führung wird das, was man theoretisch über diese Zeit zu wissen glaubt, zu einer albtraumhaften Realität. Man spürt plötzlich deutlich, wie machtlos und ausgeliefert man sich gefühlt haben muss, wenn man hinter einem Stacheldrahtzaun aufwacht, der am Abend noch nicht da war. Wie Familien auseinandergerissen wurden und Lebenspläne vernichtet waren, durch eine willkürliche Teilung in Ost und West, quer durch Häuser und sogar Friedhöfe.

All diese Eindrücke köchelten so vor sich hin, als ich spätabends nach einem Besuch bei meinem Sohn mit dem Taxi zurück in mein Apartment fuhr. Der Fahrer, ein Berliner Original, hielt plötzlich an einer leicht verwahrlosten Ecke in Wilmersdorf an und kurbelte die Scheiben runter. Mir wurde ein bisschen komisch, doch da fragte er auch schon, »ob ick det höre. Det Wunda.«

Ich hörte leider nur meinen etwas beschleunigten Puls.

Er schüttelte den Kopf und erklärte mir, er sei Hobbyornithologe und die Nachtigallen von Berlin wären sein Steckenpferd. Dann schlug er vor, dass ich aussteige und mal genauer hinhöre. Doch als Krimiautorin wird man eher übervorsichtig, ich lehnte also höflich ab. Breit grinsend zuckte er mit den Schultern. »Na denn nich«, sagte er, brachte mich schweigend zu meinem Ziel und brauste davon.

Ich holte gerade den Schlüssel aus meinem Rucksack, da

hörte ich etwas. Erst eher zart, ein Zwitschern, das dann unglaublich Fahrt aufnahm und zu einem betörenden Gesang wurde. Irgendwo ganz nah in einer der Hecken am Rand des Preussenparks. Fasziniert hielt ich inne und lauschte.

Unwillkürlich fielen mir Zitate, Gedichte und Geschichten ein, die ich im Zusammenhang mit der Nachtigall schon mal gehört oder gelesen hatte. Und während ich wie verzaubert stehen blieb, kristallisierte sich der Keim einer Idee. Ich sah ein Kind vor mir, eins von denen, die auf den Rosinenbomber warteten, ein Mädchen, das über sich hinauswächst, um seiner Mutter ein Geschenk zu machen. Ein Geschenk, was zu einer Katastrophe führt, die fortan ihr Leben bestimmt. Carla war geboren und mit dem nächsten noch lauteren Trällern ploppte ihre Schwester auf, Wally, die Königin der Nacht. Die beiden waren von Anfang an so real wie das Zwitschern dieser Nachtigall, sie entzündeten meine Fantasie … und das Ergebnis halten Sie nun in Ihren Händen.

Viele Menschen haben mich bei der Arbeit an dem ersten Band dieser Serie unterstützt und ihnen allen gilt mein tief empfundener Dank. Ohne meine wunderbare Agentin Petra Hermanns, die vom ersten Moment an diese Serie geglaubt hat, würde es diesen ersten Band nicht geben. Ich danke dem Team von dtv, allen voran meiner ungemein konstruktiven Lektorin Nadine Jendrusch für die großartige Zusammenarbeit.

Ganz herzlich danke ich Claudia Volmerhaus, der engagierten Wirtin vom *Zwiebelfisch* in der Berliner Grolmanstraße für ihre Unterstützung bei der Suche nach Zeitzeugen. Durch sie habe ich auch Hartmut Moldenhauer, Polizeidirektor a. D., kennengelernt, dem mein ganz besonderer Dank gilt. Er hat mir nicht nur sehr viel seiner Zeit geopfert, sondern auch den Zugang zu den interessanten Archiven und Akten der Polizeihistorischen Sammlung Berlin ermöglicht.